Wilhelm Gierer   Eine Jugend am See

Wilhelm Gierer

Eine Jugend am See

Erinnerungen an ein nicht ganz misslungenes Leben

Maximilian Dietrich Verlag

Satz: Maximilian Dietrich Verlag
Druck: Memminger MedienCentrum
Printed in Germany
ISBN 978-3-87164-163-3

Kindheit

Josef M. war vor ein paar Wochen achtundsechzig geworden. Geräte und Werkzeuge, mit denen er ein Leben lang hantiert hatte, gedachte er nun langsam, zwar nicht ganz, doch aber mehr und mehr aus der Hand zu legen. Dafür wollte er ein anderes, seinen schweren und ungelenken Händen manchmal widerstrebendes Werkzeug, künftig häufiger in Gebrauch nehmen, den Bleistift.

Schreiben wollte er, aufschreiben, was er seine Geschichte nennen möchte. Aufschreiben wollte er vor allem für sich selber. Eine Art Sichtbarmachung, Bildhaftmachung seiner Erinnerung sollte es sein, ein Schwelgen in früheren Zeiten, ein noch einmal Leiden an den auch in seinem Leben überreichen Stationen der Unzulänglichkeiten. Ehrlicher Historiker seiner Geschichte sein, ohne Arroganz, ohne Selbstbeweihräucherung, ohne die monumentale Auftürmung von Geleistetem und als Verdienst Aufgebauschtem wie viele, die im Nachhinein ihre Spur, die sie durch eine kleine, unbedeutende Landschaft gezogen haben, verherrlichen und bunter bemalen, als es ihr gebührt.

Josef hatte eigentlich nicht viel zu erzählen. Er hatte sein ganzes Leben auf dem Land verbracht und mit dem Land zugebracht. Er ging über die Felder und durch die Gärten, wie einer geht, der hier seinen Beruf und seine Berufung gefunden hat. Er ging aufrecht und stolz. Nein, Stolz ist hier nicht das richtige Wort. Stolz hat etwas Sündhaftes, Negatives, ungebührlich Anmaßendes an sich. Josef war kein Anmaßender. Er war ein freudig Demütiger und auch darum oder davon wollte er schreiben, weil er glaubte, diese Art von Menschen wäre vom Aussterben bedroht. Wer lehrte heute noch seine Kinder Demut? Das Gegenteil, Courage, Kampf, Egoismus versprachen

Erfolg. Er aber glaubte fest daran, dass der Beruf eines Landmannes, der Umgang mit Tieren, Pflanzen, ja, mit allem, was Natur hieß, nur in der gebührenden demütigen Haltung dem Großen gegenüber möglich war. Dann, wenn man ehrlich ist, ein bisschen weise vielleicht auch und offen. Nur der Demütige kann zuhören, und darauf kam es ihm an. Lauschender, Sehender, Mitfühlender zu sein. Das war immer und ist noch heute seine unumstößliche Gewissheit, von der sich Josef von nichts und niemandem abbringen lassen würde.

Manchmal litt Josef an Schmerzen der Wirbelsäule, auch Beine und Gelenke machten sich hin und wieder auf unangenehme Art bemerkbar. Das bedrückte ihn zwar und gerne hätte er dieses anders gehabt, aber es schien ihm nicht verwunderlich. Die irreparablen Abnützungen an Knochen und Gelenkknorpeln, welche die Ärzte aufgrund von Röntgenbildern diagnostizierten, rührten von schweren Lasten her, die er gerade in seiner Jugend zu bewegen hatte. Er konnte auch ja sagen zu alledem und doch fiel es ihm manchmal schwer, ihm, der sein Leben lang ein Mensch der Bewegung, des Sports auch und der körperlichen Aktivität gewesen war, solcherart Einschränkungen zu akzeptieren.

War es möglich, dachte er oft, wenn seine Gedanken in die Jugendzeit zurückgingen, dass im Laufe von nur fünfzig oder sechzig Jahren so Gravierendes, so fast Umstürzlerisches sich ereignet hatte, dass es ihm manchmal schien, er lebe in einer anderen, fremden Welt?

Die früheste Erinnerung, die Josef hatte, war eine traurige. Er war knapp drei Jahre alt, da starb die Großtante, die im Haus gelebt hatte und – das wusste er nur vom Hörensagen – ihn, den kleinen Thronfolger, ganz tief in ihr altes, gütiges Herz geschlossen hatte. Er sah später Fotos, wie sie ihn, den Jährling, in ihrem Schoß hielt und ihn stolz, wie es keine Mutter mehr auf ihr eigenes Kind hätte sein können, präsentierte. Sie, die grauhaarige Frau in dem hochgeschlossenen, schwarzen Kleid, das sie seit dem Tode ihres Mannes vor knapp zwanzig Jahren trug, die Frau mit dem Gesicht, das so viel Güte ausstrahlte, dass man sich getrost hat in ihre Hände fallen lassen können. Natürlich trug sie nicht immer dieses eine gleiche Kleid, aber dieses oder ein ähnliches, genauso hoch geschlossen und genauso schwarz, ob es Sommer war oder Winter. Diese Frau war nun in ihrem dreiundachtzigsten Jahr gestorben, im Haus wie die meisten Leute damals. Nun lag sie tot im Bett, mit geschlossenen Augen und fast noch lächelndem faltigem Mund. Man brachte Josef zu ihr. Noch einmal durfte er sie sehen, durfte oder musste Abschied nehmen, und sie schien ihm fremd geworden. Lange und bis heute trug er ihr Bild mit sich. Wusste den Ort im Hause noch, wo das Bett stand, in dem sie hergerichtet für die große Reise lag, sah ihr Gesicht vor sich und die gefalteten Hände mit dem darum geschlungenen Rosenkranz auf der weißen Decke. Zwei aufgesteckte Kerzen flackerten auf dem Nachttischchen daneben, und diese feierlich traurige Stimmung drang tief in das junge, unbewusste Innere des kleinen Josef ein. Und in vielen Augenblicken später, wenn er über sich und sein Leben nachdachte, fragte er, obwohl er wusste, hierauf nie und von niemandem eine Antwort bekommen zu können, ob er von diesem Erlebnis, von diesem tiefen, traurigen, ersten erinnerbaren Eindruck seines Lebens, das schwere Blut habe, das ihn zeit seines Lebens auf dieser Erde begleitet hatte und bis an sein Ende begleiten würde.

Dieses schwere Blut, ja, das ihn manchmal so traurig stimmte, so weltabgewandt, trotzig fast, so, als führe er mit einer Nussschale, vergessen vom Rest der Welt, auf einem schwarzen Waldsee mutterseelenallein in einen schweigenden Sonntagmorgen, kurz vor dem Weltuntergang. Und viele, hätten sie in ihn hineinsehen können, wäre das Abbild seiner Innerlichkeit für alle sichtbar nach außen gewandt worden, hätten gesagt: „Ach, dieser arme Junge."

Josef sah dies nicht so. Natürlich wäre ihm manchmal lieber gewesen, er hätte den leichten Flügelschlag geerbt, mit dem, wie er meinte, die meisten Menschen immer lachend, immer obenauf und Herr der Dinge, ihre Kreise durch einen immerwährenden Sonntag zogen.

Aber bedauern wollte er sich nicht lassen. Wussten denn die überhaupt, wie reizvoll es sein konnte, an einem Sonntagmorgen auf einem Waldsee? Wussten sie um den Zauber der Einsamkeit, um die Schönheit seiner Welt? Aber dies alles war ihm damals als Kind nicht bewusst, auch als Jugendlicher noch nicht. Da spürte er nur die Last, wenn andere ihm die Butter vom Brot nahmen. Wenn ihnen die Freunde geneigter waren und die Mädchen ihnen lieber zuhörten, wenn sie andere als interessantere Spielkameraden oder lustige Begleitung suchten. Da litt er dann unter der Schwere, die in ihm war. Erst später, sehr viel später, wurde er langsam gewahr, dass auch die anderen, die scheinbar immer Fliegenden, die scheinbar mit nichts als Fröhlichkeit und Optimismus Gesegneten auch Zeiten der Niedergeschlagenheit kannten, dass auch ihr Weg nicht immer über glühende Wiesen führte und dass es auch ihnen geschah, plötzlich vor einem Abgrund zu stehen, an dem vorbei keine Straße zu führen schien.

Erst sehr viel später erkannte er auch die Schönheit, die sein Waldsee ausstrahlen konnte, wenn man ihn mit offenen Augen und mit der Furchtlosigkeit dessen, der um die Tücken weiß, befuhr.

Manchmal verglich er sich und die anderen mit Fahrern unterschiedlicher Gefährte. Die einen, lachend auf dem Fahrrad sitzend und immer nur bergab fahrend, leicht, anstrengungslos und fürstlich. Sich selbst aber sah er als einen, dem schon am Beginn, beim Start des Rennens, das man das Leben nannte, ein zweirädriger Handkarren in die Hände gedrückt worden war, beladen mit schweren und, wie er fürchtete, vielleicht nutzlosen Steinen und er würde unten an einen Berg gestellt, dessen Gipfel im Nebel lag und nicht sichtbar war, und jemand sagte zu ihm: „Jetzt, schieb los." Und er schob. Oft schwitzte und keuchte er, dann, wenn er eine Rast einlegte und zurückschaute, war er fast stolz, diesen steilen Weg schon so weit geschafft zu haben. Und dann kam über ihn eine Art Glücksgefühl, er meinte ähnlich dem, das die anderen verspürten bei ihren rasenden Abfahrten. Manchmal glaubte er, noch größere Bestätigung, noch mehr Genugtuung zu empfinden als jene, wie man immer innere Zufriedenheit und Freude verspürt, wenn eine unleichte Aufgabe bewältigt war.

Und in seinen frühen Jahren war er sich ganz sicher, dass er dann, wenn einmal alles getan sein würde, wenn er die ganze Länge der Strecke einmal zurückgelegt haben würde, dann, wenn er sagen konnte: „Meister, ich bin wieder hier und habe nichts verloren, alles, was du mir als Ladung und Auftrag mitgabst am Beginn, es ist hier, es ist auf dem Gipfel des Berges, ich gebe es wieder zurück," dann meinte er damals, wird jemand zu ihm sagen: „Brav mein Sohn, solche Menschen sind meine Lieblinge, dir wird ein großer Lohn zuteilwerden."

Später, als er schon in die Jahre kam, war er sich nicht mehr so sicher, dass dieses alles auf solche oder ähnliche Weise enden würde. Da konnte er sich auch vorstellen, auf den Berg an sein Ziel zu kommen und den, der ihn oben erwartete, sagen zu hören: „Knecht, was bringst du mir da für ein Gerümpel? Siehst du nicht, dass es uns hier an Vielem mangelt, ganz bestimmt aber nicht an Steinen und Geröll?" Und manchmal sah Josef sogar im Traum, wie der Herr des Berges die schweren Brocken nehmen würde und sie auf der anderen Seite des Berges wieder hinabrollen ließ ins Tal und wie sie einem anderen, einem Wartenden auf Startzeichen und Kommando wieder aufgeladen wurden auf die knarrende Karre seiner bevorstehenden Jahre.

Dann, das wusste Josef, würde er sehr traurig sein. Glaubte er doch zunächst, mit all dem Material, das er mühsam die Serpentinen seiner Tage und Monate hinaufgeschoben hatte, würde oben ein Schloss gebaut, eine Burg, die alles überdauern würde und von der man weit hinausschauen konnte über Land und Erdkreis und Welt. Und er glaubte auch, dass dann ihm, dem treuen Gehilfen, in diesem Palast ein Platz zugewiesen werden würde, den ihm niemand mehr streitig machen könnte.

Hier hielt Josef inne. Wendete den Blick ins Vergangene zum Fenster hinaus über das Land. Sah die reine, klare Wintersonne aufgehen und eine für diese Jahreszeit in dieser Gegend am See unübliche Helligkeit die Dächer überfluten, die rotbraun und fast südlich angehaucht, eine ansteckende Freudigkeit ausstrahlten. Jetzt, in den ersten Dezembertagen, waren die Bäume ihres Laubes beraubt, standen teilnahmslos und dunkel im Land und warteten auf etwas, das ihnen noch unbewusst, dennoch schon gewiss schien.

Über dem See, wo die Vorberge noch schwarz im Schatten standen, überragte sie alle der Säntis, der längst reinweiß bedeckt war vom neuen Schnee und der seine Unberührtheit vom schmutzigen Atem der Welt herüberahnen ließ bis hierher. Noch hatte es keinen strengen Frost gegeben. Das Gras in den niederstämmigen Obstplantagen, die so charakteristisch waren für das Dorf und die ganze Gegend, war noch üppig grün wie im Sommer. Dort spielte nun die Sonne mit Licht und Schatten ihr ureigenstes Spiel, zeichnete geometrische Figuren und manchmal rätselhaft abstrahierte Bilder ins Grüne, wechselnd und vom leichten Wind wie zu Leben erweckt.

Ihre Zeichenstifte waren Äste und Zweige, und im gefallenen Laub suchten Amseln, schwarz und hingeduckt, nach vergessenen Äpfeln. Das Land lebte nun sparsam. Der Tag veränderte sich nicht. Anders als der Frühling, der über Nacht oft neue, ungeglaubte Bilder aufschlug. Es war manchmal, als legte er so schnell und wie von aufgeregter Erwartung getrieben, Seite um Seite eines alten und doch immer wieder neuen Buches um, dass einem zum Staunen kaum Zeit blieb. Jetzt war dies nicht. Jetzt standen die Tage still im Raum und nur das wechselnde Wetter ließ die gleichen Dinge freundlicher oder trister erscheinen.

Josef war kein Schwätzer, wie man hier im Alemannischen sagt, wenn einer sparsam mit Worten umgeht. Die, die man Schwätzer nannte, waren gern gesehen in Gesellschaft, wenn sie ihre Sprüche machten. Ansonsten hielt man nicht arg viel von ihnen. Dieses Land war eher etwas für die Bedächtigen, für die, bei denen das Denken vor dem Reden kam, nicht umgekehrt. Da gab es andere Gegenden im Vaterland, wo sie das Wort geschliffener im Munde führten und wo es schnell von der Zunge kam. Ein solcher war Josef nicht. Nicht, dass er kein Talent zur grammatikalisch sauberen und gehobenen Formulierung gehabt hätte, aber es dauerte alles ein bisschen. Dies aber erregte Josef nicht. Da gab es den alten Jakob von nebenan, der auch bei schönstem Sommerwetter und einem Glas Most eine halbe Stunde vertrödeln konnte, und wenn seine Frau glaubte, ihn an die Arbeit erinnern zu müssen, sagte: „Rom wurde auch nicht an einem Tag gebaut." So ging es ihm, Josef, mit dem Reden. Er wollte nichts übers Knie brechen. Früher, dachte Josef, als ich noch Schüler war, da gab es noch Originale, Menschen mit eigener Note, meist nicht die Arbeitsamsten. Sie hatten ihre Vorstellung vom Leben. Luis Hotz, der Jäger, war ein solcher. Oft kam er kurz herein, wenn wir beim z nine ho (Neunuhrbrotzeit) saßen, besonders an Samstagen, wenn man vom Futterholen kam und schon zum ersten Mal müde war und hungrig und er vom Einkaufen nach Hause ging. Einkaufen war für ihn Männersache, besonders das Fleisch für den Sonntag, davon verstand er am meisten, glaubte er. Aber er versäumte auch am wenigsten. Es fiel ihm schwer, an hellen Werktagen und auch, wenn ihm keine erkennbare Krankheit im Gesicht geschrieben stand, vom Sofa hochzukommen. Aber gerade er, der ja selbst eine große Schwäche für dieses Möbelstück hatte, lästerte gern über seinen Nachbarn, den er in noch weit höherem Maße dieser Neigung verdächtigte. Dieser war nicht sein Freund. Er hockte ihm zu nahe auf der Pelle, und wenn er gekonnt hätte, hätte er dessen Haus und Gehöft einige Kilometer zum Balkan hin verschoben. Einmal, als Josef mit Eltern, Geschwistern und Bediensteten bei besagter Neunuhrbrotzeit saß, erzählte er von seinem Intimfeind in nächster Nähe, dass man ihn vergangene Nacht ins Krankenhaus eingeliefert habe. Man müsse ihm, sagte Luis H., eine Kanapeefeder herausoperieren, weil er zu lange auf dem alten, zerschundenen Sofa gelegen habe, ohne sich zu rühren.

Solche Geschichten, die natürlich meist frei erfunden waren und jeder wirklichen Begebenheit mangelten, konnte er mit solchem Ernst erzählen, dass man geneigt war, auch den größten Unsinn zu glauben. Wenn er zu reden begann, meinte man, der Weltuntergang stünde bevor oder hätte schon an einer Ecke der Erde begonnen, um dann damit zu enden, dass er mit List und Tücke und mit riesigem Aufwand am Morgen eine Fliege erlegt habe, die ihn seit Tagen geärgert hatte.

Wenn er, Josef, auch ganz anderer Natur war und nie auf den Gedanken gekommen wäre, solch unnützes, dazu noch unwahres Zeug zu erzählen, hörte er gerne zu. Einmal, Josef war vielleicht sechs Jahre, da war er auch wieder in der Fremde. Was um ihn war, sah und hörte er nicht. Er war in seiner Welt. Sein Vater sah dieses und sagte: „Josef, wo bist du, da ist die Wirklichkeit links und rechts und vorne und hinten, schau dich um.“ Er spürte, dass sein Vater sich Sorgen machte und diese Träumereien nicht mochte, ja, er glaubte sogar, sein Vater würde dahinter ein nicht ganz dem Normalen entsprechendes Verhalten vermuten.

Josef nahm sich dann immer mehr unter strenge Kontrolle. Er wollte nicht auffallen, jedenfalls nicht in der Weise, und so suchte er auch seinen Gedanken Zucht und Ordnung aufzuerlegen.

Das gelang nicht immer. Er erinnerte sich an einen Julisonntag vor fünfzig oder mehr Jahren. Josef wusste jetzt nach so langer Zeit nicht mehr genau sein damaliges Alter. Er war vielleicht dreizehn oder vierzehn. Kirschenernte war und die Bäume hoch und die Leitern ebenso. Zehn bis zwölf Meter etwa, und er war halt, das musste er eingestehen, kein Mutiger, kein Unfurchtsamer, wie es viele Burschen in seinem Alter gewesen sein mögen. Und Josef konnte die Sorge des Vaters verstehen, die er sich ob seiner fehlenden Dynamik machte. Es war überhaupt so eine Sache mit dem Rechtmachen, mit dem richtigen Maß zu finden. Zu frech, zu vorlaut, zu unbedacht durfte ein Kind, ein Jugendlicher nicht sein, viel schlimmer aber, das spürte Josef aus dem Unbewussten, dem Geahnten heraus, war es, ein Ängstlicher, Zögerlicher, ein Uncouragierter zu sein. Jene schimpfte man, diese verachtete man.

Der Tag war heiß, und vielleicht war es auch die Hitze, die ihm ein leichtes Schwindelgefühl verursachte, vielleicht aber auch ganz einfach seine Ängstlichkeit, seine Vorstellung von der Möglichkeit einer Gefahr, eines Absturzes gar aus der luftigen Höhe da oben. Sein Inneres vibrierte, als er sich dem obersten Teil der Leiter näherte. Josef konnte jetzt, so viele Jahre später, noch das Gefühl verspüren, das ihn damals durchströmte. Er stand an der Leiter und schaute hinauf, zögerte, den Aufstieg zu wagen, der ihn ganz nach oben führen musste, da die anderen Früchte abgeerntet waren. Da kam sein Vater vorbei. Er war etwas aufgedreht, in Eile. Das Geschäft lief gut, ständig kamen Leute von der Straße, sodass die Pflückenden kaum die

Wünsche der Käufer zu erfüllen vermochten. Da sagte sein Vater im Vorbeigehen, vielleicht nicht so ernst gemeint, durch den Druck und die Hektik des Tages aber in einem Zustand der Erregtheit und Unsensibilität: „Josef, was ist mit den Kirschen oben am Wipfel des Baumes?“ „Ich kann nicht,“ antwortete dieser kleinlaut und war sich eigentlich der Unerlaubtheit und der Unmöglichkeit einer derartigen Verweigerung bewusst. „Dann passt du nicht in unsere Gegend,“ kam der Peitschenschlag zurück. Josef war wie vom Blitz getroffen. Er, der mit elf Jahren schon vor der Schule zwei Kühe molk, der nach der Schule aufs Feld ging, der in den Reben Unkraut hackte, bis der Schweiß von der jungen Stirn rann und die kindliche Kraft zur Neige ging, er, der Freude hatte an seinem, so glaubte er, künftigen Beruf, der interessiert war, der Recht tun wollte, der seinen unstarken Körper schinden konnte, um vielleicht einmal ein kleines Lob abzubekommen, seine Existenz mit Wert, mit Aufgenommensein, einem wenn auch geringen Status bedacht zu sehen. Er, der manchmal zwar ein lobendes Wort wie „braver Josef, guter Bub“ oder ähnliches zu hören bekam. Diese Art von Lob aber kränkte ihn fast noch mehr als das Schweigen, mehr als die Verweigerung von Anerkennung. Diese Worte klangen ihm eher nach Verachtung. Sollten sie nicht so viel heißen wie: Du Halblebendiger, du am Gängelband der Vorschriften, der Anweisungen Geführter, du Unselbstständiger, Duckmäuser, Gieriger nach Beachtung, die dir eigentlich gar nicht zukommt? Waren sie nicht weit mehr Abwertung und Verschmähung von Bestätigung seines Josefseins, das er sich so sehr wünschte, als eben dies?

Tränen liefen ungewollt über Josefs unglückliches Jungengesicht. Konnte man tiefer getroffen werden? Er passte nicht in diese Gegend! Todesurteil, Verurteilung zum Sklaven, zum Unterirdischen, zum an den Pranger Gestellten. Vertreibung aus dem Paradies. Mein Gott, dachte Josef, was soll mit mir werden? All mein Bemühen umsonst, keine Chance, mich in die Herzen der Menschen zu spielen, keine Leichtigkeit des Seins, alles schwer, deprimierend, hoffnungslos. Hatte das Leben überhaupt eine Perspektive, gab es eine Möglichkeit, sich aus der Verkrüppelung, der Verbannung seiner kleinen Seele zu befreien?

Was für ein glühendes Schwert hatte da sein naives Herz durchbohrt, was für ein Faustschlag hatte seine rosarote Wange getroffen, wie weit in den schwarzen Abgrund war er gestoßen?

Er musste wieder hinauf und ging wieder hinauf. Pflückte die obersten Äste leer, zitterte in den Beinen, dachte an Absturz. Wäre es nicht das Beste, sich fallen zu lassen, einfach die Hände von der Leiter zu nehmen, ein Moment des Gleitens, ein letzter, abschließender, herrlicher Flug. Dann Ende der Qual, kein Verlorensein mehr, kein Schwert in der Seele mehr. Dann, dachte Josef, wäre er vielleicht rehabilitiert gewesen. Hätten sie gesehen, dass es nicht Feigheit oder übertriebene Furchtsamkeit war, dann hätten sie glauben müssen, dass er nicht konnte. Aber sein junger Körper sträubte sich dagegen, schrie nach Leben, nach Hoffnung, einmal würde alles ganz anders sein. Er würde Person sein, Mensch sein mit den klaren Insignien des homo sapiens, des wissenden Menschen, des als unabgewerteten, geachteten, in seiner ureigensten Persönlichkeit gerade und trotzig stehenden Baumes, Mensch. Nichts hoffte er mehr, als dass irgendwann sein Josefsein nichts Kriechendes, nichts Gebeuteltes, nichts Verwundbares mehr an sich haben würde.

Wann würde er Anerkennung finden bei dem nach Gott Ranghöchsten, Mächtigsten, Vorbildlichsten seines noch kleinen Gesichtskreises? Wann würde er sich befreien von dieser Ummantelung durch Ausgeliefertsein, Ängstlichkeit und Unaufgebrochenheit?

Glaubte er, Josef, wirklich und fest, dieses würde einmal geschehen? Er hoffte es und er sagte sich: „Ich will das, und ich habe Zeit, viele Jahre liegen noch vor mir.“ Das war der einzige Trost, die Hoffnung auf die Zukunft. Trotzdem hatte der Peitschenhieb Striemen hinterlassen, Brandmale wie Besiegelung für alle Zeit. Und noch heute, ein halbes Jahrhundert danach, glaubte er die glühende Lanze in seiner Seele zu spüren, eine vernarbte, aber immer wieder aufflammende Wunde, heiß und schwer.

Still ging er durch den restlichen Tag, mied Gesellschaft, wollte allein sein, nur im Alleinsein fand er Trost. Das war wie die Beruhigung einer stürmischen See, hier war kein Gegenstemmen, kein unnötiges Lachen, kein Anbiedern notwendig. Da konnte man Sich sein ohne Schläge, ohne Auf-der-Hut-sein, ohne Verkrümmung.

Josef freute sich auf den Abend. Er freute sich vor allem auf das Schlafengehen, auf die Auszeit, die Zeit des Losgelöstseins, des Schwelgens in den Gärten der Phantasie. Wie war es ihm, gerade an solchen Tagen, von Wert, dass er den Schlüssel gefunden hatte zu einer anderen Welt, zu seinem Traumland, zu seinem Paradies.

Und es war ihm eine Lust, ein Herzsprung fast, wenn er die Augen schloss und diese blühenden Gärten betrat. So auch am Abend dieses Tages. Wenn er in sich blickte, sehend hinter die Augenlider seiner inwändigen Welt. Da bauten sich Firmamente auf in ständigem Wechsel. Das Rot war rein und unbefleckt und von einer Zartheit, die an königliche Gewänder oder himmlische Säle erinnerte. Regenbogengleich spannten sich Gewölbe von Horizont zu Horizont. Vom Rosa zum Violett und dazwischen in allen nur denkbaren Farbnuancen variierten die Töne, samten und weich. Ornamente verzierten die Ränder, und in den Flächen tanzten Rosen und Veilchen einen lieblichen Reigen in einer Freiheit und Freizügigkeit, die er sich tagsüber selbst so sehnlichst wünschte.

Später, viel später einmal dachte Josef, als er eine Reise nach Andalusien unternehmen konnte, da fand er all dies wieder. Fand es wie ein wahrgewordener Traum, wie sein bildgewordenes Leben hinter dem geschlossenen Auge wieder in den maurischen Kathedralen von Cordoba oder der Alhambra in Granada. Diese abstrahierten Ranken und Blumen, diese Friesverzierungen und wandteppichgleiche Raumgestaltung, diese Farbnuancierung und diese fast heilige Erhabenheit des Raumes.

Dazu das Rauschen des Brunnens, das einen enthob in ein fast greifbares Nichtverwirklichtsein von Himmel. Da schwelgte Josef in Fahrten von Glückseligkeit, wanderte mit seinem Blick über die ganze Spannbreite einer vom offenen Auge nicht sichtbaren Dimension von Welt. Traumland, Herzland, Seelenland. War es ihm je langweilig geworden beim Gang durch die Wunderwelt seiner Innerlichkeit in Bildern? Nein, nie. Nie war Überdruss oder Abgestumpftheit über ihn gekommen, auch beim tausendsten oder zehntausendsten Mal seiner seidengewandeten Abendspaziergänge nicht. Immer war der Grad der Befriedigung der gleiche, immer war es Idealland, Heimat, eingezäunte Sicherheit, und er war sich gewiss, dieses sein Refugium, sein eingeborenes Land würde niemals besetzt werden können von Truppen fremder Mächte und von Granaten feindlicher Heere niemals zerstört werden können.

War das bei aller sonstigen Verwundbarkeit nicht ein unbezahlbarer Trost, nicht ein fast göttliches Versichertsein, ein Territorium zu wissen, das uneinnehmbar war und dessen begehbares Tor nur einem Einzigen, ihm, bekannt?

Hier auch stieß er, Josef, zum ersten Mal auf den Gedanken der Machbarkeit des Nichtmachbaren. Er war zu klug, um dem Glauben aufzusitzen, dies in der wirklichen, der sichtbar handelnden Welt zu erwarten, aber in seiner verborgenen, verinnerlichten, unrationalen Welt, da glaubte er es allemal vorzufinden und für sich brauchbar machen zu können. Die Habhaftwerdung der Utopie. War das Flucht oder Tiefgang, Verweigerung oder Bereicherung?

Und wenn er, Josef, heute darüber urteilen sollte, so fragte er zurück, was war es anderes als Idealisierung von Welt, Verfolgung von Utopien waren es, so meinte er, um deren Verwirklichung zu betreiben, die rational gesehen, nie möglich sein würde.

Aber, dachte er, genügt es nicht, ein Reich zu besitzen, in dem eine glückliche Zufriedenheit lebbar war, in dem man Turbulenzen der täglichen Flüge beruhigen konnte, in denen ein Fahren auf beruhigten Gewässern möglich war?

An Sonntagnachmittagen spielte Josef mit Gleichaltrigen. In alten, zu Werkstatt oder Lagerraum degradierten, ehemaligen Bauernhäusern, in Schuppen und Heustadeln gab es immer etwas zu erkunden. Sie gruben Höhlen durch gelagerte Strohballen und sprangen übermütig vom Gebälk in das weiche Heu.

Der erste Schultag blieb mit jeder Facette seiner Terminologie in Josefs Erinnerung. Er ging mit seinem gleichaltrigen Freund Walter, den sie später, als jeder einen Spitznamen hatte, Napoleon nannten, etwas lustlos und mit gemischten Gefühlen der Schule zu. Es nieselte schon den ganzen Morgen aus einem tristen, freudlosen Himmel. Sie gingen allein. Dann standen sie, als meinten sie, den ungewollten und nur erzwungenen neuen Lebensabschnitt damit wegzuwischen oder wenigstens eine Verzögerung zu erwirken, vor der Werkstatt des Schmiedes in ihrer Straße. Sahen hinab in das drei Stufen tiefer liegende geheimnisvolle Reich des alten Georg R. Das Haus war alt, und der Raum, in den sie sahen, wie ein Relikt aus einer anderen, längst vergangenen Zeit. Durch geschwärzte, vom vielen Rauch und Feuer fast blinde Fensterscheiben sahen sie den Alten glühendes Eisen aus der Esse holen, gefasst mit einer Zange aus Eisen. Vom Amboss, auf dem er das erhitzte Material schmiedete, sprangen und sprühten Funken. Um wie viel schöner, dachten beide, wäre es, hier zu stehen und zuzusehen, wie aus dem glühenden Stab Halterungen an Schubkarren und Wagen entstanden, wie Bandeisen auf Holzräder aufgezogen wurden, als dem ungewohnten Neuland Schule sich anvertrauen zu müssen. Jetzt, wenn sich Josef an diesen Tag erinnerte, dachte er, was wäre ein solches Haus, eine solche Werkstatt für eine Attraktion, für ein Märchenland in einer Zeit, die längst mit ihrem gierigen, gefräßigen Maul all diese Kostbarkeiten der Dörfer verschlungen hatte.

Dann aber war es doch Zeit, weiterzugehen. Sie kamen ins Schulhaus, sie beide allein mit ihrem neuen Schulranzen, einer Tafel und sonst fast nichts als einer Portion Befangenheit und Reserviertheit dem Kommenden gegenüber. Mit den anderen, von nun an als Schulkameraden bezeichneten Kindern waren die Mütter gekommen. Manche den beiden noch unbekannte Buben und Mädchen hatten Schultüten dabei. Josef und Walter staunten, das war ihnen fremd. Bald aber wurde dies alles zur Routine.

Die ersten Schuljahre blieben nicht sehr in Josefs Gedächtnis haften. Es geschah nichts Aufregendes. Bis zu jenem Tag, es muss im Sommer vierundvierzig gewesen sein, als die Klasse Besuch bekam. Carola Z. war eine junge, hübsche Lehrerin. Ihr Verlobter war Leutnant und trat in die Tür, angetan mit einer Paradeuniform, glänzendem Beschlag, und ein bis auf den Boden reichender Säbel ließen die Kinderaugen glänzen.

Oft später, wenn Josef an diese Zeit dachte, wurde er nachdenklich. Was wäre aus mir geworden, fragte er sich, wenn dieses tausendjährige Reich nicht nach zwölf Jahren bereits am Ende gewesen wäre, wenn er selbst im fortschreitenden Alter hineingewachsen wäre oder zwangsweise hineingezogen worden wäre in den Strudel der Geschichte? Und er meinte auch im Nachhinein, dass es sich manche mit dem Glück der späten Geburt Bedachte, die Nachkriegsgeborenen, die außer der Bezichtigung ihrer Vätergeneration der Feigheit und Inkonsequenz in ihrem Leben noch nichts Nennenswertes zustande gebracht hatten, zu leicht machten.

Manchmal, wenn die Bahnschranke für die im Oberdorf Wohnenden geschlossen war, ging man auf anderem Weg heim. Oft stand dann, wenn die Schule aus war, ein Güterzug vor dem Bahnhof, und er stand dann eine halbe Stunde. Das wussten sie. Dann gingen sie den kleinen Fußweg am Bahngleis entlang und durch den engen Durchlass auf die Oberdörflerseite, denn die Bahn trennte in Ober- und Unterdorf. Beide Teile meinten, sie seien die Besseren. Unterführung wäre für den „Durlos", wie er im Dialekt hieß, maßlos übertrieben gewesen. Er gab nur Platz für ein kleines Bächlein, das den Bahngraben und das umliegende Brachmoos entwässerte, und einen Betonweg, der nur Einbahnverkehr zuließ, so schmal war er.

Josef und seine Freunde rannten oft dorthin, wenn ein Zug sich ankündigte. Es war ein herrliches und schauriges Gefühl zugleich, die schwere, riesige Lokomotive und die unzähligen Wagen über sich hinwegbrausen zu lassen und das Dröhnen der Räder wie Beifall für eine bestandene Mutprobe zu empfinden. Gerade dort kam die Lok immer zu stehen. Daneben waren Schrebergärten der Bahnler. Im Herbst klauten sie Rosenkohl im Vorbeigehen. Einmal sagte Johann R. zum Lokführer, der gelangweilt zu einem Seitenfensterchen heraussah: „Dürfen wir einmal hineinschauen, wir bringen dafür eine Handvoll Rosenkohl mit." Das durften sie. Kaum dass die kleinen Knirpse das schwarze Ungetüm besteigen konnten. Der zischende Dampfkessel, das Führerhaus und dahinter der Kohlentender, was für ein furchteinflößendes Gefährt! Und doch faszinierend, die Armaturen, Knöpfe und Hebel, Uhren und Manometer, und als der Heizer die Feuertür öffnete und das Rot der glühenden Kohlen wie der Rachen eines feuerspeienden Drachen zischte, war das Erlebnis überwältigend.

In seinen mittleren Jahren, als Arbeit und Beruf ihn ganz in Anspruch nahmen, sein Denken und seine Planung, seine Sorge und sein Antrieb ganz auf den Hof fixiert waren, ging seine Erinnerung selten solchen Ereignissen nach. Jetzt aber, da er mehr Muße hatte, er seine Gedanken aus der Bindung an betriebliche Erfordernisse entlassen konnte, kehrten mehr und mehr die Bilder aus der frühen Zeit zurück.

Wenn er sich den Bahnhofsvorstand Reichart vorstellte oder einen seiner Vorgänger, wie sie stolz ihre Uniform trugen, die rote Schirmmütze, die, so hätte man zumindest ihrem strengen, hoheitsvollen Gesichtsausdruck entnehmen können, in ihrer Wichtigkeit und Legitimation gleich nach der der Generäle des Ersten Weltkrieges kam, so spürte er fast so etwas wie Wehmut ob der Vergänglichkeit der ach so schön hierarchischen Ordnung jener Zeit. Josef schien es zwar damals schon und heute noch mehr so, als wäre manches übertrieben gewesen und als hätten ihre steile Aufgerichtetheit und die Zackigkeit ihrer Bewegungen nicht ganz der wirklichen Bedeutung entsprochen. Aber es mochte ja sein, dass ein Mann, der durch Aufheben und Drehen der Kelle ein Halt oder freie Fahrt dem Ungetüm Lokomotive gebieten konnte, etwas in sich wachsen spürte, das man hierzulande als „Krakel" bezeichnen würde.

Josef entsann sich der Diskussion, die er vor einigen Tagen mit Siegbert H. führte, einem ehemaligen Mitschüler. Dieser war Ende des Krieges in den Ort gekommen, mit Mutter und Schwester. Der Vater war noch im Felde. Nach einigen gemeinsamen Schuljahren ging jener nach Lindau ins Gymnasium und studierte dann. Später baute er einen kleinen Druckereibetrieb im nahe gelegenen Städtchen auf. „Mehr Freiheit braucht die Wirtschaft" war seine These. Kein Beamtentum, keine Regularien, keine Subventionen, freie Hand dem Tüchtigen, der gesunde Wettbewerb regelt alles von alleine, das waren seine Parolen. Josef kannte sie, er hatte sie schon viele Male gehört. „Ist etwas besser geworden?" fragte er nun zurück. „Die Privatisierung der Bahn z. B., was hat sie gebracht? Sind die

Fahrpreise billiger geworden, die Züge pünktlicher, die abgelegenen Dörfer angebunden worden? Alles Fehlanzeige, überall ist das Gegenteil eingetreten."

„Trotzdem," sagte Siegbert, „das ist der richtige Weg. Alles soll sich selber regeln, Anfang und Untergang, Preis und Gewinn, Gebaren und Entlohnung."

Josef sagte nichts mehr, er wusste, wenn sich Siegbert mit seinem Lieblingsthema befasste, vertrug er keine Gegenrede, und es war auch sinnlos, zu argumentieren, Siegbert ignorierte die Worte des anderen einfach.

Mit sieben lernte Josef schwimmen. „Hier am See," so meinte auch die Mutter, die er nie schwimmen, ja nicht einmal plantschen gesehen hatte, „muss man schwimmen lernen."

Josef ging ins Bubenbad. Ein Mädchenbad gab es auch. Räumlich getrennt, um die unterschiedliche anatomische Ausstattung des anderen Geschlechts nicht zu früh kennen zu lernen. Unverständlich eigentlich, denn zu Hause waren die Geschwister auch nicht alle gleich geformt. In eines dieser Bäder ging man manchmal mit der Schule. Am schönsten war es im Bubenbad vor Fischers Haus. Da konnte man weit hinauslaufen, und ganz draußen vor Bihls Hafen war ein kleines Mäuerchen, von dem aus man Kopfsprünge üben konnte. Doch dahin zu kommen hatte seine Tücken. Manchmal konnte man bis dorthin gehen, ein andermal aber, wenn der Wasserstand ein paar Zentimeter höher war, ging das nicht mehr. Dann musste man versuchen, paddelnd und schwimmend durch die Furt der Hafeneinfahrt zu kommen oder den Bodensee auszutrinken. Letzteres war aussichtslos, so entschied man sich fürs Schwimmen und lernte es fast zwangsläufig.

Die alte Frau Rau war eine Fischersfrau, wie man sie sich vorstellte. Liebenswert, couragiert, zupackend und immer und jedem gut gesonnen. Der Mann war gestorben und die beiden Söhne waren im Krieg. Trotzdem war sie freundlich und voller Hoffnung.

Viele Jahre später, es war wohl schon Anfang der fünfziger Jahre, Josef war da schon fünfzehn oder sechzehn, traf er sie immer wieder irgendwo im Dorf. Dann blieb sie stehen und erzählte von ihrem Maxl und von Toni, dem Älteren, was für anständige, brave Burschen dies gewesen seien. Jeder im Dorf wusste zwar, dass es keinen größeren Lausbuben als eben diesen Maxl gegeben hatte, aber seine Streiche waren längst verziehen. Toni war gefallen, das wusste die alte Frau, aber Maxl war nur vermisst, und auch zwölf, vierzehn Jahre nach Kriegsende war sie noch überzeugt, dass ihr Maxl eines Tages vor der Tür stehen würde und in seiner spitzbübischen Art sagen würde: „Mutter, da bin ich, es hat etwas lange gedauert, aber jetzt bleib ich immer bei dir."

Josef dachte dann, was der Mensch glauben will, das glaubt er, wider besseres Wissen, wider die Vernunft, und es kann nicht sein, was nicht sein darf. Aber, dachte Josef auch, wie viel Mutterliebe und wie viel Mutterschmerz müssen am Werk sein, wenn Hoffnung nicht versiegen kann, wenn Hoffnung bleibt, wo es keine Hoffnung mehr gibt.

In Josefs Dorf, Nonnenhorn, gab es auch eine Kirche. Eine Kapelle besser gesagt, eine dem hl. Jakobus geweihte Kapelle. Diese hatte auch einen geistlichen Herrn, den man Benefiziat nannte. Und was für einen! Josef glaubte, nie mehr später einem Priester begegnet zu sein, der so viel Intellekt, Klugheit, Wissen, Belesenheit mit einem hohen Maß an Bescheidenheit, Menschenliebe, Verantwortungsgefühl verband wie eben dieser Benefiziat. Er unterrichtete in der Dorfschule, sammelte die Jugend abends zu Gesprächen, Spielen und Gesang, organisierte Theateraufführungen und Bergtouren, Wanderungen und Ausflüge. Und er spielte Fußball mit den Jungen, bis er fünfzig Jahre alt war, in langen schwarzen Hosen und dunklem Pullover schwitzend, und von Freude getragen. Seine private Bibliothek stellte er allen, auch denen, die nicht seiner seelsorgerischen Bemühungen Früchteträger waren, kostenlos zur Verfügung.

Seine Predigten waren flüssig und logisch folgernd, oft mit Zitaten aus Büchern bekannter Schriftsteller oder berühmter Philosophen durchsetzt. Bei Gesprächen oder bei öffentlichen Auftritten war er beredt und die Worte gingen leicht und fließend von seinen Lippen.

Anders war es bei den Wandlungsworten der hl. Messe, und

fast mitleidend hörte man das „Ego Te absolvo“, wenn man bei ihm zur Beichte ging. Selbst dann, wie Josef jetzt im Nachhinein meinte, wenn er als Kind wirklich nur Bagatellfälle wie „ich habe genascht“, „vielleicht ich habe gelogen“, oder wenn es hoch kam „ich habe etwas Unkeusches gedacht“, vorzubringen hatte, waren die entscheidenden Worte ein Stocken und Würgen, ein Abbrechen und Neuansetzen von anscheinend kaum Aussprechbarem, das den Zuhörer fast verlegen machte. Wahrscheinlich waren ihm in all seiner Gewissenhaftigkeit diese Sätze so bedeutungsvoll, war er sich seiner eigentlichen Unwürdigkeit des Vollzugs so bewusst, dass er sie nur in einer Art Buchstabierung vorzubringen vermochte.

Später wurde er dann trotzdem, und fast gegen seinen Willen, Stadtpfarrer von Oberstdorf, um als Pensionist an den Bodensee zurückzukehren und in der Nachbargemeinde seinen letzten Wohnsitz zu nehmen.

Alle mochten ihn, ein Hiesiger aber war er nicht. „Was bischt du für unar (einer)?“ fragten Alteingesessene, wenn sie mit jemandem zu tun hatten, von dem sie wussten, dass er im Dorf wohnte, ihn aber nicht kannten. Um als Einheimischer zu gelten, brauchte es einiges. Und es gab Abstufungen. Das Erste und Höchste war natürlich die Gnade der hiesigen Geburt. Im Dorf, im Haus geboren, adelte den Einheimischen. Mochte er manchmal und in mancher Hinsicht noch so verquer sein, ein bestimmter Grad Wertschätzung war ihm zuerkannt. Und dann kam eine ganze Weile lang nichts. Es war wahrscheinlich kein Zufall, dass in den Nachbargemeinden ringsum das Wort ging „mir Nonnenhorner“. Damit meinten sie einen gewissen Krakel, ein nach ihrer Meinung übertriebenes Selbstwertgefühl, das sie mit dieser Parole, wer auch immer sie aufgebracht haben mochte, auf die Schippe nehmen wollten, teils belustigt, teils ernst ob solcher Anmaßungen.

Dann kamen solche Mitbürger, die zwar nicht im Dorf das Licht der Welt erblickten, aber aus dem näheren Umkreis stammten, vielleicht verwandtschaftliche Bande vorweisen konnten, die zum Dorf führten und schon einige Jahre, deren zehn mussten es schon sein, hier wohnten, oder die durch Heirat in ähnlicher Weise um Integration bemüht waren.

Hatten sie allerdings einen Dialekt, der in Nuancen dem dörflichen zuwiderlief, war das natürlich ein Grund, die Vollmitgliedschaft in diesem Verein etwas zu verzögern. Ganz hinten auf der Barometerskala des Aufgenommenseins rangierten die Preußen. Besonders bei denen, die selbst keine großartigen Vorzüge vorweisen konnten, wurde um so mehr das hervorgekehrt, für das sie selbst überhaupt nichts konnten. Aber es ist wohl überall so auf der Welt, dass die Dummen und Einfältigen auf ihrem vermeintlichen Status am hartnäckigsten beharren. Vielleicht ist es aber auch nur die Angst dieser sich Abschirmenden, von den oft Gewandteren oder Redefreudigeren übertroffen oder gar übertölpelt zu werden.

Ein erstes Aufbrechen dieser Fronten brachte das Kriegsgeschehen. Junge Menschen gingen in die Welt hinaus und trafen auf andere Völker, Städte und Länder. Hierher kamen Ausgebombte, Vertriebene und „Kraft durch Freude“-Frauen. Gerade diese waren für mittelalterliche Männer, die für den Kriegseinsatz schon zu alt, für die Betreuung ganzer Kompanien von unternehmungslustigen Frauen und Mädchen aber sich bestens geeignet wähnten, ein gefundenes Fressen. Und mancher fühlte sich durchaus mitverantwortlich für den Kurerfolg und versuchte, diesen Urlauberinnen ihren Aufenthalt über Essen und Trinken hinaus durch intensive Umsorgung so angenehm wie möglich zu machen.

Die Alten waren nicht so leicht zu beeindrucken. Und mancher aus der Gefangenschaft zurückkehrende Soldat, den der Zufall hierher verschlagen hatte und der dem charmanten Lächeln einer hübschen Bauerntochter nicht widerstehen konnte, gelang es zeit seines Lebens nicht, mehr als das Herz dieser Einen zu gewinnen. Selbst mit den Schwiegereltern im gleichen Haus lebend, auf demselben Feld arbeitend, gelang oft kein inniges Verhältnis. Und mancher Alte, Verbohrte, Unüberzeugbare von der Qualität des Neuen, vermied es, den Namen des Hausgenossen wider Willen auszusprechen und stattdessen „Diser“ oder „Dersell“ als Bezeichnung zu wählen.

An wichtigen Sonntagen, an Festtagen sowieso, mussten alle nach Wasserburg in die Pfarrkirche. Der Messebesuch in der Kapelle sei da nicht ausreichend, sei nicht so vollwertig. Man ging immer zu Fuß. „Leg die wiße Kniestrümpf a und die kurze blaue Hosa," rief die Mutter in den oberen Stock hinauf, wo Josef und sein Bruder Karl sich anzogen. Dann ging es los. Meistens war das Wetter schön. Josef konnte sich kaum an einen Regentag erinnern, wenn sie nach Wasserburg zur Kirche gingen. Zwei Kilometer Fußmarsch waren schnell bewältigt, denn fast immer hatten Nachbarkinder denselben Weg. Kaum war man von zu Hause fort, rief die Mutter: „Ahne, ahne, was hosch den du fir drekide Knie, und diene Kniesbigena hoschd a scho lang nimm gwäsche."

Gleich wurde man herzitiert, diesen Schaden zu beheben. „Ihr kommend dher, ma muss se grad schemme mit ui!"

Das ging ja noch, aber manchmal war es, dass um den Mund herum noch Reste des Frühstücks waren oder eine angetrocknete Rotznase glänzte. Dann zog die Mutter das Taschentuch heraus, spuckte darauf und begann, im Gesicht herumzufummeln. Das war ekelhaft. Die Spucke hatte einen Geruch, dass Josef jedes Mal glaubte, er müsse gleich kotzen. Er pfluderte dann so gut es ging dagegen, konnte aber mangels Kraft nichts ausrichten.

Dass ihm das immer als Pfui-Teufel-Geschmack vorkam, lag nicht an der Mutter, es lag, wie er feststellte, wenn jemand anderer bei ihm dasselbe machte und es gleich unangenehm roch, wohl an der Spucke als solcher. Komisch, dachte Josef dann, aller Menschen Spucke stinkt, nur die eigene nicht. Bevor man in die Kirche ging, sagte der Vater: „Nach dem Hochamt ist noch ein Psalter. Dass ihr mir dableibt."

Dann begann der Festgottesdienst. Pfarrer Rottenkolber war der Zelebrant. Assistieren durften ihm Benefiziat Krumbacher aus Nonnenhorn und Benefiziat Hebel aus Wasserburg. Graue Wolken von Weihrauch zogen durch das Kirchenschiff, und mancher, der das nicht so vertrug, wurde recht blass.

Nach eineinhalb Stunden, in denen Josefs Gedanken trotz Bemühens immer wieder dem Geschehen am Altar entfleuchten und entweder beim gestrigen Fußballspiel oder bei Albert, einem Schulkollegen, mit dem er vor ein paar Tagen ein Hühnchen zu rupfen hatte, landete.

Vater sagte immer: „Gib bei der Predigt acht, Josef, nachher beim Mittagessen musst du daraus erzählen.“ Meist war aber die Ausbeute einer solchen Nacherzählung nicht gerade sehr ergiebig. Doch da war Vater gnädig. Einen Satz oder einen Gedanken aus der Predigt anzusprechen, genügte.

Endlich gab Pfarrer Rottenkolber den Segen und entließ die Gemeinde. Alle verließen die Kirche und gingen an die um die Kirche liegenden Gräber ihrer Angehörigen. Auch Josef nahm seinen kleineren Bruder und ging hinaus. Da standen sie nun, Josef vielleicht sieben oder acht Jahre alt, der Bruder jünger. Unter vielen, vielen Menschen standen sie, standen fast so hoch wie Kirchtürme. Sie sahen nur Hosen, Röcke und Mäntel. Verloren kamen sie sich vor. Unbekanntes Land, ungewohnte Umgebung.

Man ging wieder in die Kirche, denn jetzt begann der Psalter. Drei Rosenkränze am Stück, wenn es gut ging, eine Stunde reine Betzeit. Die erste Stunde waren die aus Nonnenhorn dran. In der nächsten die Hegener, dann Bodolz, dann Wasserburg.

Die Knie taten weh und die Zeit ging langsam. Der erste war der „gnadenreiche“ Rosenkranz. Da war man noch frisch, da lief es noch. Beim zweiten, dem „schmerzhaften“, wurde es schon beschwerlicher, und beim dritten, dem „glorreichen“ Rosenkranz, sehnte man sich nur noch nach dem Ende.

Josef beobachtete immer die Kirchenuhr. Ganz oben über dem Bogen, der den Chor vom Kirchenschiff trennte, war sie angebracht. Sie hatte römische Ziffern und ging ruckartig. Sie stand eine Minute, um dann auf einen Satz zur nächsten Minute zu springen. Mein Gott, dachte Josef, wie lang eine Minute sein konnte. Man betete abwechselnd. Einmal die Männerseite, dann die Antwort von der Frauenseite. Die Frauen beten lauter und flüssiger, geübter, dachte Josef, wahrscheinlich taten sie es öfter. Jeder Rosenkranz hatte fünf Gesetzlein, und jedes Gesetzlein verlangte zehn Anrufungen. Da hieß es, auch richtig zu zählen. Es wäre ja eine Blamage gewesen, hätte man zu früh ins nächste Gesetzlein übergewechselt. War es aber endlich geschafft, dann, dachte Josef, fühlt man sich gut. Müde, aber geläutert und gerechtfertigt verließ man nach insgesamt zweieinhalb Stunden die Kirche. So müssen sich Heilige fühlen, dachte Josef. Und als sie heimgingen an diesem Sonntag, der schon auf den Mittag zuging, warm und vorfrühlingsselig, durch die Langgasse, da waren an den Kirschbäumen schon die ersten Blüten aufgegangen, weiß und engelsrein, wie sein Innerstes sich anfühlte.

Jetzt aber blickte Josef aus seiner Alterswohnsitzstube hinaus und sagte zu seiner Frau: „Man sieht keine fünfzig Meter heute." Sie goss am Fenster nebenan Hibiscus- und Orchideenstöcke, blickte kaum um und sagte zu ihm: „Es ist halt November."

Ihm aber gefiel es. Vor dem Haus, wo das Gelände abfiel zu den Obstplantagen hinunter, wo an normalen Tagen dahinter See und Berge herausschauten, war jetzt ein Meer aus Nichts. Es ist fast wie das sich Erinnern, dachte er. Man sieht nicht mehr, aber weiß um alles, was dahinter ist. Weiß um die Schönheit im Verborgenen, die Schönheit im Gestern, vor Tagen, vor Jahren.

Er kannte Leute, die gingen im Winter fort in warme Länder. Jammerten über Nebel, Kälte und Mangel an Sonne. Waren depressiv und unleidig. Glaubten, dies wäre verlorene Zeit. Nicht so er. Ihm schien, es sei so, als würden heute Telefon, Fernsehen, Internet und all diese Dinge, die einen Minute für Minute überschwemmen mit Bildern, mit Informationen, mit einem Schlage abgeschaltet, wären nicht mehr verfügbar, und man wäre plötzlich beschränkt auf das Eigentliche, das Naheliegende, das Zentrale. Ihm jedenfalls schuf es eine Atmosphäre der Geborgenheit, der Überschaubarkeit, auch die Relativierung seiner Bedeutsamkeit für die Welt. Diese, dachte Josef, wird von den meisten Menschen maßlos überschätzt.

War es nicht, dass plötzlich das Nahe wieder Wert bekam, weil das Ferne nicht war? Und wollen wir nicht manchmal, so wie jetzt, Mittrauernde an der Trübnis der Welt sein? Denn wir wissen um die Unverbrämbarkeit bestimmter Gewissheiten des Menschseins durch Bestrahlung, Übertünchung und ein schon fast professionelles Nichtwahrhabenwollen von Wahrheiten. „Josef, wollen wir nicht nach Scheidegg fahren heute, da sei strahlender Sonnenschein. Alles, was über siebenhundert Meter sei, hätte einen herrlichen Tag zu erwarten." „Störe meine

Gedanken nicht," sagte er nur und dachte an Aristoteles, der im Sande Figuren zeichnete und um deren Verwundbarkeit wusste.

Ein Spatz, der dick und aufgeplustert auf dem Tisch vor seinem Fenster saß, schaute spitzbübisch und frech zu ihm herein, als wollte er sagen: „Was soll's, es kann nicht immer Sommer sein."

Im April 1944 wurde Friedrichshafen zerstört. In der Stadt waren einige Betriebe wie Zahnradfabrik, Maybach, Zeppelinwerke, die Rüstungsaufträge erfüllten. Denen galt der Angriff. Dass dabei tausende Menschen umkamen, war, wenn nicht gewollt, so doch billigend in Kauf genommenes Nebenprodukt dieser schrecklichen Nacht. Josef erinnerte sich daran, wie die Sirenen heulten, die Flieger dröhnten, die Flak den Himmel durchschoss und wie das Firmament brannte, vom höllischen Rot der brennenden Stadt entzunden. Noch Tage danach hatte der Himmel eine Rötung im Westen der Stadt zu, dass man meinen konnte, die Geschichte von Sodom und Gomorrha wäre in unsere Zeit verlegt.

Josef konnte mit allem leiden. Mit den Pflanzen, wenn die Trockenheit ihr Laub versengte und die Blätter wie müde gewordene Flügel eines Adlers schlaff herunterhingen, dem Absturz anheimgegeben. Oder wenn nicht aufhörender Regen die Felder überschwemmte, dass den Bäumen die Luft zum Atmen genommen war.

Mit den Tieren, deren wehen Blick er kannte und in seinem Inneren nachfühlte, als wäre ihr Los auch das seinige. Wenn sie schrien, brüllten oder winselten vor Schmerz, und besonders, wenn sie hinausgeführt wurden, um beim Metzger ihr Leben zu enden. „Wie wenn sie spürten, wohin es geht," sagte Josef manchmal vor sich hin.

Josef fühlte auch mit anderen Menschen. Besonders das Schwere, das sie traf. Weniger, dass sein Jubel mit den anderen an Erfreulichem gewesen wäre, mehr sein Mitleiden an der Not, der Angst, den Schicksalsschlägen, die andere trafen. Wenn eines seiner vier Geschwister eine Ohrfeige bekam für Unfolgsamkeit, Zankerei oder Bockigkeit, so liefen ihm Tränen über die Backen, mehr als hätte die Züchtigung ihn selber erreicht.

Josef war auch ein Sohn des Weltenleids. In ihm war für ihn etwas wie Heimat, wie die wohlig warme Kuhle im aufgeheizten Bett des frühen Morgens. Josef konnte sich ein Leben ohne Leidempfindung nicht vorstellen. Das wäre für ihn etwas gewesen wie ein Sommerabend ohne Sonnenuntergang, wie eine Speise, der die Würze fehlte, wie Weihnachten ohne die Verheißung des Christkinds.

Er fürchtete sich vor dem Schuldigwerden mehr als vor dem Leid, mehr als vor dem Schuldigsein und mehr als vor Not, die das Schicksal den Menschen zugedacht hatte. Und wenn es schlimm wurde, hatte er seine Burg, sein Traumland, seine unantastbare Welt des ewigen Frühlings.

Er erinnerte sich an klare Tage, wenn die Flak übte oder auf einzelne verirrte feindliche Flieger schoss. Da hörte man den Knall und bald darauf wurden am Himmel kleine runde Wölkchen sichtbar, die aussahen, als hätte Frau Holle ihr Wollknäuel verloren, als wäre es ihr aus der Hand gefallen und würde sich nun in nichts auflösen.

Dann gingen sie anschließend auf die Suche nach Splittern. Fingergroße Metallteile, zackig und zerrissen, die die Hosensäcke, in denen man sie wie Wertgegenstände herumtrug und mit denen sich trefflich Handel um Taschenmesser, Streichhölzer oder Ähnliches betreiben ließ, in kurzer Zeit zerfetzten.

Wenn Fliegeralarm war, wurden sie sofort aus der Schule entlassen. Der Unterricht für diesen Tag war beendet. Später sagte Josef oft: „Ich wundere mich nicht, dass ich nicht gescheiter geworden bin bei dem Unterricht, den ich genießen durfte.“ Schnell wurde dann eingepackt und alle stürmten davon. Manchmal kam man nicht bis nach Hause, schon brummten die Flieger schwer und drohend am Himmel daher. Dann schlüpfte man in die Lücken von Flaschners mannshohem Buchshag und fühlte sich unangreifbar sicher, bis sich die Gefahr verzogen hatte. Längst ist der wohl hundertjährige Buchshag und der dahinter liegende Bauerngarten mit Gemüse, Salat und ein paar jedes Jahr wiederkehrenden Blumen einer sterilen, bedeutungslosen, immer sauber geschorenen Rasenfläche gewichen, die nicht im entferntesten jenen Charakter hat, wie er der einst alten, kaum irgendwo sonst gesehenen Mächtigkeit dieser lebenden Hecke eigen war. Josef spürte etwas wie Wehmut, wenn ihm diese Bilder kamen.

Manchmal kam bei Josef zu Hause ein Kind zur Welt. So alle zwei Jahre in ziemlich regelmäßigen Abständen. Josef glaubte fast, wenn er von etwas älteren Nachbarskindern ab und an etwas anderes erfahren hatte, die Kinder könne man, wie die Eltern sagten, irgendwo bestellen und der Storch würde sie dann liefern. Wie sonst wäre eine solche Pünktlichkeit möglich gewesen?

Richard, der sich in diesen Dingen als überlegener Fachmann ausgab, sagte: „Die Kinder kommen vom Vögeln." Nun, was immer man sich darunter vorzustellen hatte, zuzutrauen war es Richard, dass er Bescheid wusste. Sie hatten auf ihrem Hof einen Knecht, der Mitte zwanzig war und Richard genau instruierte, was er in den Nächten mit hübschen Mädchen mache. Und zudem war Richards Variante die doch sehr viel spannendere.

Ernst, der auch dabeistand, fragte: „Und wie geht das alles, ich meine, wie ist der Vorgang?" „Warte ab," sagte Richard, „das hat noch jeder erlernt, auch ohne Kursus."

Sie, die Kleineren, Josef, Ernst und Walter, waren ein bisschen ratlos. Wenn sie dachten, dass sie ihren kleinen Bubenspitz höchstens dazu verwenden konnten, bei kräftigem Zurückziehen der Vorhaut als Sieger aus dem Wettbewerb im Weitspritzen hervorzugehen, so waren andere Anwendungsgebiete und Verwendungsmöglichkeiten für sie einfach noch nicht vorstellbar.

Daheim redete man über diese Dinge nicht. Wenn ein kleiner Ahnungsloser einmal fragte oder wenn die Rede unter Erwachsenen über derlei ging und zu viel Neugier kinderseits gezeigt wurde, hieß es: „ Das ist nichts für euch" oder „da seid ihr noch zu klein", oder man legte einfach den Finger an den Mund und machte „psst". Wenn man die Diskussion ganz schnell und ein für alle Mal abwürgen wollte, sagte man: „Das ist Sünde." Und da man in der Schule im Religionsunterricht das sechste Gebot auch als die am hellsten beleuchtete Pforte zur Hölle darstellte, war dann das Thema bald erledigt.

Josef spürte natürlich an solchen Tagen, dass etwas anders war. Zudem war die Mutter ja schon eine ganze Weile dicker als sonst. Dann kam ein Tag, da war eine gewisse Unruhe im Haus. Nach der Hebamme aus Hege wurde geschickt, das Schlafzimmer der Eltern war verbotene Zone.

Dann, nach einigen Stunden, kam eine strahlende, kleine, liebenswürdige Hebamme heraus und verkündete: „Wir haben ein Mädchen“ oder „wir haben einen Buben“, je nach dem, was der Storch geneigt war, hier abzuliefern. Zuvor schon hatte man einen Schrei gehört, ein Quäken. Das war er also, der neue Quälgeist, der Familienzuwachs, den man sich zwar nicht unbedingt gewünscht hatte, der aber nun einmal zu akzeptieren war.

Das würde es sein, was die Nächte durchschrie in nächster Zeit. Das war der Klotz, der einem am Bein hängen würde, für Jahre vielleicht, bis ihm endlich ein selbstständiges Agieren möglich sein würde.

Wenn Josef aber dann hineinschauen durfte, zum ersten Mal, in die Wiege, und das Gesichtchen sah, das ihn, mit wechselndem Ausdruck zwar und in sich wandelnden Erscheinungsbildern, sein ganzes Leben begleiten würde, so waren die Bedenken verflogen und etwas wie unerklärliche Freude kam auf.

Josef war der Älteste. Von der Geburt des Zweiten und Dritten hatte er nicht viel mitbekommen. Doch die vierte und fünfte Geburt war noch deutlich in seiner Erinnerung.

„Der Älteste zu sein ist das schwerste Los, das man ziehen kann,“ sagte Josef immer. Er sagte später oft, wenn die Rede darauf kam: „Es ist wie in einer Schlacht. Der Älteste ist wie der Erste des Heeres, die Spitze der Truppe, die ins Feld zieht, und lebt am gefährlichsten.“

Josef glaubte auch erkennen zu können, dass in den Ältesten am meisten Erwartung gesetzt wurde. All die Ideale der Eltern, die sie vielleicht sogar selbst nicht in der Lage waren zu verwirklichen, er war dazu berufen. Er war der Hoffnungsträger, der Fixpunkt ihrer Vorstellungen, der ungefragte Realisierer ihrer Lebensphilosophie. Auserkoren zum Hoferben, Vorzeigeobjekt in der Verwandtschaft (ein braver Bub), Abschwörer aller krummen Dinge.

Und wenn Josef später darüber nachdachte, was alles schon

als Unverrückbarkeit wie Pfähle eingerammt war am Weg, der seinen Lebenspfad bestimmt hatte, noch bevor er den ersten Schritt getan hatte, so musste er sich sagen, Spielraum war da nicht sehr viel.

Mit Glück oder Unglück aber, dachte Josef jetzt im Nachhinein, hat das nichts zu tun, wie heute vielfach geklagt oder sich beklagt wurde. Das Glück kann man auf jedem Weg finden, wenn es ein ehrbarer ist, das liegt am Spaziergänger, an seiner Einstellung, an seiner Bereitschaft. Davon, ob er Augen hat, die sehen können, ein Herz, das fühlen konnte, und einen Mund, der die rechte Sprache spricht.

Die Nachgeborenen hatten es leichter. Sie genossen mehr Freiheit. Er, Josef, musste ihr Aufpasser sein, ihr Beschützer, ihr Vorbild. Und wenn etwas schief ging, sagte die Mutter: „Du sottescht de Gschider si." Da ging es schon los mit dem, was man die Bürde des Lebens nannte. Und wenn der Druck zu groß wurde, wenn Josef merkte, dass er nicht immer der Erwartung gerecht wurde, dass er Fehler machte, und die machte er trotz Gewissenhaftigkeit mehr als genug, dann musste er zugeben, er war erst Lernender, war auch erst Zögling der Schule, die man Leben nennt, dann war er von sich mehr enttäuscht als es vielleicht die Eltern gewesen sein mochten, was blieb da außer dem abendlichen Eintauchen in den wunderbaren klaglosen Himmel seiner hinter geschlossenen Augen verborgenen Welt. Wenn sein Firmament erstrahlte, von einem zarten, hellen, flammigen Gelb, wie es die Sommersonne manchmal umgab, wenn kleine Schleier sie scheu zu verhüllen versuchten, oder wie es der Heiligenschein ausstrahlte, der die Häupter der Jungfrau Maria oder des heiligen Jakobus umgab, die in der Kapelle die Seitenaltäre zierten, fühlte er sich geborgen.

Oder wenn sich die Farben in regenbogenähnlicher Weise schichteten im mehr oder weniger Zudrücken der Augenlider. Ein Wandern von Bildern, abstrakten und symbolhaften, über das ganze Zelt seiner inwendigen Dimension, traumhaft und königlich, was war dagegen noch Erdenleid?

Ja, dort war Josef, als wäre er König, Prunksaalbesitzer, Herrscher und gestaltender Künstler zugleich. Hier war das Alleinsein reine Lust.

Damals gab es in Josefs Dorf noch zweiundvierzig Bauern. Kleine Gehöfte zum Teil, kaum Verkaufbares wurde produziert, aber die Jahre des Krieges und die danach waren nicht Jahre des Geldverdienens. Viel Wert und Kaufkraft hatte die schwächelnde Reichsmark ohnehin nicht. Da war es wichtig, das zu erzeugen, was das tägliche Leben erforderte, Nahrungsmittel, Getränke und ein kleiner Überschuss, wenn möglich, mit dem eingetauscht werden konnte, was nicht selbst zu produzieren war.

Anton war Knecht auf dem Hof, lange bevor Josef da war. Er verdiente sieben Mark in der Woche. Am Samstagnachmittag, wenn es irgend ging, stahl er sich davon, ging in die Restauration und vertrank alles. Ein regelmäßiges Leben sei das, sagte er. Aber Anton war ein guter Mensch und den kleinen Josef hatte er ins Herz geschlossen. Aus der Sicht Josefs war Anton ein alter Mann, obwohl er Soldat war und nicht älter als vierzig sein konnte. Aber Alter ist relativ und aus dem Blickwinkel eines Sechsjährigen hat es ein anderes Maß als aus dem eines Erwachsenen.

Die letzte Erinnerung, die Josef an Anton hatte, war, als dieser im März vierundvierzig auf Heimaturlaub war. Es war Brauch, dass ein Soldat auf Urlaub in den wenigen Tagen, die ihm genehmigt waren, möglichst alle Nachbarn besuchte. Da nahm er Josef bei der Hand und ging mit ihm auf seine Besuchstour. Josef war es heute noch, sechzig Jahre danach, so, als säßen sie zusammen beim alten König in der Stube und Anton erzählte vom Krieg, und sie beide wurden bewirtet, wie es echter Gastfreundschaft geziemt.

„Kum wieder," sagte der alte König beim Abschied. „I hoff's," erwiderte der vom Most gezeichnete Urlauber. Das war das letzte Mal, dass Josef den Knecht sah. Am anderen Tag ging es zurück ins Feld nach Russland. Dort blieb er. „Gott hab' ihn selig," sagte die Tante.

Strenge Winter waren die Kriegswinter der vierziger Jahre. In ihrem Schlafzimmer im oberen Stock, in dem Josef, Bruder und Schwester schliefen, solange sie klein waren, bevor sie so groß waren, dass die Möglichkeiten ihrer Assoziationen und Handlungen in das Gute und das Böse eingestellt wurden, hatten sie am Morgen auf der Bettdecke vor sich Raureif. Das Feuchte der Atemluft war gefroren. In ihrem Zimmer stand zwar ein Ofen, ein Kanonenofen mit grünen Keramikplatten verkleidet, aber der wurde kaum geheizt. „Kalt schlafen ist gesünder," sagte der Vater. Wenn aber doch an besonders frostigen Abenden sich Tante oder Mutter überreden ließen, einzuheizen, war das ein Festtag. Wenn dann das Holz im Ofen knisterte, eine wohlige Wärme den Raum durchströmte und die Mutter noch eine Geschichte vorlas, Josef erinnerte sich an eine Erzählung über das Leben von Pater de Foriste, der in Afrika Missionar war, so war das eine Atmosphäre, dass man hätte sagen mögen: „Welt, halt den Atem an, Schöneres kann nicht mehr werden."

Josef glaubte, es sei sechsundvierzig gewesen, als er das erste Paar Ski zu Weihnachten bekam. Schon als sie unter dem Christbaum lagen, fehlte am Ende des linken Skis ein Stück Holz. Es waren natürlich gebrauchte und wahrscheinlich für eine Kiste Äpfel oder einen Liter Schnaps eingehandelt. Aber das wusste man nicht genau, sie waren ja vom Christkind. Und da durfte man nicht klagen. Walter, sein Freund, hatte neue bekommen. Sie waren ganz und wunderbar lackiert. Als wir unsere Weihnachtsgeschenke beim ersten Schnee ausprobierten, im Reutele und am Eichholz, den Hügeln hinter dem Dorf, da erwischte Walter mit der linken Spitze einen gefrorenen Maushaufen, der nur knapp mit Schnee bedeckt war, und die Spitze war ab. Da stand er nun mit seinen schönen neuen Skiern und weinte ob seines Missgeschickes. Der Flaschner fertigte eine Blechmanschette und nietete beide Teile wieder zusammen, aber das, was es war, ein Paar wunderbare neue Schneebretter, wurde es nie wieder. Da war Josef froh, dass er die alten hatte, denen zwar am Ende ein Teil fehlte, doch das behinderte kaum.

Als Josef heimkam, hielt er seine eiskalten Hände an die beigen, kunstvoll geformten und mit roten und blauen Blumen bemalten Kacheln des Stubenofens. Bald hörte ihn die Mutter jammern und weinen. „Josef, was hoscht," sagte sie. Er aber schwieg und wirbelte Finger und Hände durch die Luft, als könnte er so den Schmerz vertreiben. „Unigelat's de?" fragte sie von der Nähmaschine her, deren Rad übereifrig surrte. „Und wie!" jammerte Josef. „Du darfst kalte Hände nicht am heißen Ofen aufwärmen. Leg sie in lauwarmes Wasser und mach's langsam." Dann gab Mutter wieder Vollgas und nähte weiter an den kurzen Hosen, die für ihn, Josef, gedacht waren. Zu diesen Hosen musste Josef im Winter lange Strümpfe, selbst gestrickt und aus Schafswolle, tragen. Wie er die verfluchte. Und noch dazu benötigte man dabei Strapse und ein „Gstältle", wie man den Halterungsgürtel nannte, an dem die Strapse aufgehängt waren. Pfui Teufel, das war Mädchenzeug, nichts für Buben. Schon allein deshalb liebte Josef Frühling und Sommer, weil da solcher Unsinn nicht vonnöten war.

Zu allem Übel bissen die Schafwollstrümpfe in die Haut, dass man hätte glauben können, tausend Läuse hätten sich in der Kniekehle festgefressen. Noch mehr gehandicapt war man, wenn einer dieser verwunschenen Strapse krachte und der haarige Strumpf wie eine gequetschte Ziehharmonika sich um den Knöchel herum ringelte.

Sobald sich der Boden im Frühjahr erwärmte, wurde barfuß gegangen. Man sagte zwar, man dürfe erst ohne Schuhe gehen, wenn die Monate kein R mehr hätten, aber dies wurde nicht befolgt. Im April, manchmal schon im März wurden erste Versuche des Barfußlaufens unternommen. In jedem Sommer einmal, manchmal sogar des öfteren, geschah es Josef, dass er sich irgend etwas eintrat. Ein spitzer Stein, ein abgebrochener Ast, ein Dorn oder Stachel, der eine Verletzung der Fußsohle verursachte. Meist kam dann Dreck in die Wunde und sie eiterte. Dann war ein normales Laufen kaum mehr möglich. Josef versuchte dann, zumindest wenn der Vater zusah, das unvermeidliche Hinken nicht deutlich werden zu lassen. Er wusste um die ärztlichen Praktiken, mit denen kleine Wehwehchen im Haus behandelt wurden. Vater sagte dann: „Josef, heute Abend wirst du verarztet." Dann wusste Josef Bescheid und das Zittern begann. Nach Feierabend musste sich Josef bäuchlings aufs Sofa legen und den kranken Fuß über die Seitenlehne hinausstrecken. Vater zog einen Stuhl heran, holte eine Nähnadel, Watte und eine Flasche Schnaps. Ringsum standen, wie Studenten einer medizinischen Fakultät, die Geschwister, froh, nicht selbst Leidtragende zu sein und doch mit etwas Bedauern im Herzen für Josef, das Objekt dieser interessanten Demonstration rustikaler Heilkunst. „Nicht zucken, ganz still halten," sagte Vater zu Josef, der verkrampft und jede Sekunde den schmerzhaften Stich in die empfindliche Fußsohle erwartend in das samtene Kissen biss.

War dann die Wunde ausgeräumt oder der Fremdkörper, der eingedrungen war, entfernt, wurde die Stelle mit Schnaps ausgewaschen, ein Pflaster darüber geklebt und die Operation war beendet.

Erdenleid, oh Erdenleid, dachte dann Josef.

Schon ein, zwei Tage später war Josef dem Operateur für dessen Kunst dankbar, denn jetzt konnte er wieder laufen, was hier im Alemannischen soviel wie gehen heißt, und rennen, ohne Schmerzen zu verspüren.

Nur wenige Bauern im Dorf hatten damals in den vierziger Jahren schon einen Traktor. Bei Josef auf dem elterlichen Hof tat ein bärenstarker Kaltblüter die ganze Arbeit. „Er hat noch nie etwas stehen lassen," lobte Vater dieses wunderbare Pferd.

Manchmal durfte Josef fahren, schon als Siebenjähriger. Einmal sagte Vater, als Josef vielleicht acht Jahre alt war: „Josef, kannst den Wagen aufs Feld bringen, wenn die Schule aus ist." Da war Josef stolz, wenn ihm, dem Kleinen, schon so viel Kompetenz übertragen wurde.

Josef ging dann in den Stall, band das Pferd mit dem breiten Hinterteil und der mächtigen Brust, die ganz faltig wurde, wenn es sehr schwer zu ziehen hatte, los und sagte: „Komm Hans." Vor dem Stall legte Josef das Geschirr an. Zuerst den Leib, ein Polster, das das Pferd vor dem Aufgescheuertwerden schützte, darauf das Kummet und über den Rücken das Zuggeschirr. Nicht einfach war für Josef, das schwere Kummet über den Kopf des Pferdes zu streifen. Aber da senkte Hans Kopf und Hals ganz weit nach unten, so dass Josef trotz seiner geringen Körpergröße seiner Aufgabe gerecht werden konnte.

Einmal erinnerte sich Josef, es wird vielleicht ein Jahr später gewesen sein, als er mit dem Wagen auf der Straße zum Feld fuhr, allein, sah er von weit her einen großen Lastwagen kommen. Das hatte der Vater Josef gesagt, da müsse er acht geben. Josef fuhr an die rechte Straßenseite, sprang vom Kutschbock, zog am Zaumzeug den Kopf des Pferdes zu sich herunter, um mit der Hand das der Straße zugewandte Auge von Hans zuzuhalten. Ruhig ließ er das monströse Gefährt mit den flatternden Planen passieren, das er sehend so sehr verabscheute.

Das war die einzige Schwäche dieses gutmütigen, starken, treuen und braven Pferdes, die Angst vor Lastwagen und Lokomotiven, die vorbeirauschten wie Höllenfahrzeuge, wenn man an geschlossenen Bahnschranken stand. Da zitterte es am ganzen Körper wie Espenlaub und wollte dem Ort der vermeintlichen Gefahr entfliehen.

Wenn es im Winter schneite, suchte man Arbeit im Haus. Dann wurden „Band" gemacht, wie man das Zurichten der im Herbst von Kopfweiden geschnittenen Ruten nannte. Im Wohnzimmer vor dem Kachelofen wurde ein Teppich ausgebreitet. Vater und Mutter schnitten die kleinen Seitentriebe von den starken Ruten und spalteten diese in drei Teile. Die weichen kleinen Triebe, die zu Boden gefallen waren, mussten von Josef und den größeren Geschwistern aufgelesen und zu kleinen Bündeln gebunden werden.

All dies wurde im Frühjahr gebraucht, um die Reben an ihre Pfähle zu binden. Daneben wurde examiniert. „Drei mal fünf" fragte Vater oder „wie schreibt man Egge" oder „wann war die französische Revolution". Oder er sprach ein Gedicht. „Zu Dionys dem Tyrannen, schlich Damon, den Dolch im Gewande, ihn schlugen die Häscher in Bande. Was wolltest du mit dem Dolche, sprich, entgegnete ihm finster der Wüterich". „Bürgschaft, von Schiller" sagte er dann und seine Augen glühten vor Schauder und Begeisterung, und Josef empfand die Größe solcher Zeilen wie Offenbarung. Josef war einer, den man entflammen konnte. Für Ideale begeistern. Das Große, Schöne, Hehre, Mutige ließ seine Fantasie fliehen. Wenn er selbst auch kein Mutiger war, eher ein Ängstlicher, ein

Zögerlicher, die Flügel seiner Vorstellungskraft trugen ihn weit und leicht davon.

Josef hatte Walsers „Ein springender Brunnen" gelesen.

Dort war der Vater einer, der wollte, aber nicht konnte. Josef sagte halblaut vor sich hin, jetzt im Alter, als ihm dies alles wieder ins Bewusstsein kam: „Vater war einer, der konnte, was er wollte." Ganz anders, tatkräftig, anpackend, zu Ende führend.

Vater hatte einen klugen Kopf und eine geschickte Hand. Er war Josefs Vorbild. Einmal so werden wie er, später, wenn er groß sein würde. Das traute er sich nicht zu. So zu sein hätte er gewollt, aber er war nicht so. Das fühlte er schon als Junge. Idealvorstellung. Unerreichbar. Mühsam ernährt sich das Eichhörnchen.

Manchmal dachte Josef, es müsste ja gar nicht sein, dass etwas Großes, Bedeutsames aus ihm würde. Mit Anstand die Zeit hinter sich bringen, die man das Leben nannte, genügte das nicht auch?

Genügte es nicht, große Gedanken, hohe Ideale zu haben, müssen sie auch verwirklicht werden? Gab es nicht zwei Welten, die geistige und die sichtbare, wirkliche? Das war für Josef oft das Schwere am Leben, dass verlangt wurde, beide Welten zu verbinden. Effektivität des Seins.

Was nützt das Denken ohne das Tun, ohne die Umsetzung in Tat, sagten die Macher. Mehr aber als die Denkenden ohne Tun verachtete er die Handelnden ohne Denken. Das waren für ihn billige Hanswurste. Josef war sich all dessen mit seinen acht Jahren nicht bewusst. Aber so fühlte er. Rangordnungen gab es immer, unbewusste, dennoch unverrückbar gültige.

„Warum mag ich Walter – und Engelbert nicht?", fragte sich Josef. Engelbert war ein Aufschneider, ein Angeber, einer, der sich weiter in den Vordergrund spielen wollte als ihm zustand. Walter war anders. Mehr sein als scheinen, das war auch Josefs Devise.

Und seinen Prunksaal nicht verlieren. Die Türe frei halten, den Weg sich merken, das Bild vor Augen haben. Was konnte denn passieren, wenn jederzeit Flucht möglich war, Rückzug in gesicherte Räume, Ruhepunkt, an dem man ausharren konnte, bis Stürme sich verzogen?

Als Josef neun war, kam er zur Erstkommunion. In der Pfarrkirche natürlich in Wasserburg. Zuvor aber hieß es lernen, sich vorbereiten. Aber es gab keine Prüfung. Jeder durfte mitmachen, auch wenn er auf viele Fragen keine Antwort wusste. Wenn er das Alter hatte, durfte er, nach gewissenhafter Beichte natürlich. Josef musste den Beichtspiegel genau durchgehen, um ein bisschen etwas zu finden, dessen er sich anklagen konnte. Großer Vergehen war er sich weiß Gott nicht bewusst. Aber wer hatte nicht schon Weihnachtsplätzchen genascht, wenn er sie gefunden hatte in der Blechdose auf dem Dachboden. Und trotzdem dass `Birkel` darauf stand und ein paar goldgelbe Küken abgebildet waren, hatte er sich nicht abhalten lassen, darin zu suchen. Das kam vielleicht erschwerend hinzu, dieses detektivische Vorgehen. Dieses nicht zufällige in die Hände bekommen des verbotenen Gutes, sondern dieses zielstrebige, systematische Suchen. Bewusst und mit Vorsatz, das verschlimmerte natürlich den Grad der Schwere der Sünde. Oder konnte man auskommen, ohne manchmal eine kleine Lüge zu gebrauchen? Wenn etwas misslungen war oder ein Auftrag unvollständig ausgeführt, musste man da aus selbstschützerischen Gründen nicht ein wenig abwiegeln, selbst wenn die Wahrheit einen kleinen Macken davontrug?

Aber Josef war ja froh, etwas gefunden zu haben. Was hätte er dem Herrn Benefiziat im Beichtstuhl sagen sollen, wenn ihm nichts eingefallen wäre? Hätte er nichts gesagt, wäre es ja keine richtige Beichte gewesen. Was hätte er denn bereuen sollen, wenn er kein Delikt vorzubringen gehabt hätte und ohne Reue keine gültige Beichte. Dann wäre das Heuchelei gewesen, und dies hätte dann als Sünde zu Buch geschlagen. So gesehen, dachte Josef, ist es gut, ein paar kleine Fehler in der Hinterhand zu haben, so konnte alles einen normalen, geordneten Ablauf nehmen.

Josef ging nicht gern zur Beichte. Nicht, dass er sich als großer Verbrecher vorgekommen wäre, aber seine Schwächen aufdecken zu müssen und seine Fehler dem Herrn Benefiziat Krumbacher sagen zu sollen, mit dem man am Sonntagmittag auf dem Fußballplatz herumrennen musste und der einem, wenn man zu spät dran war, genauso in die Knochen haute wie jeder andere, das war unangenehm. Außerdem war Josef um diese Zeit in der Ausbildung zum Ministranten. Er musste Latein lernen. Josef lernte zusammen mit Hubert. Bis zum ersten Einsatz verging ungefähr ein halbes Jahr. Sie bekamen einen Abschnitt zu lernen auf, dann wurde ein Termin bestimmt, an dem sie im Haus des Benefiziaten von diesem abgefragt wurden. Meist aber hatte er den Termin vergessen. Seine alte Mutter sagte dann immer: „Nein, na, er ist nicht da.“ Nach einigen Versuchen klappte es dann. Der größte Brocken war das Confitior. Confitior Deo omni potente, beate Micheli Archangelo... Daneben war das Suszipiat zu lernen, ein Zungenbrecher, der Josef die größten Schwierigkeiten bereitete.

Aber Benefiziat Krumbacher war ein guter Mensch. Er nahm es auch nicht krumm, wenn das Lateinische, das die Ministranten bei der Messe zu sagen hatten, eher unverständlich und nur einem gewissen Rhythmus folgend dahergesagt wurde.

„Jetzt kann es nur noch wenige Tage dauern,“ sagte der Vater beim Frühstück am letzten Aprilsonntag des Jahres 1945. „Ahne, ahne, wia wird des werre,“ meinte die Mutter voller Sorge. „Haben dic Panzer?“ fragte Schwester Hanne und hatte Mühe, mit ihren dreieinhalb Jahren das Wort Panzer auszusprechen. Auch sie ahnte, um was es ging.

Gestern Abend beim Dexler habe der Fritz Steinhauser, der Weinreisende von Schnelle Jockel, gesagt, die Franzosen hätten Freiburg genommen und nun gäbe es kaum noch Widerstand. Und sie kämen zügig voran.

Eine seltsame Anspannung lag in der Luft und auch Josef spürte ein Kribbeln im Bauch.

Siegmund und Krotzschin, die zwei Polen, mit denen Vater die letzten drei Jahre den Hof umgetrieben hatte, sagten nichts, doch in ihren Augen war ein Leuchten wie das der Heiliggrabkugeln. So sagte Vater immer, wenn einem vor Staunen und Freude die Augen fast aus den Höhlen fielen. Der Kundige und Kirchgänger wusste, was gemeint war.

In der Wasserburger Pfarrkirche war immer in den Kartagen das heilige Grab, das fast den ganzen Altarraum füllte, aufgestellt.

Darin lag, wie in einem überdimensionalen Sarg, ein lebensgroßer Jesus gebettet, und dieses monumentale Grab war verziert mit vielen wie Handteller großen Glaskugeln in verschiedenen Farben, und wenn die Sonne durch die hohen Fenster hereinschien, war ein Funkeln und Leuchten, das die baldige Auferstehung ahnen ließ.

Wenn die Menschen am Karsamstagnachmittag von der Auferstehungsfeier heimgingen, war auch etwas in ihrem Blick, so wie jetzt bei Siegmund, dem gerade Neunzehnjährigen, der als schmales, ausgehungertes Büblein Anfang dreiundvierzig auf den Hof gekommen war. Hoffnung, Leben, Überwindung, Zukunft, Freiheit – alles strahlte aus seinen Augen. Und dann sagte er doch noch etwas: „Ich nicht mehr nach Polen zurück." Nach dem Umsturz nahm man Abschied wie Freunde, wie Menschen voneinander Abschied nehmen. Jeder konnte dem anderen gerade in die Augen sehen. Er ging dann nach Frankreich, heiratete dort und besuchte dann Anfang der sechziger Jahre die Stätte seines erzwungenen Arbeitsaufenthalts noch einmal.

Oft erzählte der Vater Josef in den folgenden Jahren, wie er Siegmund an einem regnerischen Märztag mit seinem Motorrad am Bahnhof in Lindau abgeholt hatte und wie er, was bei solchem Wetter üblich war, einige tausend Liter eigenen Weines in andere Fässer umgefüllt hatte und Siegmund mit in den Keller nahm.

Siegmund sprach kein Wort deutsch, war den ersten Tag im Feindesland und sollte nun durch ein kleines Türchen, durch das gerade ein schlaksiger Junge schlüpfen konnte, in das leere Fass kriechen, um es mit Wasser und Bürste sauberzumachen.

Mit Gesten und für den Neuen natürlich unverständlichen Worten habe er ihm deutlich gemacht, was er zu tun habe. Er aber habe nur den Kopf geschüttelt. Man denke, am ersten Tag im Feindesland, bei Deutschen, denen der Ruf der Barbaren vorausging, und dann in ein solches Loch kriechen. Wenn der da draußen zumacht, welch jämmerlicher Tod. Lange habe es gebraucht, bis Siegmund, nicht ohne den Blick flehend zum Himmel erhoben und wohl auch ein Stoßgebet dorthin geschickt zu haben, der Aufforderung nachgekommen sei. Von da an aber habe ein Vertrauensverhältnis zwischen ihnen bestanden, wie es nur unter lange Bekannten sonst üblich sei.

Beide jungen Polen aßen mit der Familie vom gleichen Tisch, aus demselben Topf, verrichteten die gleiche Arbeit und schliefen in vergleichbaren Betten. Es gab in damaliger Zeit wahrlich schlechtere Lose.

An Sonntagnachmittagen, wenn Josef mit den Freunden um Häuser und Schuppen in Spielen und Erkundungen sich die heilen Stunden vertrieb, kam er manchmal an einem kleinen Raum vorbei, wo Kiotschin, auch ein Pole, der bei uns arbeitete, und Siegmund mit Landsleuten von anderen Gehöften Karten spielten. Siebzehn und vier. Ganze Haufen Papiergeld lagen da auf einer Kiste, die als Spieltisch diente, und eine Stimmung lag über der Szenerie, wie sie Josef sehr viel später einmal empfand, als er das Spielkasino von Bad Reichenhall besuchte. Jeder von ihnen hatte zwar einen nur bescheidenen Lohn, doch kaufen konnten sie nichts, und so war es nicht viel mehr als Spielgeld, wie es Kinder heute in Spielkaufläden benutzten.

Es gab auch andere Häuser im Dorf, wo schon einmal geschlagen wurde, wo jede Freizeitbeschäftigung argwöhnisch beurteilt wurde, wo diese Menschen gedemütigt wurden. Echte Nazis eben, die auch zu diesem Zeitpunkt noch an den Endsieg glaubten und an die Überlegenheit und das besondere Auserwähltsein des deutschen Volkes.

Dann kam der gewusste, gefürchtete und unvermeidliche Tag. Schon länger lag eine dumpfe Trübnis wie ein Nebelschleier über dem Land. Die Arbeiten waren eingestellt, man harrte der Dinge, wie die Maus vor der Schlange sitzen mag, ausgeliefert, machtlos, auf Gedeih und Verderb, auf Gnade oder Ungnade dem Stärkeren in die Hand gegeben.

Josef stand mit den Geschwistern am Fenster der Stube, das zur Straße hin zeigte. Schon seit Stunden war ein Rumoren in der Luft wie der Klang eines fernen Wetterleuchtens.

„Geht vom Fenster," sagte der Vater. Aber hinter dem Vorhang und am Fensterrahmen vorbei wollte Josef schon schauen. Wer konnte sich ein solches Schauspiel entgehen lassen? Das Vieh war noch versorgt worden am Morgen, Futter geholt worden für zwei Tage. „Hoffentlich bruchend mers no," sagte die Mutter. „Sie können nicht alles umbringen," sagte der Vater. Und dann kamen sie, Panzer, so groß wie kleine Häuser, die Straße vibrierte und die Luft dröhnte. Die Luke war offen am zweiten Panzer und ein dunkelhäutiger Marokkaner schaute heraus.

Es war nicht geschossen worden im Dorf. Bullrich, ein Oberst a. D., der das Kommando des Volkssturmes innehatte, war der Vernunft, nicht dem Befehl gefolgt. Eine mutige Entscheidung, die manchem anderen, der mit Vernunft und Klugheit handelte, den bitteren Lohn einbrachte, dass ihm sein funktionierendes Hirn im allerletzten Atemzug des tausendjährigen Reiches noch aus dem Schädel geblasen wurde oder dass er von blinden SS-Leuten am Ast des nächsten Baumes aufgehängt wurde.

Zwei Frauen, Mutter und Tochter, deren Haus etwas außerhalb des Dorfes in Nähe der Bundesstraße gelegen war, hatten weniger Glück. Sie wollten das Spektakel der vorbeifahrenden Panzer, Jeeps und sonstigen Militärfahrzeuge vom verglasten Erker aus anschauen. Ein Soldat des vordersten Panzers sah sie, schöpfte Verdacht, drehte das Maschinengewehr bei und feuerte eine Salve. Beide Frauen bezahlten ihre Neugier mit dem Leben.

Ganz in der Nähe von Josefs Haus, auf einem freien Platz, nahmen die Besatzer Aufstellung und reihten ihre Fahrzeuge wie auf dem Kasernenhof auf.

Die hiesigen Ämter wurden geschlossen, die französische Kommandantur eingerichtet. Die Macht war in Feindeshand. Vater war fast erleichtert, als der erste Trubel gut überstanden war. In letzter Zeit war es nicht leicht gewesen für Menschen, die der falschen Gesinnung waren. Ortsgruppenleiter Merk und seine Helfershelfer lauerten nur auf ein falsches Wort. Einen aus dem Freundeskreis hatte es erwischt. Vierundvierzig, als alle wussten, wohin der Karren läuft, sagte er es zu deutlich. Falsche Ohren hörten zu, denunzierten. Wehrkraftzersetzung, Stadelheim, Anklage folgten. Nur eine alte Freundschaft mit einem einflussreichen Mann verhinderte das Schlimmste.

Josef war nicht böse, dass die Schule vorübergehend geschlossen war. Er trieb sich mit Ernst, Johann und Walter auf dem Platz herum, wo die Militärfahrzeuge standen. Sie fanden Patronen für Pistolen und MGs und bekamen Schokolade von den Soldaten. Das Neue hatte seinen Schrecken verloren. Josef dachte: „Es sind auch Menschen."

Die aus dem Dorf, die Parteimitglieder waren, mussten geschlossen nach Lindau marschieren. Soldaten begleiteten sie. Einer hatte eine Rute in der Hand, pfitzte ab und zu über Köpfe und Rücken einfach in die Menge hinein. Die einstigen Anführer der braunen Meute kamen dann nach Balingen ins Lager. Da ging es ihnen nicht gut, wie sie später erzählten. Niemand aber hatte Mitleid mit ihnen. Sie hätten auch nicht mit der Wimper gezuckt, einen sogenannten Volksfeind, einen mit „falscher Gesinnung" wegen einer Lappalie ans Messer zu liefern. Manchmal half nicht einmal Verwandtschaft oder lebenslange Freundschaft, dass ein solch Übereifriger Gnade vor vermeintlicher Pflicht hatte walten lassen.

Die Schule begann wieder und Lehrer Stocker kam. Der hatte den Durchblick nicht so ganz. Josef meinte, wenn er zurückdachte, viel habe er in den ersten vier Jahren seiner Schulzeit nicht gelernt. „Im Gestrüpp die Henne gackert", das war ein Satz aus einem Diktat, und so ziemlich das einzige, was ihm noch richtig geläufig war.

Wenn Josef die endlosen Diskussionen hörte über Bildungsnotstand, Bildungsreform und hintere Ränge deutscher Schüler im internationalen Vergleich, dachte er immer: „Wie saudumm bin ich nach acht Jahren Volksschule ins Leben entlassen worden." Und dabei meinte der Lehrer, er sei einer der besseren Schüler gewesen. Josef dachte: „Was wussten denn andere?" Aber aus allen wurde etwas. Alle kamen gut durchs Leben.

Wissen, dachte Josef, haben wir nicht viel mitbekommen, aber Disziplin, Ordnung, die Bereitschaft, sich zu bemühen und ein Sichkonzentrieren auf das Wesentliche, das wurde ihnen allen von Schule und Elternhaus mit auf den Weg gegeben.

Am Abend musste Josef die Milch des Tages zur Molkerei bringen. Vater lud sie ihm auf den Handwagen und sagte: „Gib Obacht den Schäffler Berg hinunter." Hinunter hieß nach unterhalb der Bahn, die mitten durchs Dorf ging. Hinunter hieß zu denen ins Unterdorf, zu denen, die man hänselte und die einen hänselten. „Ihr Geissenbauern" sagten die protzigen Oberdörfler und „ihr Hinterwäldler" konterten die Unterdörfler. Josef beteiligte sich an diesem Spiel nicht. Er wollte kein Verunglimpfler sein. Und es war auch nicht ernst gemeint. Ranglistenkämpfe, Hierarchieordnungen. Da gab es auch welche, die mit zehn oder elf Jahren schon ein deutliches Imponiergehabe vor Mädchen demonstrieren wollten. Mutig, forsch, immer einen Schritt weitergehend als es erlaubt war. Und die Mädchen flogen darauf.

„Komisch," dachte Josef, „diese Angeber. Sind Mädchen so dumm, dass sie Spreu nicht vom Weizen scheiden können, dass sie auf Pfauengehabe hereinfallen?"

Später ergab sich die Antwort von selbst. Nein, sie waren nicht so dumm. Heiraten wollten sie meist die Ruhigeren, die Verlässlichen, nicht die mit den großen Mäulern und flinken Fäusten, sondern die Berechenbaren ihres Charakters wegen.

Auf dem Rückweg war es nicht etwa, dass man ein leichtes Gefährt hatte. Da waren die Kannen gefüllt mit Schotten, den man wohl anderswo Molke nannte. Da ging es schwer den Schäffler Berg hinauf. Josef, der Knirps, keuchte und war froh, wenn Straubs Marie, die ansonsten ein loses Maul hatte und gern die Leute ausrichtete, die anscheinend in allen Haushalten Bescheid wusste und die vor allem die Untugenden und Fehler der anderen kannte, ein bisschen Hand anlegte und ein Stück weit schieben half. Auch andere Passanten hatten oft Mitleid mit Josef und gingen, einen kräftigen Ruck gebend, ein paar Meter ins Geschirr.

Josef war interessiert an Worten. Wenn er ein Wort hörte, das nicht alltäglich war oder dessen Alltäglichkeit nicht ohne weiteres auch Herkunft und Bedeutung offenbarte, hinterfragte er. Kam das Wort `Schotten` von schütten, von Ausgeschüttetem, oder kam es gar von den Schotten, von denen man sagte, sie seien ein geiziges Volk? Und an strenge Sparsamkeit, wenn nicht sogar an Geiz grenzte schon, dachte Josef, diese fast inhaltlose, durch nichts als einen penetranten Geruch auffallende Flüssigkeit nach Hause transportieren zu müssen.

Wie dem auch sei, dieser Schotten war anscheinend für die Schweine ein beliebtes Getränk. Küchenabfälle, Kartoffeln vom eigenen Acker und ein Stäubchen Kleie darüber und mit Schotten aufgegossen, ergab das Schweinefutter, das diese mit Schmatzen und sichtlichem Hochgenuss verzehrten.

Josef durfte einmal mit auf den Saumarkt nach Kressbronn. Dort wurden die Ferkel gekauft. Vier auf einmal. Zwei sollten, wenn sie erwachsen waren, selber geschlachtet werden. Zwei gingen an Metzger Ehrle in Lindau. Die zwei, die in den Verkauf gingen, sollten mit ihrem Erlös die Unkosten decken. Dann blieben die anderen zwei für die Arbeit. Diese rechnete man nicht, weil das nebenher ging und das Füttern Frauenarbeit war, und so hatte man das Fleisch von zwei Schweinen gratis.

Auf dem Platz vor der Kirche standen dreißig, vierzig Trucken, das waren große, geschlossene Kisten, die einen Deckel aus Latten hatten, so dass man den Inhalt betrachten konnte. Und hinter jeder dieser Trucken stand ein Bauer oder eine Bäuerin und wartete auf Kundschaft. Zuerst ging Vater, Josef an der Hand, über den Saumarkt, sah in alle Kisten und tat, als wolle er nur schauen, nicht kaufen. Denn hatten die Verkäufer einmal Interesse des Betrachters ausgemacht, ließen sie einen Wortschwall von Lobpreisungen ihrer Ferkel los, der dauern konnte.

Vater sagte: „Kaufen werde ich beim Günthör von Poppis. Der hat die Gesündesten."

Wenn Josef in die Trucken schaute, ging ihm das Herz hoch. Sechs, ja acht Ferkel lagen in sauberem Stroh, eng zusammengedrückt, als wollten sie sich in Gemeinschaft vor dem ihnen Fremden schützen, in einer Ecke. Die Mutter fehlte ihnen, bei der sie immer Schutz fanden. Rosig und adrett konnte ein Schwein sein.

Jetzt konnte Josef auch verstehen, was er unlängst Hugo Ern

zu Vater sagen hörte über die hübsche Tochter seines Nachbarn. „A Gsichtle hot se wie an Schweinearsch, grad zum Inebisse" (Hineinbeißen). Vater und Josef kamen nun an den Stand von Bauer Günthör aus Poppis. Und in der Tat, dachte Josef, Vater hatte nicht übertrieben, das waren die Frischesten, die Vielversprechendsten.

„Kaspar, was ist der Preis heute?" bekundete der Vater Interesse.

„Sechzig pro Fidle" (Hintern).

„Ich meine die ganze Sau, bin nicht auf der Brautschau."

„Kriegst alles von Schwanz bis Kopf für sechzig."

„Das ist zu viel. Zweihundert zahl ich für vier Stück. Dann hast du deine Trucke leer und musst nimmer Zeit vergeuden hier auf dem Platz."

„Weißt du, was es für Arbeit ist, Ferkel großzuziehen und wie lange ich auf die nächsten warten muss?"

„Zweihundert Mark sind kein Dreck."

Jetzt war der Handel nach etwas Vorgeplänkel in die entscheidende Phase getreten. Schon seit einigen Minuten standen sich Käufer und Verkäufer gegenüber, eine Hand ausgestreckt, die Handfläche nach oben, nach jedem Gebot bereit, dass der andere einschlage. Noch war die Entscheidung nicht gefallen. „Dreiundfünfzig pro Stück", sagte der Vater, „aber das ist mein letztes Gebot."

„Sechsundfünfzig, weil du es bist und weil ich weiß, die Ferkel werden es gut haben bei dir." Dabei tat er, als wolle er einschlagen, ließ aber die Finger der Schlaghand nur die Finger des Gegenüber treffen, was noch auf einen Mangel an Ernsthaftigkeit des Handels schließen ließ. Durch ein leichtes Zurückziehen der Hand ließ auch Vater nur ein Streifen, ein Abgleiten von Günthörs Hand zu, so dass für ein festes Zugreifen beiderseits noch keine Möglichkeit bestand. Noch zögerlich, wie Paarungsversuche noch nicht ganz reifer, junger Hunde. Der Günthör meinte noch, die Nonnenhorner Kichrebure (Bohnenanbauer), die ja alles hätten, vom Vieh über Wein, Kirschen, Äpfel, Birnen bis zum Hopfen und Schnaps, müssten nicht so knickerig sein und einem armen Bauern aus dem Hinterland auch das Leben lassen.

„Der Heimpel von Schleinsee verlangt nur fünfzig Mark fürs Stück," meinte der Vater. Und überhaupt, wenn man zu etwas kommen wolle, müsse man das Geld zusammenhalten.

„Die meinen sind schwerer," sagte Günthör und zog ein Ferkel an den Hinterbeinen aus der Trucke, dass es schrie, als ginge es um sein Leben. „Und geschnitten und kastriert sind sie auch."

„Also, wir haben beide die Zeit dem Herrgott nicht gestohlen, fünfundfünfzig, aber jetzt ist Schluss." Wieder dieses Geplänkel mit den Händen, diese Versuche, des anderen Hand zu fassen zu kriegen. Dann plötzlich, als wäre beiden zu gleicher Zeit Erleuchtung zuteil geworden und als würden sie in einem Anflug von Güte und Nächstenliebe auf eigenen Vorteil verzichten, der Einschlag.

Kraftvoll Hand in Hand und so, als gelte es, einen Pakt wie unter Staatsmännern mit eminenter Bedeutung für ihre Länder zu schließen, wurde der Handel besiegelt. „Es gilt,"sagten beide wie aus einem Munde.

Das war er also, dachte Josef, der Schweinesamen, dessen Begleiter er bis nächsten Winter sein durfte und dessen bitteres Ende der Schlachttag im kommenden Dezember sein würde, und der ihn wie immer wieder viel Herzblut kosten würde.

„Morgen kommt der Metzger Mesmer von Wasserburg. Hast du Eimer und Pfannen, Salz und Gewürze für die Wurstbereitung hergerichtet?", sagte Vater zur Mutter. „Gleich um halb acht."

„As ischt scho spät gnu," meinte die Mutter und wollte sagen, dass es ab April kritisch wird. Es gab keine Gefriertruhe und keine Kühlschränke, da hieß es, in wärmeren Jahreszeiten aufpassen, dass das Fleisch nicht verdarb oder zumindest ein unangenehmes „Gschmäckle" bekam.

„Das Barometer geht seit gestern zurück, das Wetter wird schlechter. Das ist gut zum Metzgen," antwortete der Vater.

Für Josef war das ein schrecklicher Tag. Ein Dreivierteljahr hatte er jeden Abend über die Barriere zu den Schweinen in den Stall geschaut, hatte ihre borstigen Rücken gekrault, dass sie ein Grunzen und Quieken von sich gaben, als wäre dies das höchste der Gefühle.

Und jetzt dieses. Was waren die Menschen für Wesen, die Tiere zu füttern, zu umsorgen und aufzupäppeln, um ihnen dann einen Bolzen ins Gehirn zu jagen, nur um sie aufessen zu können.

„Du bist zu sensibel, Josef," sagte dann Vater, wenn er merkte, wie Josef sich verdrückte, wenn es zur Sache ging. Er konnte nicht dabei sein, wenn man dem Schwein den Strick an den Fuß legte, einen Korb vor die Schnauze hielt und es dann rückwärts aus dem Stall zerrte, weil es vorwärts und freiwillig nicht laufen mochte.

Als Vater sie an den Türpfosten des Schuppens band, stand Metzger Mesmer schon in langer Lederschürze und mit dem Schussapparat in der Hand bereit. Ein Knall, der durch Mark und Bein ging, und das Schwein streckte sich lang hin. Ein langes Messer wurde ihm weit in die Brust gestoßen und Ströme von Blut liefen heraus, literweise. Mit einer Pfanne wurde es aufgefangen und in einem Kübel gerührt, bis es erkaltet war. Sonst wäre es geronnen.

Ganz weiß und blass lag das Schwein nun.

Jetzt konnte Josef wieder mithelfen. Was geschehen musste und was ihm solche Unruhe bereitet hatte, war geschehen. Auch nachher, wenn die Leber gegessen wurde, gleich im Anschluss an die Schlachterei, schwand Josefs Unmut und er ließ es sich schmecken. Inkonsequenz, sagte er dann zu sich. Das wusste er damals noch nicht, aber er wird in seinem Leben dieses Wort Inkonsequenz noch öfter zu sich sagen müssen, dann, wenn eine Idealvorstellung von Welt im Widerspruch stand zur rauen Wirklichkeit, wenn nicht zu realisieren war, was das Gute, das Schöne, das hehren Ansprüchen Genügende gewesen wäre.

Als das Schwein hing und in zwei Hälften gespalten war, holte Vater einen Meterstab und maß die Dicke des Rückenspecks. „Fünf Zentimeter" sagte er. „Do ka ma Kiechlen backe," entgegnete Metzger Mesmer.

Und in der Tat war der Speck in dieser Kriegs- und Kurznachkriegszeit fast wichtiger als das Fleisch. Aus Speck wurde Schmalz und mit Schmalz konnte man Mehlspeisen machen. Dampfnudeln, Bubenspitzle, Krapfen und ausgezogene

Küchle. Dazu brauchte man viel Schmalz. Und das musste den Sommer über reichen.

Vater schnitt die Leber heraus und übergab sie Josef. „Bring das der Mutter in die Küche, in einer halben Stunde seien wir soweit."

Jedes mal am Schlachttag gab es saure Leber. Die schmeckte ausgezeichnet, fand Josef.

Metzger Mesmer aß keine Leber. Ihm musste die Mutter etwas anderes kochen, Eier oder Pfannkuchen. „Jeden Tag zwei Sauen, jeden Tag zweimal Leber," sagte Mesmer, „die hängt mir zum Hals heraus, ich kann sie nicht mehr sehen."

„Gestern war ich beim Schmied, da gab es auch Leber. Seine Weiber schneiden den halben Bauchschmähr in die Pfanne. Du weißt ja," sagte er zu Vater, „der mit seinem Schnauzbart, da hing dann das bestandene Fett im Bart, dass er weiß war, als hätte es drei Tage daraufgeschneit."

Die Mutter stand am Herd und kochte. Josef hatte aus dem Keller einen Krug Seewein geholt. „Vom vorderen Fass, des isch dr Elter", hatte sie ihm aufgetragen.

„Da vergeht dir das Leberessen oder überhaupt das Essen," sagte der Metzger.

„Unlängst war ich bei einem – ich sag den Namen nicht – da hatte die Frau Blut gerührt. Sie lief den ganzen Morgen mit ihren bis zum Ellenbogen roten, mit Blut bedeckten Armen herum und Mopsi, ihr Hund, lief hinterher und schleckte das Blut ab." Er nahm einen Schluck aus dem Halbeglas und sagte. „Prost Mahlzeit."

„Aber bei dir schmeckt das Essen und sauber ist es auch," sagte er zur Mutter hin, die am Herd stand und einen ganz roten Kopf hatte, der Hitze des Herdes wegen und vielleicht auch ein bisschen des ungewohnten Lobes wegen. Ansonsten wurde sparsam mit Lob umgegangen, wie es eben in Alemannien üblich war.

Einmal, erinnert sich Josef, als er den ganzen Mittag, so gut er konnte, bei der Heuernte geholfen hatte und am Abend müde am Tisch saß, sagte die Mutter zum Vater: „Jetzt lob doch den Buben auch einmal, bedenk sein Alter, er ist ja noch ein Kind."

„Ja, ja, hast ja Recht,“ sagte der Vater. „Aber zu mir hat einmal einer gesagt, `nicht geschimpft ist des Lobes schon genug`.“

Dabei hatte Josef so auf ein Wort der Anerkennung gehofft. Ein Wort des Lobes vom Vater besonders, denn ein Lob der Mutter war schon recht, aber des Vaters Lob wog ungefähr zehnmal so schwer.

Am folgenden Tag wurde das Schwein zerlegt. Rauchfleisch wurde aus allem gemacht, was dafür taugte. Der Rest der Leber, die Lunge, die Fleischteile, die keine ordentliche Binde abgaben, die Schwarte, all dies kam in die Wurst. Presssack, Schwarzwurst, Leberwurst und Blutwurst lagen dann sauber aufgereiht auf dem Tisch. Josef musste dann den Nachbarn je eine Blutwurst bringen, dafür bekam man eine, wenn diese Schlachttag hatten. Da gab es dann ein paar Pfennige Taschengeld.

So kam man in alle Häuser, lernte alle Küchen kennen, und auch die Großzügigkeit der einzelnen Hausfrauen war unterschiedlich, wie Josef feststellte, wenn er auf dem Rückweg die Hand in die Tasche steckte und die Münzen nach Größe und Gewicht einstufte. Denn wenn man das Geld bekam, durfte man nicht so genau hinsehen und die Münze nur beiläufig und dezent annehmen, sonst hätten die Leute gemeint, das Geld wäre für Josef das Wichtigste gewesen und es käme ihm nur darauf an, möglichst große Reichtümer mit nach Hause zu nehmen. Wenn er diesen Eindruck gemacht hätte und ein Nachbar oder eine Nachbarin hätte diese Vermutung an Vater weitergegeben, wäre er so zusammengestaucht worden, dass er fast in die Hose gebrunzt hätte. Wenn Vater ihn richtig schimpfte, war ihm, als liefe alles aus ihm heraus, als zerfließe er. Vor Angst, vor Gekränktsein, vor Weltenleid. Da gab es dann nur eine Rettung: sein Traumland, sein Paradies. Das war der Fluchtort, wo keine Macht hinreichte, wo Sicherheit ihn umgab, wo Friede war. Was für ein Glück, dass er dieses Land entdeckt hatte.

Darum schaute er nicht hin, hielt, wenn die Frau sagte: „Da, Josefle, etwas für die Sparkasse“ ohne hinzusehen die Hand auf und schloss sie, wenn er merkte, dass die Übergabe stattgefunden hatte, die Hand zur Faust, bedankte sich und hüpfte abwechselnd auf beiden Beinen heimwärts.

Wenn die Frühlinge und die Sommer kamen, gab es für Josef nach der Schule Arbeit auf dem Feld. Das Pferd im Zügel durch die engen Rebgänge führen, wenn Vater mit dem Pflug dahinter den Boden lockerte. Kartoffeln wurden gepflanzt, Gras gemäht, gewendet und zu Heu gemacht.

Dann, als Josef in die dritte Klasse ging und knapp neun Jahre alt war, kam er zur Erstkommunion. Lange wurde er und die gleichaltrigen Buben und Mädchen aus der ganzen Pfarrei auf diesen Tag vorbereitet. Die Abendmahlsworte, die Wandlungsworte mussten sie auswendig lernen, die Bedeutung dessen, was ihnen bei diesem Fest zuteil werden würde, wurde ihnen nahegebracht, die Heiligkeit dieses Geschehnisses, das ihnen bevorstand und dessen sie sich würdig erweisen sollten, wurde ihnen mit eindringlichen Worten und mächtiger Stimme gelehrt.

Josef war einer, der nahm sich alles sehr zu Herzen. Josef glaubte wortgetreu. Josef sah in jedem Wort und jeder Deutung Wahrheit, Heil, Heiligkeit. Da gab es nur Gehorsam, gab es nur Anstrengung, der Vorgabe gerecht zu werden. Und Josef glaubte, an diesem hohen Tage ganz die Erwartung erfüllt zu haben. Er bot Gott seine junge Seele hin, mit kindlichen Händen und mit ebensolcher Schuldlosigkeit, und Josef hatte das Gefühl, hätte in diesem Moment jemand von ihm verlangt, Märtyrer zu sein, sein Leben für dieses Erhabene, das man Glauben nannte, hinzugeben, er hätte zugestimmt. Er hätte abgewogen, so wie man sie lehrte, was ist der Verlust, was der Gewinn.

So groß war aber – Gott sei Dank – die Prüfung nicht, die Forderung nicht so außergewöhnlich. Es genügte, ein ordentlicher junger Mensch zu sein, obwohl Josef immer, von klein auf, ein Bub und später ein Mann war, der glaubte, die schweren Wege auf der Welt seien gemacht, dass er sie gehe, die dicken Steine, die die Straße belagerten, seien da, damit sie von ihm auf die Seite geräumt würden, und die Gesetze seien erlassen, dass er sie ohne Klage befolge.

Aber Erstkommunion war nicht nur ein Fest der Seele. Es war auch ein Fest des Äußerlichen, der Gestaltung der Feier, der Kleidung, der Verköstigung all der Gäste, die geladen werden sollten. Fragen, dachte Josef, als er sich später an den Tag erinnerte, die heute mit einem Anruf in einer Gaststätte, mit einem Gang ins Kaufhaus ohne Probleme zu erledigen sind.

Aber ein knappes Jahr nach Kriegsende, in der Zeit des vielleicht größten Mangels, war dies mit Anstrengung und Improvisation verbunden.

Josef sollte ein Kommunionsanzügle bekommen. Kurze dunkelblaue Hose, Jacke und weißes Hemd, weiße Kniestrümpfe und schwarze Schuhe.

In der Nazizeit musste jedes Haus eine Fahne haben, eine rote Fahne mit Hakenkreuz. Die war nun nicht mehr zeitgemäß. Braun war nicht mehr die Farbe, die in Mode war und das Rot der Hakenkreuzfahne auch nicht. „Wäre es nicht möglich, aus dem Stoff der Hitlerfahne, die wir dunkelblau färben ließen, einen Anzug für Josef machen zu lassen?", fragte Vater eines Abends, als alle, Eltern, Geschwister und Knechte, beim Nachtessen saßen, die Mutter. „Das müsste gehen," antwortete sie.

Bald darauf musste Josef zur Anprobe zu Herrn Nielsen, zu dem Mutter den Stoff gebracht hatte. Herr Nielsen war Schneider von Beruf und verstand sein Handwerk. Er war ein korpulenter Herr, der in einem Holzhäuschen im Paradies wohnte. Er war Flüchtling und bewohnte ein Häuschen, das in besseren Zeiten der Herrschaft der nahen Villa als Badehaus gedient hatte. Herr Nielsen war ein freundlicher Herr um die fünfzig. Aus dem Stoff, der einmal der Preisung und Vergöttlichung des Führers diente, sollte ein Kleidungsstück werden, das nun bei der Erstkommunionfeier zur Verherrlichung dessen beitragen sollte, den der einstige Halbgott so Vieler verfolgte, vom Thron stoßen wollte. Ironie der Geschichte, dachte Josef später immer, wenn ihm diese Begebenheit in den Sinn kam.

Als Josef dann am hohen Tag dastand, es gab noch ein Foto davon, denn Vater hatte extra einen Fotografen kommen lassen, mit seinem sauberen, dunkelblauen Kommunionsanzügle, den weißen Kniestrümpfen und der Kerze in der Hand, die verziert war und eine weiße Schleife trug, da fühlte er sich doch als etwas Bedeutendes, Herausgehobenes. Und als die Tante sagte: „Wie ein junger Herr, unser Josefle," ging es ihm hinunter wie Öl. Sein Kommunionsfoto war das einzige Bild von ihm, Josef, auf dem er Glück ausstrahlte, das ihn frei und fröhlich zeigte.

Früher fotografierte man nicht selber. Wenn ein Geschwisterchen auf die Beine gekommen war, also stehen konnte, und das war so alle zwei Jahre der Fall, ließ man den Fotografen kommen. Das war eine Prozedur, die Josef hasste. Schon bis man richtig angezogen war, dauerte es. Dann das Aufstellen der Größe nach, die Kinder auf der Treppe vor der Haustür, die Eltern und die Tante, die im Haus wohnte, dahinter, die Hand der Mutter auf die Schulter der Kleinsten gelegt. Dann das ewige Dirigieren des Fotografen. „Du, Josef, etwas weiter nach vorn, das mittlere Mädchen gerade stehen, lächeln, hierher schauen, da kommt das Vögelein heraus," mein Gott, war das lästig. Wie konnte man da noch lächeln, wenn man gar kein Foto wollte und einem der ganze Zirkus zuwider war. Was herauskam, war etwas Erzwungenes, Gehemmtes, etwas, wobei man Josef das Unwohlsein ansah, wo man spürte, er wäre am liebsten in Grund und Boden abgetaucht, um an all dem so Unnötigen wie ein Kropf nicht teilhaben zu müssen.

Daneben der Bruder, die Hände tief in den Taschen, laut, fast auf dem Bild sichtbar, laut hinauslachend, als hätte er gerade dem Herrgott die Welt abgekauft und glaubte, einen guten Handel gemacht zu haben.

„Gleiche Ursache, und doch unterschiedliche Wirkung" sagte Vater immer, wenn man später solche Bilder anschaute, die im Familienalbum ihren Platz fanden und wo sie heute noch die Unterschiedlichkeit der Kinder gleicher Eltern demonstrieren.

Dieser achtundzwanzigste April des Jahres sechsundvierzig war ein herrlicher Frühlingstag, daran erinnerte sich Josef heute noch ganz genau. Der Nachbar hatte seine zwei Braunen eingespannt, im offenen Landauer ging es zur Kirche nach Wasserburg. Die Sonne strahlte von einem Sonntagmorgenhimmel, der blau war, wie man es sonst nur auf heutigen Bildern von südlichen Lagunen des Ozeans auf Werbefotos der Tourismusbranche sah, dachte Josef später oft, wenn er das Album durchblätterte und die damalige Zeit wach werden ließ. Die Kirschbäume, die wie eine Allee zum Märchenland die lange Gasse zwischen Nonnenhorn und Wasserburg säumten, standen in voller Blüte. Die Natur hätte einer Fürstenbraut kein imposanteres Geleit zur Hochzeit geben können als sie ihm, Josef, an diesem Tag bereitete.

So fuhren sie gemächlich die zwei Kilometer zur Kirche, auf dem Kutschbock der Nachbar, hinten in der „Loge“ rechts der Vater, links die Mutter, dazwischen Josef im neuen Kommunionsanzügle von Schneider Nielsen, gefertigt aus dem gefärbten Stoff der Hakenkreuzfahne.

Josef hielt mit beiden Händen die Kommunionkerze, darauf in rotem Wachs IHS, das Christussymbol. Die weiße Schleife bedeckte teilweise seine weißen Handschuhe und seine blanken Knie, zwischen Strumpf und Hosenärmel nackt, waren heute so sauber geschrubbt wie lange nicht.

Davor, auf der Bank, auf der die Fahrgäste mit dem Rücken zur Fahrtrichtung saßen, saßen die Geschwister, die schon so weit flügge waren, dass man sie in die Kirche mitnehmen konnte. „Die Gottesdiensttauglichen,“ wie sie Vater nannte.

So als Erwählter, so als Königssohn, hatte sich Josef noch nie in seinem Leben gefühlt, und wenn er fast sechzig Jahre später das Vergangene an sich vorbeiziehen ließ, auch im Nachhinein nicht mehr. Aber es war nicht die Äußerlichkeit des Sichtbaren, was Josef ergriff, es war die Heiligkeit des Tages, die Erwartung des Großen, des Berufenseins durch den Höchsten, wie es ihnen, den Aspiranten des bereitgehaltenen Heiligenscheins, in langer Vorbereitung immer wieder gesagt wurde.

Die Haltung Josefs, beherrscht und konzentriert, zeigte, wie sehr er sich der Würde seiner Erwählung bewusst war. Josef Königssohn, das war es, was sein Inneres erhob, was das Bild seines Ichs auf einen Sockel stellte, so, als wäre er Betrachter seiner selbst aus gebührender Distanz.

„Ma kennt fascht blära, so schä siescht us, Josefle,“ hatte die Tante gesagt, als er, bevor es zur Kirche ging, aus der Tür auf die Treppe trat, dort einen Moment lang Position hielt, so, wie er es am Nachmittag machen würde, wenn der Fotograf käme und das Foto fertigen, das er immer wieder im Album bewunderte, wenn er später eine Reise in die Vergangenheit unternahm.

Und dann dachte er: „Ja, wirklich, ich war ein Königssohn.“ Ein Königssohn allerdings mit beschränktem Reich, in limitierter Ausgabe, aber Hoferbe, Thronfolger. Später wusste er dies, wusste, dass es ein Reich war, das er übernommen hatte, wenn auch ein kleines, dennoch, und das war ihm ernst, vielleicht eine wertvollere Aufgabe, eine wichtigere Regentschaft, als dies bei manchen Königssöhnen der Wirklichkeit der Fall war, die in der Hauptsache durch dämliches Benehmen, exzessive Abgeschmacktheiten und bedeutungslose Tätigkeiten auffielen.

Wie die Buben und Mädchen dann einzogen in die Kirche, im weißen Kleid die Mädchen, die Buben im kleinen kurzhosigen Blauen, wie sie standen im Chorraum vor dem Altar, gemeinsam mit klarer Stimme und offenem Blick die Worte der Erinnerung ihres Taufgelübdes sprachen: „Ich widersage dem Satan und all seinen Lüsten, ich widersage, ich widersage..."

Wenn Josef später, in den Jahren danach, der Zeremonie der Erstkommunion beiwohnte, dann waren die Worte der Ansprache, mit denen Pfarrer Rottenkolber begann, immer dieselben. „Und wieder ist der Tag gekommen..." Lange dauerte die Messe und die kleinen Beine taten weh, und nicht selten war es, dass eines der Kinder nahe daran war, aus den Schuhen zu kippen, denn man musste nüchtern sein, wenn man die Kommunion empfangen wollte. Wenn dann nach eineinhalb Stunden der Auszug inszeniert wurde und während des Hinausgehens in Reih und Glied der Kirchenchor das Jubilierende und Jauchzende des Halleluja von Händel in den Kirchenraum hinausposaunte, wie wenn die Engel, die dies sangen, extra vom Himmel herabgestiegen wären, um die Feierlichkeit des Tages zu unterstreichen, war Josef, als wäre er gealtert. Nicht gealtert an Jahren, im Aussehen, im Gesicht, gealtert in der Empfindung des Seins. Aufgenommen in die Gemeinde der Kommunizierenden, aufgewertet, Vollmitglied, ein Rekrut in der Jüngerschaft Gottes.

Und auch später noch gab es Augenblicke, in denen Josef dachte, es hielte ihn eine unsichtbare Hand, als würden ihm Flügel wachsen, die hinauftrugen in die Himmel des immerwährenden Glücks. In solchen Momenten hätte er fast sein Traumland vergessen, hatte keinen Grund, dieses sein Hinteraugenland, seinen Seelengarten zu begehen, denn die Wirklichkeit war so schön.

„Kommt herein, das Essen ist gleich fertig.“ Mit diesen Worten empfing die „Gommerin“ des Festtages, das war eine Bekannte oder eine Frau aus der Verwandtschaft, die Kirchgänger. In diesem Fall war es die Tante Paula, die die Aufgabe hatte, das Haus zu hüten, während die Familie in der Kirche war, und eben das Mittagessen zuzubereiten, das daheim eingenommen wurde.

Eine bedeutende Aufgabe war dies, war doch die ganze Verwandtschaft zwischen hier und Bodolz eingeladen, zumindest all jene, die nicht gerade selber einen Zögling im gleichen Alter hatten und ihre eigene Feier ausrichteten. Der große Wohnzimmertisch war festlich gedeckt und ein ähnlich großer daneben für die Kinder.

„Es ist Notzeit,“ hatte Vater oft gesagt, wenn sonst die Gerichte einfach und der Speiseplan dürftig erschienen. Davon aber merkte man an diesem Tage nichts. So viel Beziehung zu einem Metzger hatte ein Landmann auch in damaliger Zeit allemal, dass für ein solches Fest ein rechtes Stück Fleisch aufzutreiben war. Kartoffeln und Salat gaben das eigene Feld und der Garten, und Wein lagerte in großen Fässern im eigenen Keller.

Josef durfte, weil er an diesem Tag die Hauptperson war, am Tisch der Erwachsenen Platz nehmen. Lieber aber hätte er bei den übrigen Kindern gesessen.

Es gab eigentlich nur eines, was ihn an diesem Tage gestört hatte. Während er, ganz Prinz, ganz Hervorgehobener, in der Kutsche von Wasserburg heimfuhr, sah er andere Erstkommunikanten, die zu Fuß gingen. Sie hatten kein Pferd im Stall, keinen Verwandten mit Kutsche, keinen Bekannten, der ihnen ein solches Angebot machte. Als er dies sah, war Josef traurig. Er wollte nicht Bevorzugter sein, kein Privilegierter, kein Genießender von Dingen, die anderen versagt waren.

Die kleine Anni aus Hege mit ihren lustigen blonden Zöpfen sah er laufen, nur von ihren Eltern begleitet, oder seinen Schulkameraden Eugen, und wie sie heraufschauten zu ihm, dem Kutschenfahrer, sie, die genauso Beglückten heute, die ebenso Auserwählten, die doch in den gleichen Rang aufgenommenen wie er.

Dies war die einzige Träne, die in das blaue Meer dieses seines großen Tages gefallen war, und sie streute ein bisschen Salz in die süße Speise der hohen Festlichkeit.

Josef war jetzt auch etablierter Ministrant. Alle vier Wochen hatte er zusammen mit seinem Freund Walter von Montag bis zum darauffolgenden Sonntag Dienst. Da hieß es früh aufstehen, jeden Tag, bevor die Schule begann, Altardienst, wie es der immer kränkelnde und, wie es Josef schien, auch immer etwas missmutige Bäcker Höscheler nannte. Verstehen konnte ihn Josef, war doch der Höschelers einziger Sohn aus dem Krieg nicht mehr zurückgekehrt. Da war, so sagten die Älteren, die den Kirchenmesner schon früher kannten, ein Licht erloschen, eine Tür zugefallen, die nicht mehr zu öffnen war. Zaghaft und zögerlich schleppte er sich durch die Jahre, als wäre ihm jeder Tag mehr Last als Freude.

Der Messdienst beschränkte sich auf die kleine Jakobus-Kapelle seines Heimatdorfes. In der Pfarrkirche in Wasserburg hatten sie nicht Dienst zu tun. Einzig wenn ein Nonnenhorner starb, der auf dem Pfarrfriedhof beigesetzt und das Requiem ebendort in der Kirche abgehalten wurde, waren Nonnenhorner Messdiener erlaubt.

Das Schönste war dann, die große Glocke zu läuten. Josef, an die kleine Kapellenglocke gewöhnt, wurde, und das war dann nicht so lustig, einmal, als er den Schwung der schweren Glocke zu abrupt abbremste, am Seil bis an die Decke hochgezogen, wobei er sich eine ansehnliche Beule am Kopf und eine Beinahebewusstlosigkeit zuzog.

Dies war auch die einzige kirchliche Tätigkeit, für die er je Geld bekommen hatte. Von den Gebühren, welche die Trauerfamilie zu entrichten hatte, erhielt der Ministrant fünfzig Pfennige. Normalerweise. Ab und zu gingen sie leer aus, und dann glaubten Josef und Walter, der Kirchenmesner, auch ein Höscheler und Bruder des Nonnenhorner Höscheler, habe ihnen den Lohn vorenthalten. Aber vielleicht hatte jener diese Kleinigkeit ganz einfach vergessen. Immerhin hätte Josef sich für fünfzig Pfennige eine ganze Tüte Himbeerbonbons kaufen können, beim Weishaupt oder beim Lipp oder beim Marschall.

Und dann einen ganzen Morgen lang völlig legal die Schule schwänzen zu können, war ja auch ein Privileg, auf das die Mitschüler neidisch waren. So eine rechte Beerdigung hatte also aus Josefs Sicht nicht nur Schattenseiten.

Der Sommer 1947 brachte Rekorde in mehrerlei Hinsicht. Einen Rekord im Maximum an Sonne, und einen solchen im Minimum an Regen. Drei Monate fiel kein Tropfen Wasser vom Himmel. Die hiesigen Moräneböden, die mehr Steine als Humus aufwiesen, waren staubtrocken, Bäume verloren ihre Blätter und die Früchte fielen vorzeitig und unreif zur Erde. Selbst die Reben, ansonsten genügsam, zeigten Merkmale der Trockenheit.

Ein Jahrhundertwein werde das, sagten die Alten. Aber das hatte Josef dann im Laufe seines Lebens öfters gehört. Jahrhundertweine gab es viele, wenn man der Aussage der Winzer glauben wollte. „Ma hat no kuan usgleert“ sagte im Gegensatz dazu der rote „Kinig“ und meinte damit, dass auch die geringeren Jahrgänge durch die Kehlen der gestandenen Männer geronnen seien, auch wenn man dabei manchmal habe auf die Zähne beißen müssen.

Einen Vorteil hatte die Hitze dieses Sommers, dachte Josef, das Unkraut vertrocknete auch und so konnte auf das von ihm so gefürchtete Rebenhacken verzichtet werden.

Das Vieh zu füttern war mangels Masse, denn es verdorrte mehr Gras als aufwuchs, sehr schwer. So war man froh, als der erste Regen im September wieder Gras wachsen ließ, das zum Mähen nicht taugte, aber eine ersehnte Weide abgab.

Wenn Josef von der Schule nach Hause kam, gleich nach dem Essen, wurden die zwölf Kühe in Dreierreihen zusammengebunden und er musste, Vater und Mutter halfen dabei, mit ihnen hinaus aufs Feld. Die Eltern gingen wieder, ihm oblag die Aufsicht über die Herde den ganzen langen Nachmittag.

Kühler wurden nun Anfang Oktober die Tage und Josef fror oft in seiner spärlichen Kleidung. Und oft war er froh, seine nackten Beine und Füße in einem frischen, dampfenden Kuhfladen wärmen zu können.

In diesem Herbst wuchsen auf den Wiesen Champignons ohne Ende. An Stellen, wo Josef nie Pilze gesehen hatte, standen sie dicht im Halbkreis, und manchmal brachte Josef von seinen Hütenachmittagen einen ganzen Korb voll mit nach Hause. Dann kochte Mutter ein köstliches Abendessen daraus.

Josef hatte oft Angst, etwas falsch zu machen oder jemandem Schaden zuzufügen. Darum ging er mit Vorsicht zu Werke. Aber alle blieben nach dem Verzehr der Pilze gesund, er hatte beim Sammeln der Champignons anscheinend achtgegeben und nur eine ganz auf Sicherheit bezogene Wahl getroffen.

Dabei waren die Nachkriegsjahre für Landwirte wunderbare Jahre. Nicht, weil viel Geld zu verdienen gewesen wäre, dies hatte bis achtundvierzig ohnehin keinen Wert, sondern weil ihre Arbeit geschätzt wurde. Und manchmal in den späteren Jahren dachte Josef mit Wehmut an diese Zeit zurück, wenn die Menschen vor lauter Überfluss nicht mehr wussten, was ihnen gut genug war. Jetzt im Alter, wenn Josef die Zeit und die Umstände noch einmal aus der Erinnerung hervorholte, fiel ihm ein Wort Epikurs, des griechischen Philosophen, der schon um dreihundert vor Christus gelebt hatte, ein, und das Gültigkeit hatte, dachte Josef, auch für heutige Zeiten und viele Probleme würde lösen helfen, wenn es beherzigt würde. „Nichts ist dem genug, dem das Genügende zu wenig ist." Wie wahr, meinte Josef, und er konnte Politiker nicht verstehen, die ihre ganze Intelligenz darin versprühten, zu sagen: „Kauft, Menschen, kauft, auch Dinge, die ihr gar nicht braucht." Zuwächse, Zuwächse, das Zauberwort, ohne das scheinbar jede Staatskunst zu versagen schien. Was ist das für eine Philosophie, dachte Josef dann, die es nicht fertig bringt, auf einem Wohlstandsniveau, wie es ein ähnliches noch nie gab, mit Stagnation oder sogar mit leichtem Rückgang noch ein Leben zu gewährleisten, das, wenn auch vielleicht mit Abstrichen, ein unaufgeregtes, normales, von Vernunft und Beherrschung getragenes Leben ermöglicht.

Friede wünschen wir, Friede in aller Munde. Aber wo ist er? Nicht einmal in uns selbst ist er, wie soll er dann in der Welt sein?!

Unzufriedenheit gehört fast zum guten Ton. „Was ist das für ein Mensch," hörte Josef oft in Gesprächen, „der ist mit allem zufrieden, mit dem kann man alles machen." Und etwas wie Unverständnis sprach daraus, wie eine Portion Dummheit, wie eben einer ist, der nicht ganz auf der Höhe der Zeit, der kein Mensch des Zeitgeistes ist.

Josefs Mutter kam aus einer kinderreichen Familie. Noch im Älterwerden, wenn sich die Geschwister trafen zu Geburtstagen oder ähnlichen Festen, war das Zusammengehörigkeitsgefühl spürbar, ein Band, das fest umschlang und zusammenhielt, was in einer harmonischen Kinderstube geknüpft wurde. Sie hatte die Leichtigkeit der Glücklichen von Geburt, das Lachen derer, die aus der Mitte einer Großfamilie kamen, hell, frei, ungekünstelt. Wie sie, die Frau mit den großen Aufgaben, Kinder, Ehefrau, Hausfrau, Bäuerin, freie Tage genießen konnte, unbeschwert, offen und das Frohsein mit allen Gesten zeigend. Sie redete nie von Leistung, obwohl sie ständig gefordert war und an Urlaub oder Ähnliches kein Gedanke verschwendet werden konnte. Zur Leistungsträgerin war sie verpflichtet, aber das tat ihrem Glücklichsein keinen Abbruch.

Manchmal beneidete Josef die Mutter ob ihrer Fröhlichkeit, ob ihrer Fähigkeit zum von innen kommenden Frohsinn. Und oft dachte Josef später, als Frauen ganz andere Vorstellungen von Leben und Lebensgestaltung hatten, Karrierefrauen, Frauen, die eigenen Verdienst, Reisen, teure Kleider, modernes Lebensgefühl als erstrebenswerte Ziele angaben, was würden sie zu den Umständen sagen, unter denen Mutter ihre Tage und Jahre verbrachte. Arme Frau, Sklavin der Kinder, bevormundete Untergebene, nichts gehabt vom Leben. Aber Josef hätte sich vorstellen können, dass das Lachen dieser Frauen, deren Urteil so oder ähnlich ausgefallen wäre, nichts als ein verzerrtes Grinsen gewesen wäre gegen das Lachen und das strahlende Gesicht der Mutter.

Josef war vielleicht zehn oder elf Jahre alt, es war Herbst und Traubenlese, als der Vater sagte: „Josef, heute abend musst du mir auf der Weinpresse helfen." Die Ernte des Tages, das auf dem

Feld gemahlene Traubengut, schon aufgeschüttet im hölzernen Bett der Presse, sollte so unter Druck gesetzt werden, dass möglichst viel des innewohnenden Saftes herausgequetscht würde.

Nachdem die Maische geebnet war, wurde sie mit Brettern überdeckt, darauf kamen, quer dazu, dünne, leichte Eichenhölzer, dann schwerere, die dritte Lage noch einmal dicker, und schließlich, ganz oben, der große Pressbalken, der zwei Holmen zu tragen hatte und dessen Gewicht Josef all seine Kräfte abverlangte. Darauf drehte Vater die schwere Eisenspindel, die an massigen Trägern hing und bei jeder Drehung mit größerer Kraft auf die Unterlage drückte.

„Josef, heb dich an der Stange, dann ziehen wir gemeinsam." Und dann schoss ein Saftstrom unter den Gewichten hervor, sprudelte dem Abfluss zu und schäumte im hölzernen Zuber, der davor stand. Immer wieder wurde nachgefasst, um auch den letzten Tropfen Saft von Schale und Kernen zu trennen.

Es eilte nun nicht mehr. Dies war Nachfeierabendarbeit. War es doch egal, ob man um zehn Uhr abends schlafen ging oder um elf.

In den Pausen standen sie und schauten, sahen dem Fluss des Saftes zu, prüften die Öchslegrade und hofften, dass er im Keller dann zu einem schönen Wein reifen würde.

Da kam, draußen war es schon dunkel, Georg Ha. herein. Er wollte mit Vater noch etwas Berufliches bereden. Georg Ha. war aus dem Unterdorf und ein eher kleiner, etwas dicklicher Mann, etwa in Vaters Alter. Er hatte immer einen Scherz auf den Lippen. „Habt ihr die Birnenkerne auch alle heruntergefirbt (gekehrt)?" „Woll, woll" sagte Vater und verstand die Anspielung. Auf der Presse wurden auch Äpfel und Birnen gekeltert. Hätten dann die Weinhändler, die zum Teil Saft von der Presse kauften, darin Apfel- oder Birnenkerne gefunden, wären sie schnell bei der Hand gewesen, Zweifel an der Korrektheit und Ehrlichkeit des Weinbauern anzumelden. Wein musste aus Trauben und nur aus Trauben gemacht sein. Recht so.

Georg Ha. war ein Georg, den man Schorsch nannte. Das war Josef nicht erklärlich, warum es George gab, die Georg genannt wurden, und George, die Schorsch gerufen wurden.

Zu der Zeit gab es viele Witze über Hitler und die Nazis.

Georg Ha. sagte zu Vater: „Da war einer, der hieß Adolf Scheißgruber. Der ging im Juli fünfundvierzig auf das Standesamt und wollte seinen Namen ändern lassen. Was glaubst du, was er wollte?" „Ich denke," sagte Vater, „er wollte sich statt Scheißgruber einen feineren Namen geben lassen." „Falsch," lachte Schorsch Ha., „der Nachname war ihm egal, aber Adolf, habe der gesagt, wolle er nicht mehr heißen." Da ging ein Grinsen über Schorschens Gesicht, das bei seinen schmalen, glänzenden Augen begann und über die Ohren, das ganze Gesicht umfassend bis zum Mund herunterlief, aus dem ein Kichern und Meckern kam, das allein schon zum Lachen ansteckte.

Habe ihm der Wastl Ka. vor kurzem erzählt, sagte Georg, den man Schorsch nannte, dieser habe vor Jahren um ein Mädchen gefreit, das nun seine Frau sei. Das Mädchen sei aus einer kleinen Landwirtschaft aus Hege stammend. Da habe man zwei Kühe und fünf Ziegen gehabt. Und einen Ziegenbock. Und jeder, der wisse, welche Gerüche ein Ziegenbock ausströmen könne und auch, wie hartnäckig sich jene Düfte in Kleidung und Haar festsetzen könnten bei Personen, die mit eben diesem Tier Umgang hätten, könne auch ermessen, was für gesellschaftliche Probleme mit der Haltung eines Ziegenbocks verbunden sein könnten. Man nannte den Hausherrn Bockschneider, weil er neben der Landwirtschaft und der Haltung des Geißbocks auch noch ein Schneiderhandwerk betrieb. Herrenschneiderei vor allem. Aber das sei hier nicht das Thema. Vielmehr habe Wastl Ka. gesagt, als es ernst wurde mit dem Gedanken an Verehelichung, sei er, wie es guter Brauch sei und wie es der Anstand erfordere, zu eben diesem Bockschneider genannten Vater des Mädchens gegangen und habe in aller Form um die Hand seiner Tochter angehalten. Da habe der Brautvater geantwortet: „Was, dieses Lumpenmensch willst du heiraten?" „Prost Mahlzeit," sagte Schorsch, „da muss man schon Stehvermögen haben und die Überzeugung, dass die getroffene Wahl trotz allem eine gute sei." Und „einer viel härteren Prüfung kann das gegebene Wort der Treue nicht mehr unterzogen werden."

Wenn Josef, der Zehnjährige, von Josef, dem Achtjährigen erzählte, sagte er immer: „Früher war es so oder so." Da lachte dann Josefs Vater etwas von oben herab, so wie Ältere lachen, wenn sie der Jungen Geschwätz nur als Beiläufigkeit, Inkompetenz und der Versuch, etwas, das mangels Hintergrund nichts Ernstzunehmendes sein konnte und doch als Ernstzunehmendes verkauft werden sollte, abtaten. „Du willst schon von ‚früher' sprechen." Gutmütig sagte er dies, aber das gerade war es, was kränkte. Gegen eine andere Meinung hätte man argumentieren können. Meinung gegen Meinung. Aber so? Das war dann, als hätte ein Segelboot, das in steifem Wind fuhr, plötzlich ein Loch der Flaute erwischt und die Segel hingen schlaff und bewegungslos vom Mast. Von früher erzählen konnte nur ein Älterer, so von vierzig ab, hätte Josef geschätzt. Noch besser natürlich und mit noch höherer Glaubhaftigkeit ein Siebzigjähriger. Aber mit solchen kam Josef nie ins Gespräch. Wenn ein solch Alter, ein Überalter, denn für Josef waren Vierzigjährige auch schon Alte, mit Vater sprach, durfte Josef nur Zuhörer sein. Dies war schon ein Privileg. Niemals aber dazwischenreden, mitreden, das wäre geahndet worden mit einem Verweis, ja, ein strenger Blick hätte gereicht.

Trotzdem sagte Josef ‚früher', wenn er von Hans E. sprach, der, als Josef acht war, ein gutes Jahr lang Knecht auf dem Hof war. Hans war eigentlich Mitarbeiter, nicht Knecht. Hans war gelernter Werkzeugmacher.

Aber sechsundvierzig/siebenundvierzig waren die Industriebetriebe noch unorganisiert. Leitende Angestellte, die meist in der Partei waren, wurden erst entnazifiziert, das dauerte. Hans hatte vier Kinder, und die wollten essen. Wichtig war damals für Hans auch nicht der Lohn. Wichtig war nur das, was man neben den paar Reichsmark als Naturallohn bekam. Da war man bei einem Bauern am besten aufgehoben.

Hans war ein Arbeiter, wie man sich keinen besseren vorstellen konnte. Fleißig und mit dem festen Willen, vorwärts zu kommen. Und so blieb er auch nicht lange. Sobald die Firmen in Friedrichshafen wieder ihren Betrieb aufnahmen, bewarb sich Hans dort. „Schade," sagte Vater, als er ging, „einen solchen wie dich kriegen wir nicht mehr."

Wenn er mähte, rauschte es über die Wiesen, wenn er Heu aufbot, konnten ihm die Wische nicht groß genug sein. Von ihm hätte fast das Wort sein können, das man ab und zu witzigerweise und mit Ironie gesprochen hörte: „Zu gutem Essen und Trinken haben sie Geld, aber um größere Heugabeln zu kaufen, nicht." Hans war bärenstark. Vater auch. Und manchmal, wenn beide miteinander arbeiteten, hatte Josef Angst, Vater, den er als eigentlich den Stärksten von allen Männern ansah, würde gegen Hans, wenn es hart auf hart ging, vielleicht eine Niederlage einstecken müssen. Gegen jeden hätte Josef Hans den Sieg gegönnt. Aber gegen Vater war das anders. Er musste der Stärkste, der Beste, der Klügste sein. Da konnte man nicht anders, dachte Josef, als für ihn und nur für ihn Partei ergreifen. Was, dachte Josef, machen andere Kinder, deren Vater nicht der Beste war? Die bei aller Parteilichkeit und bei aller Sympathieanhäufung nicht umhin konnten, sich eingestehen zu müssen, dass ihr Vater nicht der Beste sein konnte? Wo alle Blauäugigkeit nicht mehr ausreichte, die schwarzen Stellen der Defizite zu überdecken? Konnten die auch so stolz auf ihren Vater sein wie er, Josef, auf den seinen war?

Hans ging im Sommer immer ohne Hemd und mit einer kurzen Hose bekleidet. Der ganze Kerl war fast nur Mann. Braungebrannt, muskulös, forsch. Vielleicht, dachte Josef sehr viel später, wenn er dieses Bild vor Augen hatte, würde man heute sagen, er war sexy.

Die Tante, die im Haus wohnte und auch auf dem Feld mitarbeitete, mochte das nicht. Sie hatte ohnehin etwas wie eine Aversion gegen Männer. Außer Vater, der ihr Cousin war, dem Benefiziat und einigen Honoratioren des Dorfes waren ihr Männer unlieb und suspekt. Und dann dies. Diese geballte Männlichkeit, diese Üppigkeit und diese kraftstrotzende Maskulinität, von der aus jeder Bewegung eine Botschaft ausging, aus jeder Pore Lust und Körperbewusstheit hervorbrach wie ein Vulkan. „Herr E.," sagte sie manchmal, „ziehen Sie doch ein Hemd an." „Mir ist nicht kalt," antwortete er nur und freute sich insgeheim über die Verwirrung, die er anrichtete.

Hans hatte immer, wenn er mit dem Fuhrwerk unterwegs

war, einen Eimer dabei. Wenn Hans, das Pferd, einen Haufen Pferdeäpfel fallen ließ oder wenn ähnliches, das niemandes Eigentum war und daher dem Finder gehörte, auf der Straße lag, stieg Hans, der Knecht, ab und füllte das Gefundene in seinen Eimer. Zuhause kam es auf den Kompost und im Frühjahr wurde damit der Garten gedüngt.

Josef stellte sich vor, was die Menschen des Jahres Zweitausend von dieser Geschichte hielten. Sie würden sagen: „Undiskutabel, da kann man nur darüber lachen."

Hans baute später ein Haus und war bis ins hohe Alter ein kräftiger, gesunder und sich seiner Stärke bewusster Mann.

Hans mochte Josef, weil dieser schon als Kind einer war, der nicht den leichtesten Weg suchte, der sich nicht drückte, wenn Leistung verlangt wurde, und der keine Ausrede wegen Unlust gelten ließ.

„Ich muss heut' zum Schanzen," sagte der Vater zur Mutter beim Frühstück. „Was ist das?" fragte Josef, der Siebenjährige, der sich unter diesem Wort nichts vorstellen konnte. Das letzte Kriegsjahr stand an diesem Sonntagmorgen im April vierundvierzig den Nonnenhornern und allen Deutschen und vielen Menschen auf der Welt bevor. Und was für eines!

„Komm mit," sagte Vater, „kannst zuschauen." „Ausnahmsweise," sagte die Mutter, „eigentlich solltest du zur Messe."

Mit Pickel und Schaufel auf der Schulter und Josef an der Hand gingen beide zum Feuerhaus. Dort war der Treffpunkt des Volkssturmes. So hieß die Truppe, die aus all den Männern gebildet worden war, die nicht im Krieg waren und die ohne Krücken einigermaßen gerade laufen konnten. Vater war etwas über das Soldatenalter hinaus und wurde im Dorf gebraucht. Er war Ersatztierarzt. Nachgeburten, die nicht von Natur abgingen, Kalbungen, die nicht den normalen Ablauf zeigten, Steißlagen, Rückenlagen, wenn die Vorderbeine eingeknickt waren, er wurde geholt und konnte helfen. Erst nach Kriegsende, als Giggelberger, der Gebietstierarzt, aus Gefangenschaft zurückgekehrt war und zu Vater sagte, er solle doch bitte jetzt die kostenlose quasi Tierarztspielerei beenden, ging Vater nicht mehr in fremde Ställe.

„Stillgestanden!" kommandierte die Stimme über den Platz und die mittelalten und alten Männerköpfe hinweg. Dann zehn Minuten exerzieren. „Abmarsch an die Bundesstraße, Nähe Reutele zum Schanzen," kam dann der Befehl. Die Volkssturmübungen waren immer am Sonntagmorgen. Und immer zu der Zeit, da Benefiziat Krumbacher in der kleinen Jakobuskapelle die Frühmesse angesetzt hatte. Kirchgang war von den Nazis nicht gern gesehen. Josef stand in der Nähe und auch Walter, Johannes und Ernst waren gekommen. Zum Eintritt in die Hitlerjugend waren sie noch zu klein.

Der Bruder von Ernst, ein paar Jahre älter, erzählte ihnen manchmal, was dort alles geboten sei. Ihr Tag war auch ohne Hitlerjugend ausgefüllt. Die Schule, die Arbeit danach auf dem Hof, Baden und Fußballspielen und Verstecken und all die vielen der Jahreszeit angepassten Spiele konnten sie auch ohne Hitlerjugend spielen. Danach verlangten sie nicht.

Jetzt schlossen sie sich in gebührendem Abstand dem Zug des Volkssturmes an, der in geschlossener Formation soldatisch und im Gleichschritt den Schäfflerberg, dann den Richtweg hinauf zum Reutele marschierte. Am Hang an einer exponierten Stelle, von wo man die Landstraße gut übersehen konnte, mussten sie den mit Sägemehl gestreuten Zickzacklinien folgend Gräben ausheben. Schützengräben, die ja ob ihrer scheinbaren Notwendigkeit schon Eingeständnis der Hoffnungslosigkeit der Lage waren, sollten letzte Barriere, ultimativer Heimatschutz sein. Gesprochen wurde kaum. Schon gar nicht über Sinn oder Unsinn ihrer Tätigkeit. Manchmal glaubte Josef zu erkennen, dass Vater, der nicht Parteimitglied war, etwas wusste oder dachte, über das man nicht sprach. Dann, wenn er mit Georg sprach, den alle Schorsch nannten, oder mit Jakob, der nicht so vorsichtig war und glaubte, seines fortgeschrittenen Alters wegen sei die Willkür der Nazigerichtsbarkeit für ihn keine große Gefahr mehr, den Greisenbonus meinte er zu haben. „Du hast nichts gehört," sagte er dann im Nachhinein zu Josef, „gell, du hast nichts gehört."

Da schwitzten sie nun, die Männer, deren Woche ohnehin schon angefüllt war mit schwerer Arbeit. Schwitzten um ein

Nichts, für ein Hirngespinst, und sie wussten dies. Die meisten jedenfalls. Ein paar Unverbesserliche gab es immer noch, Erkenntnisunfähige, Verbohrte, blind Gläubige. Am gefährlichsten aber waren die, das sagte Vater später zu Josef, die um die Aussichtslosigkeit der Lage wussten, aber nicht wahrhaben wollten, von dem sie wussten, dass es so sei. Meist solche, die durch übermäßiges Engagement für die Partei, durch Propaganda, Denunzierung oder gar durch Mißhandlung Gefangener, Furcht vor Vergeltung verspürten, die eine Rechenschaftslegung ihres Tuns für das tausendjährige Reich und seinen Führer fürchteten. Wenn schon Untergang, dann mit anderen.

An den folgenden Sonntagnachmittagen gingen sie dann ins Reutele zu den neuen Schützengräben und spielten Krieg. Josef und Walter, Ernst, Johann, Karle und Eberhard und die anderen zwei Josefe, die zur Oberdörflergruppe gehörten. Josef war ein Allerweltsnahme. Da wurde geneckt. „Jeder Depp heißt Sepp“ war ein bekannter Spruch. Oft hieß deren Vater schon Josef, manchmal auch der Großvater. Da nannte man dann den Jüngsten Sepp, den mittleren Josef und den Opa Näne oder Dätt, um zu wissen, von wem man sprach.

Jeder war gehalten, vom heimischen Holzschopf einen Arm voll Holzscheite mitzubringen. Das waren die Handgranaten. Zwei Mannschaften wurden gebildet, von denen je eine einen der zwei parallelen Schützengräben bezog. Da lief man dann geduckt, um kurz den Kopf zu heben und einen Holzscheit in Richtung Feind abzufeuern. War alles Pulver verschossen, wurde Waffenstillstand vereinbart, um die Munition einzusammeln. Dann begann der Kampf von neuem.

Das war ein lustiges Kriegsspiel, fand Josef. Keine Verwundeten, keine Toten, keine Sieger und keine Verlierer, nur das wunderschöne Gefühl, ein kleiner Soldat zu sein. Held ohne Gefahr, wem mochte das nicht gefallen. Als dann die Mutter eines Abends sagte: „Anton hat schon ein Dreivierteljahr nicht mehr geschrieben. Der letzte Brief kam aus Stalingrad, und da wird erbittert gekämpft. Der lebt sicher nicht mehr,“ da bemächtigte sich eine tiefe Traurigkeit des kleinen Josef und er dachte daran, wie er vor einem Jahr mit Anton beim alten

König in der Stube gesessen hatte und wie er an der Hand von Anton von Nachbar zu Nachbar gegangen war und wie geborgen er sich bei dem Soldaten im grauen, schweren Mantel gefühlt hatte. Von da an machte ihm, Josef, das Kriegsspielen keinen Spaß mehr und er dachte, dass Krieg eine so schlimme Sache sei, dass man sie nicht einmal als Spiel betreiben sollte.

Der Kampf dauerte nun schon lange und die Helden wurden müde, da kam über die Landstraße herauf der Ortsgruppenleiter. Merk war ein figelanter Mann im sogenannten besten Alter. Johann sah ihn zuerst und sagte zu Josef: „Der wird zum Rendezvous gehen ins Reutele." Dort am Waldrand stand eine Bank, auf der, das hatten sie schon gesehen, wenn sie im Freien umherzogen, die Liebespaare gerne bussierten. Josef kannte das Wort nicht, wusste aber gleich, was Johann meinte, als er den Hals reckte und mit spitzen Lippen das Wort Rendezvous herauslispelte. Und Josef merkte, dass Johann das Aussprechen dieses Wortes fast peinlich war. Einem wie ihnen, die im Dialekt sprachen, war ein solch weit hergeholtes Wort wie ein Fremdkörper, wie etwas Unanständiges, etwas einem echten Hiesigen Unwürdiges, wie Verrat. Josef merkte, dass Johann das auch so fühlte und dachte, so ein Gefühl hatte er, wenn er in der Fasnacht den Bajazzoanzug anlegen musste oder wenn er der Erna Bl. begegnete, von der Karle, der vier Jahre älter war als Josef, sagte, sie triebe es mit jedem. Josef wusste zwar nicht, was Erna, die Rothaarige, mit jedem treibe, aber dass es etwas Unanständiges, etwas Hundsfotziges, wie Anton immer sagte, wenn es um etwas im Verborgenen Getriebenes, Verbotenes ging, war, das spürte er. Rendezvous!

Georg hieß der Ortsgruppenleiter auch. Aber er war ein richtiger Georg, kein Schorsch, Ihn mit Schorsch anzusprechen wäre seiner Person und vor allem der Position des Ortsgruppenleiters nicht würdig gewesen. Hätte das einer gewagt, hätte er mit Züchtigung rechnen müssen. Schorsch, so empfand es Josef, war die Bezeichnung für einen Georg, der ein Gewöhnlicher war. Einen Georg, der Respektsperson sein wollte oder kraft seines Amtes sein musste, durfte man nicht zum Schorsch machen.

Degradierung wäre das gewesen, Verunglimpfung einer Persönlichkeit aus des Volkes Führerschaft.

Heute war Merk in Zivil. Aber wenn er seine Paradeuniform anhatte und durchs Dorf stolzierte, verbreitete er, so empfand es Josef, eine Aura der Beinahegöttlichkeit. Was musste denn Gott etwas unaussprechlich, unvorstellbar Großes, Erhabenes, Wunderbares sein, wenn dieser Stiefellecker, höchstens Schuhputzer des großen Führers, den manche den fast Göttlichen nannten, schon so daherkam.

„Was macht ihr da?", fragte der Ortsgruppenleiter, als er nahe herangekommen war und ein Holzscheit haarscharf an seinem Gesicht vorbeiflog. „Wir spielen Krieg," sagte Ernst, dessen Backen rot glühten vor Eifer. „Das ist kein Spielplatz. Das ist eine Bastion, hier werden wir den Feind, sollte er es wagen, unseren Boden zu betreten, aufhalten, kämpfen bis zum letzten Mann, bis zum Endsieg."

„Bist du so dumm oder tust du nur so? Das wissen doch alle, dass nichts mehr zu gewinnen ist," sagte Eddi H., dessen Vater in Russland gefallen war im Jahr zuvor und der vor nichts und niemandem Angst hatte, jetzt aber doch die Ungeheuerlichkeit spürte, die er ausgesprochen hatte, umdrehte und durch die engen Kurven des Schützengrabens dahinbrauste, am Ende behände heraussprang und im angrenzenden dichten Obstgarten zwischen den Bäumen verschwand. „Wer war das?" herrschte Merk die verdutzten Buben an, mit einer Stimme, die das Befehlen gewohnt war und Widerspruch nicht kannte. „Das war der...," fing Fränzle, dessen Vater Parteimitglied war und der glaubte, in der Denunzierung liege der Beweis für Pflichttreue und Staatsintelligenz. Aber bevor er weitersprechen konnte, hielt ihm Karle, der Ältere, den Mund zu und gab ihm einen Pferdekuss, dass er zusammensackte und nur ein gequältes „Aua" unter der kräftigen Hand des Stärkeren hervorbrachte.

„Das ist keiner von uns," sagte sachlich und überlegt Erwin, der schon zwölf war und die Situation in den Griff bekam, indem er fortfuhr: „Der ist während des Spiels zu uns gestoßen, wir wissen nicht, woher er kommt. Vielleicht ist er ein Kressbronner."

„Räumt jetzt zusammen und geht," sagte Merk und wandte sich dem Wäldchen zu, das die Höhe des Hügels krönte.

Gott sei es gedankt, dachte Josef später oft, dass Herr Bullrich, der Leiter des Volkssturms, ein besonnenerer Mann war als die damaligen Parteifunktionäre, sonst wäre vielleicht Schlimmes passiert. Aber es ging nicht nur um Besonnenheit, es gehörte auch Mut zu einer solchen Entscheidung, wie er sie fällte, denn wären SS-Leute in der Gegend gewesen und hätten diese vom Befehl zur Nichtverteidigung erfahren, hätten sie den Kommandanten an die Wand gestellt und erschossen. Im letzten Augenblick des Krieges praktisch.

Der letzte Schuss auf den eigenen Mann.

Später wurde Bullrich ein Denkmal gesetzt. Es ist, dachte Josef oft, eines der Denkmäler, die Sinn haben.

Eine neue Zeit

Die Nachkriegszeit war eine neue Zeit. Eine ganz andere Zeit. Obwohl diese Zeit sich im Äußerlichen kaum von der Zeit davor unterschied. Der gleiche Mangel an Nahrungsmitteln, an Wohnraum, an dem im täglichen Gebrauch Notwendigen.

Josef hatte zwar nie Hunger gelitten, aber er wusste, dass es dies gab. Sie hatten in der Schule in ihrer Klasse den Othmar Bellenberg aus Essen, den Heinz Köhler aus Lüdenscheid und ein paar Mädchen, auch aus dem Ruhrgebiet, an deren Namen sich Josef nicht mehr erinnern konnte. Mädchen waren ihm mit acht Jahren unwichtig.

Und trotzdem spürte auch Josef etwas von einer neuen Zeit. Die Menschen redeten freier, die Geheimnistuerei, die auch Kinder, ohne den Grund zu kennen, spüren, hatte ein Ende.

Befreiung von Diktatur, Übergang von Tyrannei zu Freiheit haben viel mehr mit neuer Zeit zu tun als technische Entwicklung, Wohlstand, Veränderung zu höherem Lebensstandard. Das Lachen der Menschen war offener, die Sprache deutlicher, die Treffen öffentlicher. Und zum ersten Mal wurde Josef damals schon als Achtjährigem bewusst, was es für eine Erlösung sein konnte, sich von einem Zwang, von einem Druck, von einer geistigen Knechtschaft befreit zu wissen. Nicht, dass er einer Doktrin untergeordnet gewesen wäre, dazu war er zu sehr Kind in jener Zeit, aber er spürte es am Verhalten, er sah es in den Gesichtern der Menschen, der Erwachsenen, derer, die sich beengt, bedroht, vergewaltigt gefühlt hatten. Und als Vater sagte, nachdem die Inbesitznahme des Dorfes durch französische Truppen ohne Blutvergießen und ohne große Drangsal erfolgt war: „Gott sei Dank hat die Naziherrschaft ein Ende," da spürte Josef die tiefe Erleichterung und die Schwere der Last, die ihm vom Herzen gefallen war.

Für Josef hatte sich nicht viel geändert. Er stand wie die Jahre zuvor mit Johann, Walter, Ernst und seinen Geschwistern im hohen Gras am Abend in den ersten Tagen des Mai, wenn die Dämmerung den Zauber verstärkte, die laue Frühlingsluft trunken machte, und wartete auf die Maikäfer, die aus der Erde kamen, an den wackeligen Halmen der Gräser hochkrabbelten und mit einem Probesummen ihrer neuen Flügel den ersten Start in eine neue, ihre letzte Lebensphase probten.

„Ich habe einen König erwischt," freute sich Walter. Könige waren bei ihnen die, deren Nackenschild rot und nicht, wie normal, schwarz waren. Schuhschachteln voll Maikäfer hatten sie und legten das Ohr an den Deckel, um dem unsichtbaren Gewimmel seinen geheimnisvollen Reiz abzulauschen. Manchmal steckte Eberhard einem Maikäfer einen Grashalm in den Hintern und ließ ihn fliegen. Alle lachten. Josef konnte nicht lachen über so etwas. Josef war einer, der mit allem fühlte. Ihm war immer, als hätte man das, das man getan hatte, mit ihm getan. Josef lebte nicht leicht. Manchmal dachte er: „Bin ich anders, warum kann ich nicht gleichgültig und unbetroffen Dinge anschauen, ohne einen Haken, eine Art Schuld, ein vielleicht Negatives hinter allem zu sehen?“ Das bedrückte ihn. Ihn bedrückte das Geschehende und ihn bedrückte, dass er dies Geschehende nicht verhindern konnte, und ihn bedrückte, dass er dieses Geschehende nicht wie die anderen ohne zu leiden hinnehmen konnte. Dann fühlte er tief im Innern Absturzturbulenzen. Verwirrung, Traurigkeit auch. Aber auch Stärkung, Versicherung fast und wie ein Gewisswerden seiner, und er meinte dies nicht in einer Art Überheblichkeit seiner gesinnungsmäßigen Untadeligkeit.

Das war ihm wichtig. Für seine gesinnungsmäßige Untadeligkeit hätte er, Josef, alles getan. Er hätte gelitten, erduldet, gekämpft. Und manchmal, da war er vielleicht zehn oder elf Jahre alt, stellte er sich vor, er müsste einer Überzeugung abschwören, er müsste ein nach seiner Meinung hohes Gut moralischer, geistiger Art aufgeben, es würde von ihm verlangt auf Leben und Tod, er glaubte, er hätte die Kraft, standhaft zu sein. Nach solchen Gedankenspielen des Vielleicht oder des Waswärewenn, die seinen ganzen Heroismus erforderten, an solchen Abenden, wenn er zum Schlaf die Augen schloss, musste er reisen. Reisen in sein Zauberreich, sein Frühling-Sommer-Himmel-Wunderland. Da schwelgte er in den Farben, und wenn er ins Licht sah, in ein Rot, das es nirgends sonst gab. Nur im Buch, das die Tante manchmal auf dem Tisch liegen ließ, ein Buch, in dem unzählige kirchliche Würdenträger abgebildet waren, vom Papst Pius X und XI über Kardinäle und Bischöfe. Da, wenn Josef Mitra und Schultertuch der Kardinäle sah, da war das Rot, sein inwendiges Rot, das es sonst nicht gab, und selbst da meinte er noch, sein Inneraugenrot sei noch schöner, noch wunderbarer, weil es spielen konnte. Sein Rot hatte tausend Nuancen, wechselte vom ins Goldene leuchtenden Rot in ein tiefes, fast blutendes Rot, und dazwischen ein Register von Tönen, die man nicht beschreiben konnte.

Wenn er dann herausging, wieder Abschied nahm von seinem Land, überkam ihn eine Zufriedenheit, eine Gestilltheit und eine Wunschlosigkeit, die er sonst nirgends auf der Welt zu finden glaubte. Was hätte er, Josef, getan, wäre ihm diese Landerkennung nicht zuteil geworden?

Der Sommer kam mit seiner ganzen ungestümen Liebenswürdigkeit. Er umfing einen vereinnahmend. Wehrlos war man seinen fast wollüstigen Umarmungen ausgeliefert, so dass man nur noch im Bad, im Bubenbad, in den See eintauchen konnte, sich befreien von dem fast lästig warmen Mantel, den einem die Julinachmittage umgehängt hatten.

Wenn Josef vom Bad heimkam oder wenn er beim Kirschenpflücken hatte helfen müssen und mit Pferd und einem Bruckenwagen voller Kirschen, Stachelbeeren, Johannisbeeren mit in den Hof einfahren durfte, schlug sein Herz höher. Da standen zehn oder fünfzehn Leute und warteten, erwarteten, hofften, von dem Segen etwas abzubekommen. Und sie bekamen, was man an der Ablieferungsverpflichtung vorbeimogeln konnte. Josef waren noch, fast sechzig Jahre später, die Gesichter vor Augen, die lachenden Gesichter, wenn sie ein paar Kilo der Früchte einpacken durften, und der enttäuschten, wenn man sagen musste, es ist nichts mehr da, oder den Rest müssen wir zur Sammelstelle bringen.

Das Geld hatte damals keinen Wert. Darum ging es nicht. Was Josef freudig stimmte, was ihn fast unbewusst so etwas wie Glücksgefühl empfinden ließ, war das Wissen, etwas gearbeitet, etwas geerntet zu haben, mit dem man anderen Menschen Freude bereiten konnte.

Damals war ein Landmann König. Und er war Prinz. Kronprinzengefühl. Nicht abgeschmacktes Überheblichkeitsgefühl, echtes Kronprinzenempfinden. Freude verspüren im Dienst am Volk. So stellte sich Josef echtes, verantwortungsbewusstes Königtum vor. Und Wert haben, seine Arbeit anerkannt zu sehen.

Aus allen möglichen Schichten waren es Menschen, die etwas wollten. Lehrer, Ärzte, Beamte, auch einfache Leute, von denen manche, Jahre später, als sich alles geändert hatte, als alles anders war, sich kaum erinnern konnten, den Bauern, vor dessen Hoftor sie einst mit gierigen Augen gestanden hatten, jemals gekannt zu haben.

Enttäuschungen waren dies für Josef. Und manchmal später sagte er zu sich: „Man muss sich immer wieder neu bemühen, mit Gewalt an Positives zu denken, um den Glauben an die Menschen nicht zu verlieren."

Vater sagte einmal zu Josef: „Man stelle sich vor, es bliebe immer so, auch wenn das Geld wieder Wert haben würde, wir bemühten uns, schöne, gute Früchte zu produzieren und die Menschen kämen zu uns mit freudigen, freundlichen Gesichtern wie jetzt und kauften bei uns, was für eine herrliche, harmonische Welt wäre dies."

Vater war mit Leib und Seele Bauer. Nein, er war mehr, Landmann war er. Adeliger des Landes. Nicht Adeliger von Geburt, sondern von Gesinnung, Adel, der aus der Liebe zum Land, aus der Arbeit mit dem Land erwuchs. Adel, der nicht über die Felder ritt oder der darüber ging wie ein Herrscher, sondern der in der Erde grub, der mit der Pflanze fühlen konnte und der das Aufwachsen eines Setzlings begleiten konnte wie das Heranwachsen eines Kindes.

„So klein und schon so fleißig," sagte Frau Oberstudienrat Knöpfle aus Lindau, als Josef die Körbe mit den Hegenerkirschen, schwarz und glänzend, in den Schuppen trug, wo die große Weinpresse stand und die Dezimalwaage, auf der die Verteilung der Früchte wie eine Art Zuteilung erfolgte. Frau Knöpfle war Stammkundin in jener Zeit. Sie kam mit dem Zehnnachvierzug und fuhr mit dem, der um halb sieben am Bahnhof in Nonnenhorn abfuhr, wieder zurück. Frau Knöpfle war nicht Oberstudienrätin, ihr Mann war Oberstudienrat, aber sie ließ sich gerne von Vater, der bei guten Kunden mit Titeln nicht geizte, mit Frau Oberstudienrat anreden. Josef hatte den Eindruck, als wäre sich Frau Oberstudienrat Knöpfle ihrer hohen gesellschaftlichen Stellung sehr bewusst.

Einmal, es mochte drei Jahre her gewesen sein, waren Josef und sein Bruder bei Knöpfles in Lindau eingeladen. Josef fünfjährig, sein Bruder kleiner, waren mit der Tante in die Stadt gefahren. Frau Knöpfle hatte zwei Söhne, fast schon Erwachsene für Josef, die hatten aus ihrer Kindheit einen großen, begehbaren Kaufladen. Der stand in einem Extrazimmer und die beiden Oberstudienratssöhne spielten mit ihnen. Die Stadtwohnung kam Josef pompös vor. Die Räume hoch, die spiegelglatten Parkettböden waren teilweise mit schweren Teppichen belegt. Der Oberstudienrat Knöpfle saß in einem wulstigen Ledersessel, Hausherr, Patron, König seines ureigensten Reiches. Josef dachte, fast so wie Kaiser Wilhelm, der Hohenzoller, auf dem Bild, das zu Hause hing, in der ‚Fremdenzimmer' genannten Kammer im Dachgeschoss, in der zwei Betten standen und ein Waschtisch mit Waschlavoir, wie die Tante immer sagte. Josef konnte sich nicht erinnern, je Gäste darin gesehen zu haben. Heute diente die Kammer, das wusste Josef, um, wenn geschlachtet worden war, die Würste aufzuhängen, denn es war eine sehr kühle Kammer und die Katzen konnten nicht hinein.

Nebenan war die Knechtkammer. Bis Kriegsende bewohnten sie die zwei jungen Polen, später die oft wechselnden Bediensteten. Im Gang davor standen drei alte Kleiderschränke, zum Teil bemalt und mit Blumen verziert, die in den fünfziger Jahren, als man modernere Möbel wollte und dieses Großvatermobiliar als alten Krempel abtat, von Zigeunern um ein Butterbrot erworben und mit einem großen Mercedes-Benz abgeholt wurden. Später sagte man, als alte Bauernschränke wieder in Mode kamen und als man vom Wert solcher Gegenstände hörte, die Zigeuner hätten einen übers Ohr gehauen. Josef dachte, vielleicht waren sie nur gewiefter und schlauer.

Damals in Lindau aber, im Spielkaufladen der Knöpfles, fühlte sich Josef unwohl. Ob allen Staunens war es nicht seine Welt. Die Welt der Matrosenanzügle und Knickerbocker, die Welt der bemalten Kaffeetassen und muffigen schweren Vorhänge war nicht die seine. Und als sie wieder daheim waren, es war Wintertag, kletterte er auf den Kachelofen und ließ seine Füße herunterbaumeln und die Wärme wohlig durch seinen Körper ziehen.

Das ging dann so weiter in den mittvierziger Jahren. Immer am Abend, wenn sie in den Hof einfuhren, standen Menschen hoffnungsvoll und warteten.

Im späten Sommer waren es dann frühe Äpfel, Williamsbirnen oder Italienerzwetschgen, für Josef das Köstlichste von allem. Die Welt war in Ordnung und Josef musste nicht oft abtauchen in sein Traumland. Doch er vernachlässigte es nicht. Wenn er die Reise dorthin nicht antrat, um Trost zu finden, so doch aus Sehnsucht, ja, einer Art Lust, mit der er sein Farbenwunderland durchwanderte. Dieses Land konnte ihm nicht nur Zuflucht nach Enttäuschungen, nein, auch Krönung eines gelungenen Tages, Krone eines schönen Erlebnisses sein.

Die Schule, die Josef jetzt in der vierten Klasse besuchte, plätscherte an ihm vorbei wie ein notwendiges Übel. Er war nicht gefordert. Im Unterricht passte er auf, und um zu Hause zu lernen, war ohnehin keine Zeit. Aber das bisschen Rechtschreiben und die einfachen Rechenarten bereiteten ihm keine Probleme.

Vor einem halben Jahr war ein Neuer gekommen. Torsten Nettelbeck war sein Name. Die Eltern hatten eine Villa am See Richtung Wasserburg erworben. Bessere Leute, sagte man von ihnen. Er, der Vater, Prokurist, im Dorf kaum zu sehen, und überhaupt die Familie anders als hier üblich. Torsten fand keinen Anschluss in der Klasse, war ein Einzelgänger.

Als der Lehrer fragte, was der Grund für sein Fehlen gewesen sei, sagte er, er habe Heuschnupfen gehabt und überreichte dem Lehrer Vollnhals eine Bestätigung seiner Eltern. „Hast du gehört, Heuschnupfen,“ raunte Walter hinter der Hand Josef zu, „gibt es so etwas überhaupt?“ „Noch nie gehört, Heuschnupfen,“ erwiderte Josef. „Die Faulenzer liegen den ganzen Tag am See, haben mit Heu überhaupt nichts zu tun, und dann ‚Heuschnupfen'! Dass ich nicht lache!“ Ernst, der in der Bank davor saß und mitgehört hatte, drehte sich um und sagte: „Und der Lehrer glaubt ihm auch noch, dem Lügner.“

Torsten ging dann nach Lindau aufs Gymnasium. Sehr viel später erfuhr Josef durch die Zeitung, Torsten Nettelbeck habe eine durch einen Sprung aus dem Fenster querschnittgelähmte Tagesschausprecherin geheiratet. Heuschnupfenjüngling, ha ha ha, hatte sich das traurige Muttersöhnchen vielleicht doch noch gemausert.

Interessanter war es in der Pause auf dem Schulhof. Eduard Em. war schon in der Siebten. Er ist später ein in der Region bekannter Boxer geworden. Eduard sagte: „Heribert, hau ihn, hau dem Edi eins rein." Heribert wollte nicht, meinte: „Edi hat mir nichts getan, ich will nicht boxen." Heribert und Edi waren Drittklässler und von denen die Kleinsten. Eduard drängte: „Heri, du bist der Stärkere, hau ihn." „Ich will aber nicht." Langsam bildete sich ein Kreis um die beiden, sie standen plötzlich in der Mitte wie in einem Boxring, Eduard hetzte weiter, schubste den Einen, dann den Anderen, bis sie mit den Köpfen aneinander knallten. Die erste Faust flog. Die Eskalation nahm ihren Lauf.

Die beiden, die eigentlich Freunde waren und sich nichts Böses wollten, schlugen aufeinander ein, als ginge es um Sein oder Nichtsein. Die Umstehenden grölten und ergriffen Partei und klatschten, wenn einer einen Volltreffer gelandet hatte. Hätte nicht der Lehrer aus dem Lehrerzimmerfenster heraus das Ende der Pause angemahnt, wer weiß, was noch aus diesem Kampf geworden wäre.

Josef sagte auf dem Heimweg zu Walter, als sie den Schäfflerberg heraufgingen: „Eigentlich gemein, was wir mit Heri und Edi machen." „Aber lustig," antwortete Walter. Als sie dann noch am rußigen Fenster der Schmiede verweilten und hinunterschauten, wie der alte Raaf gerade ein glühendes Flacheisen auf dem Amboss bearbeitete, wie er den großen Treibhammer dreimal auf das Eisen schlug und dann daneben auf dem Amboss austanzen ließ, so als hüpfe dieser aus Vorfreude auf die nächsten Schläge und klingelte vor Lust, fast so, wie das Glöcklein am heiligen Abend, das bei Josef zu Hause den Weg ins Wohnzimmer, wo die einfachen Geschenke unter dem Christbaum lagen, frei gab, da dachte Josef laut: „Nächstes Mal sag ich was." „Was willst du sagen?" „Dass er das lassen soll, mit dieser Hetze, mit dieser Aufforderung zum Kampf." „Dann schlägt dich Eduard k. o." Josef sagte das nächste Mal nichts. War er ein Feigling? So war es oft, dass er wusste, wie der Idealfall wäre, aber den Mut nicht fand, dafür einzutreten. Konnte er die Welt verbessern? Er fühlte so etwas wie den Auftrag dazu. Hatte er es nicht getan, war er traurig und tröstete sich am Abend mit dem samtenen Rot einer geheimen Welt. Getraute er sich aber, sah er die ungläubigen Blicke der Kameraden, die etwas wie

Verachtung, Geringschätzung, Unverständnis ausdrückten, und trotzdem, seine Welt funkelte dann in allen Farben. Wenn alle Welt so gewesen wäre wie seine Welt, das wäre Paradies, das wäre Wunderland, das wäre, wie man sich den Himmel vorstellte.

Manchmal wunderte sich Josef zwar, wie Benefiziat Krumbacher oder Pfarrer Rottenkolber so genau wussten, wie Himmel ist, da sie doch, wie Josef meinte, den Blick in das Land, das Josef sein Traumland nannte, nicht hatten. Aber sie wussten es, weil sie studiert hatten. Theologie hatten sie studiert, da wusste man solche Dinge, oder, wenn sie sagten, dass das niemand genau wissen könnte, so malten sie doch in Farben, dass jeder, der zuhörte, am Ende genau wusste, wie Himmel aussah.

„Morgen gibt es Einmaleinsrennen," hatte der Lehrer Vollnhals noch angekündigt, bevor die Schule aus war. „Heute," sagte Walter, „war er grätig." Und Max, der Achtklässler, meinte, seine Alte habe ihn gepiesakt. Max wusste das, weil er oft im Garten oder beim Kirschenpflücken auf Lehrers Kirschbäumen helfen musste. Das war ihm lieber als in der Schule sitzen. Und er hatte auch gesagt, dass die Frau Lehrer, die Max seine Alte nannte, eine Bissgurke sei, die den Lehrer schikaniere, obwohl er nett zu ihr sei und sogar einen Kosenamen für sie habe. Er nenne sie „Hansi", sagte Max und lachte dabei verächtlich.

Aber vor dem Einmaleinsrennen hatten sie Angst. Obwohl beide gut waren im Rechnen, doch im Halbkreis um den Lehrer stehen, die Hände mit den Handflächen nach oben, Vollnhals mit dem erhobenen Tatzenstecken in Reichweite davor und dann zwei Sekunden nach der Frage, sechs mal neun, entweder Antwort, richtige Antwort oder Schläge, da schlugen die Schülerherzen schon hohe Takte.

Josef war jetzt schon ein Zwölfjähriger. Abends melkte er schon drei Kühe von Hand. Eine Melkmaschine gab es damals noch nicht. Manchmal, wenn er keinen Ministrantendienst hatte, half er auch morgens schon im Stall. Werner und der Strobl Sepp aus Schwendi, die Knechte auf dem Hof waren, sagten dann: „Was du schon alles kannst, Josef." Das gefiel Josef und stachelte seinen Ehrgeiz noch mehr an. Wenn er dann in die Schule kam, sagte Elfriede oft: „Du stinkst nach Stall, Josef." Aber das war ihm egal. Josef kümmerte sich nicht sehr um Mädchen. Er war kein Mädchenschmecker, ganz und gar nicht. Das hätte noch gefehlt, dass sie ihn einen Mädchenschmecker geheißen hätten. Das wäre die größte Beleidigung gewesen. Walter dachte auch so und sagte manchmal, wenn Manfred, den sie einen Stenz nannten, die Haare so eingeschmiert hatte, dass sie stehen blieben, wie er sie am Morgen hingestellt hatte: „Schau dir den Lackaffen an." Nein, so wollten sie nicht sein, pfui Teufel. Lieber sollte Elfriede sagen, sie würden nach Stall stinken.

Manfred spielte nur selten mit ihnen Fußball. Er sagte, das Gerenne sei ihm zu blöd. Und wenn er spielte, war er nicht zu gebrauchen. Vor Beginn des Spiels wurde gewählt, die Besten zuerst, die Schlechtesten zuletzt. Manfred war immer der Letzte. Einmal servierte ihm Josef eine Flanke maßgerecht auf den Kopf. Er hätte nur zu nicken brauchen und es wäre das Tor zum Sieg gewesen. Er aber zog, wohl aus Angst um seine Stenzfrisur, den Kopf zurück. Unvorstellbar.

Manchmal sahen sie Manfred an Sonntagnachmittagen, wie er zusammen mit Erich, seinem Freund aus Kressbronn, der auch so ein lackierter Schnösel war, hinter den Mädchen her im Abstand von etwa zehn Metern spazieren ging. Josef und Walter hatten für solche Vorlieben nichts als Verachtung übrig. Zumal auch Benefiziat Krumbacher sagte, das allzu frühe Poussieren habe keinen Sinn, im Gegenteil. Es berge Gefahren für die Reinheit der jungen Seele. Josef und Walter als Ministranten und eifrige Mitglieder der Jungschar, der jüngsten Gruppe der Katholischen Jugend, wollten den sauberen Weg. Und manchmal dachte Josef, wenn er glaubte, sein Lebenswandel werde den Vorgaben von Gebot und Richtlinien gerecht und er sei konsequent seinen Weg gegangen, er hätte das Zeug zu einem kleinen Märtyrer. Und zuweilen stellte er sich vor, er stünde vor der Entscheidung, hier Treue zum Glauben, zur Überzeugung, dort Drohung mit Folter und Tod, wie er es von Heiligen gelesen hatte, würde er sich wohl bewahren können? Wäre seine Überzeugung Schönwettergetue oder hätte er die Kraft für den großen Helden, den Märtyrer? Und einmal, er war krank, hatte hohes Fieber, da dachte er, was wäre so schlimm daran, wenn jetzt alles zu Ende wäre? Jetzt noch in seiner kindlichen Unschuld, seiner fast Unversehrtheit, was könnte ihm anderes zuteil werden als das, was Lehre und Verheißung in fast unvorstellbar schönen Bildern ihm malten? Dann aber war er doch froh, als Genesung ihn wieder ganz ins Leben zurückbrachte und auch, dass jene Entscheidung, von der er eine Vorstellung von Beinahe-Heldentum, FastMartyrium hatte, ihm in Wirklichkeit nicht abverlangt wurde.

Nach dem zwanzigsten Juni achtundvierzig war alles anders. Die sechzig D-Mark Kopfgeld waren nicht viel. Überhaupt, was für ein Ausdruck, dachte Josef, den hörte er sonst nur, wenn die Rede von der Suche nach Verbrechern war, als Belohnung angesetzt. Aber die Leute kauften. Kauften Dinge, auf die sie lange verzichten mussten. Und plötzlich waren Artikel auf dem Markt, in den Geschäften, von denen Josef vorher nicht wusste, dass es sie gab.

Werner, der Knecht, ging zur Bundesbahn, der Strobl Sepp zurück in seine Heimat im Württembergischen. Er sei ein Pferdenarr, sagte er, er wolle dorthin, wo er nur mit Pferden zu tun habe, nicht wie auf Josefs Vaters Hof Arbeiten aller Art tun zu müssen.

Dann kam Alois. Alois Mörtlbauer kam als Praktikant. Er wollte am Bodensee Obstbau lernen. Alois war zweiter Sohn eines großen Hofes aus dem Rottal. Aus dem tiefsten Niederbayern kam er, den Kopf trug er hoch. Einbildung glaubte man zu erkennen. Die Rottaler Großbauern galten etwas in ihrer Gegend. Dies konnte Josef den Worten, der Haltung, der Gestik von Alois entnehmen. Dennoch, er konnte sich benehmen, ein gewisses Format konnte man ihm nicht absprechen. Landadelsgebaren, Großgrundbesitzersallüren, dachte Josef, aber damals um 1950 war die Hierarchie der Gesellschaft eine andere, zumindest in Niederbayern. Ein Jahr blieb er, für ihn kam das genaue Gegenteil.

Franz Christlbauer war ein einfacher, ungewandter, aber herzensguter junger Mann. Er war unweit von Alois zu Hause.

Aber nicht Rottaler, sondern von einem Hof auf den rauen Hügeln des Hochlandes zwischen Inn und Donau, der Betrieb klein, der Vater lieber im Wirtshaus, die Schwester auf der schiefen Bahn, die Mutter resigniert.

Franz hatte in seiner fast naiven Verschüchtertheit ein, wie er selber wusste, hoffnungsloses Auge auf die Rosl geworfen, ein Mädchen, das in der Nachbarschaft in Diensten war und zu ihrer Arbeitgeberin, einer Bauersfrau mit dazugehöriger Gastronomie, nur Frau sagen musste, nicht Frau Sowieso, sondern nur Frau.

Aber die Perspektive war voller Hoffnungslosigkeit und wenn, was Josef nicht so genau wusste, eine mittelmäßige Verliebtheit gewachsen sein mochte, so hatte diese der widrigen Umstände wegen im Grunde keine Chance, zu einem guten Ende zu kommen.

Als Josef viele Jahre später, als beide längst Männer mittleren Alters waren, Franz einmal besuchte, sagte dieser. „Josef, ich habe zwar noch geheiratet, aber es war schon spät und mehr als eine magere Tochter habe ich nicht mehr fertiggebracht."

Zuerst hatten die vom Landwirtschaftsamt ihm zu einer Schweinemast geraten, dann zur Bullenmast, jedes Mal mit Investitionen verbunden. Jedes Mal mit Finanzplan, mit Zuschüssen und zinsverbilligten Geldern. Vergebens. Die Zeit hatte alles überrollt. Jetzt war er verschuldet. Dort in der rauen Einsamkeit des kalten Hochlandes würde er der Letzte sein in einer langen Kette von Bauern. Endzeitstimmung, Aufgabestimmung.

Das da oben ist kein Vergleich mit dem Bodensee. Nicht nur, was landschaftliche Schönheit anbelangt, auch die Chancen auf Fortbestand der Höfe waren am See ungleich größer, dachte Josef.

Dann war da noch Hans. Hans Oller aus Mesnerschlag in der Nähe von Wegscheid im Bayerischen Wald. Damals, in den fünfziger Jahren noch wirklich ein Sohn einer vergessenen Welt. Wenn er erzählte von Bräuchen und Lebensweisen, von Arbeitsmethoden und Jahresabläufen, glaubte auch Josef, der beileibe kein Verwöhnter war, keiner um jeden Preis dem Modernen Anhängender, diese Gegend dort, wo Hans herkam, sei im vorletzten Jahrhundert stecken geblieben und fände den Weg nicht in eine neuere Zeit. Und er tat sich schwer im Dorf am Bodensee, fand keinen Anschluss an Gleichaltrige, lebte die Tage seines Hierseins wie in Quarantäne, in einer Art Wartezustand. Nicht in Erwartung von Integration, und Josef glaubte zu spüren, dass er diese auch gar nicht wollte, nein, im Sehnen nach Freilassung, nach Aussetzung dort, wo man ihn eingefangen hatte, dort in den prähistorischen Gärten seiner Geburt und seines Aufwachsens, dort, wo Sprache und Gepflogenheiten ihm wieder Heimat sein würden, dort, wo er die Wege kannte und seine Freunde hatte, wo er glaubte, die Tage zu kennen und was sie brachten, dort, wo er meinte, sein Leben im immer gleichen, geborgenen Umfeld verbringen zu können.

Und Josef dachte später oft, wie dieser Hans wohl zurechtgekommen sein mochte, mit Veränderung und Wandel, mit Verlust von lange Gewohntem und dem Einstellenmüssen auf Neuerungen, die auch vor den entlegensten Winkeln des Bayerischen Waldes nicht Halt machten.

„Woast, bei uns is es schener, gemütlicher," sagte er oft und hatte dabei einen Glanz in den Augen, der von einer unterdrückten Träne herkommen mochte. Sehr viele Jahre später, als Josef manche Dinge anders sah als in seiner Jugendzeit, dachte er manchmal, ob im Beharren dieses Hans nicht ein Funke Richtigkeit lag. Ob nicht manches Verlorene schwerer wog im Nachhinein betrachtet als das dafür Gewonnene. Was, so dachte Josef, vor allem schwer wog, war, dass so Verlorenes nie mehr zurückzugewinnen sein würde, keine Chance besaß, je eine Renaissance zu erleben um bereits in der nächsten Generation verschollen zu sein, als hätte es das nie gegeben. Es gab nichts Neues ohne Verlust von Altem, das ist ein ehernes Gesetz der Natur. Aber auch wenn ihn, Josef, in seinen älteren Tagen manchmal Wehmut über zu Verlierendes befiel, was konnte man dagegen tun? In jungen Jahren war ihm dies keinen Gedanken wert, da warf er lachend überflüssigen Ballast über Bord, der die schnellere Fahrt auf dem Fluss behinderte, da schnitt er, ohne mit der Wimper zu zucken, alte Zöpfe ab, wenn die Frisur unmodern war.

Der Mensch konnte nicht, wenn er bestehen wollte, so meinte Josef damals, sich wie eine Forelle gegen den Fluss stellen und warten, bis ihm eine Fliege oder ein Wurm ins Maul geschwemmt wurde, er musste mit dem Strom schwimmen, musste sich mittreiben lassen mit der Strömung der Zeit, den neuen Ufern entgegen, ob er wollte oder nicht.

Franz und Hans und alle Knechte davor aßen mit am großen Küchentisch, aus dem gleichen Topf die gleichen Gerichte. Auch die Polen damals, es gab keinen Unterschied. Fünfmal die Woche Mehlspeisen zu Mittag, einmal Innereien, einmal, am Sonntag, Braten. Jetzt, da die Familie komplett war, alle Kinder, die geboren werden sollten, da waren, und zusammen mit den Knechten saßen Zehn Personen um den Birnbaumtisch, der einfach gezimmert war und etwas auseinandergegangen. Eine breitere Fuge war zwischen dem zweiten und dem dritten Brett vom Herd aus gesehen. Daraus kratzte Josef, wenn er in Gedanken war, fast unbewusst etwas, das sich beim Abwischen des Tisches im Laufe der Zeit abgesetzt hatte. Mit den Gabelzinken brachte man immer etwas zum Vorschein. Mutter wollte das nicht. Vielleicht schämte sie sich, dass aus dem Esstisch, den sie immer peinlich sauber hielt, solch Unappetitliches herausgepopelt werden konnte. Mutter sagte: „Lass das, Josef." Sie stand am Herd und holte Küchle aus dem schäumenden Fett. „Hol lieber Holz, die Trucke ist leer," sagte sie zu Josef. Wenn sie am Herd stand, hatte sie einen ganz roten Kopf. Manchmal, wenn jemand sie lobte ob ihrer guten Gerichte, die sie aus fast nichts bereitete, wurde auch ihr Hals bis weit hinunter rot, als stünde er in Flammen. Sie war damals Ende dreißig, im besten Alter. Sie lachte gerne, auch wenn es nicht viel zu lachen gab. Fünf Kinder und die Speisekammer mager, das war nicht einfach. Josef dachte, wenn sie so mit diesem satten Rot bekleidet am Herd stand, was für eine Üppigkeit, was für ein Leben in dieser Frau.

Rose, Schönstes du von allem Blühen,
Schöner nur, wenn Frauenherzen glühen.

Diesen Satz hatte er gelesen und glaubte, ihn hier bestätigt zu finden.

Im Jahr zuvor hatten sie Raps angebaut. Mit Öl oder Fett konnte alles gekocht oder gebacken werden. Der Raps stand schön, den ganzen Sommer. Nach einem Gewitter mit Sturmböen aber lag alles am Boden. Das schmälerte den Ertrag. Nach dem Drusch packte Vater die Ernte in einen großen Rucksack, setzte sich auf seinen achtundneunziger Wanderer und fuhr bis nach Saulgau, wo er gehört hatte, dass es eine Ölmühle gäbe. Acht Liter Rapsöl brachte er nach Hause. Das reichte für die Mehlspeisen der nächsten Monate.

Am Morgen gab es Bratkartoffeln, Polenta oder Hafermus. Hafermus löffelte man aus einer großen Schüssel und jeder war bedacht, an seinem Einstichplatz schnell ein Loch zu formen, dass die flüssige Butter, mit der man den Brei übergossen hatte, in seine Kuhle laufen konnte. Mit Butter geschmelzt schmeckte der Haferbrei dreimal so gut.

Zu den Brotzeiten gab es Rauchfleisch und Backsteinkäse, für die Kinder Butterbrot oder Brot mit Marmelade bestrichen.

Manchmal machte man Butter selbst. Aus Biestmilch vor allem, jener Milch, die die Kuh die ersten drei, vier Tage nach dem Kalben gab, die ganz gelb war und anders zusammengesetzt und die nicht in der Molkerei abgeliefert werden konnte. Nachdem die Mutter einen Tag nach dem Aufstellen die Schüsseln mit der Biestmilch abgerahmt hatte, füllte sie den Rahm in das Butterfass, stellte es vor Josef hin und sagte: „Jetzt kannst du rühren." „Das kann Albert auch," sagte er, „oder Rita, warum immer ich?" „Du bist der Älteste, also musst du auch der Vernünftigste sein."

Da war er wieder, der Hinweis auf seine Erstgeburt. Wie er es hasste, dieses der Älteste sein zu müssen, dieses Vorbild sein zu müssen. An ihm maß man die Zuteilung, die den anderen zugedacht war, nur mit dreifacher Multiplikation, wie er meinte. Er kam sich vor wie ein Glas, das man voll schenkte, erst wenn es überlief, ging das Zuviel in ein zweites, dann in ein drittes. Warum nicht jedes Glas von Anfang an nur halb voll machen, das wäre für jeden erträglich gewesen. Arbeit machte Josef nichts aus, er arbeitete gern, aber Gerechtigkeit musste sein.

Und dann dieses eintönige Butterrühren, eine blöde Arbeit, Frauenarbeit, Hausarbeit. Lieber ging er mit Vater in die Obstanlagen, in die Weinberge, in den Hopfengarten oder in den Stall. Das wollte er lernen, da wurde er gelobt, wenn er gut war für sein Alter, selten zwar, aber doch manchmal. Doch auch hier zeigte sich ein Dilemma. Für ein anerkennendes Wort des Vaters, das ihm zuteil wurde, wenn er eine Arbeit besonders engagiert erledigt hatte, wenn sein Fleiß über das Verlangte hinausging, wenn er an üblen Streichen der Freunde nicht oder nur als Mitläufer beteiligt war oder in der Schule ein gutes Zeugnis bekam, sank er in den Augen der Kameraden. Söhnchen, Streber, Arbeitswütiger, Anerkennungsheischender, das waren die Ausdrücke, die er in ihren Augen las oder die er auch nur vielleicht glaubte, lesen zu können. Josef war keiner der Führer in ihrem Kreis wie Richard, der zwei Jahre Ältere, oder Eberhard, die immer die verrückten Ideen hatten, und er war keine Führungspersönlichkeit, die mitriss, voranging, die Grenzen des Erlaubten bis zum Äußersten erkunden wollte.

Zum Fußballspielen aber, da brauchten sie ihn, da war er einer der Besten. Wenn gewählt wurde, war er einer der Ersten, die mit einem Wink in die Mannschaft geholt wurden. Das war seine Welt. Laufen, kämpfen, Mann gegen Mann, beweisen in jeder Minute, der Sieger sein wollen, Ehrgeiz entwickeln, das sagte ihm zu.

Manchmal durfte er bei den Älteren mitspielen, da war er dann der Kleinste, „unser Benjamin", sagten sie, und einmal, das wusste er fast sechzig Jahre später noch genau, da nahm er an der Strafraumgrenze einen Eckball direkt aus der Luft mit dem rechten Fuß und setzte ihn neben dem Pfosten ins Tor. Das war der Sieg, da war er, der Kleinste, an diesem Tag der Größte. Was für ein Gefühl, die Welt hatte ihn wieder. Manchmal, wenn er heute im Fernsehen das Tor des Monats sieht, denkt er, das damals, das wäre auch eines gewesen. Josef Fußballstar, Josef, der Umjubelte, Josef, der ungekrönte König, was für eine Vorstellung! Er spielte Läufer und war einer. Rennen konnte er den ganzen Tag und lange noch, bis in seine fünfziger Jahre verspürte er die Lust, zu rennen. Wenn er auf dem Feld arbeitete, packte ihn der Drang, zu rennen und er lief hundert Meter, so schnell er konnte, flog über das Gras, die kleinen Bäume schwirrten an ihm vorbei, als führe er durch eine Allee mit einem Rennwagen und Vollgas. Das war Lustbefriedigung, das war Welteroberung, das war Landvermessung.

Anders als das Butterrühren oder Teppichklopfen oder Bohnenbretschen. Vateradjudant wollte er sein, nicht Mutterbediensteter. Oder das Kindsmagdmachen, wenn man mit den Freunden umherstreichen wollte im Dorf oder Versteckspielen um die Schuppen der Nachbarschaft. Da rannten einem die Knirpse hinterher, standen vor dem Versteck und riefen: „Josef, Josef," so dass der Suchende gleich wusste, wo Josef zu finden war, auch wenn er glaubte, ein ideales Versteck gefunden zu haben. Richard sagte dann: „Hast immer ein paar Klötze am Bein."

Bei schlechtem Wetter waren die alten Schuppen ideale Spielorte. So auch das Haus der Nachbarn, das früher Wohnhaus gewesen war, jetzt aber als Remise diente, und die einstmals gute Stube war Werkstatt mit Hobelbank und Schleifstein. Darin stand noch der Kachelofen von früher, und Sepp, der alte hinkende Knecht, heizte im Winter und verbrachte die Tage darin. Er betreute die Gemeindestiere und musste, wenn ein Bauer mit einer Kuh in den Hof einlief, einen seiner „Buale", wie er seine Stiere nannte, herausholen. Josef, Walter und Ernst rannten dann zum Schuppen, der freie Sicht auf den Deckplatz gestattete, suchten Astlöcher in der Wand und sahen, wie der Bulle auf die Kühe aufsprang. Vielmehr war aus fast achtzig Metern Entfernung ohnehin nicht zu sehen. Da kam der Vater von Ernst herein und sagte: „Was gibt es da zu sehen?" Und der Vorwurf in seiner strengen Stimme war unüberhörbar.

„Wir haben nur Kutschenfahren gespielt," sagte Ernst, der Sohn, denn sie saßen alle in der alten, schwarzen Karosse, die seit vielen Jahren ungebraucht im Raum stand und von wo sie gute Sicht hatten. „Hinaus mit euch," sagte Ernsts Vater, der anscheinend das Spiel durchschaut hatte.

An einem anderen Tag, an dem Josef auch Albert, den zwei Jahre Jüngeren, mitschleppen musste, spielten sie im Dachboden desselben Gebäudes. Der Dachboden war in zwei Ebenen geteilt, wobei die eine sechzig Zentimeter höher lag als die andere. Josef, Walter, Ernst und Johann wollten Weitsprung üben und sprangen von der höheren Ebene möglichst weit mit Anlauf auf die niedrigere hinaus. Am Schluss, unbeachtet von den anderen, wollte auch Albert ihnen nachtun. Mit seinen kurzen Beinen und weil er kein Läufer war, kam er nicht weit und plumpste in einen offenen Sack mit unabgelöschtem Kalk, den die Größeren mühelos übersprungen hatten. Weißer Kalk stob auf, umhüllte ihn wie eine Wolke und stieg ihm in Nase und Augen. Im nächsten Moment folgte ein Schrei, der endlos schien und wie ein Messer das Halbdunkel der Schuppenstille durchschnitt. Josef nahm ihn auf die Arme und brachte ihn nach Hause. Vater hatte schon von weit das Geschrei gehört und nahm Josef den Kleinen ab, legte ihn auf den Spültisch und ließ den Strahl des Wasserhahns minutenlang in die aufgehaltenen Augen des schreienden Albert laufen. Man legte ihn ins Bett und rief vom Telefon des Nachbarn aus den Arzt an. Bis Dr. Epple kam, waren die Augen von Albert schon zugebacken von Kalkresten, vertrocknetem Augensekret und eiterähnlichem Ausfluss. Doktor Epple aus Wasserburg sagte, man könne nichts als abwarten, eine Prognose, ob das Augenlicht des Kleinen unter dem Vorfall gelitten habe, könne man erst nach Tagen machen. Er ließ Augentropfen da, die von Zeit zu Zeit aufgeträufelt werden mussten, und lobte Vater, der mit dem sofortigen Auswaschen der Augen richtig gehandelt habe.

Am dritten Tag sprang die Kruste an einigen Stellen auf, und gleich die entscheidende Frage: „Albert, siehst du uns?“ Er nickte und nannte die Namen all derer, die um das Bett standen. „Gott sei's gedankt,“ sagte die Mutter, und „dein Schutzengel hat geholfen,“ der über dem Kinderbett hing, mit langen, halb angelegten Flügeln zwei Kinder am Rand eines steilen Absturzes entlangführte.

„Warum passt du denn nicht besser auf den Kleinen auf?“, ging der Vorwurf der Mutter an Josef, damals, als sie Albert heimgebracht hatten. Welt der Schuldlosen, nie werde ich dir angehören, dachte Josef. Gab es sie überhaupt? Schuldland, Versagerland. Was blieb da als am Abend, wenn er die Augen schloss, ein Gang durch sein Paradiesland, wo es keine Sorgen und Lasten gab und kein Schuldigwerden, nur Schönheit, unverlierbare, unzerstörbare, reine Schönheit. Dort hätte Josef sich Gott vorstellen können, so wie er ihn von Bildern kannte, auf goldenem Thron, ein weiser Mann mit gütigem Blick und von Engeln umflogen, und so voller Güte, wie ihn Benefiziat Krumbacher geschildert hatte. Aber bisher hatte Josef bei all seinen Wanderungen Gott, diesen Gott, nie gesehen. Noch nicht, dachte Josef und war sich sicher, dass dies einmal geschehen würde, denn dort, wenn überhaupt, musste er sein. Dort musste der Himmel sein. Und wenn er an einem Abend hineinstieg in sein inneres Auge, an einem Abend, da er keine Angstbewältigung, keine Schuldbewältigung zu betreiben hatte, wenn er hinging, wie man in Parks oder Blumengärten ging, dann kam er sich vor, als ginge er wie Sommerfrischler, die, seit die Zeiten sich gebessert haben, wieder vereinzelt über die Uferpromenade in Nonnenhorn unten am Landesteg schlenderten, wie sie unter den alten, rot und weiß blühenden Kastanienbäumen, mit Strohhut der Mann und Sonnenschirm die Frau, lustwandelten. Da war er, so empfand Josef fast sündhaft arrogant, der reinen Lust hingegeben, ein Gigolo fast. Hier aber konnte er lustwandeln, hier gab es keine Kläger und keine Ankläger, hier war rundum heile Welt.

Als Josef am Samstag gegen Abend das Pflaster unter dem Vordach des großen Stadels kehrte, eine Arbeit, die ihm jedes Wochenende wiederkehrte, fuhr Herr Moser vorbei und sagte: „Bua, willst dem Sonntag herhelfen?“ Dann machte er, wie es Gewohnheit bei ihm war, „mpf“, so, als hätte er noch etwas sagen wollen, aber das Wort wäre ihm im Mund explodiert und nur der Pulverdampf hätte sich seinen Abgang durch die Nase verschafft. „Grüß Gott, Herr Moser,“ sagte Josef, wie er überhaupt alle Leute, besonders die Älteren, angehalten war zu grüßen. Da bog Herr Moser schon mit seinem Fahrrad, das ein besonderes Fahrrad war, weil es extra für Herrn Moser, der im ersten Weltkrieg ein Bein verloren hatte, gemacht worden war, in die Einfahrt zu Onkels Weinwirtschaft ein. Herr Moser war Bahnwärter an der Schranke, die den Weg, die Langgasse, zwischen Nonnenhorn und Wasserburg absicherte, wenn ein Zug durchfuhr. Herr Moser wohnte daneben in einem bahneigenen roten Ziegelhäuschen, hatte Gärtchen an der Bahnstrecke entlang und eine Ziege, die die Grasflächen um das Haus herum, an einen Pfahl gebunden, abweidete. Herr Moser hatte Dienst rund um die Uhr, Sonntag und Werktag. Wenn er zum Onkel in die Weinwirtschaft fuhr, mit seinem einen biegsamen Fuß nur tretend, den anderen auf das ruhende Pedal gestellt, dann war es die Zeit zwischen vier und sechs, wo nur ein Zug durchkam, den dann seine Frau übernehmen musste.

Herr Moser hatte schnell gelernt wie die meisten, die im Dorf zuzogen, dass man den hiesigen Wein aus Halbegläsern trank, sonst konnte man von Einheimischen schnell mit einer boshaften Bemerkung bedacht werden. In dem Ton etwa, wie Vater Josef erzählt hatte, als er beim Besuch des Oktoberfestes in München nicht gleich einen ganzen Liter Bier bestellen wollte und von der stämmigen Bedienung angeraunzt wurde: „Wenn koa Maß net aushoist, bleibst dahoam."

Neben Herrn Moser kamen der pensionierte Polizeipräsident Haag mit Gattin und dem braunen Dackel, Herr Baurat Schädler, Herr Merk und viele andere. Hier in dieser bäuerlichen Weinwirtschaft hoben sich die Standesunterschiede auf. Herr Moser wurde von Josef nie schlecht gelaunt gesehen. Und wenn er nach zwei Stunden heimwärts fuhr, hatte er einen roten Kopf und lächelte noch deutlicher als beim Herfahren.

Als die Bodenseegürtelbahn gebaut wurde kurz vor der Jahrhundertwende, blieben aus vielen zerschlagenen Grundstücken kleine Flecken übrig, die die Bahn in ihrem Besitz behielt. Meist kilometerlange Feldchen mit ein bis zwei Metern Breite. Hauptpächter dieser langen Wiese, wie die größeren Bauern etwas verächtlich sagten, war Herr Müller aus Hege, den man der vielen Müller wegen Geißenmüller nannte. Herr Müller wohnte mit zwei Frauen, die genauen Beziehungsverhältnisse kannte Josef nicht, einem Haufen Kinder und drei Ziegen, die man hier Geißen hieß, zusammen. Wenn Heuernte war, mähte Herr Müller die lange Wiese und überließ alles Weitere den anderen, denn er war tagsüber bei der Arbeit. Die Frauen und Kinder wendeten und fuhren das dürre Heu mit einem von Hand gezogenen Wagen nach Hege hinauf, manchmal fast zwei Kilometer weit. Alle schienen Josef zufriedene Leute gewesen zu sein damals. Sie taten ihr Möglichstes und hatten ihr Auskommen dabei.

„Nichts ist dem genug, dem das Genügende zu wenig ist," las Josef später bei Epikur, dem griechischen Philosophen vor 2300 Jahren. Wie wahr, dachte Josef, als er den Satz las und die Zeiten sich seit seiner Kindheit um ein Vielfaches gebessert hatten, die Unzufriedenheit aber immer größer geworden war.

„Dürfen wir heute Mittag zum Baden?" fragte Josef beim Mittagessen, an einem warmen, ja heißen Tag im August, als sie Ferien hatten. „Albert und ich," sagte Josef, „Walter, Ernst und Johann dürfen auch." „Zuerst müsst ihr aber im Rippelstein," das war die Reblage, die hinter ihrem Haus hinaufging, „eine Reihe Reben hacken, dann dürft ihr gehen. Gebt aber Obacht," sagte die Mutter, „ahne, ahne, wenn etwas passieren würde, der Kleine kann doch noch kaum schwimmen." „Ich kann schon kraulen," protestierte Albert und machte Bewegungen mit seinen Händen, wie Hunde tun, wenn sie ins Wasser gehen.

„Willst noch eine Kratzete, Josef?" fragte mit rotem Kopf vom Herd her die Tante, die während des Essens weiterhin Pfannkuchen gebacken hatte und diese in der Pfanne mit dem Schäufele zerkleinerte, in Stücke zerlegte und, wenn sie fertig waren, mit Zucker überstreute. Dazu gab es Apfelmus aus den ersten frischen Klaräpfeln. Köstlich. „Mach noch ein paar," sagte die Mutter, „Albert hat den Teller leer und Rita und die Kleinen essen auch noch etwas."

Gleich nach dem Essen sagte Josef: „Komm, Albert, fangen wir an, so werden wir fertig." Dann holten sie die Hacken aus dem Schuppen und zogen los. Gleich bei den ersten Schlägen unten an der Reihe merkten sie, dass der Boden durch die Trockenheit der letzten Tage und das ständige Laufen während des Arbeitens an Laub und Trieben hart war wie Stein. Da lief der Schweiß in Strömen die schmale Brust hinunter bis zum Bauchnabel und der Atem ging schwer. Albert, obwohl kleiner, war mit seiner Reihe immer auf Josefs Höhe. Josef machte seine Arbeit ganz genau. Jedes Pflänzchen Unkraut musste heraus, wurde von ihm hin und her geregt, dass die Erde aus den Wurzeln fiel und die Sonne es zu Tode brennen konnte und der nächste Regen ein Wiederanwachsen nicht möglich machen würde. Albert machte sich nicht so viel Mühe, hackte nicht die ganze Fläche, nur gezielt dort, wo Unkraut war, ließ das andere unbearbeitet, und wenn er nicht mitkam, zog er Erde über das Unkraut, deckte es einfach zu, und wenn man von weitem hinschaute, sah man keinen Unterschied zwischen seinen Reihen und den von Josef mit Sorgfalt und großem Aufwand gehackten Reihen. Manchmal mussten sie hinstehen und verschnaufen. Dann drehte sich Josef um, schaute über die Dächer des Dorfes, sah die hohen Bäume, die das Ufer des Sees säumten, das blaue Gewässer dahinter und auf der anderen Seite die Berge der Schweiz.

Die Wälder der Vorberge waren jetzt am Mittag des heißen Sommertages von einem Graublau, vage und undeutlich, dazwischen der Wiesen verwaschenes Grün und die Orte, rotkappige Kinder, von den Wäldern wie von Müttern in die Arme genommene Töchter, und das Ganze wie mit einem Hauch, einem gazeähnlichen Schleier von unsichtbarem Weiß überzogen.

Dahinter aber, dahinter stand er, der Große, der Mächtige, der Beherrscher des Raumes, der Säntis. Wie ein König. Noch immer, auch jetzt Anfang August noch, trug er majestätisch, wie ein Bild Karls des Großen, das er, Josef, im Lesebuch gesehen hatte, um die Schultern einen Umhang von Weiß, den Hermelin des Königs, des Kaisers. Dem Blick des Säntis war Josef bisher noch nie entkommen. Weit war er ja noch nicht fort gewesen vom Dorf, aber einmal bis Meersburg, mit der Tante, die ihn mit auf die alte Burg genommen hatte, sie ihm gezeigt und erklärt das natursteinerne Gemäuer, die geisterhaften Gegenstände von Alltag und Leben und Folter und Kampf, und die ihm erzählte von Annette Droste von Hülshoff, der Dichterin, die sie verehrte und die hier gelebt hatte und hier gestorben war in Meersburg, zuletzt im Häuschen in den Weinbergen, das ihre Zuflucht geworden war.

Wo die Tante schon auf der Fahrt mit dem Schiff von ihr erzählt hatte, von der ‚Judenbuche' und dem Gedicht ‚Schaurig ist's über das Moor zu gehen'. Wo das Mühlrad noch lief unter dem Wasserschwall, genau wie zu ihrer Zeit, glaubte Josef, und das Plätschern und Drängseln wie Musik aus dem Mittelalter, oder zumindest wie aus Droste Hülshoffs Zeiten, heraufstöhnte.

Wie er dann auf der Terrasse des neuen Schlosses stand, des Barockschlosses der Bischöfe von Konstanz, der Stadt des großen Konzils vor mehr als fünfhundert Jahren, jenseits des Sees, auch da, gegenüber, mit einem etwas veränderten Habitus, einem nur ein bisschen entstellten Gesicht, der Säntis, aber genauso unnachahmlich königlich, von gleich unnahbarer Gütigkeit, wie hier vom Rippelstein aus gesehen.

Er war dann mit der Tante nach Hagnau gelaufen, fünf Kilometer am See entlang, um von dort ins Schiff einzusteigen. Sie kamen an der Haltnau vorbei, einem Weingut, der Stadt Konstanz gehörend, herrlich gelegen, eine Wirtschaft dabei, ein Gastgarten unter Kastanien am Ufer. Dort tranken sie Limonade. Die Tante erzählte ihm, Josef, von einer Legende, die sich um diese Haltnau rankte, von der man nicht genau wisse, ob sie der Wahrheit nahe komme, die aber so originell sei, dass sie von Interesse sei, ganz egal, ob Wahrheit oder Dichtung hier die Feder geführt hätten. „Erzähl," sagte Josef damals, denn bei solch geheimnisvollen Ankündigungen von Geschichten aus alter Zeit tat sich sein Herz weit auf, empfangsbereit wie trockene Erde, wenn der Regen sich ankündigt.

Hier, auf diesem Besitz, sei ein altes Adelsgeschlecht zu Hause gewesen über viele Generationen, ritterlich, reich, über Jahrhunderte von Geschlecht zu Geschlecht weitervererbt, bis eines Tages dem letzten Ehepaar nur eine Tochter geboren wurde. Das wäre nicht so schlimm gewesen, aber diese Tochter sei so unansehnlich gewesen, so ‚wüscht', wie man bei ihnen sagte, mit einem Gesicht, das eher einem Schweinerüssel glich als einem menschlichen Antlitz. Und jedem Freier, den die Aussicht, durch Heirat diesen herrlichen Besitz zu erwerben, hierher geführt habe, sei im Angesicht des Preises, den er dafür zu zahlen hätte, nämlich die Tochter des Hauses zur Frau zu nehmen, der Mut gesunken, und alle seien unverrichteter Dinge abgezogen. Als die Frau in die Jahre gekommen sei und die Hoffnung auf Heirat und Mann realistischerweise gänzlich abhanden gekommen sei, habe sie überlegt, wem sie einmal ihr elterliches Erbe vermachen könne. So habe sie den Räten der nahen Stadt Meersburg folgendes Angebot gemacht:

Wenn sich an jedem verbleibenden Sonntag ihres Lebens ein Herr des Rates der Stadt Meersburg bereit erkläre, neben ihr in der offenen Kutsche sitzend den ganzen Nachmittag durch die Straßen und Gassen gemütlich und die Menschen grüßend zu fahren, wolle sie ihr gesamtes Erbe, Schloss, Weinberge, Fahrnis und Geld, nach ihrem Tode der Stadt Meersburg vermachen. Der Bürgermeister habe dieses verlockende Angebot in einer Sitzung des Rates vorgetragen. Und alle meinten, diese Chance dürfe sich die Stadt nicht entgehen lassen und in diesen, zugegeben nicht ganz appetitlichen Apfel müsse man im Interesse der Bürgerschaft beißen. Und als der Bürgermeister dann fragte, welcher der Herren oder welche Herren, sie könnten sich die Aufgabe ja teilen, sich bereit erklärten, das Opfer im Namen des Volkes zu bringen, erhob sich keine Hand. Angebot abgelehnt, leider, schrieb der Bürgermeister auf die Urkunde, die er durch Boten der Erbin des Gutes Haltnau zukommen ließ.

Enttäuscht und gedemütigt durch die Ablehnung, machte die Dame einen letzten Versuch und das gleiche Angebot den Stadtvätern von Konstanz. Diese überlegten nicht so lange und nahmen das Angebot an.

Und so gehören heute das schlossähnliche Gebäude, die Weinberge in herrlicher Lage, das Restaurant, kurz, der ganze einstmals fürstliche Besitz zur Stadt Konstanz drüben am See.

Josef sagte zunächst gar nichts. „Hast du die Geschichte gehört, Josef, oder waren deine Gedanken in anderem Felde?" fragte die Tante, als auch nach Minuten kein Wort über seine halb offenen Lippen kam. „Doch, doch, ich habe alles verstanden, aber schweige. Ich sehe sie vor mir, sehe sie stehen, dort vor der Haustür, sehe sie warten auf das Einsteigen in die Kutsche, die eben im Begriff ist, vorzufahren. Sie trägt einen breiten Hut, der dunkle Schatten wirft auf ihr Gesicht, eine Auflösung von Konturen, sie trägt ein langes, blumiges Kleid, der Rücken ist leicht gekrümmt, in der Hand trägt sie ein winziges Sonnenschirmchen."

„Josef, Josef, komm zurück, es ist mehr als zweihundert Jahre her, wenn überhaupt Wahrheit, dann Vergangenheit, längst versunkene Vergangenheit." „Ja, du hast Recht," sagte er, wischte mit der Hand über sein Gesicht, als müsste er ein imaginäres Spinnennetz wegstreifen, das sich über seine Züge gelegt hatte.

So war Josef. Er musste sich Bilder machen. Worte, Erzählungen wurden ihm Bilder. Lebendige, wirkliche, in Raum und Zeit gestellte Bilder. Er war in einer Geschichte, in einer Schrift, in Gehörtem, Erklärtem erst zu Hause, wenn es ihm Bild geworden war, dann aber ganz, dann war es in ihn gegangen und hatte einen Abdruck, ein Faktum geschaffen wie Landschaft. Und es gab verschiedene Grade von Bildwerdung, von Landschaftswerdung. Ganz deutliche, unklarere, liebliche, herbere, schwer begehbare. Dies hier, was ihm eben Bild geworden war, war ein Stück Land, sonnenüberfluteter Feldrain, hell, und doch, es wuchs nur Gebüsch, unnützes Buschwerk mit Dornen durchrankt, undurchdringlich, früchtelos, und nur da und dort, fast unsichtbar, eine kleine Blume, zart und schüchtern nach Licht suchend. Darüber eine Krone breitend ein Baum, alt und mächtig, eine Eiche, jetzt aber schon Mitte des Stammes gelbes Laub tragend, kränklich, absterbend, todgeweiht.

Anders war es mit dem Säntis, diesem Göttlichsten der Berge. Das Rheintal hinauf, das er sehen konnte von hier, vom Rippelstein aus, reihten sich viele Berge, manche vielleicht höher, weißer, schroffer, keiner aber wie er Beherrscher, König, Kaiser des Landes, der Landschaft, seiner Landschaft.

Wenn Josef ein Gebet sprach, leise in sich gekehrt, musste er sich Bilder schaffen. Ein Gebet zu sprechen war ihm ein feierlicher Akt, da genügte und wurde einzig der Säntis dem Anspruch gerecht. Im Katechismus hatten sie ein Bild der Marienkrönung. Das war ihm wie der Säntis. Dieser hatte auf seinem Gipfel eine Wetterstation, einen Sendermasten auch. Bei ganz klarem Wetter oder mit dem Fernglas konnte man dies manchmal vage erkennen, das war, als schwebe die Taube, der hl. Geist darüber. Unterhalb des Gipfels die breiten Schultern, das waren

Gott Vater und Sohn, und unter ihnen das reine, weiße Schneefeld des Winters, das war Maria, wie ihr die Krone aufgesetzt wurde. Felsenbänder waren die Arme von Vater und Sohn, ein kleiner, schattiger Absturz die Krone, die sie über dem Haupt Mariens hielten.

Dieses Bild vom Säntis erschien ihm, Josef, immer, wenn er betete: „Gegrüßet seist du, Maria voll der Gnade“ und dann „du bist gebenedeit unter den Weibern.“ Die Gesichter des Katechismusbildes projezierte er in den Habitus des Säntis hinein, und sie wurden sein Bild von Gebet, mehr noch, sie wurden Bild seiner Empfindung, Bild in seinem Gefühl. Dann verschmolz er ganz mit den Worten, dann war er Teil dessen, was er sprach. Da, glaubte er, entstehe das Wirklichwerden von Empfindung, die ihm die Befähigung zum Märtyrer geben würde, der er, in solchen Augenblicken, wo ihm die Bildwerdung ganz und vollkommen gelang, glaubte, wenn der Beweis ihm abverlangt würde, diesem auch gerecht zu werden. Josef, der Märtyrer, da lief es ihm heiligmäßig kalt den Rücken hinunter.

Gelang ihm die Bildhaftmachung des Gebets nicht, wenn er abgelenkt war oder unkonzentriert, war er unzufrieden. Dann fühlte er sich als Unwürdiger, Vordergründiger, Larifarijüngling, Spielender, Versager, der aus Faulheit oder Schwäche das höchst zu Erreichende nicht erreicht hat.

„Wir müssen weitermachen mit unserer Arbeit, sonst wird es nichts mehr mit dem Baden heute mittag,“ sagte Albert, der, derweil Josef träumte, einen Wurm aufgenommen hatte und ihn durch die Finger seiner Hände gleiten ließ. Jetzt aber, als nach so langer Zeit des Spielens der Wurm seine Bewegungen erlahmen ließ, verlor für ihn das Objekt seines Zeitvertreibes an Interesse.

Als sie eine Stunde später ins Bubenbad kamen, waren alle aus der Klasse schon da. Horstl, Ferdl, der Josef, den man Sepp nannte, alle eben. Mit Josef war es gleich wie mit Georg, dachte Josef. So wie mancher Georg Georg hieß und mancher Schorsch, so hieß mancher Josef Josef und ein anderer Josef hieß Sepp. Josef wusste nicht, warum das so war, was den Ausschlag gab, dass aus einem Josef ein Sepp werden konnte. Manchmal hätte Josef auch lieber Sepp geheißen, er fand das legerer, männlicher schon. Josef hatte etwas Bubihaftes an sich, etwas Weichliches, etwas, das es schwer haben würde, Mann zu werden, wogegen ein Sepp schon auf dem Sprung zur Männlichkeit war, auch mit zwölf schon.

Dem Josef, den man Sepp nannte, sah man schon mit zwölf an, dass er einmal Bürgermeister werden würde. Das sah man an seinen Augen. Einer, das war dann zwar später, als er vielleicht zwanzig war, der die Nordwand der Zimba besteigen konnte, eine viele hundert Meter hohe, fast senkrechte Felswand, der konnte auch Bürgermeister von Nonnenhorn werden, und das sah Josef schon in der Schule in den Augen des Josefs, den man Sepp nannte, dass der einmal die Zimba-Nordwand besteigen könne. Der Wille zum Gipfel war immer schon in seinem Blick. Die Unnachgiebigkeit, die Verbissenheit, den Einsatzwillen, den man brauchte, um die Nordwand der Zimba zu besteigen, würden allemal reichen, um Bürgermeister von Nonnenhorn zu werden. Dessen war sich Josef sicher.

Und wenn man eine solche Felswand besteigen wollte, durfte man auch nicht zimperlich sein. Kleine Wehwehchen, auch Empfindlichkeiten von Mitsteigenden, konnte man da nicht zur Kenntnis nehmen, wenn das große Ziel, das Erreichen des Gipfels, nicht gefährdet werden sollte. Und auch die kleinen Steinchen, die bei solchen Unternehmungen immer wieder losgetreten wurden und vielleicht anderen, von unten Zuschauenden auf den Kopf fallen mochten und da und dort eine blaue Beule verursachten, durfte man nicht ernst nehmen.

Manchmal beneidete Josef Sepp um dessen Bergsteigerqualitäten. Josef war kein Gipfelstürmer. Einmal, als Sepp, beide schon achtzehn, Josef fragte, ob er mit in die Berge wolle, sagte Josef nein, danke, er brauche keine Zimba-Nordwand, und dachte dabei an den Kirschbaum und an das Wort von Vater ‚dann passt du nicht in unsere Gegend.‘ Bei dem Gedanken wich ihm das Schmalz aus allen Knochen. Josef war eher ein Asket des Inneren. Die Bewältigung seiner Schweinehundeanwandlungen, seiner Unzulänglichkeit, die er zuhauf in sich entdeckte, waren ihm Hindernisse genug, da brauchte er keine Felswand in den Alpen und keinen Gipfelsturm der Äußerlichkeit.

Eines Tages einmal sagte die Tante, die an Josef, wie die Muter meinte, einen Narren gefressen habe, er, Josef, habe das Zeug, einmal Bürgermeister zu werden. Da war Josef noch nicht ganz zwölf. Josef sagte nur „Papperlapapp“, wer denkt denn mit zwölf an so was. Aber ein bisschen geschmeichelt hatte es ihm schon. Auch, wenn Josef es nicht glaubte und auch gar nicht wollte, auch glaubte, die Unfähigkeit zu einer solchen Berufung zu fühlen, dass jemand anderer glaubte, dass er etwas könne, von dem er nicht glaubte, dass er es kann, empfand er als etwas Angenehmes.

Horstl war anders. „Josef, spiel ma nachhe Fußball?“ sagte er zu Josef. Horstl konnte das R nicht gut sprechen oder verschluckte es geflissentlich. Der Lehrer habe nach dem letzten Diktat zu ihm gesagt: „Hostl, Hostl, dein Leichtsinn.“ Wenn man ihn necken wollte, sagte man zu ihm ‚Hostl' und nicht ‚Horstl'. Aber das war ihm gleich. Horstl war ein Mensch voller Gemütsruhe. Er war beim Fußball ein knallharter Verteidiger. Horstl glaubte bei jedem Pressschlag felsenfest, wenn einer Schaden nähme, so sei es sein Gegenüber und nicht er.

Horstl trug seine Augen ganz weit innen, manchmal war es nur ein Spalt, ein schmaler Schlitz, den man von seinen Augen sah. Wenn Josef beim Viehputzen den schweren Stier zwischen den Hörnern kraulte, war dieser fromm wie ein Lamm. So voller Gutmütigkeit, so voller Hinhalteseligkeit konnte Horstl auch sein. Später ging er wie sein Vater schon in den Staatsdienst. Bereitschaftspolizei. Da fühlte er sich wohl, da war er gut aufgehoben, sicher und unkündbar.

Es war wohl schon ein Jahr zuvor, Lehrer Vollnhals war eine halbe Stunde weg. „Ganz sicher,“ sagte Walter zu Josef, „muss er wieder Hausarbeit machen.“ Wenn er länger weg war, wussten alle, dass ihn Hansi in Beschlag nahm. Ernst sagte: „Wahrscheinlich muss er den Mülleimer leeren oder die Küche putzen.“

Je länger die Zeit der Lehrerlosigkeit in der Klasse dauerte, desto lauter wurde es. Siegfried, der Achtklässler, schrieb auf, alle, die redeten, und das waren alle bis auf ihn selber und Martin, der neben ihm saß und den aufzuschreiben er sich nicht traute. Als der Lehrer wieder kam, die Glatze weiß und das

Gesicht feuerrot, sichtlich verärgert durch den Radau, den er wohl schon von weitem hörte, oder durch Launenhaftigkeiten von Hansi, das wusste man nicht, fragte er gleich: „Wer hat aufgeschrieben?“ Da ging Siegfried nach vorne, legte den Zettel wortlos aufs Pult und ging an seinen Platz in der hintersten Bank zurück. Vollnhals sagte nichts, holte den Tatzenstecken aus dem Pult und rief die Namen auf, die auf dem Zettel standen, alle, der Reihe nach. Der Betreffende musste nach vorne kommen, der Lehrer packte ihn mit der linken Hand am Kragen, drehte ihn um und zog jedem vier Hosenspanner über den Hintern, dass es staubte.

Hinterher schnaufte er so, dass man glauben hätte können, er sei nahe an einem Herzinfarkt. Josef hätte in diesem Moment, wäre das geschehen, keine große Trauer verspürt, ja, er glaubte sogar etwas in sich zu hören wie: das geschähe ihm gerade recht.

Mehr Hass aber als auf den Lehrer hatten sie alle auf Siegfried, den Feigling, der sich zum Denunzianten gemacht hatte.

Eine solche Strafe war für Josef nichts Schlimmes, nicht, weil ihm Strafe gleichgültig gewesen wäre, aber weil alle betroffen waren, fiel sie nicht ins Gewicht, wog sie nur ein Viertel von dem Gewicht, das sie gewogen hätte, wäre er der Einzige gewesen.

Den Mädchen geschah nichts. Vollnhals mochte die Mädchen lieber als die Buben. Eine von den Großen musste jeden Morgen in die Molkerei und für Hansi die Milch holen. Und Josef glaubte auch, dass die Mädchen, wenn es ans Verteilen der Noten fürs Zeugnis ging, einen Bonus hatten. Damals wurden keine Klassenarbeiten geschrieben, die Noten machte er aus den Erfahrungen des ganzen Jahres, aus der Intensität der Beteiligung am Unterricht und den Diktaten, Aufsätzen und Rechenaufgaben, da konnte er genau abschätzen, was der Einzelne wusste.

Josef konnte sich nicht beklagen. Schlechter als eine zwei bekam er in keinem Fach, nur im Schönschreiben hatte er einmal eine Drei. Und das musste Josef zugeben, mit seiner Schrift konnte er keinen Staat machen. Das sei eine Saupfote, sagte Vollnhals manchmal, schade um deine guten Aufsätze, deine Schrift verdirbt das ganze Bild. Aber das war Josef egal, er wollte und er würde Landmann werden wie der Vater, nicht Schönschreiber. „Scrivo bello“ sang, als Vollnhals das sagte, Lucia, die kleine schwarze Italienerin, herüber, die seit einem halben Jahr zu ihnen in die Klasse ging, und blieb auf dem L von bello hängen, als habe ihre Zunge einen Krampf bekommen und sei unfähig, sich von ihm zu lösen. Josef mochte sie, weil sie nicht so forsch war wie die anderen Mädchen. Sie war etwas schüchtern, zurückhaltend, nur wenn sie italienisch mit ihrem Bruder sprach, der ein Jahr älter war, dann flogen die Worte und die Blicke flink und lebendig hin und her. Der Klang ihrer Sprache und die Faszination ihrer Heimatschilderungen, ihre Lobpreisungen von Land und Städtchen, in dem sie geboren war, Montalcino hieß es, was in Josef damals aber noch keine Bildhaftwerdung bewirken konnte, ließen dennoch eine Italiensehnsucht in ihm aufkeimen, die ihn Zeit seines Lebens nicht mehr verlassen sollte.

Später kaufte er sich einmal eine Schallplatte mit dem Lied ‚Santa Lucia‘, gesungen von Mario Lanza, in Erinnerung an die Schülerin Lucia, die mit ihrer Familie schon bald wieder weitergezogen war, und aus Dankbarkeit an diese Schülerin, die in ihm diese Italienliebe, die ihm soviel Wonne bereitet hatte, geweckt hatte. Denn als er mehr las über dieses Land und Fotos sah von Gegenden und den alten, so geschichtsträchtigen Städtchen, wurde ihm dieses Land Bild, konnte er es erfassen in seiner Empfindung, konnte er es in Besitz nehmen, konnte er es mit seinem Gefühl bewohnen. Und wie ihm fast automatisch, wenn er ein „Gegrüßet seist du, Maria“ betete, die Bildhaftigkeit der Marienkrönung und des Säntis erfolgte, so gelang ihm jetzt auch eine innere Bildwerdung immer dann, wenn von diesem Land die Rede war oder wenn seine Gedanken eine Reise dorthin unternahmen, oder dann, wenn er das Lied ‚Santa Lucia‘ hörte. Dann tauchten in seiner Fantasie Bilder auf wie aus dem Nichts, von Städten auf Bergkuppen wie Orvieto, oder Dome wie jener von Florenz, oder eine toskanische Landschaft, Zypressen, die wie eine Karawane von Reitern im Morgengrauen über den Grat eines Hügels in die Ferne zogen.

Der Sommer war heiß und trocken gewesen. Zwei Jahre nach dem Dürrejahr siebenundvierzig wieder ein ähnlich sonnendurchglühter Hochsommer. Dennoch hingen die hohen Welschisner- und Glasrenettenbäume voller Äpfel und die späten August- und Septemberregen ließen die Früchte noch zu schöner Größe heranwachsen. „Kommt nach der Schule ins Eichholz," sagte der Vater am Morgen schon zu Josef. Im Oktober gab es für ihn kaum mehr freie Nachmittage. Sobald er aufs Feld kam, band er sich einen Pflückkorb um den Bauch, stützte die Leiter, die ihm der Vater schon gestellt hatte, mit Baumspeeren ab und stieg hinauf, um Korb für Korb vollzupflücken und unten in Kisten auszuleeren. Manchmal am Abend schmerzte der Bauch, denn die vollen Körbe zogen den schmalen Gürtel, mit dem sie um die Taille gebunden waren, zusammen, dass Josef meinte, sie durchschnitten seinen Jungenkörper, der noch dünn und schmächtig war, oder zogen ihn durch ihr Gewicht von der Leiter herunter. Aber es war ihm allemal lieber als das Auflesen der gefallenen Früchte oder derer, die man ob ihrer Untauglichkeit für Lagerzwecke mit Absicht hatte hinunterfallen lassen. Das war die Arbeit derer, die für die Tätigkeit auf der Leiter, und die schien ihm die ranghöhere, nach Vaters Meinung keine Eignung besaßen. Das waren die kleineren Geschwister, auch die Mutter, der nach langem Stehen auf den schmalen Sprossen der Leiter die Beine schmerzten. Langsam und mühsam musste man sich hocharbeiten, und es erfüllte Josef mit Genugtuung zu erfahren, dass er nun schon zum Kreis derer gehörte, die anspruchsvollere Arbeiten zugewiesen bekommen konnten. Das erfüllte ihn mit Stolz, und wenn Mutter sagte, dann, wenn er sich hinauslehnte, um noch einen Ast schöner, rotbackiger Boskop oder Baldwin hereinzuziehen, so dass er fast das Gleichgewicht verlor, „Josef, gib doch acht," und zu Vater sagte: „Sag's du ihm, sonst fällt er noch herunter, mir folgt er ja nicht," dann kam er sich vor, als wäre er wirklich ein Mutiger. Auf den Apfelbäumen hatte er keine Angst. Die waren nicht ganz so hoch wie die Kirschbäume. Seine Probleme mit der Höhe begannen erst bei acht oder zehn Metern. Was darunter war, schien ihm die reinste Spielwiese. Da drehte er sich auf der Leiter um, stand rücklings zu ihr, hakte einen Fuß durch die Sprossen und konnte, ohne sich mit den Händen festzuhalten, beidhändig pflücken. Und immer lief so etwas wie ein Wettbewerb, wenn Vater den Korb voll hatte, wollte er auch voll haben. Und immer öfter gelang ihm dies. Vielleicht passe ich doch nicht so schlecht in die Gegend, dachte er sich dann.

Abends ließ man die vollen Kisten auf einer Leiter in den Obstkeller hinunterrutschen, wo sie bis zur Decke hoch gestapelt wurden, und erst im März oder April wurden sie zum Verkauf wieder heraufgeholt. Manchmal im Frühjahr, wenn das Obst einen Zug hatte, wie Vater sagte, wenn am Tag gleich drei Händler kamen und ihre Preise boten, dann war das Verkaufen leicht. In anderen Jahren schien der Markt lustlos und dann machte man sich Sorgen, ob wohl alles, was noch am Lager war, zu einem ordentlichen Geld verkauft werden konnte. Jetzt erst, nach der Währungsreform, konnte man beginnen, etwas auf die Seite zu bringen, Geld zu verdienen, das Wert hatte, und die Kinder wuchsen und wollten versorgt sein, wenn sie ins heiratsfähige Alter kamen.

„Vater, wann kaufen wir einen Traktor?", fragte Josef jetzt, da die ersten neuen Schlepper auf dem Markt waren. „Sobald es geht," sagte Vater. Obwohl Josef Hans, das starke, wie ein Freund gütige Pferd liebte, wartete er sehnsüchtig auf den Tag, da sie einen Traktor haben würden auf ihrem Hof. Der Vater von Walter und auch der von Ernst hatten schon vor dem Krieg einen Schlepper gekauft. Während des Krieges war die Industrie nur auf Rüstung ausgerichtet, da konnte man keinen Traktor mehr kaufen. Wie beneidete Josef die beiden, und wenn er bei ihnen war, gar auf dem Fahrersitz Platz nehmen durfte, wenn die Maschine stand, oder, was das Höchste war, auf dem Feld im kleinen Gang zwanzig Meter weit fahren durfte, da meinte er, in einer anderen, wunderbaren Welt zu sein. Mit einem Traktor war Bauer sein noch mal so schön. Mit Hans zu fahren war auch schön, aber Traktor, das war eine andere Welt. Wenn es einmal so weit sein würde, dass sie einen Traktor hätten, was würde dann mit Hans geschehen? Hans war ein Arbeiter, einer, der ohne Arbeit nicht sein konnte. Josef schien, als wäre es Hans nur richtig wohl, wenn er Zuggeschirr und Kummet anhatte. Wie er den Kopf senkte, wenn man ihm seine Arbeitskleidung überstreifte, den weichen, schützenden Leib, das Kummet, das Zuggeschirr, das zeigte, dass es ihm das Liebste war, so gekleidet zur Arbeit geführt zu werden. Josef hätte sich zu Hans in die Box legen können, da wäre ihm nichts passiert. Manchmal dachte Josef, er und Hans seien wie Mutter von Bimbo, der Katze, die Albert als jungen Kater nach Hause gebracht hatte und von der man das wahre Geschlecht erst erfuhr, als sie zum ersten Mal Junge warf und Adorno, dem Spitz-Pudel-Dachs-Promenadenmischungshund, sagte, ein Herz und eine Seele, wenn sie in der Küche herumbalgten. So glaubte Josef, er und Hans hätten auch eine Art Seelenverwandtschaft, er könne sich ganz in die Empfindungswelt dieses gutmütigen, fuchsfarbenen Kolosses hineinfühlen.

Wenn Josef Hans ausspannte und ihn in den Stall führte nach schwerer Arbeit, gab er ihm Heu und Wasser, viel Wasser. Im Sommer, wenn der Tag heiß war, konnte es sein, dass Josef für Hans dreimal den Zehnlitereimer am Brunnen füllen musste, den er jeweils mit fünf, sechs tiefen Zügen leertrank.

Vater sagte dann: „Nicht zu viel Wasser auf einmal, erst soll er etwas Heu fressen." Und Pferde hätten einen empfindlichen Bauch. Hans durfte auch kein junges Gras oder keinen Klee fressen. Das hätte eine Kolik verursachen können und, so sagte Vater, das sei so ziemlich das Gefährlichste an Erkrankung, das einem Pferd widerfahren könne.

Einmal, Josef erinnerte sich genau daran, hatte Hans eine Kolik. Da stand er mit hängenden Ohren in seinem Stall, stampfte von einem Bein auf das andere, stöhnte mit röchelndem Drängeln, warf ab und an den Kopf hoch vor Schmerz. Vater sagte zu Mutter: „Mach Kamillentee," füllte ihn in eine Literflasche, nahm Hans bei den Nüstern, zog den Kopf nach oben und steckte den Hals der Flasche ganz hinten, wo das Maul keine Zähne mehr hatte, weit in den Rachen von Hans und schüttete ihm so den Kamillentee ein. Dann nahm er einen Wisch Stroh und massierte leicht Rücken und Flanke des Pferdes.

„Jetzt können wir nur noch warten," sagte er dann zu Herrn Kleine, der Gemeindesekretär in Nonnenhorn war, den der Krieg von Lüdenscheid an den Bodensee verschlagen hatte, der mit Vater befreundet war, aber von Feld, Kultur und Vieh keine Ahnung hatte und mit dabei stand. Nach einer Weile hörte man ein erstes Grimmen aus dem Bauch, der aufgebläht schien, und kurze Zeit später entfuhr Hans ein gewaltiger Wind, laut und lang anhaltend, wie der Donner eines nahenden Gewitters. „Er hat an Schors gloa, etzt hot er's gwonne," sagte Vater voll Freude zu Herrn Kleine, der hinter dem Pferd auf dem Gang stand.

Herr Kleine hatte natürlich die Ausdrücke nicht verstanden und fragte zurück: „Was, was hat er getan? Einen Schors hat er getan?" „Ja", sagte Vater, „wenn er wieder furzen kann, ist er über dem Berg."

Die Winde wehten weiter und Josef war erstaunt, wie viel Luft aus dem Bauch eines Pferdes entweichen konnte. Dann hob Hans den Kopf, wieherte und hustete und mit einem lauten Knall, so als habe es einer Sektflasche den Stöpsel hinausgehauen, schien alles, was Hans so große Schmerzen bereitet hatte, mit einem Mal entfleuchen zu wollen. Mit Luft und Gas entwich auch etwas Materie, die unter dem großen Druck bis zur Wand geschleudert wurde. Durch einen flinken Schritt zur Seite konnte Herr Kleine im letzten Moment einer totalen Verunzierung entgehen.

Hosenbeine und Brille hatten dennoch ihren Segen abbekommen. Josef stand daneben und lachte verhohlen in sich hinein und wusste im Nachhinein nicht genau, ob es die Freude darüber war, Hans auf dem Weg der Besserung zu wissen oder darüber, dass Neugier und Unwissenheit von Herrn Kleine mit einer kleinen Bestrafung bedacht worden waren.

Im Stall gab es auch eine Rangfolge. Ganz vorne am Eingang stand Hans, er war der Größte, der Wichtigste. „Statt einem Pferd könnten wir zwei Kühe mehr halten," sagte Vater manchmal. Dann kamen die Kühe, dann das Jungvieh und ganz am Ende, wo es am dunkelsten war, die Schweine. Aber jetzt, seit im Sommer neunundvierzig der Stall umgebaut wurde, war es überall hell.

Josef wusste, wie schwierig der Umbau war. Während des Baus hatten sie das ganze Vieh ausgelagert, im Unterdorf in einem alten, ungebrauchten Stall. Da war es eine Freude, nach

Fertigstellung des Neubaus aus dem dunklen, unpraktischen Loch von Stall in dieses helle, geschickt konzipierte Gebäude umziehen zu können.

Jetzt, als Josef dies alles schrieb, fast sechzig Jahre danach, war es ein düsterer Tag im Dezember und um vier Uhr bereits dämmerte der Nachmittag in einen Adventsabend hinab, voller Melancholie und voller Zeitlosigkeit. Hier fühlte er sich wohl, hier schien die Zeit zu stehen. Überall sonst raste sie, vernichtete, zerstörte, nahm und vernichtete. Dort, wo die Zeit selber Trauer trug, machte sie ihn nicht traurig, da ging er im gleichen Schritt mit ihr im gleichen Klang.

Schon ging sein Enkel in die Schule, in zehn Jahren wird er Arbeiten verrichten können auf dem Hof gleich denen, die Josef tat. Josef war für sein Alter noch vitaler als die meisten der Gleichaltrigen. Immer hatte er Sport getrieben, keine suchtbegründeten Exzesse, zwar war sein Leben reich an Arbeit, aber das schädigte die Gesundheit nicht. Was würde sein in zehn Jahren, würde man ihn noch brauchen können auf dem Land, das er ein Leben lang begangen hatte, bearbeitet, umsorgt, geliebt? Oder wird jemand zu ihm sagen, geh, wir brauchen dich nicht mehr, du bist überzählig, überflüssig? Gewiss, dachte Josef, mit solcher Deutlichkeit wird es niemand zu ihm sagen, aber mit Blicken, mit Gesten, angedeutet durch Mangel an Beachtung, zwischen den Zeilen gesprochen, für ihn aber, der glaubte, auch in den Nuancen der Töne lesen zu können, hatte das, was jeder sich wünschte, bis ins Alter Kraft und Gesundheit gerettet zu haben, nicht nur Positives. Josef wusste, dass Zeit alles und jeden überrollte. Zeit war nicht nur Gesundsein, Agilsein, sie war auch Dabeisein, Zugehörigsein, Position zu haben. Und Josef wusste, Zeit verschont keinen. Wenn ihn auch Krankheit oder Tod verschonen mochten, Zeit verschonte nicht. Sie demontierte auf ihre ruhige, unspektakuläre Art, aber ständig und gründlich.

Josef belächelte manchmal Alte, die, schon fast hinfällig, in Buntestes gekleidet gingen, wie wenn sie in ihrer Dummheit glaubten, darin der Zeit entgehen zu können. Konnte je ein Baum, der im Herbst sein buntestes Kleid anzog, dem Verlust des Laubes entgehen? Sind Feste, Reisen und Genüsse ein Ersatz für das Entfliehen von Zeit? Und so war Josef einer, der oft die schwereren Wege ging oder den Schritt gehen wollte, den seine Zeit, seine ihm zugedachte Zeit mit ihm ging, nicht sich auflehnend, verwischend, kein Nichtwahrhabenwollen der ihm gemäßen Zeit.

Dennoch zitterte sein Herz ein wenig, wenn er sich sein eventuelles Museumsdasein, sein Vielleichtantiquitätenleben vorzustellen versuchte, wenn er, ausgestellt wie Gegenstände von einst, von denen man, wenn es hoch kam, sagte: Das hat auch einmal funktioniert, der hat seine Aufgabe auch erfüllt, wie man vor einem vierhundertjährigen Torkel stand und sagte: „Mit dem konnte auch Wein gepresst werden."

Schönes Land am See
Glückhaft in dein Herz geboren
Hab ich mein's an dich verloren
Schönheit, die mir täglich lacht.

Im Sommer ging Josef oft barfuß zur Schule. Einmal, er war vielleicht dreizehn, hatte er zwei Eißen (Furunkel) am rechten Bein. In der Delle zwischen Schienbein und Wade im Abstand von zehn Zentimetern waren sie gekommen wie aus dem Nichts. Beim Auftreten schmerzte das ganze Bein. Trotzdem trug Josef die entzündeten Stellen offen. Manchmal brachen die Eißen, die wie zwei Vulkane waren, auf und Eiter strömte wie Lava über die Hänge des Ätnas seinen Fuß hinunter. Elfriede sagte einmal. „Was riecht denn heute so komisch?" Josef wusste es, sagte aber nichts, und weil es für die anderen keine Erklärung gab, war es kein Thema mehr. Noch heute trägt Josefs Bein eine Narbe dort, wo die Eißen waren, und es sieht aus, als hätte ihm jemand einen Hopfennagel mit einem Zentimeter Durchmesser durch das Bein getrieben und sein Kopf wäre noch sichtbar.

Josef freute sich auf den Tag, wo er aus der Schule kommen würde. Weil er nicht gefordert war, war es ihm oft langweilig. Als es dann soweit war, spürte er doch, dass er vom Notwendigen nur das Notwendigste mitbekommen hatte, denn er hatte Freunde, Peter zum Beispiel, der nach Lindau ins Gymnasium ging, die sagten ihm, was es außer dem, was Josef in der Volksschule gelernt hatte, darüber hinaus noch alles zu lernen gab. Und wenn die, die ins Gymnasium gingen, manchmal mit einer gewissen Überheblichkeit und Josef verärgernden Arroganz auf die herabsahen, welche den Sprung auf den gehobenen Bildungsweg nicht gewollt wegen ihres Kronprinzentums, wegen geflissentlicher Wurstigkeit oder wegen Unfähigkeit nicht geschafft hatten, so musste er zugeben, dass dies zwar kein feiner Zug war, dennoch nicht ganz einer gewissen Berechtigung mangelte.

Wenn Josef Bilanz zog und die einzelnen Fächer durchging, musste er große Defizite eingestehen. Mathematik erschöpfte sich in den Grundrechenarten, Geschichte und Erdkunde reichten nicht über die nähere Umgebung hinaus, und Sport stagnierte bei gelegentlichem Völkerballspiel. Keine Kenntnisse in Literatur, Malerei, Musik; Grammatik und Aufsatz waren mehr der Intuition des Schülers überlassen, denn gelehrte Strukturen. Einmal, erinnerte sich Josef, war Lehrer Vollnhals mit ihnen zu den Gleisen der Bundesbahn gegangen und hatte etwas über die Perspektive erzählt. Sie sollten den Schienen nachschauen, ihrer Flucht in die Ferne, der Veränderung der Proportionen, sollten den Bleistift mit ausgestrecktem Arm vor ihr Auge halten und messen und so auf ihr Zeichenpapier übertragen, dass eine stimmige Perspektive entstünde.

In Religion hatte Josef ob seiner gewissenhaften Ministrantentätigkeit ohnehin das Abonnement auf eine Eins. Von Grundkenntnissen in Fremdsprachen war gar nicht die Rede. Weil Josef einer war, der die Tendenz hatte, Negatives, das eine Gruppe betraf, als Negativstes auf sich selber zu beziehen, erwachte in ihm Widerstand und Ehrgeiz.

Er las viel in der spärlichen Zeit, die ihm neben seiner schweren Arbeit blieb, hörte zu, konnte sich Dinge, wenn er sie einmal mit seinem Verstand oder gar als Bild erfasst hatte, wenn sich Kreise formten und schlossen, gut merken, baute sie auf in sich wie Säulen, auf denen er, wenn nicht Schloss oder Palast, so doch ein solides, schlichtes Haus errichten wollte, das ihm Wohnung sein sollte und dessen er sich nicht zu schämen brauchte auch dann, wenn einmal Gäste kommen würden aus der Kategorie, die sich einmal befleißigt sah, mit Hochnäsigkeit auf ihn, den Mindergebildeten, herabzuschauen.

Und Zähigkeit und Wille hatte Josef. Verachtung und Verunglimpfung trafen ihn fast tödlich. Dagegen wollte, dagegen musste er Bollwerke aufbauen, Verteidigungsanlagen errichten, koste es, was es wolle.

„Das Eis trägt schon," hatte Ivo am Morgen, als Josef und Walter in die Schule kamen, gesagt. Der sei, so hatte Vater einmal über den Vater von Ivo gesagt, ein Deutschnationaler gewesen. Germanenfimmel, hatte er gesagt. Josef und Walter gingen immer zusammen in die Schule. Auch sonst schien es, als könnte der eine nicht ohne den anderen ins Unterdorf gehen. Schon gar nicht an den See, von dem nur fünfzig Meter entfernt Ivo wohnte. Ivo machte jeden Morgen Wasserstandsmeldung. Zwei Zentimeter gestiegen, drei gefallen, Hochwasser, Niedrigwasser. Die Höhe des Wellenganges kannte er und wusste, ob die Schweiz nah sei oder weit, denn dieses Nahsein oder Fernsein war ihm Wettervorhersage. „Morgen regnet es," sagte er mit einer Bestimmtheit, die sich noch gewisser war als Benefiziat Krumbachers Ausdruck, wenn er die Schönheit des Himmels schilderte, dann wenn er glaubte, die Schweiz nahe zu sehen. Und die Windstärke konnte Ivo auch taxieren. Ivo sagte, wenn er am Morgen aufwache und im Bett den See höre, könne er am Rauschen der Wellen genau feststellen, was für eine Windstärke es habe. Von eins bis zwölf. Zwölf sei Orkan. Da staunten Josef und Walter. Sie, die einen halben Kilometer vom See entfernt wohnten, wussten nur, dass dann, wenn sie bei sich zu Hause das Rauschen des Wassers hörten, Sturm sei. Ivo war seebezogen. Er könne im Sommer, sagte er, wenn er wolle, jeden Tag dreimal zum Schwimmen gehen; und ein Boot hatte er auch, mit seinem Freund Manfred zusammen selbst gebaut. Da war Ivo ein Wichtigtuer. Er erzählte von Spanten, Steven, Rudern, Planken, lauter Begriffe, die für Josef und Walter spanische Dörfer waren. Weil Ivo Josef und Walter nie eingeladen hatte, mit ihm Boot zu fahren, sagten sie, sie hätten gar kein Interesse an der Seefahrerei und außerdem seien sie froh, sich der Gefahr, mit dem Eigenbau unterzugehen, nicht aussetzen zu müssen. Sie seien, sagten sie, Söhne des Landes und keine Wasserfrösche.

Sie kämen nach dem Essen hinunter zu ihm, um aufs Eis zu gehen, sagten sie zu Ivo.

Der See hatte sich, wie immer im Dezember, weit zurückgezogen. Dort, wo im Sommer die Wellen hoch an die Ufermauern klatschten, war jetzt wasserloser Strand. Da eröffnete sich im Winter ein neues Spielfeld. Man konnte kilometerweit auf dem Niemandsland, dem den Seegrundstücken vorgelagerten Strand, der jedem zugänglich war, gehen. Eine ganz andere Sichtweise, von hier auf das Dorf schauen zu können, aus der Perspektive, die sonst nur vom Schiff aus möglich war. Die von oben eingezäunten, eigentlich unzugänglichen Villen, die Bootshäfen, die mächtigen Pappeln, Weiden und Buchen der Parks, wann konnte man dieses so Nahen und doch so Fremden sich sonst so staunend vergewissern.

Wenn der See im Herbst zurückging, blieben in den Mulden Tümpel zurück. Ruhiges Wasser, seichtes Wasser, das am ehesten gefror. Dort liefen jetzt Kinder mit Schlittschuhen ihre Kreise, jagten Buben einem Puck nach auf glatten Sohlen, oder spielten Ältere Eiskegeln.

Josef sah schon von weitem Yvonne. Schon der Name Kuriosität, exotisch. Yvonne, wo gab es das sonst noch. Josef stand und sah zu, wie sie die Figuren zeichnete, elegant, die langen, offenen Haare flatterten wie eine Fahne hinter ihr her. Nach einer Weile sah sie ihn. Er hatte nur gestanden und geschaut, stand am Rand der Eisfläche und träumte. Sie raste auf ihn zu, dass er glaubte, sie wolle ihn in Grund und Boden fahren. Zwei Meter vor ihm drehte sie den rechten Schlittschuh quer und stand. Wie ein Fels stand sie, fuhr und stand, das war eins. Groß war sie geworden auf ihren Schlittschuhen, fast so groß wie er.

„Hallo, Josef," sagte sie. „Hallo." Er kam sich schäbig vor. Keilhosen, graue, selbst gemachte. Genäht von Frau Moosbrugger, die jeden Winter für drei Tage auf die Stöhr kam. So lange im Haus wohnte und aß, wie sie Arbeit hatte und aus Altem, Aufgetrenntem oder aus Stoffen, die Mutter günstig bekommen hatte, Hosen, Hemden oder Blusen für die Kinder nähte. Klobige Winterschuhe, einen von der Tante gestrickten Schafwollpullover, alles bäuerlich herb, nichts gegen die Eleganz, mit der die bunt gekleidete Yvonne dahergeflogen war.

Yvonne war ein Jahr jünger als Josef, ging aber nicht in die Schule im Dorf. Sie sei Gymnasiastin, hatte sie ihm gesagt, als er ihr sagte, er habe sie noch nie im Dorf gesehen. Im Sommer hatte er sie getroffen, aus Zufall. Vater hatte ihn mit dem Fahrrad nach Kressbronn geschickt, um bei Tierarzt Giggelberger eine Medizin zu holen. Er fuhr über den Bahnübergang ins Unterdorf, bog nach der Weinhandlung rechts am Fachwerkhaus von Bihls vorbei und sah weiter dorfaufwärts ein Mädchen, das sein Fahrrad schob. „Ist etwas nicht in Ordnung?", fragte Josef, „Plattfuß, vorne," sagte sie. „Soll ich helfen?" „Wenn du das kannst." Josef hatte immer Flickzeug in seiner Satteltasche und Werkzeug. Er lehnte sein Fahrrad an den Kirschbaumstamm daneben, drehte das Gefährt von Yvonne und stellte es auf Lenker und Sattel am Rand der Straße ab. Er montierte das Rad los, schraubte das Ventil ab und zog den Schlauch heraus. Dann pumpte er mit seiner Handpumpe etwas Luft in den Schlauch, hielt ihn in eine Pfütze, wo das Wasser vom Gewitter der Nacht noch schuhhoch stand, und merkte sich die Stelle, von der Blasen aufstiegen und wo das Loch sein musste. Er raute den Gummi mit Rostpapier auf und gab Gummilösung darauf, und als diese leicht eingetrocknet war, drückte er den Flecken mit den Fingern fest darauf, montierte wieder alles zusammen, pumpte auf und sagte: „Jetzt kannst du weiterfahren." „Wie geschickt du bist," sagte sie. Fast wäre ihm eine leichte Röte ins Gesicht gestiegen. Während er mit der Reparatur beschäftigt war, erzählte sie fortwährend. Sie heiße Yvonne und wohne zusammen mit ihrer Mutter in dem Haus am See, auf das sie mit dem Finger wies. Sie seien erst seit einem Jahr hier und eben, dass sie nach Lindau ins Gymnasium ginge. Wie er heiße, fragte sie, und wo er wohne. „Josef," sagte er nur, mehr fand er nicht für notwendig.

Als er später seinen Klassenkameraden Dieter, der auch in der Kressbronner Straße wohnte, fragte, ob er diese Yvonne kenne, sagte er: „Ja klar, ihr Vater hat Mutter und Tochter wegen einer Jüngeren verlassen, er ist Schauspieler und hat den beiden diese Wohnung besorgt in dem Haus, das einem Freund von ihm gehört. Im Dorf sagt man zwar, die Mutter ist eine reiche Fabrikantentochter, aber das stimmt gar nicht." Einmal noch, im Herbst, hatte Josef Yvonne getroffen, als er Äpfel pflückte auf dem Feld im Sonnenbichl, da ging sie mit ihrer Mutter vorbei. „Schau, Mami," sagte Yvonne zu ihrer Mutter, als sie Josef erkannt hatte, der gerade neben dem Feldweg seinen schweren Korb voller Äpfel in die Kiste ausleerte, „das ist Josef, der mir den Plattfuß repariert hat, wie ich dir erzählt habe."

„Yvonne hat richtig geschwärmt von deiner Geschicklichkeit," sagte die Mutter von Yvonne, und Josef wusste aus lauter Verlegenheit kein Wort herauszubringen. Viel lieber wäre Josef gewesen, er wäre ganz oben an der Reihe gewesen und hätte Yvonne und ihre Mutter nur von weitem gesehen, das heißt, so dass nur er Yvonne, nicht aber Yvonne ihn gesehen hätte. Josef fingerte an dem Lederriemen herum, als ließe sich das Tuch, über das der Korb nach unten zu entleeren war, nicht recht schließen und leiste ungehörigen Widerstand. „Das ist doch keine Kunst," sagte er, „Fahrradflicken kann doch jeder."

„Was ihr für wunderbare Äpfel habt," sagte die Mutter von Yvonne. „Ja, die schönsten – und die besten," sagte Josef mit einer fast erheiternden Unbescheidenheit. Nein, da gab es kein Licht, das unter den Scheffel zu stellen war, dachte er.

Ob sie Französin ist, fragte sich Josef. Er kannte nur eine Frau, von der er wusste, dass sie Französin war, damals fünfundvierzig, die Frau des Ortskommandanten Lienhart. Sie sah ihr ähnlich. Die gleiche Zartheit der Erscheinung, dieselbe Eleganz der Haltung und Bewegung, die gleiche Selbstverständlichkeit, mit der sie modische Kleider trug. Dieses Französinnenflair, dieses vielleicht Französinseinkönnen von Frau ... , nein, er wusste ihren Namen nicht, wusste nur, dass die Tochter Yvonne hieß, dieser Name, der auch französischen Klang hatte, Yvonne, das war Süße, das war Musik, ganz andere Musik als Adelheid oder Genoveva, mehr brauchte er nicht zu kennen. Yvonne genügte, ja, dieses Frankreichetikett, hell aufstrahlend, leuchtend, und doch, seine Befangenheit verstärkte es nur.

„Ich muss wieder einmal einen Platten fahren, vielleicht treffen wir uns dann wieder ganz zufällig," sagte Yvonne, „also dann." „Bis dann," sagte Josef, „ich muss auch wieder auf die Leiter, die Äpfel kommen nicht von selbst herunter."

War es Weltverfinsterung oder Erlösung? Josef wusste es selber nicht. Beides wohl.

Abends, wenn er schlafen ging, dachte er, würde er sich ein Bild machen von Frankreich. Er konnte sich Frankreich vorstellen, die Form des Landes und wo es lag, von hier aus gesehen. Er würde den Globus hernehmen, der in seinem Zimmer stand, würde suchen, Lille, hatte Yvonne damals gesagt in einem Traum, den er nach der ersten Begegnung hatte, sie sei aus Lille. Das würde er finden auf dem Globus, der farbig war und drehbar. Der würde noch vom Großonkel stammen, hatte die Tante gesagt. Vom Großonkel, der Bürgermeister war. Damals hatte ein Bürgermeister von Nonnenhorn noch keine Kanzlei. Sein Amtszimmer war im Haus, und da machte es sicht gut, einen Globus zu haben. Wenn die Leute zu ihm kamen, um Anträge zu stellen oder Gesuche einzureichen, gab ein Globus etwas her. Da sah man gleich, dass der Bürgermeister ein Mann von Welt war.

Und wenn er, so stellte Josef es sich vor, während eines Gesprächs, in seinem schweren Stuhl sitzend, mit ein paar Fingern den Globus sich drehen ließ und dann seine Hand über Spitzbergen oder dem Franz-Josef-Land liegen ließ, seine Hand, die einen beträchtlichen Teil der Welt bedeckte, so hätte das etwas Weltmännisches, etwas Überlegenes an sich, fast die Geste eines Herrschers, eines alles im Griff Habenden. Das war viel dezenter, viel aussagekräftiger, als sich mit Worten zu loben. So wie Josef nicht sagte: „Ich kann gut Fahrradflicken, am besten Fußball spielen oder ich könnte dich einen Kilometer weit auf Händen tragen," sondern nur: „Wir haben die schönsten Äpfel!" Das mussten die anderen doch merken. Da mussten die Leute im Amtszimmer, da musste Yvonne doch merken, wer der Beste war. Die waren doch nicht dumm, die brauchten doch die Plumpheit einer Aussage nicht, um zu begreifen, die hätten doch Gespür für Größe. Ohne Worte, einfach so.

Und abends, als er die Augen schloss, da war er gleich in seinem Traumland, seinem ureigensten Wunderland gewesen und ein Rot leuchtete vom Firmament hinter seinen Augen, verziert waren die Ränder mit goldenen Ornamenten, und mitten durch sein Sommerabendparaderot schritt Yvonne wie eine Prinzessin, schwerelos und feierlich. Manchmal, wenn Josef ein Erlebnis hatte, wenn ihn in der Wirklichkeit ein Bild, ein Geschehnis überflutete, war es ihm, als würde für einen Moment ein Blitz Erleuchtung, ein Alleswissen, ein Alleskönnen in die Welt werfen, so als hätte er dies alles schon einmal gesehen, erlebt, wäre es ihm geläufig in einer anderen Welt oder von einer anderen Welt, einem Land, das er einmal bewohnt haben musste vor seiner Zeit hier, die er das Leben nannte, so als hätte er schon einmal irgendwo ein Leben gehabt und es läge im Dunkeln weit zurück und es fiele nur ab und zu ein Sonnenstrahl daraus hierher und würde ihn zum Eingeweihten, zum Vertrauten machen, zu einem, der mehr als nur ein Leben hätte. Das war dann nicht Hypothese oder Meinung oder ein Vielleicht, das war Gewissheit, das war Bestätigung eines gewissen Grades von Erwähltheit.

Schönes Land am See
Hältst mich wunderbar geborgen
Wie der junge Sommermorgen
Noch die Kühle der gewichnen Nacht.

Josef hatte jetzt mehr Zeit, seit er ein Alter war. Er schaute durchs Fenster hinaus in den Januarmorgen. Es hatte geschneit in der Nacht und es schneite noch in den Morgen hinein, schneite mit jener Bedächtigkeit und Ruhe und Stille, die nur das Schneien an sich hatte. Schneeflocken tanzten aus einem grauen Himmel hernieder wie Kinder einer verlorenen Welt, setzten sich unsicher auf Pfähle und Äste, legten weiße Hüte auf Straßenlampen und das Vogelhäuschen vor seiner Stube. Die Amseln saßen dick und schwarz im blütenreinen Bett der Natur, um vergessene Äpfel auszugraben.

Ja, damals, als Yvonne vor mir stand, dachte Josef, auf hohen Schlittschuhen, groß, rotbackig, erhitzt vom Laufen, strahlend, einfach schön. Wie lange mochte es her sein, er wusste es nicht mehr aufs Jahr, über fünfzig Jahre bestimmt. Was ist alles geschehen seit damals, ein ganzes Leben ist vorbeigerauscht wie im Flug. Ist es nicht schön, wenn man älter geworden ist, das

Schönste überhaupt, Erinnerung zu haben, fragte er in sich hinein. Schöne und schlimme, wie jeder wohl.

„Meine Mutter hat gefragt, ob du uns nicht eine Kiste Äpfel bringen könntest," sagte Yvonne, als sie sich begrüßt hatten. „Was für welche?" „Ich kenne nur Boskop," sagte sie und lächelte ihr Eisprinzessinnenlächeln.

„Ich mach eine Mischung, Boskop, Champagner und Zuccalmaglio."

„Nie gehört," sagte Yvonne, „Zuccalmaglio."

„Sie sind alle gut," sagte Josef, „morgen Mittag nach dem Essen bring ich sie, ich weiß ja, wo du wohnst."

„Ade und bis morgen," sagte sie, stieß kräftig ab und flog über das Eis davon, als wollte sie ein Begleiter namens Wind in einem Zug hinübertragen ans andere Ufer, hinüber in die Schweiz. „Gehen wir wieder," sagte Josef zu Walter. „Wieso, wir sind doch eben erst gekommen." Josef wollte nicht wie ein Tölpel auf seinen Schuhen auf dem Eis herumrutschen, nicht, wenn daneben Yvonne so majestätisch, so königlich über die Fläche glitt, als schwebe sie, wo andere, wo er nur mühsam dahinkroch.

Als Ivo dann vorschlug, am Ufer entlang zu wandern und die Parks der Villen, die im Winter meist unbewohnt seien, zu inspizieren, war es Josef recht.

Als sie in Richtung Wasserburg gingen, einmal an der Welle entlang schlendernd, einmal der Ufermauer entlang rennend und einen kläffenden Hund in den Park zurück jagend, kamen sie an Pfisters Haus. Pfisters Haus stand im Sommer ganz im Wasser. Es war auf Betonpfählen gebaut und durch einen Holzsteg mit dem Land verbunden. Jetzt lag es auf dem Trockenen wie ein gestrandetes Schiff.

„Da muss es gewesen sein," sagte Ivo. „Was gewesen sein?" „Na, das Kloster halt." Ja, sagte Ivo, sein Vater behaupte, und wenn der etwas behaupte, dann stimme das auch, hier sei ein Kloster gestanden. Die Nonnen seien vor den Hunnen auf die Insel nach Lindau geflohen und hätten das hiesige Kloster, das auch wie Pfisters Haus in den See gebaut gewesen sei, verlassen.

„Dann muss es lange her sein," sagte Walter. „Im Jahre 955 hat Otto der Große die Hunnen auf dem Augsburger Lechfeld besiegt und von da an kamen sie nicht mehr. Über tausend Jahre, was soll da noch zu finden sein?"

Josef glaubte Walter. Walter kannte sich aus in Geschichte. Er wusste über alle Feldzüge und Schlachten Napoleons Bescheid, mit Ort und Jahreszahl. Walters Vorfahren mussten an Geschichte interessiert gewesen sein. In ihrem alten Haus auf dem Dachboden stand ein Schrank voller Bücher und Dokumente. Handgeschriebene Verträge, Grundstückskäufe, von Notaren festgehalten, „Hausschatz des Wissens, Geschichte der Menschheit" von M. Reymond, und die Gattnauer Chronik. Wenn sie an einem Regentag nichts zu tun wussten, stöberten sie auf dem Dachboden. Walter und Josef spielten dann Napoleonische Kriege. Walter setzte seinen alten Hut quer über den Kopf und sagte: „Ich bin Napoleon." Jeder nahm einen Stab in die Hand, dann fochten sie. Walter wollte immer Napoleon sein, weil der immer gewonnen habe, sagte er. Josef musste die Italiener, die Österreicher, die Preußen spielen und am Schluss auf dem Boden liegen und Hände und Füße von sich strecken, zum Zeichen der Aufgabe, der Niederlage. Russland und Wellington und Blücher durfte Josef nicht spielen, und Leipzig auch nicht.

Ivo sagte: „Mein Vater ist schon über die Stelle gefahren, wo er glaubte, dass das Kloster gestanden habe, und er hat gemeint, so etwas wie Spuren von Grundmauern gesehen zu haben."

Sie konnten schauen, wie sie wollten, einen Anhaltspunkt dafür, dass hier ein Gebäude gestanden haben konnte, fanden sie nicht.

Über faustgroße, glitschige Steine gingen sie weiter. Eine schräge Sonne schien mit ihrem diffusen Licht durch den Schleier von Dunst, hinter dem sich See und Schweiz versteckten. Auf der Terrasse eines niedrigen, mit breiten Fenstern wie Riesenaugen zum See hin schauenden Hauses stand ein grauhaariger Mann und rauchte seine Pfeife. „Das ist der Schlobach, der Kunstmaler," sagte Ivo. „Ein armer Hund. Wenn Vater an seinem Haus etwas richten muss, zahlt er mit Bildern. Wir haben schon das ganze Wohnzimmer voller Schlobachbilder."

„Hallo, Ivo," sagte der Maler, als sie in seine Nähe kamen, „hast Freunde dabei?" „Ja, Schulfreunde, die würden gern Ihre Bilder anschauen." Das sagte Ivo, ohne Josef und Walter gefragt zu haben, einfach aus Angabe und um zu zeigen, was für eine Beziehung er zu einem Mann wie dem Maler Schlobach hatte.

Im Haus roch es nach Farbe, nach Leinöl, nach Terpentin und Holz. Josef fühlte sich in eine Märchenwelt versetzt. Auf dem Tisch lag eine Palette mit Farbresten darauf, daneben Pinsel, davor ein Dreibein, an den Wänden Bilder, und Bilder auf dem Boden stehend und an die Wand gelehnt. Ein Rebgarten im Herbst, mit einem Laub von rauschender Buntheit, eine Uferlandschaft mit blühendem Apfelbaum, ein Blick über den See, am Morgen, am Mittag, am Abend, bei Föhn, bei Sonnenschein und im Winter, Blumen, Rosen vor dem Haus, Dahlien zu einem Strauß gebunden, Josef konnte nichts sagen, sein ganzes Gesicht war nur Staunen. „Ein armer Hund," hatte Ivo gesagt. Was ist arm, was ist Reichtum, dachte Josef.

„Darf ich einmal wiederkommen, wenn Sie arbeiten?" fragte Josef, noch immer voller Bewunderung. „Gern, wenn du mich nicht störst und wenn du Interesse hast an meiner Arbeit. Über die Schulter schauen darf mir jeder."

Konnte es sein, dass Herr Schlobach auch wie er, Josef, den inneren Blick kannte? War es möglich, dass außer ihm jemand um das Traumland wusste, seine Farben kannte, seine Räume? Waren die Töne von Rot und Gelb und Blau, die das Reblaub gefärbt hatten, nicht entliehen aus seinem Land? Komponiert aus den Regenbogentönen seiner Hinterauglandschaft? Am besten hatte Josef der Sonnenuntergang, hier von der Terrasse aus gesehen, mit seinen Rotnuancen am Himmel, am Horizont, auf dem Wasser, dieses nichts als Rotsein von Welt, gefallen, warm und weich, nur Yvonne fehlte. Wäre Yvonne durch das Bild gefahren auf ihrem königlichen Gefährt, den Schlittschuhen, wegwärts, direkt in die untergehende Sonne hinein, das Bild wäre zum Inbegriff der Perfektion geworden, Schöneres hätte sich Josef nicht vorstellen können.

Am anderen Tag, gleich nach dem Mittagessen, füllte Josef eine Kiste mit Boskop, Champagner und Zuccalmaglio, wog sie und lud sie auf den Handschlitten, weil es in der Nacht kräftig geschneit hatte. Das hölzerne Dreieck, das von Pferden gezogen als Schneepflug der Gemeinde in Diensten war, konnte die Straßen nur unzulänglich vom Schnee befreien, so dass er mit dem Schlitten leichter fuhr als mit jedem anderen Gefährt.

Als er bei dem Haus ankam, auf das Yvonne damals, als er ihr Fahrrad flickte, gedeutet hatte, öffnete die Mutter von Yvonne, von der er den Namen nicht wusste und die ihm eine Französin zu sein schien.

„Ah, Josef, die Äpfel, wie schön," sagte sie. „Soll ich dir helfen, sie in den Keller zu tragen?" „Nein, nein, das kann ich alleine," antwortete Josef und fühlte sich so stark, dass er glaubte, er könnte die Kiste auch in den zehnten Stock eines Hochhauses tragen.

Als die Mutter von Yvonne das Geld für die Äpfel gab, fragte er: „Ist Yvonne nicht zu Hause?" „Nein, Donnerstag hat sie nach der Schule noch Klavierunterricht, da kommt sie erst mit dem Zug um halb vier Uhr." Als Josef sich zum Gehen wandte, meinte sie: „Soll ich Yvonne etwas ausrichten?" „Nein, nein," sagte Josef, „ist schon gut," und er wusste nicht, war er traurig, dass er sie nicht gesehen hatte, oder war er froh, die Verwirrung, die eine Begegnung mit ihr in ihm immer angerichtet hätte, nicht aushalten zu müssen.

„Auf Wiedersehen," sagte Josef noch im Weggehen, und „Wenn Sie sonst etwas brauchen, wir haben auch Kirschen, Birnen, Wein, Schnaps, Milch und ... nein, sonst haben wir nichts."

„Ist gut, Josef," lächelte sie.

„Schnaps" hatte er auch gesagt, wie konnte er Schnaps anpreisen? Sahen diese beiden aus, als würden sie Schnaps trinken? Was hatte er vor lauter Aufregung wieder für einen Blödsinn verzapft!

Im Dorf gab es viele Fasnachtverrückte. Menschen, oft noch welche, die eigentlich ein Alter hatten, von dem Josef glaubte, dass die Jahre einem den Blödsinn aus dem Kopf gescheucht hätten, oft auch sonst Vernünftige, die in der Zeit der Fasnacht nicht wiederzuerkennen waren. Josef konnte diese Begeisterung nicht teilen. Er wollte nicht Bajazzo oder Spanier oder Lumpensammler sein. Wenn er auch manchmal in sein Wunderland abtauchen musste zur Aufmunterung, zur Erholung, dennoch, er wollte schon Josef sein, wollte sein Josef sein, auch wenn er sich nicht immer leicht tat, nicht verraten, wollte keinen Tausch, einen so billigen schon gleich gar nicht. Am wenigsten gefiel Josef, wenn Frauen oder Mädchen als Teufel gingen, mit rotem Umhang und feuerrotem Gesicht und zwei schwarzen Hörnern auf der Stirn, am liebsten so, dass keiner sie erkannte. So wie Josefs Nachbarin Witta, die am Nikolaustag immer eine Maske überzog und bei ihnen durch das Wohnzimmer huschte, die nichts sagen konnte, weil sie immer von einem Kichern geschüttelt wurde, die Josef aber am Lachen längst erkannt hatte. Von dieser Nachbarin, die Josef Tante Witta nennen musste, glaubte Josef, dass wenn sie Fasnacht gemacht hätte, sie am liebsten einen Teufel verkörpert hätte, ein ‚Deifele', wie sie immer sagte. Obwohl Josef glaubte, dass Tante Witta das immer gewollt hätte, tat sie es nie.

Das vergangene Jahr am Fastnachtsdienstag hatte man in der Schule etwas angefangen, auf das er gerne verzichtet hätte. Kinderumzug mit Kinderball im Anschluss daran in der ‚Kapelle', und jeder in Maskerade. Am liebsten hätte sich Josef krank gemeldet. Mit Mühe raffte er sich zu dunkler Hose und Matrosenhemd auf. Im Saal stand er zusammen mit Walter in einer Ecke, fern der Tanzfläche. Das alles über sich ergehen lassen, in einer Stunde war alles zu Ende, das würde er aushalten. Plötzlich kam ein Rotkäppchen auf ihn zu. Yvonne. „Tanz mit mir," sagte sie. „Ich kann doch nicht." „Ich auch nicht," entgegnete sie. „Ich trete dir nur auf die Füße." „Sei kein Feigling." Wer wollte vor Yvonne schon ein Feigling sein. Er sah in ihre Augen, sie waren ganz grün. Er glaubte, es sei eine einzige Blamage gewesen, das, was ein Tanz hätte sein sollen. Aber Yvonne war zufrieden, bedankte sich sogar, als sie fertig waren. Dann zog er sich in seine Ecke zurück. Der Nachmittag war gelaufen. Das Schlimmste, Gefährlichste, Höchste und Schönste, was dieser Ball bringen konnte, war vorbei und er lebte noch.

Josef sah den ganzen Nachmittag nur noch Yvonne, ihren dunkelroten, samtenen Rock die weiße Bluse, das hellrote Häubchen und die Flut von rotbraunen Haaren, die sich über den Rücken ergossen.

Er glaubte, auch, wenn Yvonne ein ‚Deifele' gemacht hätte, würde er Gefallen daran gefunden haben. War Maskerade gar nicht so schlimm? Wie schnell man Prinzipien, wie leicht man Vorsätze über den Haufen werfen konnte. Fast erschrak Josef vor sich selbst. Tolerieren nicht um der Toleranz willen, sondern um des Nichtseindürfens von dem seinem Wollen Abträglichen wegen? Toleranz als Vorteilnahme, aus Eigensucht? War das ein der Wahrheit, der Ehrlichkeit Verpflichtetsein nicht nur nach außen, sondern auch sich selbst gegenüber? Was ist Wahrheit? Wahrheit war Yvonne, ihr Strahlen, ihre Erscheinung, sein Jubel und seine Glücksempfindung, über jede Maskerade hinweg. Mochte er an sich Maskerade noch so hassen, sie verschmähen als eine Möglichkeit der Belustigung für sich, der Maskerade als solcher gegenüber fühlte er sich mit einem Mal vertrauter, besonders dann, wenn sie von Yvonne getragen wurde.

Ivo hatte gesagt, für den Maler Schlobach seien Sonntag und Werktag gleich viel. In die Kirche gehe er ohnehin nicht, so arbeitete er, wenn ihn die Lust dazu überkäme. Er sei anders als die Einheimischen, deshalb habe er auch wenig Kontakt zu den Mitbürgern. Er suche, so habe er gesagt, seine Freunde in seinen Kreisen. Und er lebe mit einer Frau zusammen, die nicht seine Frau sei, die nenne sich Fräulein Stettner und sei Musiklehrerin, aber man wisse doch, was von so einem Verhältnis zu halten sei. Nicht einmal ein Evangelischer sei er, soviel er wisse, sei Schlobach gar nichts außer Maler und ein armer Hund.

Das Mittagessen hatte Josef geschmeckt wie selten. Er war am Morgen schon im Stall gewesen, hatte drei Kühe gemolken, hatte Futter in die Tröge gefüllt und war danach, wie es an Christi Himmelfahrt Brauch und nicht anders denkbar war, mit Vater und Albert und Walter zu Fuß nach Wasserburg zur Kirche gegangen, hatte da zuerst am Hochamt und dann an der Bittprozession teilgenommen, die über eine Strecke von etwa fünf Kilometern führte, deren Ausgangspunkt und Ziel die Pfarrkirche auf der Halbinsel war. An der westlichsten Ecke des Rundganges war man dem Heimatdorf bis auf wenige Schritte nahe, um dann wieder Richtung Osten zu ziehen. Diesen

Punkt nützten Eugen, Kurti und Heiner, deren Eltern nicht so streng über die religiöse Pflichterfüllung ihrer Söhne wachten, um hinter einer Hecke dann, wenn Kirchenmesner Höscheler, der die Aufsicht über die Abteilung der Buben hatte, auf die andere Seite schaute, zu verschwinden. Josef hätte sich dies nicht getraut. Zum einen, weil Vater dann zu Hause ein ernstes Wort gesprochen hätte, zum anderen, weil die Religion und deren Ausübung für ihn kein Firlefanz, keine Schönwetterbeschäftigung war.

Josef fand in der Religion Heimat. Empfindungsheimat. Fast glaubte Josef, Religion sei für ihn etwas Ähnliches wie sein Zauberfirmament hinter dem inneren Auge. Oder waren beide verwandt? Waren sie gar ein und dasselbe Land? Nein – und doch, war sein Wunderland nicht Gottesland? Freilich, einmal glaubte er, habe er dort, nur einen Augenblick lang, Yvonne gesehen, aber sonst, wer hätte in diesem nicht aussprechbar schönen Land wohnen können außer Gott? Wo denn empfand er mehr Glück als in seinem Regenbogenwunderland? Und musste da nicht, dort, wo sein Glücksland war, Gott sein? Konnte es ein so perfektes Glücksland geben ohne Gott? War er von Anfang, von Geburt dort und hatte sich nur so verborgen, dass er in seinem Versteck, in seiner Nichtgestalt nicht auf Anhieb zu erkennen war? Josef war ein B-Sager. Konsequenz zeigen war seine Devise, auch, wenn Opfer verlangt wurden. Überzeugung über Bord werfen nur um des leichteren Seins willen war nicht Josefs Sache. Nur manchmal schwächelte er, so wie bei Yvonne. Wenn Yvonne Maskerade trug, fand er das nicht so schlimm, wie wenn andere Maskerade trugen.

Schon die drei Tage vor Christi Himmelfahrt mussten Josef, Albert und Walter um sechs Uhr in der Früh nach Wasserburg. Da fanden Bittgänge in alle Teile der Pfarrei statt. Jeden Tag war ein anderes Dorf an der Reihe. Das Schöne war, dass sie, wenn sie dem Lehrer glaubhaft versichern konnten, bei den Bittgängen gewesen zu sein, erst um zehn Uhr in der Schule sein mussten.

Oft beobachteten sie während des Laufens die Krähen, die

ihre Jungen fütterten. Krähen musste man unauffällig beobachten. Machte man es zu plump und sahen sie, dass man sie sah, flogen sie nicht zum Nest. Und die Nester auskundschaften wollten sie, um vielleicht die Jungen ausnehmen zu können und einen Braten zu machen. Auf einem Mostbirnbaum, der wie ein Riese in der gelben Löwenzahnwiese stand und über sein zartes, junges Grün das Weiß seiner Blüten wie ein Brautkleid geworfen hatte, sahen sie ein Nest. Auf dem Heimweg stieg Albert hinaus bis in den Gipfel und rief den beiden Wartenden zu, die Jungvögel seien noch nackt und zu klein, man müsste in drei Wochen wieder schauen, da seien sie dann gerade recht. Da stürzten schon die Altvögel über Albert her, streiften ihn fast mit ihren Flügeln, schissen ihm auf den Kopf und machten ein Geschrei, als wäre ihre Welt vom Untergang bedroht. Als sie nach drei Wochen wiederkamen, war das Nest leer. „Pech gehabt," sagte Walter, „ausgeflogen."

An diesem Mittag, an dem es Schweinebraten, Kartoffelpüree und Kopfsalat, den ersten des Jahres aus dem eigenen Garten, gab und Josef glaubte, seinen Hunger an diesem Tag nicht besiegen zu können, wollte er nach dem Essen Schlobach besuchen. Josef meinte, wenn der Maler Schlobach schon keinen Sonntag kannte, wenn er kein Katholik, ja, vielleicht nicht einmal ein Evangelischer war und wahrscheinlich an gar nichts glaubte, wird er auch an Christi Himmelfahrt nicht seine Hände in den Schoß legen, nur, weil Feiertag war.

„Des sind andre Lit," sagte Mutter von Hausierern, Zigeunern und Künstlern.

Josef ging allein zu Kunstmaler Schlobach hinunter. Walter konnte er da nicht brauchen und Ernst schon gar nicht, und Ivo würde er höchstens einweihen, wenn er von ihm gesehen und gefragt würde, was er da herunten mache, weil er bei ihnen durch den Hof laufen musste, wenn er zu Schlobach wollte. Niemand sah ihn und so kam er zum Haus, das er vom Winter her kannte, ging auf die Seeseite und sah dort Schlobach auf der Terrasse vor seiner Staffelei sitzen, vertieft in seine Arbeit.

„Grüß Gott, Herr Schlobach," sagte Josef, um die Aufmerksamkeit des Malers auf sich zu lenken. Dieser schaute auf, war aber mit seinen Gedanken noch bei seinem Bild, deshalb sagte Josef: „Kennen Sie mich nicht mehr? Sie haben mir erlaubt, Ihnen einmal bei der Arbeit zuzusehen." „Ja, ja," sagte der Maler, „nimm den Stuhl dort und setz dich zu mir. Am liebsten ist mir, du schaust, aber redest nicht." Josef setzte sich und schaute von hinten über den linken Arm des Malers auf die Leinwand, auf der das beinahe fertige Bild von See und Bergen zu sehen war, wie es sich dem Auge des Betrachters von dieser Terrasse aus darstellte. Allerdings zeigte es eine ganz andere Stimmung. Es musste ein Föhnsturm sein, dachte Josef, so hatte er den See bei Föhnsturm schon gesehen. Die Schweizer Berge nah und dunkel, ins Rheintal hinein eine unnatürliche Helligkeit, das Wasser grün und zu hohen Wellen getürmt, und draußen ein Segelboot, das schräg im Wasser lag und dem man das Tempo, mit dem es dahinflog, ansah.

„Hast du Knoblauch gegessen?" fragte Schlobach, fast ein bisschen ärgerlich, zu ihm herüber. Josef rutschte unwillkürlich einen Schritt zurück. Jetzt erinnerte er sich, dass der Schweinebraten heute Mittag kein gewöhnlicher war, sondern ein Surbraten, und das wusste er, und das sah er, wenn er Vater half, im Keller die Fleischbinden in einer Holzstande einzupökeln, und Vater sagte: „Josef, schau zu, das musst du auch einmal können." Wer konnte denn wissen oder der Meinung sein, es würde einmal eine Zeit geben, wo Landwirte kein Schwein mehr mästeten, wo es im Dorf und auf dem Hof keinen Schlachttag mehr geben würde, keinen Surbraten und kein selbst gemachtes Rauchfleisch.

Josef konnte noch Fleisch einsalzen. Er wusste, wie Vater Binde für Binde fest und keck aneinanderschichtete, wie er Salz und Pfeffer und eben Knoblauch, viel Knoblauch, geschält und mit einem Hammer leicht angequetscht, darüber streute, mit den Händen in das Fleisch einrieb und in alle Ritzen und Zwischenräume hineinstrich.

„Schluss für heute," sagte dann Schlobach, „noch ein paar Lichter aufgesetzt und dann ruhen lassen."

Wie er an ein Motiv herangehe, erklärte er dann, dass er Gegenstände sehe, die Wirklichkeit, und wie er lange mit dem Bild schwanger ginge. Wie er Zeit brauche, das Sichtbare in sich hineingehen zu lassen, wie das Äußerliche sich in seinem Innern wandeln müsse, wie es sein Bild werden müsse. Er wolle nicht abmalen, wie dies ein Fotoapparat viel besser könne, er wolle die Seele dessen erfassen, was er zum Ausdruck bringen wolle in seinem Bild. Er wolle so lange drehen und wenden, bis er Antwort bekomme, Antwort auf die Frage: „Wer bist du wirklich?“

Da glaubte Josef, Schlobach hätte die Fähigkeit, das, was er, Josef, für eine Unmöglichkeit gehalten hatte, sein Traumland in einem Bild zu erfassen.

Erst dann, wenn dieser Prozess abgeschlossen sei und der Plan in seinem Innern fertig sei, beginne das eigentliche Malen. Ein Strich, eine Kontur, eine Farbe, eine Landschaft.

Als Josef sagte, er sei Landmann und wisse, wie man säe und pflanze, sagte Schlobach: „Dann tun wir Ähnliches, fast Gleiches. Wie du den Samen in die Erde legst, einen Baum pflanzt, so ziehe ich einen Strich und sehe ihn wachsen und Frucht tragen. So, jetzt bin ich müde und muss ausruhen.“

„Darf ich wiederkommen?“ „Wann du willst, ich sehe, wir sind Verwandte.“

Als Josef am Abend zur Tante sagte, obwohl es erst Mai war und noch lange bis Weihnachten: „Du musst mir zu Weihnachten einen Malkasten kaufen mit Ölfarben und ein paar Pinseln. Sonst will ich nichts, gar nichts,“ wusste er, dass eine Leidenschaft ihn erfasst hatte, die Dauer haben würde. Und er wusste auch, dass ihm die Tante diesen Wunsch erfüllen würde, obwohl sie von Malerei keine Ahnung hatte und Maler für Spinner hielt. Aber er wusste auch, dass ihr diese seine gewünschte Tätigkeit in seiner Freizeit lieber war, als wenn er die Sonntage und die Abende in der Wirtschaft verbrächte und sich den Kragen vollllaufen lassen würde, wie der Bromberg David, der sich schon lange ausgerechnet hatte, wie alt er werden dürfe, dass seine Felder, von denen er jedes Jahr Stück um Stück verkaufte, ihm jeden Tag seinen seligen Rausch zu haben ermöglichte.

Im Juli, kurz nachdem Josef vierzehn geworden war, wurde er aus der Schule entlassen. Mit der Verteilung der Zeugnisse und mahnenden Worten des Lehrers, sich zu bemühen und immer dazuzulernen, und dass der Ernst des Lebens jetzt beginnen würde und dass dies die eigentliche Bewährung für sie sei, war nach vorschulischer Kindheit und acht Jahren Volksschule sein „Studium“ fürs Erste beendet. In der achten Klasse aus der Volksschule entlassen, immerhin, das hatte nicht jeder geschafft. Josef war ein ruhiger, fleißiger Schüler, der ein wertvolles Mitglied der Gesellschaft zu werden versprach.

Dies hatte Vollnhals als Bemerkung über die Noten, die von eins bis zwei reichten, geschrieben. Josef war zufrieden, und was noch wichtiger war, auch Vater war zufrieden. „Gutes Zeugnis, Josef, du hast uns keine Schande gemacht,“ hatte er gesagt. Das war viel, ein fast überschwängliches Lob. Das war es überhaupt, keine Schande zu machen, dem Haus der Eltern, der Familie. Man musste nicht unbedingt der Erste, der Wichtigste, der Hervorragendste sein, aber als allererstes keine Schande machen. So war es denn Josefs Ziel, nicht bedingungslos nach dem Höchsten zu streben, nicht immer den erhabensten Punkt zu erreichen, sondern keine Schande zu machen denen, von denen man glaubte, dass sie einen mögen mochten.

Den Weg suchen, den richtigen Weg finden, das spürte Josef schon in diesem Moment, würde seine und eines jeden Aufgabe sein. Dass diese Aufgabe nicht leicht sein würde, spürte Josef, wenn Vater vom einen sagte, der sei ein Taugenichts, ein Gottloser, ein Gewissenloser, ein nur dem irdischen Erfolg Zugewandter, und von dem anderen, er sei ein Bigottischer, von der anderen, sie sei eine Betschwester, eine Kirchenbankkaputtmacherin. Oder wenn er von einer sagte, die die Hände immer gefaltet hatte, schön und fest gepresst, steil nach oben gerichtet wie die Türme einer gotischen Kathedrale, sie sollte die Hände lieber auseinandernehmen zur Arbeit und um Gutes zu tun.

Josef wusste auch niemanden, der das Ideal verkörpert hätte, die richtige Mischung, jemand, dem es gelänge, Alltag und Religiosität zu einer glücklichen Einheit zu verbinden. Gab es das Ideal nicht? Gab es den Königsweg nicht?

Am nächsten Morgen schon um halb sechs, dem ersten Tag nach der Schulentlassung, wurde Josef geweckt. Arbeit war für

Josef ja nichts Fremdes, nichts Unbekanntes. Dann aber, als es bis zum Abend, bis zur Dunkelheit so weiter ging, von der Stallarbeit über das Futterholen, das Kirschenpflücken den ganzen Tag von der großen Leiter aus, bis zur abendlichen Stallarbeit, die den Tag beschloss, war er todmüde. Und die Werktage gingen so hin und die Sonntage waren nicht ohne Pflichten, denn das Vieh wollte versorgt sein, da dachte Josef manchmal, ob er die richtige Wahl, die richtige Berufswahl getroffen hatte. Aber es war gar keine Wahl gewesen, es gab kein Gespräch, keine Diskussion darüber, was er lernen sollte, was er werden würde, Kronprinz war er, und für Kronprinzen gab es keine Wahl. Sie waren zum Königsein geboren, ohne Wenn und Aber.

Als Vierzehnjähriger war er noch ein schmächtiger, blässlicher Bub, längst nicht ausgewachsen. Andere aus seiner Klasse wuchsen davon, als wollten sie den Himmel stürmen, wuchsen fünfzehn Zentimeter in einem Jahr und dann war Ende. Josef sah sich plötzlich als einen der Kleinsten. Aber Josef wuchs kontinuierlich weiter und war mit achtzehn der Größte.

Nach ein paar Wochen hatte Josef den Rhythmus aufgenommen. Da lebte er den Tag, wie er dem Landmann zu leben geboten war, und fühlte sich wohl dabei. Er nahm nicht nur an Größe, sondern auch an Kraft zu, und wenn er am Morgen hinausfuhr mit Vater und Mutter, dann schon mit dem neuen Traktor, um Futter zu holen, dann begann er, immer sehendere Augen zu bekommen für Landschaft und Kulturen und auch in seinem Fühlen und Begreifen ihr Land, sein Land, in Besitz zu nehmen.

Die längste der Leitern, die auf den Pfetten unter dem Vordach des Stadels aufbewahrt waren, musste Josef herunterholen und an den Goldbirnenbaum anstellen. Sonst hätte er den Gipfel nicht abernten können. Hoch musste er steigen und mühsam war das Pflücken der kleinen gelbroten Früchte, die einen so unverwechselbar würzigen Geschmack hatten. Am Abend, hatte der Vater gesagt, solle er die vollen Kisten auf den Handwagen laden und beim Schnell Jakob, dem Obsthändler neben dem Bahnhof, abliefern. Als er abends seine Birnen auf die Rampe stellte, sagte Resi, die kleine untersetzte Frau von Hans Feneberg, des Schwagers vom Schnell Jakob, das seien aber kleine Hutzeln von Birnen. Das ärgerte Josef und er sagte: „Goldbirnen sind halt nicht größer.“ „Do kenne mer aber itta viel zahle,“ sagte sie darauf in ihrem unverwechselbaren Akzent, und Josef glaubte, Herr Feneberg hätte die Resi, als sie noch jünger und wahrscheinlich auch hübscher war, irgendwo aus dem Württembergischen geholt.

Den ganzen Tag auf der hohen Leiter zu stehen und weit unter ihm nichts als Straße, harte, dunkle Teerstraße, dass noch eine seiner kleinen Schwestern auf der untersten Sprosse sitzen musste, um ein Wegrutschen der Leiter zu verhindern, und dann dieses saudumme Geschwätz hören zu müssen – „des sind aber kleine Hutzele“ – das wollte Josef nur schwer hinuntergehen.

Aber Hopfenbrocken wollte er auch nicht lieber. Vom Morgen bis zum Abend auf einem Schemel im Hopfengarten sitzen und die kleinen grünen Dolden in einen Korb streifen, der nicht voll werden wollte, das war eine Arbeit für Frauen oder Mädchen, aber nicht für Josef. Da war er fast glücklich, wenn Vater sagte, er solle drüben im Epfenmoos, wo er am Morgen das Gras zum Heuen gemäht hatte, mit dem Traktor und dem Trommelheuwender durchfahren. Ob er das könne. „Klar,“ sagte Josef, Traktorfahren war das Höchste für ihn. Und morgen, wenn das Heu dürr genug sein würde, dann wollte Josef aufbieten. Mit der breiten Ladegabel würde er große Wische zusammenschieben und auf den Wagen zu Vater hinaufgeben, dass der nur staunen würde. Er würde so schnell sein wie Franz, der Praktikant, und würde die gleich großen Wische nehmen. Und seine Mutter, die mit dem Rechen hinterhergehen würde, sie würde wieder sagen: „Josef, nimm doch kleinere Wische, es ist doch kein Wetter am Himmel, dass es so pressiert, sonst lupfst du dir noch einen Bruch.“ Das gefiel Josef überhaupt am besten, wenn sich die Mutter oder die Tante oder sonst jemand Sorgen um ihn machte. Da kam er sich vor, als wäre er ein Mutiger, ein Draufgänger, und obwohl er wusste, dass er beides nicht war, wäre er dies am liebsten gewesen. Josef hätte gern etwas Heldenhaftes an sich gehabt, etwas Wildes, und musste schon froh sein, nicht als Zögerlicher zu gelten. Da tröstete sich Josef mit dem Wort, das Wastl, der Landstreicher, immer sagte. Dieser kam zwei-, dreimal im Jahr vorbei und aß einen Teller warme Suppe, wenn er Most und Bier im Magen aufwärmen wollte, und er hinterließ manchmal auf dem Polster, auf dem er saß, einen nassen Flecken. Der sagte, wenn Josef bei ihm hockte und sein schlohweißes Haar auf dem Kopf und im Gesicht bestaunte: „Weißt du, Bub, Helden haben nur einen Fehler, sie leben meist nur kurz." Dann lachte er ein fast glückliches Lächeln und über sein Gesicht flog eine Zufriedenheit, ja fast etwas wie Stolz, als hätte er mit diesem Satz die Summe seiner in langer Wanderschaft erworbenen philosophischen Erkenntnis von hoher Bedeutung zum Ausdruck gebracht.

Wenn Josef ganz am Gipfel des Goldbirnenbaumes pflückte, sah er weit. Der königliche Säntis lag ihm als unumschränkter Herrscher der ganzen Bodenseelandschaft gegenüber. Den Säntis sah man bis ins Badische hinunter, aber nirgends, meinte Josef, sei der Säntis ein so unmittelbares Gegenüber wie er es den Nonnenhornern war.

„Dieses heißt Schicksal: Gegenüber sein und nichts als gegenüber." Dieser Satz Rainer Maria Rilkes kam ihm in den Sinn. Dieser Satz, der ihn, Josef, beim Lesen der Duineser Elegien so fasziniert hatte, hier fühlte er ihn, gegenüber sein und nichts als immer gegenüber. Was war für ein Adel in diesem Schicksalswurf, was für eine Heiligkeit, was für eine Erwähltheit und Berufung. So war ihm der Säntis, gegenüber und nichts als gegenüber. Wie Vater und Mutter im Leben, so stand er in der Landschaft, groß, gütig, unantastbar. Das Fenster eines Hauses am Vorberg drüben, auf das die aufgehende Sonne unmittelbar traf, spiegelte Josef das rote, junge Licht zu, konzentriert und wie in einem Brennglas gefasst.

Vom Dorf hörte er ein Tapp-Tapp, wie ein tollpatschiger Barfußläufer. Vom Schmied her sah er Benteles mit ihrem Gespann kommen. Der Junge, der schon den Krieg mitgemacht hatte und schon ein Vierziger war und nur darum, weil es keinen Jüngeren im Haus gab, immer noch der junge Bentele genannt wurde, führte seine Kuh, die er mangels Pferd einspannen musste, am Zaum. Hinten, am Leiterwagen, sich müde an der Wagenkipfe haltend, ging die Mutter, eine kleine, schwer von lebenslanger harter Arbeit gezeichnete Frau, deren graue, wohl früher einmal pechschwarze Haare, sich kaum bändigen ließen. Sie widerstrebten, wie ein eigensinniges Kind, das bewusst und gewollt immer das andere tat, als das von ihm Verlangte. Josef meinte immer wenn er sie sah, in ihr etwas Fremdartiges, Nichthiesiges, das er aber nicht benennen konnte, ausgemacht zu haben. Sie machte auf Josef einen abgehärmten Eindruck, wie wenn sie im Leben nicht genug Achtung und Beachtung in ihrer Umgebung gefunden hätte.

Die alte Frau tat Josef leid, wie ihm alle leid taten, die durch ihre Mitmenschen Geringschätzung, ja Verachtung erfahren mussten, gegen die man sich nicht wehren konnte, der man, einmal Stigmatisierter, ausgeliefert war, unentrinnbar. Als das Gespann unten vorbeizog, rief Josef ein ehrliches, frisches „Guten Morgen" hinunter vom Gipfel des Goldbirnenbaumes. Die Mutter hob kaum den Blick und Bartholomäus, der Vierzigjährige, warf nur ein kurzes „Morga" zur Seite herüber, um gleich wieder seine Lethargie mit dem Schritt der Kuh in Einklang zu bringen. Ein kurzes Gespräch oder ein paar freundliche Worte, wie sonst im Vorbeigehen von sich Kennenden üblich, gab es hier nicht.

Wenn Josef mit Vater Bäume schnitt im Winter, ganze Nachmittage lang, erzählte Vater gern von früher. Erzählte von seiner Jugendzeit, seinem Dorf, wo er geboren wurde und aufwuchs. Kurz vor der Jahrhundertwende sei es gewesen, nicht finsteres Mittelalter, Neuzeit, aufgeklärte Kaumvergangenheit, als sich zwei benachbarte Familien zerstritten. Er habe ihm das Böse an den Hals gewünscht, bezichtigte der eine den andern. Wie hätte es denn sonst sein können, dass alles schief lief bei ihnen, seit er den entlehnten Pflug zurückgebracht habe, ihn einfach derb und unfreundlich mitten in den Hof geworfen habe, mit einem „da hast ihn wieder," mit angewidertem Gesichtsausdruck und rollenden Augen Haus und Stall bedacht habe, nur weil er, der Eigentümer des Pfluges, ein paar mal angemahnt habe, endlich das entlehnte Gerät zurückzubringen. Die Kühe verkalbten und gaben keine Milch mehr, die Reben lieferten sauren Wein und auch sonst hätte das Glück sein Haus verlassen. Solche Art von Beschuldigung konnte keiner auf sich sitzen lassen. Schnell ist ein Streit vom Zaun gebrochen, schwer ist es die Wogen wieder zu glätten, sagte Vater.

Als der Georg, den man Schorsch nannte, später erzählte, wie sie auf dem Hof, als er noch Kind war, großes Pech im Stall hatten, wie die Kühe tote Kälber zur Welt brachten und keine Milch gaben und wie sie, so sagte der Schorsch, damals, um Sack und Bändel gekommen wären, erinnerte sich Josef an Klushund und Schrettle, von denen die Tante als böses bringende Geister erzählt hatte. Es habe sich bei ihnen, da war sich Schorsch sicher noch als alter Mann, um Verwünschungen gehandelt. Erst als sie aus einem Dorf in der Nähe von Ravensburg einen alten Bauern hätten kommen lassen, der in dieser Gegend bekannt gewesen sei für seine exorzistischen Fähigkeiten, und der im Stall mit einem Besen herumgefuchtelt habe, mit Weihwasser gesprengt und Gebete gesprochen habe, die er nicht verstand, erst da sei der Spuk zu Ende gewesen und das Vieh habe sich wieder normal benommen und sie seien vor dem Verganten gerettet gewesen.

Gut, dachte Josef, dass in der heutigen Zeit keine Ahndung solcher Beschuldigungen mehr erfolgt. Er hatte, als er einmal mithören durfte, wie Herr Zürn, der Chronikschreiber der Pfarrei, die Tante nach der Familiengeschichte ausfragte und wie er von Hexenverfolgungen in Wasserburg sprach, die zwischen 1660 und 1680 hier ihren traurigen Höhepunkt erreicht hätten, nur ungläubig gestaunt.

Das Schloss und die Herrschaft Wasserburg seien damals im Besitz der Fugger gewesen und ein Verwalter, der hier auch einen gewissen Einfluss auf die niedere Gerichtsbarkeit habe nehmen können, habe die Hexensache mit einem solchen Fanatismus betrieben, dass in ca. fünfzehn Jahren zwanzig Menschen in der kleinen Pfarre als Hexen auf dem Scheiterhaufen verbrannt worden seien. Und wie die Menschen, einmal im Verdacht und unter Anschuldigung, dieser Mühle nicht mehr entrinnen hätten können. Da lief es Josef kalt den Rücken herunter.

Als Josef den Goldbirnenbaum leergepflückt hatte, da war er froh. Das war der höchste Baum überhaupt, der zu pflücken war. Josef dachte immer an das, was passieren könnte. Von der hohen Leiter zu stürzen käme einem Todesurteil gleich, dachte Josef. Obwohl er tief in der Religion verwurzelt war, reichte sein Gottvertauen nicht aus um zu glauben, ihm wäre immer das Beste, das Gesichertste zugeteilt. Da war Albert anders. Albert war ein Bedenkenloser. So, wie Josef immer daran dachte, was passieren könnte, dachte Albert so gut wie nie daran. Albert war von Kind auf ein Ignorant von Gefahr. Für ihn wurde Gefahr erst relevant, wenn das Malheur schon geschehen war. Josef beneidete Albert um dessen auf die Gefahr Zugehenkönnen, ohne sie zu sehen, auf sein lachendes Hineingehenkönnen in die Geisterstätte des Ungewissen, des Bedrohlichen, um seine Blindheit gegenüber Möglichem. Wenn sich Josef aber einmal ein Herz nahm und allen Mut zusammennahm, den Vorsatz fasste, wie Albert oder wie Richard ein Verharmloser zu sein, dann zerfloss sein vorgenommenes Heldentum im Angesicht des auf ihn Zukommenden wie Schnee in der Märzsonne. Dann musste er hinaufrennen in den oberen Stock, wo sein Schlafzimmer war, in dem er mit Albert zusammen schlief, und sich quer auf die Steppdecken, quer über die Betten werfen, das Gesicht tief in die Kissen vergraben, die Augen schließen und in sein Traumland reisen. Wenn er sehr in Aufruhr war, brauchte es eine ganze Weile, bis das Rot und das Gelbgrün seines Firmamentes sich ausbildete, bis es Leuchtkraft bekam, bis es all das Erdenleid überstrahlte, all die Drangsale, denen er ausgesetzt war wie eine schlanke Tanne allein im Feld, wenn der Sturm darüber brauste. Das war dann, wenn er sich durch sein Paradiesblumenland gestärkt erhob, wie Ermannung, wie ein Held stand er auf und wusste doch schon jetzt, der nächste Fall würde kommen, würde schon Programm sein, festgelegt in einem unabänderlichen Plan, und es würde ein ständiges Auf und Ab sein, sein Seelenleben, seine Mut- und Fallkurve würde sein treuer Begleiter sein.

Aber hatten das andere nicht auch? An ein Evangelium erinnerte er sich, wo die Rede war von einem siebenmaligen Fallen an jedem Tag, an eine Predigt des Paters Anselm in Wasserburg aus Anlass einer Volksmission, wo er sagte, das Leben sei ein Wechsel zwischen Fall und Erhebung, zwischen Niederlage und Sieg, zwischen Verzagtheit und Erbauung. Dann war er also nicht allein, war seine Prägung keine Falschmünze, sein Verhalten im Rahmen des Spektrums, das die Möglichkeiten des Seins von Menschen umfasst. Das war ihm, Josef, wichtig, zu erkennen, dass er ein ganz Normaler, ein zum Kreis Gehörender, ein nicht Außenseitiger war, und dann, wenn ihm Dinge geschahen, die nicht zum Alltäglichen zu zählen sind, wenn er Angst hatte, wenn andere ein Lächeln zeigten, wenn er Wege genau markierte, wo andere querfeldein gingen, wenn er schuftete, wo andere spazieren gingen. Josef war einer, der die schwärzesten Höllen sehen konnte, aber auch die strahlendsten Himmel, der, nach außen kaum sichtbar, ganz im Innern, ein Weinen hatte und einen Jubel, und der – und das glaubte er fest – die Kraft haben würde zur immer wiederholbaren Auferstehung.

Ihr Hof, der Hof von Vater und Mutter und auch ein bisschen schon Josefs und Alberts und der anderen Geschwister Hof hatte dreiunddreißig Parzellen. Bei knapp zehn Hektar war es nicht verwunderlich, dass manche Felder winzig waren und ein Umkehren des Fuhrwerks fast schon Strategie erforderte. In der ganzen Gemarkung waren sie zerstreut, sogar in den Nachbargemeinden Hege und Kressbronn hatten sie Grundstücke. Vater sagte manchmal: „Ein Viertel unserer Zeit liegt auf der Straße.“ Das tägliche Grünfutter für die Kühe holten Josef und Vater und Alois, Franz oder Hans, wer es gerade war, der sein Praktikantenjahr bei ihnen abdiente, auf den Feldern, die mit Bäumen bepflanzt waren. Auf den baumlosen Flächen, die meist in feuchten Niederungen lagen, wurde ob des leichteren Arbeitens willen Heu gemacht. Josef konnte nun schon mit der Sense mähen. Aber nur, wenn Vater am Morgen auf dem Dangelstock vor dem Stadel sie mit dem Hammer bearbeitet hatte, so dass sie scharf wie eine Rasierklinge war. Das war eine

Morgenmelodie, die hinter allen Schuppen hervortönte, ein Sonnenaufgangslied, das feucht klang wie das Gras im frühen Tau. Und dieser Klang ging in Josef hinein wie ein Ruf, wie ein Berufen, wie ein königlicher Auftrag. Dorfmusik am Sommermorgen, hohes Lied der Dorfidylle.

Dann ging die Sense ohne Kraftaufwand durch das Gras wie durch Butter. Alle zehn Meter ungefähr wurde gewetzt. Wetzen hält den Mäher nicht auf, sagte Vater immer, wenn Josef meinte, das Wetzen hinausschieben zu können, um sich so einen Vorsprung herauszuholen. Wenn es haute wie Gift, wie der Egger Hans immer sagte, war das Mähen die reinste Freude. Da worgelte bei jedem Streich das Gemähte hinüber auf die linke Seite, als könnten es die Halme von Gras, Löwenzahn, Hahnenfuß, Klee und Spitzwegerich nicht erwarten, in feiner Ordnung auf der Mahd zu liegen. Wenn es haute, sah die Wiese nach dem Mähen so aus wie Josefs und Walters Kopf nach Verlassen des Friseursalons. Wenn der alte Bunk seine Maschine ansetzte und, am Genick anfangend, gerade hinauffuhr, bis er oben, wo der Kopf aufhörte, ins Freie kam, sahen ihre Köpfe aus wie eine frisch gemähte Wiese. Einer Wiese, die mit einer Sense gemäht wurde, die nicht haute, konnten Josef und Walter den Schmerz nachfühlen. Manchmal, wenn der alte Bunk eine stumpfe Schere verwendete oder eine Maschine hatte, die rupfte, liefen ihnen die Tränen herunter. Dann zuckten sie, bis der Meister sagte: „Na, na, nicht so wehleidig sein, ein junger Mann kennt keinen Schmerz.“ Dann sagte er, der Blum, sein Vorgänger, habe immer gesagt, jeder Kunde beklage sich, dass seine Scheren und Rasiermesser keine scharfe Schneide hätten, und doch würden alle bluten, die hinausgingen aus seinem Laden. Und der Bunk meinte, was könne man denn um sechzig Pfennige mehr verlangen als einen fast kahl geschnittenen Kopf, und dann solle man nicht so empfindlich sein, und um das Geld könne er nicht nach allen Mucken schlagen.

Josef durfte jetzt, da er der Schule entwachsen war und im Arbeitsprozess stand, auch am Abend zum Friseur. Schülern war das nicht erlaubt. Am Samstagabend war die Wartebank bis zehn Uhr nachts besetzt. Georg, den man Schorsch nannte, sagte, die

Klara, die, du weißt schon, vom Dingsda, sei eine gewaltige Heulsuse und die „bläre“ wegen jedem Dreck so stark, dass sie aus den Augen mehr Wasser herausbringe als dort, wo die Frauen normalerweise das Wasser abließen. „Mai, des worn no Zeiten, wo dia KdF-Weiber no do worn, do ham mer’s streng ghobt,“ sagte der Luis, der aus dem Niederbayerischen gekommen war, schon Anfang der Dreißigerjahre, weil er in der Bodan-Schiffswerft Arbeit gefunden hatte. „Jetzt ist nix mehr, host bloß no dei Eute dahom.“ „Es gibt immer was zu tun,“ sagte der Georg, den man Georg nannte. „Vielleicht scho, wenn ma wisst, wo. Ein guter Bock schmeckt’s,“ sagte Karle, der tagsüber Likör fabrizierte und auch am Abend seinen Vorarbeiterblick aufbehielt und nur sprach, wenn er glaubte, einen ganz wichtigen und originellen Beitrag zur allgemeinen Unterhaltung leisten zu können. „Die Nazibüblein haben Schonzeit,“ sagte der Fischer Karle, der eher ein Mitläufer denn ein Eingeweihter gewesen war, der das Leben leicht nahm und deshalb, wie er sagte, sich die Last des Verheiratetseins nie aufgeladen habe. Er war ein Gentleman und wusste die Gunst einer schönen Frau für absehbare Zeit durchaus zu schätzen. Später, als das mit den Frauen nicht mehr so klappte, widmete er sich mit gleicher Leidenschaft und Hingabe dem Alkohol und machte diesen zu seinem ständigen Begleiter.

Als Letzter kam immer am Samstagabend Gigers Tone. Er war der in die Jahre gekommene, stimmlose Bruder einer ebenso ledigen Schwester, die miteinander ein kleines Höfle in der Mitte des Dorfes umtrieben. Meist kam er direkt von der Stallarbeit, ohne Zeit gefunden zu haben, sich andere Kleider anzuziehen. Manchmal versäumte er es in der Eile, die ansonsten nicht sein Markenzeichen war, sich die Schuhe zu wechseln. Dann schlurfte er zur Tür herein, dass die Frau Bunk sofort den Putzlumpen holen musste, um seine Spuren wegzuwischen. „So, Tone, auch schon Feierabend,“ sagte Schorsch. „Scho, scho“ lispelte der kräftige Mann, dem man eine andere Stimme zugetraut hätte, und strahlte ein Lächeln aus wie ein Kind an seinem Erstkommuniontag, setzte sich in eine Ecke und schien hier die glücklichste Stunde der ganzen Woche zu verbringen.

Josef konnte jetzt den Futterwagen so laden, dass man, auch wenn der Nachhauseweg über Stock und Stein ging, keinen Grashalm verlor. Wisch für Wisch wurde am Rand herum angelegt, dann die Mitte gefüllt, die alles zusammenhielt, so hoch, wie er es mit einer Gabel verlangen konnte. Da war Josef stolz, wenn er mit einem von ihm so schön geladenen Futterwagen nach Hause fahren konnte.

Ende Oktober war die Apfelernte abgeschlossen und manchmal am Morgen hatte es schon einen Reif, der weiß aus dem Brachmoos heraufschimmerte. Die Baumspeeren, die im Herbst die schweren Äste gestützt hatten, wurden heimgefahren, und die Abende dunkelten früh.

Am Abend des Allerheiligentages, so hatte Josef es mit Walter ausgemacht, wollten sie noch zu Ernst, um Karten zu spielen. Vater sagte: „An so einem Tag geht man nicht fort. Wir wollen noch einen Rosenkranz für die Verstorbenen des Hauses, für unsere Ahnen, beten." Vater hielt seine Vorfahren in Ehren. Er hatte über seinem Schreibtisch eine Ahnenecke eingerichtet mit Bildern von Eltern und Großeltern und einem Gedicht von ihm selbst. Bauernstolz, Familienstolz, was es auch sei, dachte Josef, wenn er hinsah, jedenfalls zeugte es von Ehrfurcht, und so schätzte er solche Haltung hoch ein. Dann nahm jeder einen Stuhl, drehte ihn dem Kreuz zu, kniete sich nieder, und so beteten sie, männliche und weibliche Familienmitglieder abwechselnd, einen Rosenkranz für die Verstorbenen des Hauses. Anschließend las Vater aus einem alten, schwarzen Büchlein ein Gebet, an jedem Allerheiligen dasselbe, das in seiner Schlichtheit und Hingabe zum Passendsten gehörte, was Josef sich vorstellen konnte. Josef wusste nicht, ob es denen, die von Bild und Ahnenecke herab zusahen, etwas nützte, ob es ihnen das brachte, worum sie in tiefer Empfindung beteten, aber er wusste dies, dass es ihnen allen, die an diesem Abend anderes vorhatten, nicht geschadet hatte.

Schon die ganzen letzten Wochen hatte Vater gesagt, das mit dem Hans könne nicht so weitergehen. Ein Pferd brauche Arbeit, Auslauf, Bewegung, sonst würde es einen Kreuzschlag bekommen. Seit der Traktor auf dem Hof war, gab es für Hans nichts mehr zu tun.

Josef stand vor dem Schuppen, um Holz zu holen. Die Schweizer Vorberge waren schon weiß und lagen zufrieden dem Säntis zu Füßen wie livrierte Lakaien den Königen. Ein messerscharfer Ostwind peitschte die Luft um die Ecken der Häuser und trug die ersten spärlichen Schneeflocken wie Daunenfedern durch das Grau des Novembertages. Josef war unguten Mutes. Er wusste nicht, warum. Etwas bedrückte ihn, ein Gefühl der Hilflosigkeit, des Geschehenlassenmüssens von etwas Widerstrebendem. Hans würde heute abgeholt, sagte Vater am Morgen.

Als das Auto mit Viehanhänger kam, konnte Josef nicht nach vorne gehen. Konnte nicht zum Stalle gehen und den Hals von Hans umarmen, seinen Kopf zu sich herabziehen und ihn streicheln, konnte kein Wort zum Abschied in seine wachen Ohren flüstern. Josef ahnte etwas, das ihm schon fast Gewissheit war, das er aber nicht Gewissheit werden lassen wollte.

Nachdem Vater gesagt hatte, dass er Hans verkauft habe, weil es keine andere Möglichkeit gebe, hatte Josef den Vater gefragt, was denn nun mit Hans geschehe, was der, der Hans gekauft habe, vorhätte mit Hans, und wie er, Josef, innerlich gezittert hatte in Erwartung der Antwort, so wie man auf ein Urteil wartet, das über Leben und Tod entscheidet, und als Vater sagte, wer kauft denn heute noch ein Pferd wie Hans, ein Arbeitspferd, das eben nur für die Arbeit geeignet ist, da ahnte Josef etwas. Etwas Schreckliches ahnte er, das er verdrängte, weil er die Vorstellung nicht aushielt.

Josef sah von weitem zu, wie Vater Hans aus dem Stall führte, wie sie ihm zuredeten, in den Anhänger einzusteigen, wie Hans scheute und sich sträubte, wie er dann doch, der Gute, der Folgsame, hineinging. Er, der sein ganzes Leben nur gegangen war, wurde gefahren, was hatte dies für eine Bedeutung? Irritiert schaute er um sich, sah Josef, traf seinen Blick mit einem Blick, den Josef nicht aushielt. Tränen standen in Josefs Augen. Ein paar Worte zwischen Vater und Händler, dann die Klappe geschlossen, und fort ging die Reise. Jetzt ging Josef zur Straße vor, schaute dem Gefährt nach, sah Hans, wie er den Kopf wandte, zurückschaute bis die leichte Kurve der Straße draußen bei Königs ihm den Blick nahm, den Blick zurück, zum Stall, zum Hof, dem er zwölf Jahre gedient hatte. Eine Frage las Josef aus diesem Blick, einen Vorwurf – bin ich euch nicht Diener gewesen in all der Zeit, habe ich einen Wagen stehen lassen, habe ich eine Last, die mir angehängt wurde, nicht bewegt? Warum jetzt dies? – Und Josef wusste, dass Hans wusste. Soviel Wehmut im Blick, das war mehr als Ahnung. Und jetzt, da Josef Hans zurückschauen sah, war in diesem Blick Josefs Ahnung Gewissheit geworden. Jetzt wusste Josef, dass das Ungeheuerliche geschehen würde, Hans würde zum Schlachthof gefahren.

Der Ostwind blies scharf und die Tränen liefen Josef über das Gesicht wie Bäche von Leid, Weltenleid, und er wehrte sich nicht. Aber es war nicht der Ostwind, nicht Schläge oder körperlicher Schmerz waren es, das ihn weinen machte, ganz aus Innen, ganz aus seiner tiefsten Tiefe brach ein Leid herauf, überschwemmte ihn, riss ihn in einen schwarzen Strudel, drehte ihn im Kreise, stürzte ihn in eine Entfremdung, die er nie gekannt hatte.

Nicht, dass er Vater einen Vorwurf gemacht hätte, er fühlte, die Welt war so, fühlte es mit einem Schlag, wurde herausgerissen aus der Welt des Heilen, des Guten, des Geborgenen, in der er gewohnt hatte bisher, spürte die Kälte, der Verlust schmerzte, die Firmamente brannten.

Seit einem Vierteljahr ging Josef in die Berufsschule. Da war die Rede von Kosten und Rentabilität, er wusste um Gegebenheiten und Anforderungen und litt unter den Konsequenzen. Es war ihm, als wäre er aus dem Paradies vertrieben worden, als hätte er sein Heimatland verloren, seine Unverletzlichkeit. Es war ihm, als hätte die Wirklichkeit seinen Glauben an das Gute, die Gerechtigkeit, die noble Gesinnung verlacht, wie ein Teufel lachen mochte über den Sündenfall eines Frommen, den der Glanz der Großstadt in die Gosse gezogen hatte. Was sollte er, Josef, mit dieser Welt anfangen? Hatte diese Welt Platz, Raum für einen wie ihn? Konnte er sich je wohlfühlen in einer Welt wie dieser?

Es war das Leid der Kreatur Pferd, das ihm die Welt verdunkelte, aber noch mehr war es die grausame Erkenntnis, das klare Sehen in das Gesicht der Welt, das seinen Aufschrei so spitz machte und seine Trauer so tief.

Und mit einem Schlag erkannte er eine Gesetzmäßigkeit der Welt, die ihm bisher Fremde war und nun Gewissheit, es gab keine Alternative zum Wort ‚Rentabilität'. Es gab nichts Gleichwertiges, nichts diesem Banner Ebenbürtiges. Wer bestehen wollte, musste so sein. Das Reich der Sentimentalitäten hatte hier keinen Zugang. Die Argumente der Worte wie Rücksicht, Belohnung, Güte, dem anderen dies zu gönnen, was man selber wünschte, all dies prallte ab an der Mauer, die die Worte Rentabilität, Kosten, Gewinn aufrichteten. Diese Erkenntnis, welch ein Verlust, dachte Josef, und er wusste, dass all dies, seine Ideale, Ziele, Schaffen an einer heilen Welt, nie zu erreichen sein würden. Wenn er auch glaubte, damit, mit diesem Wissen um dieses Verlorensein nicht leben zu können, so wusste er doch, dass er mit dieser Gewissheit leben musste.

Ist dies die Tragik der Gattung Mensch, in einer Welt leben zu müssen, von der man glaubt, in ihr nicht leben zu können und doch zu wissen, in dieser Welt leben zu müssen, weil es die einzige ist, weil es nur diese gibt? Und noch tragischer vielleicht dies: zu wissen, dass all das Unfertige, Unzulängliche, Heilungsbedürftige nicht heilbar sein würde. Und trotzdem nicht verzagen dürfen, trotzdem die Versuche zur Änderung, zur Verbesserung des Mangelhaften nicht aufzugeben. Das war die einzige Ermutigung. Und als Josef am Abend zu Bett ging, seine Augen schloss und in sein Inneraugeland reiste, sah er das Pferd Hans durch die grünen Wiesen gehen, einem feuerroten Horizont entgegen, auf seinem Rücken lag eine Decke aus Hermelin und er ging stolz und gemessenen Schrittes, wie Könige gehen.

Auf Weihnachten hatte sich Josef schon lange gefreut. Hauptsächlich wegen des Malkastens. Aber vorher war noch Nikolaustag. Wegen Josef kamen die Klausen nicht mehr, aber der Kleinen wegen. Einer von vieren, die zusammen die Häuser besuchten, hatte eine Schere am Strick hängen, mit dem er den

Bauch gegürtet hatte, und diese war mit roter Farbe so bekleckert, als triefe Blut von ihr. „Wer ist die Daumenlutscherin hier?", fragte er und schnitt mit der Schere in die Luft, als setze er bereits die Maschinerie in Gang, die das Daumenabschneiden kaum noch erwarten konnte. Er schnitt leer, so wie der Friseur, der, wenn er nicht gerade in den Haaren war mit seiner Schere, der zwischen den Haarschnitten, im Leerlauf sozusagen, immer weiterschneiden musste. Wahrscheinlich, dachte Josef, wenn er dies sah, sind die Finger des alten Bunk so geschult, dass sie gar nicht anders können als Schnittbewegungen zu machen, so als erhielten sie Lohn für die Anzahl ihrer Schnittbewegungen, nicht für die Köpfe, die sie rasierten.

„Und da kommst du hinein," sagte einer der Nikoläuse, von dessen Kopf außer einem Gewirr von schwarzen Haaren nur zwei Augen und eine Nase sichtbar waren. Schon griff er nach Albert, hielt den großen Sack auf und wollte ihn fassen. „Ins Atzenbohl nehmen wir dich mit."

Angst gab Josef nicht zu, aber eine furchtbare Vorstellung war es schon, in dieser kalten, schwarzen Nacht, draußen im lichtlosen Wald freigelassen zu werden, ohne Orientierung, ohne Schutz, ein Ausgelieferter. Auch wenn dies den Bruder beträfe, er empfand es wie eigenes Schicksal.

Da war Weihnachten ganz anders. Nichts als Freude, Geborgenheit, Liebenswürdigkeit. Neben dem Malkasten lag ein winziges Päckchen, auf dem stand: „Dem lb. Josef." Dem lieben Sowieso war immer abgekürzt, dem lb., nie ausgeschrieben. Das, glaubte Josef, wollten Vater und Mutter nicht zu deutlich kundtun, dass jemand der Liebe oder die Liebe war, das wäre schon im Verdacht der Überschwänglichkeit einer Zuneigung gestanden, bei aller Liebe, aber eine gewisse Distanz musste sein. Auf gleiche Ebene sich zu begeben, herzensgleich sozusagen, schon Liebe, aber nicht zu offenbar, vielleicht hätte das Verlust von Autorität mit sich bringen können. Aber das war Josef gleich, er war ja selbst einer, dem zu intime Nähe suspekt war, der gebührenden Abstand mochte, ihm genügte das ‚lb.' vollkommen.

Als er das Päckchen öffnete, kam ein Messer zum Vorschein. Nicht irgendein Messer, das hatte er. Immer noch jenes Sackmesser mit zwei Klingen, einem Korkenzieher und einem Kronkorkenöffner trug er in der Hosentasche, das er für einen Bombensplitter von Dieter eingehandelt hatte, damals vierundvierzig nach dem Angriff auf Friedrichshafen, als die Flak die ganze Nacht ihre Geschosse in das rote Inferno des Himmels jagte. Ein Okuliermesser war es. Das war Aufnahme, Anerkennung, Bekräftigung seiner Kronprinzenschaft. Dies Messer brauchte man zum Veredeln junger Bäume, und ihm wurde das von Vater zugetraut. Mehr noch, Aufforderung war es, ja, Berufung und Auftrag zugleich. Was für ein Geschenk und Josef wusste nicht, solle er dem Malkasten oder dem Okuliermesser das größere Freudenpotential zubilligen. Er entschied sich, das eine der Freizeit, das andere dem Beruf zuzuteilen. Das waren hohe Augenblicke für Josef. Er hatte im Religionsbuch einmal ein Bild gesehen, die Erschaffung Adams, von Michelangelo. Durch die Berührung mit der Spitze des Fingers wird Adam lebendig, wird er Mensch. So wurde ihm, Josef, in diesem Moment und durch dies Geschenk Anwartschaft, Erweckung, Obstbauerwerdung, zumindest ein Schritt dorthin war es.

Josef waren die Bäume das Liebste. Der Viehstall war ein notwendiges Übel, die Hopfen eine launische Diva. Da gab es Jahre hoher Preise und solche einer fast Unverkäuflichkeit. Und die Reben, die Weinberge, die Königskultur der Hiesigen über Jahrhunderte, was war mit ihr? Josef hatte in dieser Kultur in seinen ganz jungen Jahren viel Kinderschweiß fließen lassen müssen. Das Hacken in der Sommerhitze, das Ziehen des schweren Schlauches die Reihe hinab und hinauf, wenn die Reben gespritzt werden mussten, hatte seine Liebe zu den Weingärten nicht gefördert. Auch jetzt noch, als fast Fünfzehnjähriger, mochte er diese Arbeit nicht, wenn Vater die Spritzpistole führte, mitten im Nebel stand, sein Gesicht blau war vom Kupfer und auch Josef, zwei-drei Meter dahinter, seinen Teil abbekam.

Josefs Vorliebe galt den Beeren, den Kirschen, Birnen und Äpfeln. Ihnen vor allem. Er las Fachbücher, versuchte ihre Biologie zu verstehen, Einblick in ihre Lebensweise, in ihre Gesetzmäßigkeiten zu erhalten, wollte ihr Freund sein, ihr Verwandter, ihr Eingeweihter, wollte die Sprache verstehen und in ihren Gesichtern lesen können wie in einem Buch. Josef wollte pflanzen und okulieren, pfropfen und schneiden, und schauen, immer schauen. Er ging durch die Obstgärten an Werktagen, an Abenden und an Sonntagmorgen, und sein Herz war aufgetan, als spräche ein großer Lehrer zu ihm, und dieser große Lehrer war kein Geringerer als die Natur.

Heute käme Herr Pflugfelder und würde für alle Bauern einen Kursus in Baumpflege abhalten, und am Abend sei theoretische Unterweisung in der Weinstube Fürst, sagte Vater an einem kalten Morgen, Mitte Januar, „und du darfst mitgehen," sagte er zu Josef.

Herr Pflugfelder war Amtmann, leitete ein Versuchsgut und war vom Kreis Lindau als Fachberater für Obst- und Gartenbau angestellt. Herr Pflugfelder legte Wert auf Autorität, seine Autorität. Auftreten und Habitus gehörten zur Zelebration seiner Persönlichkeit. Gesetzte, auf Wirkung bedachte Sprache, sparsame Gestik und wallende Haarmähne prägten seine Auftritte. Goetheähnlichkeit. Da blieb für Unterdreißigjährige kein Raum für Einwände. Wagte einer ein unbedachtes Wort, wurde er umgehend in den Senkel gestellt, wurde vorgeführt und in seine Schranken gewiesen. Dass sich auch ein vermeintlich unfehlbarer Guru irren konnte, machte die Entwicklung in den nächsten Jahren deutlich, die manches von Pflugfelder als unumstößliches Gelehrte beiseite schob. Pflugfelder, als es nach Einführung und Allgemeinem zur Demonstration am Objekt kam, befahl nur. Da mussten die Jungen mit Schere und Baumsäge bewaffnet auf die Leiter, oder auf den starken Ästen der Hochstämme balancierend und kletternd an die Arbeit. Der Meister stand unten, rief Josef oder Hans oder wie sie alle hießen, diese Akrobaten der Pomologie, diesen Ast abschneiden oder jenen einkürzen. Er rief das in einer Sprechweise, die sich vor lauter Wichtigkeit kaum zu formulieren vermochte. So voll Bedeutung war für Pflugfelder das zu Sagende, dass er zu jedem Wort neu ansetzte, Josef schien, als nähme Pflugfelder zu jedem

Wort einen Anlauf, stieße sich mit dem neuen vom vorigen Wort ab wie ein Stabspringer, der von einer Seite des Baches auf die andere und wieder zurück springt. Holprig klang das, aber markig, und es machte Eindruck.

War der Baum fertig geschnitten, versammelte Pflugfelder die Mannschaft um sich und sagte: „ Ist er nicht schön geworden! So muss ein Baum nach dem Schnitt aussehen. Die Krone muss sein wie ein Dach von sechzig Grad Neigung und Licht muss bis ins Innere des Baumes kommen können.“

Hinten in der letzten Reihe stand der alte Zitterer, ruderte mit dem Stummel, den der Krieg von seinem einstmals gesunden rechten Arm übrig gelassen hatte, als wollte er zu einer weitläufigen Gestik ausholen, kratzte mit seiner intakten linken am Hintern und sagte: „Wer's glaubt wird selig.“ „Hat jemand etwas gesagt?“, fragte der Amtmann und schaute in die Menge und in die Richtung, aus der das Gehörte, aber nicht Verstandene kam. Er habe nur gesagt, meinte der Einarmige, „wenn alle so gschied wären wie die Gschiedste, gäb's kua Dumme, wo dena Gschiede zulosand.“ „Hört,“ sagte Pflugfelder, „ein Philosoph hat gesprochen,“ und alle lachten.

Normalerweise durfte Josef mit seinen fünfzehn Jahren noch nicht in eine Wirtschaft. Zumindest nicht abends und nicht allein. Heute schon. Für Josef bestand das Leben in diesen Jahren aus lauter Aufnahmen. Aufnahmen in Schule, Beruf, Betrautwerden mit wichtigen Arbeiten, Eintritt erhalten in Bezirke, die ihm bisher verschlossen waren. Das war für Josef jedes Mal ein Hochgefühl. Beförderung in nächst höhere Ränge, Tore, die sich öffneten, Aufgaben, die zu erfüllen ihm anvertraut wurden. Josef war ein Süchtiger nach Anerkennung. Er hätte sich Tage und Wochen schinden können, hätte seine letzte Kraft gegeben, um die Erfüllung der Aufgabe zu gewährleisten, die ihm aufgetragen war. Versagersein, das wäre das Schlimmste für Josef gewesen. Nicht Aufstiegswürdiger, Ungeeigneter für Beförderung und höhere Berufung, das hätte ihn hinabgeworfen in die Täler der kriechenden Kreatur, den Aufrechtgehenden abgetrennt.

Wenn er durch die blühenden Gärten des Anerkanntseins ging, war es fast, dass er sein Wunderland vergessen hätte, doch er wollte ihm treu bleiben, beging es am Abend auch im Habitus des Hochgefühls, wie ein König durch die Lustgärten seiner Schlösser. Trotzdem ging Josef mit Vorsicht, denn er wusste um die Zerbrechlichkeit seines Glasperlenspiels. Bei allem Jubel war ihm die Gefahr des Absturzes präsent.

Als die nachmittägliche Exkursion, die Lehrstunde im Freien, beendet war, gingen alle nach Hause, ihr Vieh zu versorgen. Am Abend dann traf man sich wieder beim Fürst. Josef saß mit den Jungen, mit Walter, Ernst, Richard, dem Josef, den man Sepp nannte, und Siegfried an einem Tisch. Amtmann Pflugfelder referierte nun über Anbaumethoden, Baumformen und neue Sorten, die nach seiner Meinung die Chance hätten, Bedeutung zu erlangen. Eine Sorte sei darunter, die er bei sich im Versuch aufgepflanzt habe und die vielversprechend sei. Sie komme aus Amerika, sei dort als Zufallssämling von einem Farmer entdeckt worden und würde in den USA schon den Markt beherrschen. Ihr Name wäre Golden Delicious. Ein ungewöhnlicher Name für Josef und alle anderen, die Sorten wie Glasrenetten, Welschisner, Boskop, Goldparmäne, Brettacher und ähnliche kannten. Und wie Pflugfelder den Namen aussprach! „Golden Delisches", das klang fremd und doch fast so mystifizierend wie ein Gebet.

Dann zeigte Pflugfelder Lichtbilder, die er von einer Reise aus Südtirol mitgebracht hatte. Josef war fasziniert. Gab es bei ihnen fast nur Hochstämme, die mit langen Leitern beerntet werden mussten, waren es dort Niederstammplantagen, die zumindest zum Teil vom Boden aus zu erreichen waren. Und dieser Behang und diese Farben, noch heute, fünfzig Jahre danach hatte Josef den Baum vor Augen, sah ihn deutlich wie an jenem Abend, einen Goldparmänenbaum, wie eine Pyramide, von oben bis unten behangen mit schönsten Äpfeln, mitten ins Bild gestellt, wie aus einer anderen Welt stammend. „So etwas wenn man einmal hätte", sagte Walter zu Josef, der schwieg, hingerissen und voller Staunen.

Am anderen Morgen während der Stallarbeit, bei der Josefs Kopf immer noch voll war von den Bildern des Vorabends, sagte er zum Vater: „Wenn wir einmal solche Bäume haben wie der auf dem Bild von Pflugfelder war, dann haben wir es gewonnen, dann kann uns nichts mehr passieren.“

Der Vater sagte: „Bilder und Natur ist wie ein Glaube und Wahrheit, beides muss sich im anderen bewähren.“

Aber Josef war nicht mehr zu beirren. Das Bild hatte etwas wie eine große Liebe in ihm angezunden. Wie das Bild eines hübschen Mädchens tief im Innern ein Feuer entfachen konnte, so spürte Josef etwas wie leises Lodern in sich, wenn er an die Bilder jenes Abends dachte. Josef glaubte sogar, es sei mehr als bei den Mädchen, die er bisher kennen gelernt habe, die Annis, Marias, Karins und Bertas, die, wenn er sie vorbeigehen sah, eine kurze Aufwallung, eine kleine Röte über sein Gesicht schicken konnten, eine Röte, die ein geübtes Auge hätte vielleicht aufflammen sehen, die aber bald wieder erlosch. Und vor allem war Josef froh, dass es nur ein Treffen im Vorübergehen war, ein Zusammenkommen, eine Verabredung hätte er sich nicht denken können. Was hätte er mit den Mädchen angefangen, wäre er mit einer von ihnen alleine gewesen? Da war das Sehen von weitem das Bessere, da war Freude, ohne sich bewähren zu müssen, ohne so tun zu müssen, als wisse man Bescheid über Dinge, die ihm fremd waren, aus einer Welt, die zwar in seiner Fantasie, in seiner Vorstellung Kontur hatte, vor deren Verwirklichung er aber Scheu empfunden hätte. Das hat Zeit, dachte Josef. Und da war auch noch etwas anderes. Immer, wenn etwas mit Mädchen war, ob er sie sah, an sie dachte oder gar, wenn ein Zusammensein mit ihnen wie eine Vision aufleuchtete, empfand er Dinge, die er glaubte, dass sie im Verdacht standen, bei der nächsten Beichte bekennen zu müssen.

Manchmal war es ihm, als zerrisse seine alte Welt, wenn Mädchen in sein Denken kamen. Wollte er dies? War seine Welt nicht heil und schön, was gab es für einen Grund, sie zu verlassen um eines unausgesprochenen Versprechens willen? Und doch fühlte er, es würde geschehen, irgendwann, es würde nur eine Frage der Zeit sein, wie er am Morgen das Leuchten der noch nicht aufgegangenen Sonne sah über dem Pfänder im Osten, wie er ungesehen wusste, dass das Aufgehen, das Sichtbarwerden Wirklichkeit würde, unverhinderbar, naturgesetzhaft.

Da war das Bild vom Baum, von den Bäumen jenes Abends ein anderes. Es entfachte nicht das lodernde Feuer, das verwirrte und fast Angst machte, das die Sinne durcheinander brachte und ein Aufflackern hatte wie Feuer, in das man Öl goss und ein Abschwellen erfuhr, das mit dem Dunkelwerden des Sonnenuntergangs zu vergleichen war, das eher einer Glut glich, die dauerhaft und gleichbleibend wärmte und erhellte, die Verlässlichkeit und Zukunft in sich trug, von der er ein Verlassenwerden und ein sie verlassen sich nicht vorstellen konnte.

Yvonne war mit ihrer Mutter weggezogen im Herbst. Der geschiedene Mann der Mutter habe nicht mehr gezahlt, sagte Dieter, der in der Nähe wohnte. Und so sei die Mutter, die, wie Josef glaubte, die Aura einer Französin umgab, gezwungen gewesen, Arbeit anzunehmen. Josef hatte Yvonne seit dem Winter auf dem Eis nur noch zwei-, dreimal von weitem gesehen. Und den Tanz beim Fasnachtsball natürlich, den würde Josef nie vergessen. Dennoch war in dem halben Jahr seit ihrem Wegzug ihr Bild in ihm verblasst. Nicht dass er sich nicht ab und zu an sie erinnerte, aber sie beherrschte nicht mehr seine Gedanken, bedrängte ihn nicht mehr, ging nicht mehr am Abend durch seine Wunderwelt wie eine Prinzessin.

„Josef ist ein braver Bub," sagte der Onkel aus Bodolz, der Stattliche, der Dunkelhaarige mit den Augen, die wie Feuer leuchteten. Vaters Geschwister kamen zu seinem fünfundvierzigsten, um in familiärer Runde zu feiern. Josef wusste nicht, was er von solch einem Lob halten sollte. Auf der einen Seite freute ihn, dass seine Pflichterfüllung, sein Nichtaufbegehren gegen die Autorität der Eltern und der Älteren anerkannt wurde, wusste aber, dass andere, ihm Gleichaltrige, dies als Abwertung sehen würden. Wer mochte schon einen, der nicht aneckte, einen Folgsamen, einen Pflegeleichten? Nein, nein, die in seinen Kreisen galten, die Vorlauten, die Mutigen, die Aufmüpfigen, da konnte man keinen Staat machen mit dem Attest des Bravseins, von Alten ausgestellt. Und so war Josef stolz und betrübt zugleich, fühlte sich als Gelobter und Verachteter im gleichen Atemzuge.

Das war das Vertrackte an dem, was man das Leben nannte. Diese Nichteindeutigkeit, diese Unterschiedlichkeit in der Auslegung, diese Vielzahl von Spielarten der Meinungen.

Ein Forscher, ein ganz Positiver, hätte sich von allen die für ihn positivste der Möglichkeiten ausgesucht, aber der war Josef nicht, im Gegenteil, Josef war einer, der glaubte, die für ihn schlechtere der Varianten sei die für ihn angebrachte, an der maß er sich.

Wie konnte er, Josef einmal uneingeschränkt von Glücklichsein reden, unbeachtet des Bewusstseins, dass irgendwo ein Gefährliches, ein zu Verabscheuendes lauerte, zu dem sich das Kommende genauso wenden konnte wie zu dem auf den ersten Blick Wunderbaren? Das waren die Nackenschläge, die Abstürze, die Josef immer wieder drohten, die die Höhenflüge seiner Aufstiege abrupt beendeten, wenn sie mit ihren deutlicheren Gebärden aufflammten. Was nützten ihm die Aufnahmen in Verantwortung, anspruchsvollere Arbeitsbereiche, Anerkennung, wenn die Abstürze in die Turbulenzen der Zentrifuge Leben ihn durchbeutelten und ihm irgendetwas in die Arme schleuderten, irgendetwas, das Glück und Traurigkeit, Belohnung oder Schuldhaftigkeit sein konnte, wahllos und ungefragt?

Heute war Josef guter Laune. Das Jahr war schon gut im April, die Bratkartoffeln und das Glas kuhwarmer Milch zum Frühstück hatten gemundet und die Sonne schien in einen Frühlingsmorgen, den ein Helles umgab, wie es die Morgen der anderen Jahreszeiten nicht kannten. Er solle in den Hopfengarten gehen, um zu hacken, hatte Vater zu ihm nach dem Frühstück gesagt. Mit der Hacke auf der Schulter ging er durch die obere Dorfstraße, und in seinem Kopf summte eine Melodie. Gestern Abend hatte er im Radio das Operettenlied „Zwei Märchenaugen“ gehört. Manchmal ging es ihm so, dass er eine Melodie, die er gehört hatte, nicht mehr los wurde. Die ihn verfolgte wie ein Bienenschwarm, die aus dem Nichts heraufkam, fast aufdringlich, und selbst, wenn er sie nicht mehr hören wollte, sang sie weiter, verführte ihn, ihr Aufmerksamkeit zu schenken und die Konzentration von anderen, für ihn wichtigeren Dingen abzuwenden. Da konnte er fuchsteufelswild werden, wenn ihn ein Unbekanntes etwas zu denken zwang, das er nicht denken wollte. Auch nicht mit Zwang konnte er verhindern, dass immer wieder die gleiche Melodie, wie eine Vergewaltigung seines Willens, aus ihm heraufloderte.

„Guten Morgen, Jakob," rief Josef, lauter als er sonst zu reden pflegte, dem niedrigen Bauernhaus zu, vor dem, in einem breiten Lehnstuhl, dick eingepackt in einen Lodenkittel und mit einer Wolldecke umschlungen, ein alter Mann saß. „Wer ist es?" fragte der Angesprochene, der mit nicht sehenden Augen in die Richtung schaute, aus der der Gruß gekommen war. „Ich, der Josef," sagte dieser. „Komm herein, komm, setz dich ein paar Minuten zu mir." „Muss in den Hopfengarten zum Hacken." „Ach, das Unkraut läuft dir nicht davon."

Josef kannte Jakob gut. Wenn der fast Achtzigjährige auch fünfmal so alt war wie Josef und sonst ohne wenn und aber das Alter geehrt werden musste und jeder deutlich Ältere mit „Sie" anzusprechen Pflicht war, hier durfte Josef das „Du" verwenden, weil ihn der Jakob dazu aufgefordert hatte und ihm fast befahl, ihn mit Jakob anzureden. Josef war viele Jahre Fassputzer bei dem Alten. Der dicke, etwas steife Altmännerkörper war mit dem besten Willen nicht mehr durch ein Fasstürchen zu zwängen. Er, Josef machte dies gern. Wenn er eine Stunde lang in einem Mostfass oder Weinfass die Dauben und Rillen gebürstet hatte und wenn er bei spärlichem Kerzenlicht von Jakob, der den Kopf hereinstreckte, um zu begutachten, gehört hatte „gut gemacht, Josef, und alles piko-bello", dann gab es eine Brotzeit und eine Mark Entlohnung. Wenn er aß, saß Jakob daneben und hätte am liebsten gesehen, Josef hätte mit ihm ein Glas Seewein getrunken. Das aber lehnte Josef ab, er wollte nicht, dass er beschwipst nach Hause käme. Dann erzählte Jakob von früher. Ob er auch schon ein Mädchen habe, wollte er das letzte Mal wissen. Er sprach pausenlos, während Josef aß. Nein, sagte Josef, das hat noch Zeit. Es gibt Dinge, mit denen könne man nicht früh genug anfangen. Als er ein junger Mann gewesen sei, da habe man die Bodenseegürtelbahn gebaut, die mitten durchs Dorf führe, da habe es einen ganzen Haufen Italiener als Arbeiter gehabt. Das seien wilde Hunde gewesen, die hätten mit ihrem Schöntun die Mädchen verrückt gemacht. Da habe man gewaltig aufpassen müssen, dass einem die das Bräutlein nicht abspenstig gemacht hätten. Verdammt hübsche Burschen habe es darunter gehabt und manchmal habe man einer Schlägerei nicht aus dem Weg gehen können, wollte man nicht den Kürzeren ziehen. Manchmal erzählte Jakob noch andeutungsweise, was er in den Sommernächten mit den Mädchen getrieben habe. Dann dachte Josef, es ist gut, dass die Tante nicht hört, was der erzählt, sonst ließe sie mich nicht mehr zum Fassputzen gehen.

Josef konnte Jakob die Bitte, sich einen Moment zu ihm zu setzen, nicht abschlagen. Er öffnete das Türchen des eisernen Gartenzauns, dessen Spitzen oben wie kleine Lanzen aussahen und von schon ergrünten Rosen umrankt waren. Durch niedrige Buchsreihen rechts und links des Kiesweges ging er und setzte sich auf die Treppenstufen aus Schweizer Sandstein. Schwer und hinfällig saß Jakob in seinem Lehnstuhl, und aus seinen wässrigen Augen flossen ganze Rinnsale von Wasser über die Backen herunter. Seine schon etwas überständige Tochter Genoveva schaute zur Haustüre heraus und fragte: „Geht´s so?" „Ja, ja, lass nur." Und zu Josef sagte sie: „Jetzt ist er den ganzen Winter am Ofen gesessen und hat das Mostfass geleert, nun, an einem solch schönen Tag hab ich gedacht, setzen wir ihn einmal ins Freie, sonst könnte es sein, dass ihn unser Herrgott noch ganz vergisst." Genoveva, die etwas in die Jahre gekommene, etwas herbe Blondine, sagte, bei ihr würde deutsch geredet und die Dinge würden beim Namen genannt. Sie wäre, sagte sie einmal zu Josef, in eine saudumme Zeit hineingeboren worden. Als sie ihre beste Zeit gehabt habe, seien die jungen Männer alle im Krieg gewesen oder schon gefallen, was noch schlimmer sei.

Jakob ließ die Sprüche über sich ergehen, ohne eine Rührung zu zeigen, genoss die Wärme der jungen Sonne, so unter das niedrige Vordach gebettet, das bis zu den Fenstern des Parterre herabgezogen war, ließ er sich vom Gerede der Tochter nicht irritieren.

„Ich muss weiter, Jakob," sagte Josef dann und ging durch Buchsbaumreihen und vorbei an jungen Salatpflanzen und an einem Beet, aus dem Rettiche keimten, zur Straße und zum Dorf hinaus, um seine Arbeit zu beginnen. Die blöden Hopfen, dachte Josef, in denen das Unkraut hoch stand und nur langsam mit der Arbeit voranzukommen war. Wenn es nach mir ginge, würden sie bald gerodet werden und Bäume gepflanzt, Goldparmänen oder Boskop oder Cox Orange, so müssten sie aussehen, wie die, die Herr Pflugfelder auf seinen Dias aus Südtirol gehabt hat, und so würden sie aussehen, dessen war sich Josef sicher. Was andere konnten, konnten sie auch, das wäre gelacht.

Im nächsten Jahr pflanzten sie dort Goldparmänen. Und da der Sprung vom Hochstamm zum Spalierobst, zum Spindelbusch doch ein gewaltiger war, zog man Herrn Pflugfelder, den Fachberater für Obst- und Gartenbau, zu Rate, wie der Pflanzenschnitt durchzuführen sei. Herr Pflugfelder kam dieser Bitte um Rat gerne nach, er war ja der Fachmann, der Wissende, der Zuständige. Er schnitt und schnitt, kürzte die kräftigen Bäume auf lauter Zapfen und hatte Erfolg. Die Bäume wuchsen, schienen zu wetteifern in der Länge der Jahrestriebe, wuchsen, als wollten sie den Himmel stürmen. Nur das mit dem Behang, wie auf dem Bild aus Südtirol gesehen, wollte sich so nicht einstellen. Herr Pflugfelder hatte die Bäume in einen Wachstumsrausch hineingeschnitten, über dem sie ihre eigentliche Aufgabe, nämlich Äpfel, rot und gelb und in großer Zahl zu tragen, völlig vergessen zu haben schienen.

Später, als man Erfahrung gesammelt hatte und viele Dinge besser wusste, ging das Wort der im Nachhinein weise Gewordenen von den sogenannten beratungsgeschädigten Bauern nicht ganz zu Unrecht.

Im März hatte Josef ein Paar Gummistiefel bekommen. Mutter war mit ihm zu Schorers nach Wasserburg gefahren. Sie kannte Frau Schorer, die etwa Gleichaltrige, aus ihrer Mädchenzeit. Schwarze, glänzende, weiche Gummistiefel, das war etwas Neues, das gab es bisher nicht. Josef war stolz auf seine neuen Gummistiefel, am liebsten hätte er sie auch bei Schönwetter getragen. Doch das ging nicht, da kochten einem die Füße. Mutter sagte:

„Du kriegst ja Schweißfüße, wenn du sie bei gutem Wetter trägst.“ Aber an Regentagen oder während der Stallarbeit, wo man schmutzig wurde und nur den Wasserschlauch nehmen musste, um sie abzuspritzen, da waren sie praktisch.

Als der Vater sagte: „Josef, du sollst nachher die Kuh holen, die ich bei Faists gekauft habe,“ zog Josef die neuen Gummistiefel an. Faists waren im Unterdorf. Von den nur fünf Kühen wollten sie eine verkaufen, weil das Futter zu knapp war. Josef kannte fast alle Bauernhäuser im Dorf. Er musste oft Einladungen verteilen oder Versammlungen ansagen. Josef dachte: Das stimmt zwar nicht generell, aber als Faustregel konnte man es gelten lassen, hat jemand weniger als fünf Kühe im Stall, war sein Haus einstöckig, das Dach war dann bis über das Parterre herabgezogen, hatte einer mehr als fünf Kühe, war das Haus meist zweistöckig.

Josef liebte die schmalen, niedrigen Bauernhäuser. Als er bei Königs abgebogen war und den Fußweg hinab zum Durchlass ging, der die Bahn unterquerte und unter den sie als Kinder immer gerannt waren, wenn ein Zug sich ankündigte, um die Lokomotive und die Waggons über sich hinwegbrausen zu lassen und den Kitzel zu verspüren, den man im Bauch fühlt, wenn Gefahr drohte, von der man wusste, sie könne einem nichts anhaben, oder den man verspüren mochte, wenn man in sicherer Höhle das Gebrüll von Löwen vernehmen konnte, sah er schon Faists Haus. Quer über die Wiesen des Brachmooses ging er darauf zu, sah das Blütenweiß der unteren Wände, das Rotbraun der Bretter, die den Giebel verkleideten, und das satte Grün der zierlichen Fensterläden. Einmal, als er eine Ansage überbringen musste, war er in die Stube gekommen. Da hätte er sich wohlfühlen können. Die niedrige Decke, die vielsprossigen, kleinen Fenster, ein mit Musikantenmotiven verzierter Kachelofen, all das schaffte eine Atmosphäre der Heimeligkeit und der Traulichkeit. Josef meinte, dass es großen, hohen Räumen nur selten gelang, ein ähnliches Wohlgefühl zu schaffen.

Geschwister Faist stand immer auf der Liste, wenn er etwas anzusagen hatte. Zwei Schwestern, beide um die siebzig, und Johann, ihr Bediensteter, für den das Knechtsein auf diesem Hof eine Lebensstellung war, bildeten die Familie. Als Josef um das Haus ging und von hinten den Hofraum betrat, kamen alle drei aus dem Haus. „Willst die Alma holen?“ fragte Johann. „Ja.“ „Ich bring sie dir.“ Und Johann band die Kuh los, führte sie aus dem Stall und drückte Josef den Strick in die Hand, wortlos, traurig und so, als hätte er eines seiner Kinder in die Fremde geben müssen. Senzi hielt ein Taschentuch unter das linke Auge und ihre Schwester streichelte Alma zwischen den Hörnern und sagte: „Dass sie es auch gut bei euch hat.“ Josef sagte nichts, blieb aber noch eine Weile, ließ jeden und jede Abschied nehmen und betrachtete die etwas mit Kuhdreck bespritzten Füße von Johann, der barfuß daneben stand. Dieser gutmütige Mann, der auch schon auf die fünfzig zuging, mochte einmal, ganz früh, als er dort in Dienst trat, die Hoffnung gehabt haben, die beiden Ledigen beerben zu können, doch jetzt lief auch ihm die Zeit davon.

Johann ging von April bis November barfuß. Sogar, und das konnte Josef kaum verstehen, auf der Leiter trug er keine Schuhe. Josef wusste, wie weh es tun konnte, viele Stunden mit nackten Füßen auf den schmalen Sprossen zu stehen. Aber Johann war ein Asket, schlank, genügsam, sparsam und immer ein Lächeln um den Mund. Dann sagte Josef: „Hü, Alma“, und ließ sie am Strick hinter sich herzockeln. Diesmal wählte er den Weg über die Straße, denn durch den schmalen Durchlass unter der Bahn hätte er Alma nicht gebracht. Vorbei an Schnelles im Brachmoos, an Schwitzers, über die Bahn und die Oberdorfstraße hinein ins Dorf.

Bei der ersten Mahlzeit fraß Alma nichts, brüllte nur, war unruhig. Vater sagte: „Das wird schon, die ‚ahndat‘ nur.“ Er meinte, sie sehne sich nach der gewohnten Umgebung und brauche Zeit zur Angewöhnung. Bei der dritten und vierten Fütterung hatte sich nichts geändert. Ihr glänzendes Fell stellte sich auf, die Milchmenge ließ nach und an Fressen war nicht zu denken. Langsam kamen auch dem Vater Zweifel, ob der Handel mit dieser Alma zu einem vernünftigen Ende zu bringen sein würde. Nach ein paar Tagen wussten sie, der Vater und Josef, dass die Kuh bei Faists in einer Weise verhätschelt worden war, die ein Wohlfühlen in einem anderen Stall niemals zulassen würde. „Ich glaube," sagte Vater, „die einzige Möglichkeit, sie umzustimmen, wäre, wenn wir mit dem Laudate in den Stall gingen und ihr Kirchenlieder vorsängen." Josef hielt Alma die besten Graswische hin, mit Klee und Löwenzahn, konnte sie aber nicht bewegen, mit mehr als einem sturen Blick und einem jämmerlichen Gebrüll zu antworten. Vater sagte nach einer Woche ohne Besserung: „Josef, bring sie zurück."

Josef zog wieder seine Gummistiefel an und brachte Alma zurück ins Unterdorf, wo sie mit Freuden wieder aufgenommen wurde. Josef war fast froh, diese leidige Geschichte auf so elegante Art erledigt zu sehen. Und Josef schien, als hätten Senzi, die Schwester und Johann mit gleicher Sehnsucht und mit ähnlichen Entzugserscheinungen auf die Rückkehr gewartet wie die Kuh selbst.

Als Josef sechzehn geworden war, durfte er den Führerschein machen. Den Zwei-B gab es speziell für Landwirte. Das war ein Klasse-Zwei-Führerschein, beschränkt auf Zugmaschinen, die nicht mehr als zwanzig Kilometer pro Stunde schnell waren. Zusammen mit Walter und Ernst hatte Josef den Fahrkurs bei Herrn Laubenberger absolviert und die anschließende Prüfung, zu der sie bis nach Markdorf fahren mussten, schafften sie mit links. Alle drei waren sie stolz, Besitzer eines Führerscheins zu sein. Ernst sagte: „Jetzt bin ich erster Traktorfahrer bei uns, denn Vater hat es nie richtig in den Griff bekommen. Solange er vorwärts fährt, geht es noch, aber wehe, er muss zurückfahren, gar mit einem angehängten Wagen, dann ist das ein Gewürge und überfordert ihn völlig." „Ich kann mit einem Vierrädleranhänger ohne einmal vorfahren zu müssen bei uns in den Schopf rückwärts hineinstoßen," sagte Walter. Josef dachte, die Angeber, sagte aber nichts. Er wusste, dass er dies eigentlich auch könnte, war sich aber nicht sicher, ob es ihm auf Anhieb und ohne Korrektur gelänge. Josef erzählte Dinge von sich nur, wenn er ganz sicher war, dass ihm das, was er von sich behauptete, bei einem Beweisenmüssen so gut gelingen würde, dass es eine optimale Vorführung wäre, an der es kein Deuteln gäbe.

Walter behauptete auch, er sei der bessere Mäher als Josef. Für solche Behauptungen hatte Josef kein Verständnis. Wie konnte jemand sagen, ohne einen Vergleich zu haben, er könne besser mähen als der andere? Josef wollte Walter schon den Vorschlag machen, ein Wettmähen zu veranstalten, wo ein für alle Mal geklärt werden würde, wem der erste Platz gebühre. Aber dann verwarf Josef den Gedanken und dachte, wie kindisch, ein Wettmähen mit der Sense zu veranstalten.

Hätte er gewonnen, dachte Josef, wäre am Abend, wenn er sein Zauberland bereiste, vielleicht er, Josef, auf den grünen Matten unterhalb seines rotgoldenen Firmaments erschienen, wäre mit einer Leichtigkeit darüber geflogen, hinter ihm die abgelegte Mahd und vor ihm der Vater oder jemand noch Größerer, ein ihm Unbekannter, mit einem Lorbeerkranz gestanden und hätte auf ihn, Josef, gewartet, um ihn mit der Krone des Siegers zu belohnen. Das hätte Josef gefallen. Siege waren das Süßeste, was Josef sich denken konnte. Er dachte, vielleicht lebt man überhaupt nur, um Sieger zu sein. Josef wollte nicht alles für sich. Er wollte kein Vorteilnehmer sein. Gerne wollte Josef den Siegern das Siegen gönnen, wäre er dann nicht Verlierer gewesen. Wenn Walter behauptete, der bessere Mäher zu sein, war es nicht, dass Josef ihm das nicht gegönnt hätte, was ihn schmerzte, war, dass er sich dann als Verlierer gefühlt hätte, und das schien ihm eine Abwertung, Zurückstufung und, ja fast Missachtung der Person Josef zu sein, für deren Reputation er doch verantwortlich war. Josef glaubte, in einer solchen Situation der Verteidiger von Josef sein zu müssen, auch dann, wenn nicht Gefahr drohte, sondern auch, wenn einer durch ungerechtfertigtes Hervorheben seiner Fähigkeiten, wie Josef meinte, ihn, Josef, auf einen hinteren Platz drängte, wenn er ihn durch dessen Siegerseinwollen zum Verlierer zu stempeln die Absicht hatte.

Das Traktorfahren war etwas Herrliches. Durch den Führerschein waren seine Möglichkeiten gestiegen. Jetzt durfte er auch auf der Straße fahren, ganz offiziell, ohne Angst vor einem Polizeiauto, vor dem er vorher, als er auch schon auf der Straße gefahren war, wenn er es von weitem sah, schnell in einen

Feldweg abzweigen musste und auf dem Feld so tun, als hätte er dort eine Arbeit zu verrichten.

Manchmal durfte er den ganzen Tag Gülle fahren. Den ganzen Tag nichts als mit dem Traktor zu fahren, vorbei an den Häusern, schauen, ob Anni oder Fanny oder Berta irgendwo zu sehen waren, denen man im Vorbeifahren zulächeln konnte oder zuwinken, wo man kein Wort sagen musste und sich doch in ihr Gedächtnis bringen konnte, den Fahrtwind um sich zu spüren, den Beweis zu erbringen, am Berg geräuschlos zurückschalten zu können, das war herrlich. Josef hatte das Gefühl, wenn er auf dem Traktor saß, er sei aufgewertet worden, er sei ein ernster zu nehmender Mitbürger geworden durch die Maschine, die er zu beherrschen in der Lage war. Traktorsitz, Königsthron.

Die Heuernte war eine strenge Zeit. Das Mähen war jetzt zwar Maschinenarbeit, aber das Einfahren, wenn an einem Nachmittag bei großer Hitze vier, fünf Fuder geladen werden mussten, da hieß es kräftig zugreifen. Wenn Josef und Albert, jeder auf einer Seite des Wagens aufboten und Vater oben auf der Fuhre die Wische anlegte, bis das Heu drei, vier Meter hoch gestapelt war und mit dem Wiesbaum festgezurrt werden konnte, waren sie gleich schnell wie jene, die schon die ersten Maschinen zum Heuladen angeschafft hatten.

Schlimmer war die Arbeit auf dem Heustock. Das kränkte Josef, nach einem harten Tag und nach Stallarbeit auf den stickigen, stauberfüllten Heuboden durch das lockere, kratzende Heu, beladen mit schweren Wischen zu laufen, es zu verteilen, fast zugedeckt zu werden von dem ständig über den Heutransport herabfallenden Nachschub. Wenn Josef nachher ausspuckte, war sein Speichel und alles, was aus Bronchien und Lunge heraufkam, schwarz von Staub und Dreck, den er eingeatmet hatte. Im Dunkel des Stadels sah man den Staub kaum, nur wenn die Sonne, durch ein Astloch wie durch einen Trichter hereinfallender Zylinder aus nichts als lauter pure Helligkeit aufleuchtete, war ein Tanzen von Staub, ein millionenfaches Bewegen und Drehen von kleinsten Partikeln sichtbar und ließ das, was sonst die Atemluft noch bevölkerte, ahnen.

Da war ein Abend im Bad wie eine Befreiung, eine Reinigung wie Erlösung. Da trafen sich alle Jungen, Mädchen und Burschen des Oberdorfes in der Bucht. Es ging allen gleich. Der Tag war für alle Heuerntetag, mit demselben Staub, dem reichlichen Schweiß, und Duschen gab es nicht, in wenigen Häusern nur Bäder. Da war das Bad im See ein Bedürfnis und ein Treffen von Jungen zugleich.

Wenn die schon fast untergegangene Sonne noch ein altes Rot auf die verwitterte Giebelwand der Pfarrkirche auf der Halbinsel von Wasserburg warf, das Kupfergrün des Zwiebelturms heller glänzen ließ, das Ziegelrot des Daches vom Schloss drüben durch mächtige Bäume träge in den Abend schaute, war alles Schwere des Tages wie weggewischt.

„Schaut, was ich gefunden hab," sagte der Josef, den man Sepp rief, und hielt an einem Stecken eine Unterhose in die Höhe, die nicht mehr ganz sauber war und den Arbeitstag nur mit deutlichen Spuren des Getragenwordenseins überstanden hatte. Die Rosa, junge Dienstbotin in einem von Josefs Nachbarhäusern, bekam ein rotes Gesicht und verriet sich dadurch als Besitzerin des Kleidungsstückes, und Josef schämte sich fast ob dieser Darbietung, diese Peinlichkeit hätte man dem Mädchen ersparen können, dachte er.

Sepp war älter als Josef und glaubte, in Sachen Mädchen ein schon Bewanderter zu sein. Er legte jedes Wort, das jemand zu ihm sagte, auf die Goldwaage, teilte aber aus, als würfe er mit einer großen Schaufel Dreck in die Gärten anderer.

Josef hatte schon einige Bilder gemalt. Gleich in Öl und auf Leinwand. Er hatte sich aus Latten ein Gestell gebastelt, das der Staffelei, die er bei Schlobach gesehen hatte, ähnlich war. Sein Zimmer, das er mit Albert teilte, war geräumig und hatte Platz genug, um sich seine Malerecke einzurichten. Da stand er an Winterabenden oder auch an Sonntagnachmittagen, wenn das Wetter schlecht war und ihn das Fußballspielen nicht anmachte.

Dem Malkasten, den ihm die Tante zu Weihnachten damals geschenkt hatte, war eine Anleitung zum Ölmalen beigelegen. Die Grundierung, die Wahl des Motivs, Bildeinteilung und

Maltechnik, darüber hatte er gelesen, doch bald merkte er, dass die Umsetzung der Theorie in die Praxis ein ewiger Prozess sein würde, der, und das spürte Josef, wohl nie zu einem Ende kommen würde. Abbildungen waren dabei von den Seerosen Monets, einem Blütengarten von Pisarro und Kindergesichter von Renoir. Wenn Josef diese Bilder sah, war er in einer anderen Welt, und wenn er seine bisherigen Schöpfungen dagegen betrachtete, glaubte er, diese seine Werke unter Verschluss halten zu müssen, sie niemandem zeigen zu dürfen, soviel Dilettantismus, so viel Unvermögen konnte er niemandem zumuten. Als Schlobach, dem er von seinen Malversuchen erzählt hatte, ihn bat, ihm ein Bild zu zeigen, lehnte Josef zunächst ab, ließ sich aber dann, als Schlobach sagte, vielleicht könne er ihm Ratschläge und hilfreiche Anweisungen geben, doch überzeugen und wählte ein Wasserburg-Bild bei Sonnenuntergang aus.

Wenn Josef von Schlobach heimkam und eines seiner Bilder herausholte und es ansah, gefiel ihm das, was er vorher ohne Vergleich als etwas ordentliches, etwas, an dem er Gefallen gefunden zu haben glaubte, überhaupt nicht mehr. Wie ein Neandertalerrupfen gegen ein Diorkleid, dachte er. Josef solle, meinte Schlobach, als er das Bild sah, die Entfernungen deutlicher herausarbeiten, die Berge hinter der Kirche weiter weg rücken und die Farben nicht so plump einsetzen, die Übergänge fließender und die Mischungen der Farben zarter vornehmen. Eine gewisse Begabung, sagte Schlobach, wolle er ihm aber nicht absprechen, und einschränkend, nicht jeder könne ein Picasso werden und wichtig sei ja schließlich, dass er Freude beim Malen empfinde, dann komme eine Weiterentwicklung ganz von selbst.

Wenn Josef ein Bild fertig gestellt hatte, die letzten Striche gemacht und ein paar Lichter aufgesetzt hatte, trat er einige Schritte zurück, betrachtete das Geschaffene und meinte, auch im Bewusstsein vieler Unzulänglichkeiten, dass er doch etwas gemalt habe, was es so sonst nirgends gab. Jedes Bild war etwas Eigenes, Niedagewesenes, ja, im Grunde etwas Einmaliges. Ob dieses Werk einmal anerkannt werden würde, von jemandem als etwas Bedeutendes oder Banales eingestuft werden würde, das war ihm, Josef, in diesem Augenblick nicht wichtig, er hatte etwas zuwege gebracht, das aus ihm und nur aus ihm entstanden war.

Seit er vor drei Jahren als Vierzehnjähriger aus der Schule entlassen wurde, hatte Josef nicht mehr ministriert. Er war in eine andere Welt eingetreten, die Welt der Arbeit, die Welt der Erwachsenen. Mühsam zwar noch, schauend, lernend, unter Anleitung, aber mehr und mehr hineinwachsend und seine neue Welt in Besitz nehmend.

Als Josef an einem regnerischen Sonntagnachmittag auf dem Dachboden stöberte, fiel ihm ein Buch in die Hände. Die Blätter vergilbt, lose Seiten und der Einband zerfleddert. „Hausschatz des Wissens, die Weltgeschichte", herausgegeben im Jahre 1893. Josef blätterte, las ein paar Zeilen, die Eroberung Südamerikas durch Cortez, die Christianisierung der Indianer und wie sie vonstatten gegangen war. Und weiter zu Philipp dem Zweiten, die Kämpfe gegen die Protestanten in Flandern, den Spanischen Niederlanden, der Dreißigjährige Krieg, all die Gräueltaten für die Religion im Namen der Religion. Dann immer wieder das Hineinwirken der Inquisition in den Gang der Weltgeschichte, die Verurteilung von Menschen wegen anderer, nicht konformer Meinung, das Verbrennen auf Scheiterhaufen, unfassbar. Josef war entsetzt. Schon manchmal in letzter Zeit hatte er sich dabei ertappt, wie ihm Gedanken kamen, ob das, was ihn als einzig Wahres, Heiliges gelehrt worden war, sich so reimte, so seine absolute Richtigkeit habe. Jetzt, da er dies las, ging ein Zittern durch ihn, wankte das Haus, das bisher so prunkvolle, so unantastbare, das reich geschmückte und Geborgenheit gebende. Nicht, dass er hinaus wollte ins Freie, nein, aber die Bedingungslosigkeit der Gefolgschaft hatte einen Knacks bekommen. Was andere bisher für ihn taten, zu denken und auszulegen, das spürte er, würde er von jetzt an selber tun müssen. Das Gebäude, in das er seine Fluchten und Seligkeitsempfindungen antreten konnte, das Geborgenheit gegeben hatte, ohne Zweifel, ohne nachdenken zu müssen, einfach Hingabe, Gewissheit, Aufgehobenheit, es war nicht mehr heil. Was ihm Sicherheit gegeben hatte und geben sollte, hatte Kratzer bekommen, Verletzungen, Mängel, und in den Räumen, deren Wände Risse hatten, klangen die Melodien anders, hatten Worte einen Beiklang bekommen, der Josef traurig machte. Nein, nie hätte er gedacht an ein Verlassen, Dahingeben, was ihm so lange Heimat gewesen war, und dennoch sah er das Bild, das sie in ihrer Schulbibel hatten, vor sich, die Vertreibung aus dem Paradies. So kam er sich vor, wie Adam und Eva, die der Engel mit dem Flammenschwert des Paradieses verweist.

Ging das nur Josef so oder ging es allen so, dass sie in einem gewissen Alter aus der kinderseligen Aufgehobenheit hinausgetrieben werden in die Welt des Ungewissen, der Trostlosigkeit, die Dornengestrüpplandschaft?

Herr Augustin, der Zigarettengroßhändler, der regelmäßig zu ihnen kam, um Äpfel zu kaufen, sagte immer: „Josef, genieße das Leben, es ist viel zu kurz, um viel darüber nachzudenken." Josef wusste nicht, wie Herr Augustin wirklich hieß, sie nannten ihn so, weil er immer, wenn er in die Gegend kam, im ‚Lieben Augustin' in Wasserburg nächtigte. Herr Augustin kam aus dem Hessischen und war evangelisch. Aber das hatte nichts mit seiner Einstellung zu tun, denn eigentlich war Herr Augustin nichts als Lebemann. Wollte er, Josef, das? Lebemann, Genießer sein? Sorglos Treibender auf den Wassern der Lustbarkeiten? Nein, das wusste er, das würde ihm nicht Befriedigung sein. Er brauchte die Verankerung, die Griffe, in die er Arme und Beine einstemmen konnte auf der Fahrt durchs Leben. Josef war es überhaupt am liebsten, wenn er nach einem begangenen Dornenweg auf eine Lichtung hinaustrat, wenn er Schweres mit Kraft und Zähigkeit glücklich hinter sich gebracht hatte. Josef war einer, dessen Gipfel von Glück die Überwindung von ihm alles abverlangenden Anstrengungen war. Wie sollte Josef umgehen mit dem Gehörten und Gelesenen? Oder wenn Herr Augustin erzählte, in seiner Stadt sei ein Pfarrer, der habe drei Kinder und würde sich dazu nicht bekennen dürfen und hätte dafür auch nicht zu zahlen. Wie war es zu verstehen, wenn Benefiziat Krumbacher sie, die Jugendlichen, vor Unkeuschem warnte? War das Maß nicht für alle das gleiche?

Da wusste Josef keine Antwort. Mit jemandem darüber sprechen, der die Widersprüche aufklären konnte, das hätte ihm gut getan, aber Josef wusste niemanden, den er auf ein so heikles Thema hätte ansprechen können. Hätte er die Mutter oder den Vater fragen können? Unvorstellbar, alles was mit Sexualität zu tun hatte, war mit der Aura des Schweigens umhüllt. Da musste er selber durch. Und als Sepp prahlte, er habe das mit Erna, der Magd aus dem Unterdorf, auch schon getan und das sei der Hammer gewesen, da wusste Josef sich gar nicht mehr einzuordnen. Einer schlanken Tanne im Wind glich er, sich biegend und drehend, von einem fast Zerbrechen ins andere.

Da suchte er am Abend, wenn er die Augen schloss, den Gang durch sein Zauberreich. Aber auch dies wollte ihm nicht mehr in dieser Perfektion gelingen wie einst, die Räume taten sich nur zögernd auf und die Farben prunkten nicht mehr an so himmlischen Firmamenten wie vor Jahren. Verwundung spürte er. Meinte er nicht, Aufsteigender zu sein, Erwachsen werdender, Gefestigter und Vertrauter mit den Gängen der Welt? Dann diese Stürze, diese Unlösbarkeiten von Zwiespalt. Wie damals, als sie Hans abgeholt hatten, Verräterin Welt oder Verräter Mensch? Josef war sich nicht klar, war dies die Brutalität der Realität Welt, oder war es die Unzulänglichkeit der Gattung Mensch?

Man müsste Held sein, dachte Josef manchmal. Held wie Ben Hur, wie Alexander der Große, oder Anton der Knecht, der in Russland vermisst war und an dessen Hand er als Kind die Nachbarn besuchen durfte, damals im letzten Heimaturlaub von Anton. Natürlich war der Knecht nicht zu vergleichen mit Ben Hur. Aber Anton war für Josef auch ein Held. Wer sich so aufopfern konnte, war ein Held, wer so ins Ungewisse ging, ohne zu jammern.

Josef liebte Romane aus der Geschichte und mit geschichtlichem Hintergrund. Er holte nicht die Karl Mays von Benefiziat Krumbacher, ihm waren die alten Germanen, Griechen, Römer nahestehender. Seit er im Bertelsmann-Lesering war, bestellte er sich jedes Vierteljahr zwei Bücher im Wert von 13,20 DM. Dieses Abonnement hatte ihm Mutter zum achtzehnten Geburtstag geschenkt. Aber nicht nur wegen des Geburtstages, sondern weil einer an der Haustür war und sagte, er sei blind und habe keine andere Möglichkeit, seinen Lebensunterhalt zu verdienen als mit dem Verkauf von Zeitschriften und eben solchen Abonnements. Da hatte sie Mitleid und meinte Bücher zu kaufen wäre das Bessere als Zeitschriften, in denen oft genug Schund verbreitet würde, der den Kindern nicht gut täte. Sie mochte, dass Josef ein Leser war. Sie selbst las außer der lokalen Zeitung am Abend und der Kirchenzeitung am Sonntag nichts. Aber das, was sie las, war ihr ganz zu eigen. Da wusste sie jede Kleinigkeit, noch Jahre danach. Josef las nicht mit solcher Genauigkeit. Für ihn war das Detail nicht das Wichtigste, ihm ging es um das Bild von einer aufgegriffenen Thematik, er wollte den Überblick, die Gesamtheit, das Wesen erfassen. Josef war ein in Besitz Nehmender. Nicht Inbesitznahme von Materiellem, von Gegenständen und Werthaltigem war sein Ziel, sondern das Sichaneignen von zu Wissendem. Wenn er Einzelheiten verbinden konnte, wenn er die Saftführung des Stammes und der Äste, den Aufbau von Blüten und Blättern, die Steuerung von Wachstum und Fruchtbarkeit zu einem Kreis schließen konnte, wenn ihm aus all den vielen Funktionen und einzelnen Abläufen das ganze Gesamtwunderwerk Baum sich auftat, als betrete er einen neuen, ihm bislang unzugänglichen Raum, dann war dies die Besitznahme, die er meinte, nach der er süchtig war.

Dann wurden, wie Schlobach gesagt hatte, die Striche, Farben und Formen Bild. Zu einem Bild wurde dies, da er das Ganze im Gefühl, in der Empfindung erfasst hatte.

Darum litt er unter der Einsicht der Unzulänglichkeiten und Fehlerhaftigkeiten, die er so schmerzhaft im Gefüge seiner religiösen Festung entdeckt hatte. Das Bild, das in ihm war, hatte Risse bekommen, das Kunstwerk hatte dunkle Stellen aufgezeigt, die ihm seine Geborgenheit streitig machten, die den geschlossenen Ring sprengen wollten. Da war es ihm manchmal, als hätte ein Fremder in ein Bild der Harmonie und der Perfektion eine Fratze gemalt, die Verhöhnung all dessen war, was ihm bislang so unantastbar schien. Josef kämpfte mit dem und um das verunstaltete Gemälde. Er konnte nicht so tun, als wäre nichts geschehen. Warum war so etwas möglich, fragte er sich tausendmal. Er versuchte, die Stellen des Anstoßes mit der Hand zuzudecken und wusste doch, dass unter seiner Hand der hässliche Fleck war, wusste, dass er darüber hinweggehen wollte, mit einem zugedrückten Auge, wie man menschliche Schwächen entschuldigte, und konnte es nicht, wollte das ganze Gebäude nicht gefährdet sehen wegen eines Loches in der Mauer, spürte doch das Beben im Untergrund. Irgendwann, dachte er, werde er das Makelhafte aus dem Bild schneiden müssen, werde er statt dessen einen weißen Fleck einsetzen müssen, ein Nichts anstelle des Ärgernisses. Ein Fragezeichen wäre ihm erträglicher gewesen als ein falscher Satz. Ein paar unbemalte Stücke Leinwand, vielleicht nur mit einem Warum, Wohin, Wer, das wusste er, würde sein Bild nicht beeinträchtigen, würde es nicht in Frage stellen und wäre ihm unendlich viel erträglicher als die mit unwirklichen Farben bestrichenen Felder.

Josef hatte schon als Fünfzehnjähriger ein Fahrrad bekommen. Nicht, um ihm Gelegenheit zu Spazierfahrten zu geben, sondern weil er es brauchte. Josef und noch ein Josef und Walter und Ernst mussten zum Besuch der Berufsschule ins Hinterland. Dorthin ging kein Zug und kein Bus. Jeden Dienstag fuhren sie über Hattnau, Hengnau und Rickatshofen nach Unterreitnau. Immer bergauf, ungeteert die Straßen und bei jedem Wetter, da gab es keine andere Möglichkeit. Einmal, als es über Nacht zwanzig Zentimeter Schnee hergeworfen hatte, gingen sie zu Fuß. Eineinhalb Stunden durch Tiefschnee, da drückte auch Lehrer Schreiber ein Auge zu der widrigen Umstände wegen, als sie eine halbe Stunde zu spät kamen. In Unterreitnau war das alte, primitive Schulhaus nicht mehr in Gebrauch. Für sie, die angehenden Landwirte, war es anscheinend gut genug. Josef und seine Mitschüler nahmen es mit Gelassenheit. Sie wussten, ein guter Lehrer sowie Aufnahmefähigkeit und Bereitschaft der Schüler waren mehr als ein komfortables Haus.

Ihr Mittagessen war ein mitgebrachtes Stück Brot. Lehrer Schreiber rauchte statt des Mittagessens ein paar Reval. Wenn er in der Pause hinaustrat ins Freie, zündete er sich als Erstes eine Zigarette an und so, als läge das ganze Glück dieser Welt in diesem einen Zug und so, als gäbe es nichts Vergleichbares dieser Befriedigung von rauschhaftem Verlangen. Josef verbrachte manchmal ganze Sonntagnachmittage, um das was ihnen Herr Schreiber mangels Fachbüchern im Eiltempo diktiert hatte, ins Reine zu schreiben.

Das Schönste des Schultages war nach Schulschluss um vier Uhr die Heimfahrt. Da ging es nur bergab. Sechs oder sieben Kilometer den Berg hinunter. Da ließen sie es krachen. Josef hatte von Rilke das Gedicht „Der Knabe“ gelesen. So kam er sich auf dieser Abfahrt vor.

Ich möchte einer sein wie die
Die durch die Nacht mit wilden Pferden fahren
Mit Fackeln, die gleich aufgegangnen Haaren
In ihres Jagens großem Winde wehn …

Josef war stolz, als er zur Schulentlassung einen Buchpreis erhielt. Die drei Besten wurden so belohnt. Zunächst war Josef etwas ratlos, was er mit dem Buch, das den Titel „Sechstausend Jahre Brot“ trug, anfangen sollte. Als er aber zu lesen anfing, kam es genau seiner Vorliebe für Geschichte entgegen. Angefangen in Mesopotamien, von den Babyloniern, den Sumerern, den Phöniziern, den Ägyptern über die Griechen und Römer bis in die heutige Zeit, zeigte es die Entwicklung der Kulturen und besonders des Ackerbaus auf. Von den Göttinnen der Griechen und Römer, die dem Ackerbau zugeeignet waren, Ceres und Demeter, von Fruchtbarkeitskulten und Opfergaben war die Rede und von der Entwicklung der Kulturmethoden und der dazu nötigen Geräte wurde berichtet. Wieder war es für Josef so, dass sich Fragmente formierten zu einem Bild, dass sich der Kreis vom Altertum zur Neuzeit schloss.

Wenn Josef am Samstagabend fünf Mark bekam, zur freien Verfügung sozusagen, denn für Kleidung und alles sonst Wichtige war gesorgt, sparte er das Geld. Das meiste gab er für Leinwand und Farben aus.

Am Sonntagmorgen wollte Josef an den See gehen, um zu malen. Auf ihr Feld, das mit Obstbäumen bepflanzt, bis zum

Ufer hin reichte. Dort stand er von Angesicht zu Angesicht der Halbinsel Wasserburg gegenüber. Nicht wenige gab es, die diesen Platz für die schönste Ecke des Bodensees hielten. Nicht umsonst gab man ihm den Namen „Malerwinkel". Die Föhnstimmung an diesem Frühlingsmorgen wollte Josef versuchen, im Bild wiederzugeben. Wie die Schweizer Berge herangerückt waren in eine vermeintliche Nähe, die fast greifbar schien, wie die Vorberge schwarz und wild aussahen und die hohen, noch schneeweißen Gipfel in einem unwirklich zerbrechlichen Licht aufglänzten, wie Kirche und Schloss von der Halbinsel herübersahen, mit großen Augen aus dem Schatten des Pfänders heraus, wie auferstandene Ahnen aus längst vergangener Zeit, das wollte er hineinlegen und sichtbar machen aus der Tiefe des Bildes heraus.

Plötzlich leuchtete in seinem Denken wie aus dem Nichts der Name Yvonne auf. Fast glaubte er sie vergessen, und doch, als der Name ihm aufleuchtete, als spränge er aus dem Geglitzer der funkelnden Wellenkämme, als singe sie ein Lied mit dem Kräuselmurmeln des Wassers, ging ein Schwall von Wärme durch seinen Körper, als hätte jemand ganz in seinem Innern ein Licht angezündet. Da hielt er seinen Strich inne und dachte, Yvonne, wenn sie jetzt da wäre, er würde sie mit hineinnehmen in sein Bild, wie eine Nixe, wie eine Meerjungfrau, auftauchend aus den Wellen, strahlend, jung, wie das Leben in Person.

Seit Josef malte, beschäftigte er sich auch mit den Malern. Wenn er Bilder von Impressionisten sah, von Renoir, von Monet und Pisarro, dann wusste er, wie weit er entfernt war von dem, was man Kunst nennen konnte. Auch heute fiel es ihm schwer, das Licht einzufangen, diese wie morgenländische Stimmung, das wechselnde Hell und Dunkel des teils bedeckten, teils kurtisanenhaft Schrille, Glänzende der offenen Sonne. Aber er würde, je schwerer die Zugänge waren, um so verbissener kämpfen um die Bewältigung all dessen, was sich ihm als Verweigerung in den Weg stellen wollte.

Was Lehrer Schreiber Josef ins Berufsschulabschlusszeugnis geschrieben hatte, neben guten Noten und Lob für seine Mitarbeit im Unterricht, war für ihn Belohnung und Aufforderung zugleich. Er werde einmal ein wertvolles Mitglied seines Berufsstandes werden, mutmaßte der Lehrer.

Josef war einer, für den Lob Erfüllung war und Anspruch, der bedrückte. Josef war einer, der Lob nicht einfach genießen konnte als etwas ihm verdientermaßen Zugekommenes, als Empfangenes zur freien Verfügung. Was wäre all diese Belobigung wert, würde das, wofür er hervorgehoben worden war, nicht bei nächster Gelegenheit und immer bestätigen können?

Josef beneidete Edi und Sepp, die im Nichtgetadeltwerden eine vergnüglichere Bestätigung ihres Selbst sahen, als Josef dies nach deutlichem Hervorheben seiner Leistung je vermochte. „Adel verpflichtet" hatte Heinz einmal zu ihm gesagt, als Josef nach dem Fußballtraining an den Charakter der Mannschaft appellierte und anmahnte, am Sonntag alles zu geben, um das Spiel, um die Tabellenführung zu gewinnen. Heinz, das wussten alle, war ein lockerer Hund, und gerade dies war es, was Josef beschämte. Hätte das einer wie er gesagt, wäre es für Josef Bestärkung und Unterstützung seiner Einstellung gewesen. Bei Heinz aber, der ein genialer Dribbler war, aber sonst nicht viel Vernünftiges zuwege brachte, sah er in solchen Sätzen nur Veräppelung und Abwertung dessen, was er Wert fand. Josef glaubte manchmal, ein Herausfallen aus der Norm sei in positiver Hinsicht genauso gravierend wie in negativer.

Falle man heraus aus der Masse, egal nach oben oder unten, liefe man Gefahr einer etwaigen Ausgrenzung, ja Vereinsamung.

Vielleicht war Josef so süchtig nach Anerkennung, weil er dies suchte, weniger wegen des Gelobtwerdens, sondern als Beweis der Meinungszugehörigkeit, der Bestätigung des Nichtandersseins als die anderen und doch der Beste, ein in Maßen Hervorgehobener sein zu wollen.

Josef erzählte dem Vater, als er von der Obstbauversammlung in der Wasserburger Turnhalle heimkam, noch immer angeregt von der dortigen Atmosphäre, von dem, was diskutiert worden war. Der Anton von Selmnau und Hans aus Schöngarten hätten heftige Meinungsverschiedenheiten gehabt und jeder habe geglaubt, seine Sicht der Dinge würde den Verband auf den richtigen Weg für die Zukunft leiten.

Kurz zuvor waren in Rom die Verträge zur Gründung einer europäischen Wirtschaftsgemeinschaft geschlossen worden. In fünf Jahren seien die Warenflüsse völlig liberalisiert, da gebe es keine Zölle und keine Beschränkungen mehr. Die Älteren vor allem, die in der Autarkie des Dritten Reiches aufgewachsen waren, schimpften über die Politik, die die Bauern und damit auch sie, die Obstbautreibenden, schutzlos dem Ungeheuer eines europäischen Gesamtmarktes aussetzen würde. Andere mahnten Besonnenheit an und meinten, wenn das Allgemeine nicht veränderbar sei, müsse man sich selber ändern. „Dem Tüchtigen öffnet sich immer ein Weg," sagte der Vater. „Wenn Gleichheit für alle besteht, gibt es keinen falschen Weg, nur eine falsche Reaktion darauf."

Wenn Josef darüber mit Walter und Ernst sprach, war ein Wachsein vor Ungewissem zu spüren. Jeder aber war jung und mutig und voll Vertrauen, am Ende die Herausforderung zu bestehen. Zweierlei Strömungen glaubte Josef daraufhin unter den Berufskollegen erkennen zu können. Auf der einen Seite die, die Resignation und den Willen zur Aufgabe in ihren Gesichtern trugen, die ihre Söhne in die weiterführenden Schulen oder zur Lehre in andere Berufe schickten, und die anderen, die eine Aufbruchstimmung ausstrahlten, die an die Zukunft mit Lust herangingen, so als träten sie zu einem sportlichen Wettkampf an, den sie sicher waren zu gewinnen.

Josef und Walter durften mit Herrn Schrader, der Vertreter einer Firma für Pflanzenschutzmittel war, nach Holland fahren. Das erste Mal, dass Josef sah, wie modern und effektiv Obstbau betrieben werden konnte. Nur niedrige Bäume, Sorten, die den Welschisnern und Glasreinetten in Aussehen und Geschmack weit überlegen waren. Was für Anregungen, was für Möglichkeiten! Und als sie nachts durch Amsterdam gingen, das Erlebnis Großstadt.

Entlang der Grachten gingen sie an Schaufenstern vorbei, in denen junge, hübsche, leicht bekleidete Mädchen saßen, in anderen ältere, verwelkte, alle anscheinend dem gleichen Beruf hingegeben. Alle hatten ein Strickzeug in der Hand und taten, als wären sie Mütter, die am Abend aus Bedürftigkeit oder

Langeweile Strümpfe strickten für ihre Kleinen. Aber selbst Josef in seiner Unbedarftheit konnte sich denken, dass sie wohl anderes im Schilde führten.

Drüben über dem Wasser ragten vier Stockwerke hohe Häuser mit kahlen Wänden aus dem Fluss, und an den Fassaden kletterten Ratten auf und ab, als suchten sie Einlass. Da wusste Josef, dass die Großstadt nicht sein Revier sein konnte, dass er es hier nicht länger als zwei Tage aushalten konnte und dass seine Welt die Welt der Felder und Bäume, der dörflichen Bescheidenheit und Vertrautheit sein würde. Aber was Josef in den Plantagen gesehen hatte, gab ihm Mut, und die Gewissheit trug er in sich, was die konnten, das konnte er auch.

Es war für Josef schön, dass Walter auch so dachte und Walter und Ernst mit derselben Zuversicht in die Zukunft gingen wie er. Josef hätte nicht gewollt, Einziger, Alleiniger im Dorf unter den Jungen zu sein, der den Mut hatte, sich dem Kommenden zu stellen. Ihr Glaube an die Machbarkeit des Bestehens bestärkte jeweils auch den anderen.

Josef war jetzt ausgewachsen. Alles an ihm war ausgewachsen. Ein Mann mit allen Attributen, und doch zögerte er, sich als Mann zu bezeichnen. Zu Vieles, was Männer wie Vater als solche auswies, fehlte ihm noch. Aber körperlich fühlte er sich als Mann. Gute einsachtzig groß, alle seine Klassenkameraden von einst hatte er überflügelt, den Ferdl, der mit fünfzehn davongeschossen war, als wollte er später einmal aus den Dachrinnen der Hochhäuser saufen, wie es Onkel Georg ausdrückte, wenn er einem übermäßig Langen begegnete, alle, den Sepp und Walter und Ivo. Sein Körper war sportlich und verlangte nach Bewegung.

Josef empfand in der Bewegung, im Laufen etwas wie Glücksgefühl. Da konnte er abheben, seine Beine trugen ihn leicht. Wenn Josef mit dem Vater auf dem großen Feld im Hattnauer Priel arbeitete und er am anderen Ende eine Gabel, einen Rechen oder sonst ein Arbeitsgerät holen musste, rannte er wie ein Sprinter im höchsten erreichbaren Tempo über die Wiese, wirbelte mit den Beinen, flog fast, fühlte sich, als könnte er abheben, wenn er sich bewegte, alles rauschte an ihm vorbei wie Traum. Solche Leichtigkeit des Seins verspürte Josef nie wie beim Laufen mit höchster Geschwindigkeit. Da verließen ihn alle Zweifel, da war er ganz sich selbst. Alles in ihm war Harmonie, Einklang. Mit Gott und der Welt im Reinen, sagte man. Hier war er es. Manchmal hatte er sich gewünscht, der Lauf würde nie aufhören, trüge ihn immer weiter, egal wohin, nur immer weiter. Welteroberer, Landgewinnung, Himmelsstürmer. Das Leben ein Lauf, das Leben ein Traum.

Josef wusste, seit er den Südtiroler Baum auf dem Dia von Herrn Pflugfelder gesehen und seit er die Plantagen in Holland bestaunt hatte, dass der Obstbau für ihn die Sparte sein würde, der er Priorität einräumen würde. Die Hopfen waren gerodet, der Weinbau, der vor hundert Jahren das Bild der Landschaft dominierte, schwand mehr und mehr dahin, und das Vieh, wenn es sein musste, würde er, Josef, sich auch von ihm trennen können.

Wenn die Eltern alt sein würden, die Geschwister einem anderen Beruf nachgingen oder heirateten und er alleine, vielleicht mit seiner Frau, von der er heute den Namen noch nicht wusste, die Stimme nicht kannte und nur in manchen Träumen eine Vorstellung von Gesicht hatte, wie konnte er dann anders als in konzentrierter Weise seinen Betrieb führen? Der Königssohn machte sich Gedanken über seine künftige Regentschaft.

War da noch das Kronprinzengefühl von einst, unter wirtschaftlichem Druck, unter den Zwängen von Konkurrenz und Alltag? Die Antwort gab er sich an jedem Sonntagmorgen, wenn er hinausging in Gärten und Plantagen, wenn er auf dieselben Felder und durch die Reihen derselben Bäume ging, auf denen und in denen er werktags arbeitete, im Eindruck dieser Erwachungswunder, dieser Sonnenaufgangsorgien, nur um zu schauen, da wusste er es, es gab keine Alternative.

Manchmal dachte Josef, ob er auch in einem anderen Beruf wohl dieses Königsgefühl erleben könnte. Er wusste es nicht, denn er kannte andere Reiche nicht, vorstellen konnte er es sich nur schwer.

Vor dem Haus standen schon lange keine Schlangen von Menschen mehr, die auf ein paar Kilo Früchte warteten, wenn sie mit dem Wagen vom Feld kamen. Einige von damals waren treu geblieben, schätzten das Wissen, woher das kam, was sie aßen, waren Vater oder der ganzen Familie freundschaftlich verbunden. Manche hatten einfach Freude, im ungekünstelten Ambiente eines Hofes ihren Einkauf zu tätigen. Das meiste der Produktion aber ging an den Großhandel. „As ischt nix me, sit as in alla Läde als zum Koufe git," sagte die alte Maisburgerin zu Vater, als sie auf dem Feld nebeneinander Äpfel gepflückt hatten und zu einem kurzen Gespräch über die Mark hinweg stehen blieben. Ob ihr nicht Josef „woalle" (schnell) die Leiter neu stellen könne, sagte sie, und ihre beiden Söhne gingen jetzt in die Lehre, der eine zum Zimmermann Joos und der andere zu Schnitzlers nach Wasserburg. Sie sehe schwarz, sagte sie, für die Zukunft der Landwirtschaft. „Wenn wir wie sie noch auf den alten, hohen Welschisnerbäumen herumkraxeln würden, sähe es bei uns auch nicht besser aus."

Vater, Mutter, Josef und Monika, eine der kleineren Geschwister, pflückten Golden Delicious, die neue Wundersorte, vor ein paar Jahren aus Amerika gekommen, wo sie ein Farmer als wild gewachsenen Zufallssämling am Rande seines Feldes entdeckt hatte. Das war eine Freude, die niedrigen Bäume von der Erde aus beernten zu können. Wie schnell sich die Kisten füllten und wie gut sie zu verkaufen sein werden, dachte Josef.

„Beobachten und Denken, das sind die wichtigsten Eigenschaften, die ein Obstbauer haben muss," sagte Vater immer wieder zu Josef.

Da musste Josef ans Fußballspiel denken und wie er sich immer ärgerte, wenn er einmal vielleicht etwas hart eingestiegen, als „Bauer" beschimpft wurde. Wie wenn alles Tölpelhafte, Klobige, Brutale typische Merkmale bäuerlichen Verhaltens wären. Dabei war Josef sicher, dass er der weit elegantere und rücksichtsvollere Spieler war als viele derer, die so unbedacht mit ihren Ausdrücken umgingen. Peter, sein früherer Mitspieler in der Mannschaft, hatte Abitur gemacht und wollte studieren. Philosophie und Soziologie. Dieter war lange schon weggezogen und Robert, der mit Josef noch die Berufsschule besucht hatte, ging in die ZF nach Friedrichshafen als technischer Zeichner. Er war stolz auf seine neue Tätigkeit, fühlte sich als etwas Besseres und hatte Geld. Er fuhr mit dem neuesten Fahrrad, Fünfgangschaltung, und sprach davon, im nächsten Jahr eine NSU-Max kaufen zu wollen. Davon konnte Josef nur träumen, denn mit wöchentlich zehn Mark Taschengeld konnte er keine großen Sprünge machen. „Josef, hast schon gehört, der Fritz geht ins Kloster," sagte Walter am Sonntagmorgen, als sie zusammen von der Frühmesse in der Jakobuskapelle kommend den Schäfflerberg hochgingen.

Nun war Fritz keiner aus ihrem engeren Freundeskreis. Fritz war ein Wasserburger, und zwischen Nonnenhorn und Wasserburg lagen Welten. Wenn ein Wasserburger etwas tat oder sagte, beurteilte man es kritischer, als wenn einer aus Bodolz oder Unterreitnau oder ein Vorstädtler es gesagt hätte. Berufskollege, wenn auch zwei oder drei Jahre älter, war er allemal, und manchmal hatten sie ihn beim Tanz in der alten Turnhalle getroffen. Da hätte ihm niemand angesehen, dass er solche Pläne mit sich herumtrug. Josef hätte geglaubt, wenn einer mit dem Gedanken spielt, ins Kloster zu gehen, müsste man es ihm anmerken. Nicht, dass er gerade einen Heiligenschein getragen hätte, aber ein inneres Strahlen oder ein besonders frommes Verhalten, hätte er gedacht, würde aufgefallen sein. Wenn Josef an Fritz dachte, musste er an die Mutter denken. Fritz war der, der den Hof seiner Großtante in Nonnenhorn übernehmen sollte. Josef erinnerte sich, wie er als Kind manchmal an der Hand der Mutter zu der alten Frau ging, um ihr einen Besuch abzustatten, denn die alte Frau Schnell im Brachmoos war Mutters Tante, so gut wie des Fritz aus Wasserburg Großtante. Josefs Tante, die bei ihnen im Haus lebte, war Erbin des Hofes gewesen, den sie Vater gab, und glaubte daher, nach wie vor in alten Rechten zu sein.

Wenn Josef mit Mutter zu Schnelles Tante ging, so glaubte er zu spüren, dass Mutter einen kleinen, vielleicht etwas unanständigen Hintergedanken hatte. Das, was viele kleinere Höfe später nicht mehr fanden, einen Nachfolger, der den Betrieb weiterführen sollte, hatte bei der Tante im Brachmoos die Natur, oder sollte man sagen, die Politik auf ganz andere viel brutalere Weise beeinflusst. Ihr Mann fiel im ersten Weltkrieg und ihr einziger Sohn kam aus dem Zweiten Weltkrieg nicht mehr zurück.

Mutter war keine auf Geld oder Besitz versessene Frau. Aber, das spürte Josef, Mutter ging nicht nur des Besuches wegen zu Schnelles. Sie dachte, sie sprach es nie aus, doch Josef glaubte, dass sie so dachte, dass sie im gleichen Grade verwandt wie die Mutter von Fritz, der ins Kloster gehen wollte, vielleicht auch mit einem Stück Land bedacht werden könnte, wenn es auch ein kleines gewesen wäre, aber mit etwas, das sie hätte in die Hand legen können und sagen: „Da, seht, ich stehe nicht ganz mit leeren Händen hier, bringe auch etwas ein in das Gesamte, das man Besitz nennt." Wie wäre sie dagestanden, welche Aufwertung hätte sie geglaubt zu erfahren? Sie, die immer die Eingeheiratete, die mit nichts als ihrer Aussteuer Gekommene war, ohne das, was zählte. Grund, Boden, Basis für den Beruf eines Landmannes. Wie hätte ihr so ein Erlebnis gut getan, das spürte Josef, nicht des Besitzes wegen, sondern um der Hierarchie willen. Sie, die Frau, die eigentlich Herrin des Hauses sein sollte und wollte, die sich immer mit der Rolle der Zweiten abzufinden hatte, wie hätte ihr ein solches ‚seht her, auch ich habe meinen Beitrag geleistet', gut getan. Sechs Kinder hatte sie im Laufe der Jahre geboren, war Hausfrau und Mutter vom Allerfeinsten und hätte doch nichts notwendiger gebraucht als ein Stück Land, das sie hätte einbringen können, mit dem sie hätte Gleichheit erlangen können.

Doch dieser Wunsch wurde ihr nicht erfüllt. Die Erbschaft ging an ihr vorbei und ihre Hände blieben leer und ihr Herz klagte weiter. Auch ihren Nachbarinnen, die beide in den Häusern geboren waren, in denen sie lebten, die Erbinnen waren und ihre Männer zu sich auf den Hof holten, war sie nicht ihresgleichen. Darunter litt sie. Doch ihre Lebensfreude und ihre Lebenslust trug sie über all diese Probleme hinweg. Wie oft hatte Josef die Mutter um ihre natürliche Fröhlichkeit beneidet. Er hatte nicht ihre Leichtigkeit des Seins, dieses Sichnichtunterkriegenlassen, das, so glaubte Josef, Frauen sehr viel besser kultivieren konnten als Männer. Oder hatte er Unrecht? Konnten Männer auch so sein, dass sie das Angenehme über den Auftrag, die Lust über die Aufgabe, das Leichte über das Notwendige stellten? Albert war so. Er konnte die Nächte durchzechen und die Mädchen bezaubern. Er hatte etwas oder vieles, vielleicht war es alles an ihm, was sie mochten. Die Tage absolvierte er dann auf Sparflamme. Besonders von da an, als er ein halbes Jahr in der Nähe von Heilbronn verbrachte. Landjugendaustausch hieß das damals. Als er von dort zurückkam, war er ein anderer geworden. Josef schien, als er Albert in Friedrichshafen am Bahnhof abholte, als hätte er vor einem halben Jahr den Bruder verabschiedet und empfinge nun einen Fremden.

Dafür schlief im Bett neben Josef, in dem Albert geschlafen hatte, ein halbes Jahr lang Frieder. Frieder war ein richtiger Württemberger. Gutmütig, arbeitsam, aber fast auf unerträgliche Weise gescheit. Frieder wusste alles am besten. Es gab nichts, von dem Frieder keine Ahnung gehabt hätte.

„Ha, woisch mei Vatter sait immer, des macht ma so und so" oder „bei uns dehom isch des alles viel schener."

Josef mochte die Angeberei nicht. Josef mochte Menschen, die immer noch etwas in der Hinterhand hatten, die nicht alles, was sie wussten oder konnten, gleich ausspielten. Josef waren die suspekt, die alles Wissen, das sie glaubten zu haben, an die Glocke hängten und es ins Land hinausläuteten, ob es jemand hören wollte oder nicht.

Einmal, das war, wie sich Josef noch schaudernd erinnerte, als Frieder schon wieder in Heilbronn und Albert wieder sein Zimmergenosse war, es muss in der Nacht gegen drei Uhr gewesen sein, als Josef durch ein Geräusch aus dem Schlaf geschreckt wurde. Die schlaftrunkenen Augen kaum offen, sah er eine Gestalt im Fensterkreuz des Schlafzimmers stehen. „Sei still, ich bin es," sagte Albert, der die Türe verschlossen fand und nicht auf normalem Weg ins Haus gekommen war. Über eine ans Fenster gestellte Leiter, die sonst zum Kirschenpflücken gebraucht wurde, war er hereingekommen. Anscheinend hatte es lange gedauert, bis all die Gläser Wein getrunken waren, die den Durst löschen sollten, oder hatte es viel Zeit gebraucht, bis er ein Mädchen, das ihm gefiel, überredet hatte, ihm seine Gunst zu schenken.

Im alten Schloss in Wasserburg war ein Weinlokal eingerichtet, in dem im Sommer, wenn Touristen Unterhaltung suchten, mordsmäßig etwas los war. Dort verkehrten Albert und seine Freunde oft. Auch er, Josef, ging manchmal mit dorthin. Aber Josef war nicht der Großtönende, er glaubte, dass dort meist Mädchen anzutreffen waren, die, wenn er gesagt hätte, dass er Kronprinz sei, aufgehorcht hätten, wenn er aber hinzugesetzt hätte, dass sich diese Kronprinzenschaft auf das Reich eines mittleren Bauernhofes bezog, ihm wohl nicht vor Begeisterung um den Hals gefallen wären. Und lügen wollte er nicht. Ihnen mit bunten Farben einen Luftballon malen, das konnte er nicht. Josef wollte das auch nicht. Lieber verzichtete er als ein Bild der Illusion von sich zu zeichnen.

Vielleicht bin ich zu ehrlich, dachte er manchmal bei sich. Er wollte kein Mensch sein, der eine Fata Morgana für eine Oase verkauft.

Albert war anders. Er hatte ein Ziel, und dafür wählte er die entsprechenden Mittel aus. Albert wollte eine schöne Nacht, Josef pflegte seine Ideale. Die Mädchen im Schlosskeller waren eigentlich nicht Josefs Klientel. Obwohl Josef nun ein hübscher junger Mann war, so glaubte er jedenfalls, und die Blicke, die ihm lächelnd zuflogen, bewiesen dies, war das nicht seine Welt. Josef war nicht der, der jene Mädchen ansprach, die nur eine Nacht im Auge hatten. Josef glaubte, er hätte es leichter, ein Mädchen zum Heiraten zu finden als eines zum Zeitvertreib.

Die Mutter sagte manchmal zu Josef, er solle noch langsam tun mit den Mädchen, bevor die Geschwister nicht versorgt seien, könne er den Hof sowieso nicht überschrieben bekommen. Mutter hatte immer Angst, es könnte etwas passieren. Noch mehr natürlich bei den Töchtern. Wenn die plötzlich gekommen wären und hätten beichten müssen, sie seien in anderen Umständen, das wäre für die Mutter das Allerschlimmste gewesen. Josef glaubte, die Mutter hätte es leichter verkraftet, wenn der Doktor von einer gesagt hätte, sie habe eine ganz schwere Krankheit und er wisse nicht, ob er sie durchbringen könne, als wenn eine heimgekommen wäre und hätte gesagt, sie sei schwanger. Natürlich nur, so lange sie ledig waren. Wäre eine verheiratet gewesen, dann hätte sie nichts lieber gehört als eben diese Nachricht.

Wenn Josef, fast belustigt, wenn, was selten der Fall war, das Gespräch auf Heiraten und Kinderkriegen kam, sagte, mehr, um zu provozieren als zu diskutieren, der Vorgang sei aber wohl vor und nach der Hochzeit derselbe, der zu einem solchen Resultat führe, sagte sie, und fast flog dabei trotz ihrer sechs Kinder, die sie geboren hatte, eine flüchtige Röte über ihr Gesicht: „Schon, schon, aber die Schande, ich weiß nicht, ob ich es überleben würde.“

Bei Josef und Albert hatte sie nicht so viel Angst. Bei den Töchtern genügte es schon, dass sie, wenn sie sagten, sie wären um zwölf zu Hause, erst eine Viertelstunde später kamen. Da lief sie schon die ganze überständige Zeit im Haus herum und war fast enttäuscht, wenn statt eines der Mädchen, das sie erwartete, Josef heimkam. Dann sagte sie: „Ach, du bist es nur.“

Da gingen ihr, sagte sie, wenn sie so warten müsse, furchtbare Bilder durch den Kopf. Bilder von Mord und Vergewaltigung oder, was genauso schlimm gewesen wäre, Bilder von einer allzu intimen Nachtstunde. Wenn dann die erwartete Tochter heimkam, musste sie zuerst ein wenig schimpfen, war aber andererseits die glücklichste Mutter, die man sich denken konnte, dass diese Gefahr wieder einmal ohne offensichtlichen Schaden an Leib und Seele überstanden war.

Die Zeit, in der ihre Töchter flügge wurden, war für die Mutter die Schlimmste. Wenn sie außer Haus waren, konnte sie kein Auge zutun. Eine innere Unruhe hielt sie wach, bis sie alle im Bett und in Sicherheit wusste. Vater sagte oft: „Lass doch, du änderst mit deiner Angst und deinem Wachsein überhaupt nichts. Es geschieht, was geschieht. Du hast sie erzogen, damit ist dein Werk getan.“ Aber das beeinflusste ihr Verhalten nicht. Mochte sie es auch mit ihrer Vernunft begreifen, ihr Herz sprach eine ganz andere, viel mächtigere Sprache.

Wenn Josef an Sonntagen im Sommer, nachdem die Woche siebzig oder mehr Arbeitsstunden gehabt hatte und die Arbeit oft schwer gewesen war, die Fußballsachen einpackte, um zu einem Spiel zu gehen, sagte sie: „Ahne, ahne, Josef, sei doch it so dumm, gönn dr doch a weng a Ruhe.“ Sie konnte es nicht verstehen, wenn jemand wie Josef, der von körperlicher Arbeit beansprucht war, in seiner freien Zeit einem so einfältigen Spiel huldigte. Oder wenn sie als Kinder in den Höfen nahe bei den Häusern, Josef, Walter, Ernst und alle, die verfügbar waren, spielten, wenn Dadd, der alte Opa von Ernst herauskam und sagte: „Gebt doch jedem einen Ball, dann müsst ihr nicht alle um einen streiten."

Da dachte Josef, wenn Menschen alt sind, verstehen sie die Zeit nicht mehr; sie haben keine Ahnung vom Reiz dieses Spiels.

Josef hatte, seit er in Holland gewesen war, einen Traum. Er wollte, dass einmal alle ihre Felder mit Obstbäumen bepflanzt sein würden. Noch hatten sie etwa vierzig Prozent ihrer Fläche baumfrei. Solange sie Vieh hatten und Heu machen mussten, konnte man nicht alles bepflanzen. Dazu, so sagte Vater, sei es auf Wiesen, die in Niederungen lägen, nicht ratsam, Bäume zu setzen, denn dort würden sie nicht wachsen. Sie gedeihen, so sagte er, nur auf einem „Ergat". Wenn Josef meinte, man müsste es einmal probieren, sagte er, die Alten, die das so gehalten hätten seien auch nicht dumm gewesen.

Josef wusste, wenn sein Traum von der viehlosen Wirtschaft Wirklichkeit werden sollte, musste es gelingen, auf allen Feldern Bäume zu kultivieren. Im Hattnauer Priel hatten sie ein großes, freies Feld. Josef wusste, gelänge es ihm, dort den Beweis der Baumtauglichkeit des Grundstücks zu führen, hätte sein Plan Aussicht, realisierbar zu sein. Zu dem Lichtmasten, der mitten im Feld stand, pflanzte er einen Golden Delicious Baum. Drei Jahre lang fuhr er jeden Sommer mit dem Fahrrad, auf dem Buckel die Rückenspritze, zum Dorf hinaus, den Schlegelbichl hoch, am Eichholz links vorbei, durch die Lehmgruben, fast zwei Kilometer, um das Objekt des Beweises seiner Theorie zu spritzen. Hätte Schädlingsbefall oder Krankheit das Gedeihen des Baumes verhindert, hätte Vater gesagt, siehst du, ich habe es gleich gesagt, es geht nicht.

Nach drei Jahren, in denen der Baum gewachsen war und Früchte getragen hatte, musste Vater zugeben, ganz ohne Aussicht auf Erfolg war das, was Josef vorschwebte, nicht.

Josef spürte, dass dieses gelungene Experiment ein großer Schritt in Richtung Verwirklichung seiner Zukunftspläne war.

Seit Josef vor ein paar Jahren sich getraut hatte, angeregt durch die Lektüre von Geschichtsbüchern, die Religion und die Kirche kritisch unter die Lupe zu nehmen, war er nicht mehr zur Ruhe gekommen. Die Beheimatung einer bedingungslosen Glückseligkeit hatte er verloren. Es war ein Auf und Ab und ein ständiges Suchen. Er sollte mit jemandem darüber reden, dachte er. Aber mit wem? Walter und Ernst und der andere Josef kamen nicht in Frage, die wussten nicht mehr als er. Die Mutter würde ihn tadeln und sagen, es ist schon Sünde, darüber überhaupt nachzudenken. Den Pfarrer, wenn er ihn darauf ansprechen würde, dessen Antwort kannte er. Er würde das sagen, was er an jedem Sonntag predigte, es gäbe keine Wahrheit außer der Wahrheit. Und Vater, wenn er fragen würde, ja, der wäre weltsichtiger, er stünde höher darüber, er würde sagen, tue recht und scheue niemand, aber gib dem Kaiser, was des Kaisers ist, und Gott, was Gottes ist.

Er wusste eigentlich von allen, was sie als Antwort auf seine Fragen geben würden. So blieb ihm nur der eigene Weg, das Vertrauen darauf, dass er einmal eine Art Erleuchtung haben würde, irgendwann im Dickicht der Verschleierungen seinen Weg finden würde.

Josef wusste, dass er die Wanderstrecke Leben im Kreise der Gemeinschaft gehen wollte, in die ihn seine Geburt gestellt hatte. Aber er wollte nicht Bedingungsloser sein, nicht gezähmtes Vieh, das stur an der Hand des Züchtigers ging, er wollte den freien Blick üben können, wollte Gut und Böse als solches bezeichnen können, egal, von wem sie getan wurden, wollte die Wege gehen, die ihm gangbar erschienen. Zu Handlungen wider alle seine Logik wollte er sich nicht zwingen lassen.

Josef war bewusster geworden. Seiner bewusster, seines Weges und seines Zieles bewusster. Blicke von Mädchen flogen ihm offen und verstohlen zu, und seine berufliche Kompetenz nahm in dem Maße zu, dass er glaubte, schon bald fähig zu sein, die Zügel seines Königreiches in die Hand nehmen zu können.

Die Landwirtschaftsschule in Tettnang hatte er zwei Winter lang besucht. Zwei Winter lang um sechs Uhr aufstehen, mit dem Zug nach Friedrichshafen fahren, dort umsteigen, bis

Meckenbeuren, noch einmal umsteigen, um kurz vor acht in der Schule zu sein. Manchmal dachte Josef, zu Fuß hätte ich für die zehn Kilometer auch nicht länger gehabt.

Josef ging gern in die Schule. Jeden Tag erschlossen sich ihm neue Bereiche, bekam er Einblick in bisher Verborgenes, verbanden sich Strukturen zu einem Bild. Und um Bildwerdung ging es ihm. Hatte sich ein Kreis geschlossen, so fühlte er sich darin zu Hause, konnte er sich furchtlos und sicher darin bewegen.

Der Schule angeschlossen war auch eine Mädchenklasse. Wenn in der Pause Jungen und Mädchen zusammentrafen, war das natürlich spannender als der Unterricht des ganzen Tages. Josef glaubte, auf die Mädchen einen gewissen Eindruck zu machen. Manchmal meinte er, er hätte, wenn er wollte, freie Auswahl.

Die große, schlanke Hannelore aus der Nähe von Friedrichshafen, mit den feinen Gesichtszügen, die für ihr Alter eine reife Intelligenz ausstrahlte, gefiel ihm. Manchmal gab es für einen kurzen Moment eine Gelegenheit, wo man zusammentraf, wo es möglich gewesen wäre, ein kurzes Gespräch zu führen, wo er ihr hätte sagen können, dass er gerne mit ihr ausgehen würde oder sie treffen an einem Sonntag, oder einfach, dass sie ihm gefalle. Dann war es aber oft, dass Josef kein Wort über die Lippen brachte, oder wenn, dann nur Banales, das nichts aussagte, das einfach die Leere füllte, das Josef vorkam, als sollte es die Beschwichtigung sein vor einer grandiosen Eröffnung, das leise Köcheln vor einer gewaltigen Eruption.

Trotz ihrer zeitweisen Wortlosigkeit kamen sich Josef und Hannelore näher in ihrer sprachlosen Empfindsamkeit. Das war, wenn Josef sehr viel später an seine Jugend zurückdachte, überhaupt das Unglaubliche, das Einmalige, das Glorifizierende der Zeit des Jungseins, dass einem Sprachlosigkeit nicht als Dummheit, Kompetenzlosigkeit oder Mangelhaftigkeit ausgelegt wurde; dass trotz fehlender Worte Gefühle und Empfindungen hervorbrechen konnten, sowohl auf der Seite des Sprachlosen wie auf der Seite des nicht Angesprochenen, die wie ein Sturm heranbrausen konnten, als wäre der aus einem Nichts geboren.

Als Josef Hannelore wieder einmal nach Hause brachte mit

dem Auto, denn er hatte in der Zeit den Führerschein gemacht, empfand er eine eigenartige ungewohnte Stimmung bei ihr. Als er vor dem Haus anhielt und sie noch Zärtlichkeiten austauschten, wie es bei Jugendlichen, die das, was sie sich zu sagen hatten, besser auf diese Weise als mit großen Worten in der Lage und Laune waren zu tun, war sie zurückhaltend und stürmisch, fast melancholisch und voller Leidenschaft zugleich. Josef war irritiert. Er kannte Hannelore als junge Frau, die wusste, was sie wollte, die das, was sie tat, mit Bewusstheit tat, ohne Zwiespalt, ohne Zweifel. Josef merkte, als sie sich küssten, dass eine Träne aus ihrem Auge gerollt war und ihr Gesicht befeuchtet hatte, und er konnte keine Erklärung für ihr Verhalten finden.

Da ging die Haustüre ihres Elternhauses auf und ihr Vater trat heraus. Mit scharfer, schneidender Stimme, die mehr Befehl denn Aufforderung war, rief er: „Hannelore, komm sofort herein."

Josef sah Hannelore an, nicht verstehend, als wollte er fragen, was hab ich Unrechtes getan, was hält er mir vor, schaut er mich als solchen Taugenichts an, dass er mit Gewalt seine Tochter von mir fernhalten müsste? Das war für Josef neu.

Meist war es so, dass die Eltern von Mädchen, mit denen er flüchtige Bekanntschaft geschlossen hatte, ihn gern gesehen hatten, ja sich oft gewünscht hätten, er hätte sich mit ihrer Tochter intensiver beschäftigt. Dies hier, diese offensichtliche Disqualifikation seiner Person, das konnte er nicht verstehen. Und als Josef sie mit seinem Unverständnis ansah, weinte sie, weinte hemmungslos. Dann, zunächst zögerlich, dann es aus sich heraussprudeln lassend, begann sie zu erklären, was für Josef so undurchschaubar war.

Der, der da gerufen habe, sei gar nicht ihr Vater. Sie sei als kleines Mädchen schon, weil Onkel und Tante kinderlos geblieben seien, auf den Hof und zu diesen Leuten gekommen. Sie sollte einmal Erbin sein und die Tante und der Onkel hätten schon lange einen jungen Mann aus der Nachbarschaft als ihren, Hannelores Mann, ausgesucht. Onkel und Tante hätten gemerkt, dass sich zwischen Josef und ihr ein Verhältnis entwickelt habe, das ihre Pläne in Gefahr bringen konnte. Sie hätten ihr strikt verboten, sich weiter mit ihm zu treffen.

Josef sagte nichts, doch er merkte, dass das, was Hannelore sagte, endgültig war. Was konnte er gegen so viel Macht und Diktatur von höherer Stelle ausrichten. Und Josef war sich auch nicht klar, was er wollte. Der Verlust der, die er liebte, war schrecklich, ein festes Verhältnis war ihm zu früh, die endgültige Entscheidung wollte er noch nicht.

Hannelore weinte und schwieg. Dann gab sie Josef einen Kuss mit so viel Zartheit und Wildheit, Leidenschaft und Aufbäumen, dass Josef glaubte, es sei wie ein Abschied gewesen, ein Abschied von einem großen, schönen Traum, ein Abschied von dem Glauben an die Machbarkeit des Glücks, ein Abschied von der Freiheit der Jugend; wie Zwangsarbeiter sich in die Kommandos ihrer Aufseher fügen, wissend, dass sie die Freiheit, die Eigenbestimmbarkeit ihres Lebens für immer eingebüßt hatten.

Sie könne nicht anders, sagte Hannelore. Sie hätte die Hölle sonst zu Hause, sie müsse dankbar sein, dass diese Leute sie damals, als sie allein gestanden habe, aufgenommen und ihr die Möglichkeit der Hofübernahme eröffnet hätten. Sie suchte nach Entschuldigung, nach Rechtfertigung, nach Erklärung von etwas, das, so meinte Josef, nicht zu erklären war. Gleichzeitig klammerte sie sich an Josef, als wollte sie ihn nie wieder loslassen, wollte sie ein Glück festhalten, das nur kurz und wie eine Morgenröte aufleuchtend gewesen war und von dem sie wusste, dass es auch schon wieder erloschen war.

„Josef, du bist eigensinnig," sagte die Mutter manchmal. Ja, das wusste er, wollte, wenn er etwas für richtig erkannt hatte, nicht der Einfachheit halber und des leichteren Weges willen Ja und Amen sagen. Josef wollte zeigen, auch dann, wenn er sich selbst nicht ganz sicher war, dass er Entscheidungen treffen konnte.

Wenn Josef mit Vater arbeitete, spürte er, dass er jetzt mindestens so stark war wie Vater. Dabei war Vater für ihn unbesiegbar gewesen, der Stärkste, den es gab außer dem Egger Hans vielleicht, der nach dem Krieg bei ihnen Knecht gewesen war und dessen brauner Oberkörper, wenn er im Sommer das Hemd ausgezogen hatte, wie der eines Athleten geschienen hatte. Josef konnte leicht zwei volle Obstkisten auf einmal tragen, konnte fünf Wagen Heu laden und die achtunddreißigsprossige Leiter stehend um den großen Hegener Kirschbaum herum tragen.

Josef fühlte sich stark. So stark, nicht nur körperlich, sondern überhaupt, dass er sich nicht durch das diktatorische Gehabe von Hannelores Onkel dirigieren lassen wollte und so, dass er sich auch durch ihr vermeintliches Folgenmüssen nicht aus der Bahn werfen lassen wollte. Josef hatte gemerkt, dass die Welt voll war von hübschen Mädchen und jedes Ende die Chance zu einem neuen Anfang war.

Wenn es Josef auch schmerzte, die zarte Pflanze einer kaum gekeimten Liebe schon wieder ausgerissen durch fremde Arbeiter und am Verdorren in der Kälte der Berechnung zu wissen, so ließ er sich nichts anmerken.

Josef war einer, der an Schwerem wachsen konnte. Wenn alles leicht ging wie von selbst, alle Vorhaben glückten, alles Unternommene zum Erfolg wurde, war es Josef manchmal, als hätte die Welt ihren Reiz verloren. Wenn Josef etwas misslang, nur schwer voranzubringen war, Mühe kostete, bekam es für ihn eine andere Dimension. Dann wurde es Land, das zu beackern war, ein Tier, das zu zähmen die ganze Intensität seines Bemühens erfordert, dann wurde es erst recht zu seinem Eigentum. Da sah er in Tiefen, die Lichter ausstrahlten, in Räume, deren edles Tafelgeschirr er vorher nicht beachtet hatte. Und Josef glaubte auch, nicht nur körperlich, keine Herausforderung könne so groß sein, dass er nicht noch Reserven frei machen könnte, sie zu bestehen.

Manchmal gab es Tage, da erfasste Josef gerade dann, wenn alles gut war, alles lief wie gewünscht, eine Art von Trauer oder Melancholie, für die er keinen Grund wusste. Einfach so, wie sich an einem Tag voller Sonne eine Wolke vor das Licht schieben konnte. Da war es ihm, als hätte einer mit mächtiger Faust ihm einen Schlag ins Gesicht gegeben und als summe in seinem Kopf ein Schwarm wilder Bienen. Dann suchte er am Abend eine Reise durch sein Land antreten zu können, wollte sich hinwegtragen lassen aus dem Wirklichen ins Traumhafte, wollte sich aufmuntern lassen durch die Farben seiner Horizonte, durch das

Blumenwiesenglück seiner Inwendigkeit. Aber es gelang ihm nicht mehr zu seiner Befriedigung, die Bilder wurden nicht mehr so bunt und die Welt erlangte ihr Heilsein nicht auf Kommando.

Besser gelang ihm die Befreiung, wenn er am Sonntagmorgen sein Malzeug und sich auf ihrem Grundstück am See, vis à vis der Halbinsel von Wasserburg, in Position brachte und sich hineindachte in dieses Traumbild, das Wirklichkeit war. Wenn der Morgen noch mit seiner Jungfräulichkeit, mit seiner Frische und Klarheit herüberschaute, wenn die Sonne aufging aus dem schwarzen Tannengewirr des Pfänderrückens, wenn sie herüberschaute, neugierig, als käme sie zum ersten Mal, ihre Strahlen über den Hügelkamm hinausfeuerte wie ein riesiger Scheinwerfer, der den Auftrag hatte, die Welt zum Leuchten zu bringen, dann war er nur noch in diesem Bild zu Hause. Dann tanzten auf den kleinen Goschenwellen die Lichter wie Feuerwerke, dann murmelte das Gewell eine kleine, unendlich muntere und doch beruhigende Melodie, und wenn die Kirchenglocken ihren Ruf aussandten von Wasserburg, das nur einen guten Steinwurf weit weg war, manchmal zum Greifen nah schien, oder von Lindau, wenn der Wind aus Südosten kam. Manchmal glaubte Josef sogar, er höre, wenn das Wetter eine Tendenz zur Föhnstimmung anzeigte, Glocken aus der Schweiz herüber.

Da konnte Josef versinken, Teil dieser zeitlosen Harmonie werden, Hineingenommener in ein Mysterium, das nicht erklärbar, nur bestaunbar war.

Josef war ein Staunender. Hier musste er nicht den Starken spielen, hier musste er nicht Herr der Lage sein, hier war Demut gefragt. Hier empfand er die Geborgenheit des Untergebenen, die Kraft des Dienenden, das Glück des Ahnungslosen.

Wie viele Bilder Josef schon gemalt hatte von dieser Stelle aus, das gleiche Motiv in tausend Variationen, das wusste er nicht mehr. Skizziert und verworfen, die Farben gemischt und dann wieder übermalt. Viele Bilder hatte er vollendet, bewahrte sie als seinen Schatz, holte sie hervor in stiller Stunde und betrachtete sie. Eigenartig, dachte Josef dann, wie dasselbe Motiv jedes Mal ein anderes Bild ergibt. Alle gefielen ihm. Von dieser Stelle aus, dachte Josef, kann man gar kein Bild malen, das keine Faszination auf einen ausüben würde. Die Halbinsel Wasserburg war eine Landschaft zum Gemaltwerden. Es war schon so, wie manche Leute behaupteten, am schönsten war Wasserburg von Nonnenhorn aus gesehen.

Schönes Land am See
Überschwänglich reich geschaffen
Herrgott, mit den milden Waffen
Schlägst du mich in deinen Bann.

Alle sieben Jahre, wenn der Schäfflertanz in Nonnenhorn aufgeführt wurde, ging den alten Einheimischen das Herz auf. Vielleicht träumten sie von ihrer Jugend, als sie selbst, hübsche schneidige Jünglinge, die schmucke Kluft der Küfer und Schäffler überziehen durften. Vielleicht war es aber auch die nicht ganz bescheidene Meinung, die die Wasserburger uncharmant als Überheblichkeit bezeichneten, da doch sie, mit Kirche und Schloss und früherem Herrschaftssitz die Bedeutenderen waren, Nonnenhorn sei etwas Besonderes, etwas Außergewöhnliches, auf das man nicht anders als stolz sein konnte. Aber weil die Wasserburger Musik die Melodie spielen durfte und den Takt angeben, war man am Ende wieder versöhnt und jeder hatte seinen Teil an dieser Festlichkeit.

Josef und Walter und Ernst waren beteiligt. Fast alle jungen Männer des Dorfes zwischen zwanzig und dreißig brauchte man. Nur Gebhard fehlte diesmal. Gebhard, der schon auf die fünfzig zuging und immer noch ledig war, hatten es die Organisatoren nahegelegt, zugunsten Jüngerer zu verzichten. Taram tam tam, taram tam tam, ging es zwei Monate lang jeden Dienstag- und Donnerstagabend, dass Josef, wenn er sich schlafen legte und, um Ruhe zu finden, noch sein Wunderland bereisen wollte, selbst da, in diesem vom Schäfflertanz völlig unbeleckten Land, noch diesen Takt schlagen und diese Melodie spielen hörte. Sie ging ihm nicht aus dem Kopf. Und wenn Josef probte, mit Walter, Ernst, dem anderen Josef, mit Erich, Gustav, Franz und den vielen anderen, standen der alte Spieß, der alte

Balbierer, Ewald, der Gärtner und Kohlenhändler, und der alte Mebold wie Generäle auf dem Exerzierplatz und begutachteten Haltung und Formation. „Erich, den Rücken gerade, Haltung meine Herren," wurde da zurechtgewiesen, und ob Richard, der die Beine immer nach rechts und links außen hob, anstatt gerade und nach vorne die Schritte zu lenken, Angst habe, seine Schelle zu zerdrücken. ‚Des tut ihre nix' war die derbe Zurechtweisung.

Josef war Vortänzer. Er hatte die Zeichen für die einzelnen zu tanzenden Figuren zu geben. Als bei der Aufführung alles gut geklappt hatte, bekam er einige Tage später eine Postkarte:

Lieber Josef,

Eure Aufführung am Sonntag hat mich sehr beeindruckt. Ein seltenes Schauspiel aus Tradition und Lebensfreude, bei dem du deine Sache vorzüglich gemacht hast. Es hat mir viel Freude bereitet, dabei gewesen zu sein.

Viele liebe Grüße
Hannelore.

Die Mutter legte die Karte neben Josefs Teller. Als er sich zum Essen setzen wollte, sah er sie. Es war nicht häufig, dass Josef Post bekam. Er sah zur Mutter, die ihn, wie er unschwer feststellen konnte, aus den Augenwinkeln beobachtete. Sie hat ganz sicher die Karte schon gelesen, dachte Josef, das konnte sie sich nicht verkneifen.

Josef war überrascht. Seit jenem Abend, seit jenem tränenreichen Abschied hatte er nichts mehr von Hannelore gehört. Jahre waren vergangen seitdem und Josef hatte sich einigen anderen Mädchen zugewandt gehabt. Er wusste nicht, was er von dieser Karte halten sollte. Sollte es eine einfache Mitteilung sein, dass ihn Hannelore während der Aufführung gesehen hatte, dass sie ihr gefallen hatte und sie sich gefreut habe, Josef wieder einmal getroffen zu haben? Konnte es aber nicht auch sein, dachte Josef, dass sie eine gewisse Strategie verfolgte, dass sie die Gelegenheit nutzen wollte, ihm eine erneute Aufnahme von Freundschaft oder mehr zu ermöglichen, ihm gar eine zweite Chance zu geben?

„Des wär doch nämas. Denn hetten beude an Hof," sagte die Mutter wie beiläufig vom Herd her, wo sie mit hochrotem Kopf stand und die ausgezogenen Küchle aus dem schwimmenden Fett fischte.

Josef wusste, was sie meinte. Würde er sich Hannelore zuwenden, würde gar eine Heirat mit dem Mädchen zustande kommen, das in der Nähe von Friedrichshafen einen Hof hatte, könnte Albert den elterlichen Betrieb übernehmen und beide wären versorgt.

Josef mochte solche Überlegungen nicht. Das mit den Mädchen war kein Spiel des Kalküls. Josef war ein Idealist, er hatte Prinzipien und Vorstellungen. Da passte der Kuhhandel um Hof und Braut und Besitz nicht hinein. Wenn er sich schon vorstellte, Josef die zweite Wahl, obwohl, das musste er zugeben, er an jenem Abend vor Jahren nicht den Eindruck hatte, als wäre er, hätte Hannelore freie Wahl gehabt, nur zweite Wahl gewesen, aber so viel Stolz hatte er noch, nein, wenn schon, dann musste er ohne Wenn und Aber Erwählter sein. Immer würde er denken müssen, Josef, der Zweitgewählte.

Die Mutter hatte eine Lieblingsschwester. Tante Marie aus Bettnau. Wenn die zwei beieinander waren, konnten sie stundenlang erzählen, wer mit wem ginge und bei wem man etwas Kleines erwarte, konnten sie in Erinnerungen schwelgen und so herzhaft lachen, dass ihnen die Röte über das Gesicht flog, wie zwei Schulmädchen, die sich Geheimnisse ihrer ersten Liebe und Liebschaft anvertrauen.

Diese Schwester hatte einen Schwiegersohn aus der Gegend, aus der Hannelore war. So kam es, dass die Tante und auch die Mutter weit mehr Informationen über das hatten, was im Randgebiet von Friedrichshafen vorging und vorgegangen war, als Josef.

Erst später erfuhr Josef, dass sich die Sache mit dem angeblich von Jugend an Auserwählten zerschlagen hatte. Dass dieser Unantastbare Hannelore in dem Moment opferte, wo sich ihm eine Möglichkeit auftat, in einen noch größeren Hof einzuheiraten.

Hannelore tat Josef leid. Zwischen den Stühlen zu sitzen ist für jeden eine ungünstige Position. Sie, die glaubte, ihre Gefühle der Raison opfern zu müssen, war schändlich verlassen worden.

Aber auch Josef konnte Hannelore nicht helfen. Auch er hatte versagt. Wahrscheinlich war sein Stolz stärker als seine Liebe, die ja auch nur kurz entflammt war, keine Zeit gehabt hatte, sich sicher zu werden, ausgelöscht worden war, kaum, dass sie aufgekeimt war.

Josef traf Hannelore nie mehr. Er schrieb ihr auch nicht, ignorierte einfach, als hätte es die Karte nie gegeben.

Wenn Josef später daran dachte, musste er zugeben, dass er nicht besonders ritterlich gehandelt hatte. Feigheit? Vielleicht auch dies. Wer war schon immer Held? Josef war keiner wie die Filmhelden, die Mädchen so zureden konnten, dass sie glücklich waren, selbst wenn er sie verließ.

Wenn Josef später, sehr viel später immer wieder durch Bekannte von Hannelore hörte, so waren es meist Dinge, aus denen er schließen musste, dass sie vom Schicksal einer harten Prüfung unterzogen wurde. Kam ihm, Josef, dies zu Ohren, fragte er ob er Schuld habe, etwas wie Schuld. Nein, natürlich nicht, keiner würde ihm Schuld zuweisen, die konnte er leicht ausschlagen. Nein, Schuld hatte er nicht, und doch blieb ihm mehr als bei anderen Menschen, von deren Unglücksfällen und Schicksalsschlägen er hörte ein Unbehagen.

„Links zwei drei, links zwei drei“ ging monoton der Sprechgesang des Tanzlehrers Bischofsberger durch den Saal. Josef stand der Schweiß auf der Stirn. „nicht auf die Füße schauen, die können von alleine gehen,“ kam der Hinweis, „Kopf hoch, Körper gerade.“ Josef quälte sich mit sich und mit Elsa, die steif wie ein Bock nur schwer zu bewegen war. Wenn er zu Walter und Ernst hinüberschaute, sah er in ihren Gesichtern die gleiche angestrengte Spannung und wusste, dass auch sie ihre liebe Not mit der Koordination von Musik, Schritt, Haltung und Führung hatten.

„Mehr Eleganz, meine Herren, ausgreifender Schritt, Leichtigkeit.“ Wie konnte man Leichtigkeit empfinden, wenn man mit Zählen, Beinen und Händen pausenlos am Rand eines

Kollapses sich bewegte, dachte Josef. Manchmal kam Josef trotz allen erfolglosen Bemühens das alles doch ein wenig lächerlich vor. Legte er seine linke Hand in die rechte eines Mädchens, war sie einmal eiskalt, ein anderes Mal schweißnass, die eine legte ihre Hand leicht und locker in die seine, eine andere krallte sich fest, als müsse Josef sie über einen reißenden Strom geleiten. Seine rechte Hand, so hatte Herr Bischofsberger gesagt, habe klar und fest, aber nicht gewalttätig auf dem Rücken der Dame zu liegen. Er sprach nie von Mädchen, immer von Damen. Er ging, oder beim Tanzen ging man, so dachte Josef, anscheinend immer davon aus, dass ein Mädchen oder eine Frau immer eine Dame war.

Für Josef und auch wenn er mit Walter und Ernst und Richard sprach, hatte es bisher Weiber, Frauen und Damen gegeben. Beim Tanzen oder auf dem Tanzparkett gab es anscheinend nur Damen.

Wenn Josef seine rechte Hand auf den Rücken von Elsa legte, fühlte es sich anders an, als wenn er dies bei Erika tat. Josef glaubte nach ein paar Tanzstunden, hätte ihm jemand die Augen verbunden, alle Mädchen aus ihrem Tanzkurs hätte er am Hand-auf-den-Rücken-legen erkannt. Manchmal, bei Ingeborg zum Beispiel, konnte er, wenn er die Fingerspitzen an die Wirbelsäule anlegte, die linke Rückenmuskulatur so in seine Hand passend fühlen, dass er meinte, beides wäre bei ihrer Erschaffung aufeinander abgestimmt worden. Da hatte er dann das Gefühl, jetzt müssten nur noch die Beine funktionieren, dann könnte er mit ihr perfekt in den Walzerhimmel schweben. Bei Elsa dagegen war seine Hand viel zu klein. Er bekam diesen Rücken nicht in den Griff, er fand keinen Halt, und zudem war unter dem Kleid etwas zu spüren, von dem er keine Ahnung hatte. Bei den meisten Mädchen hatte er das Gefühl, dass unter dem Kleid nichts als Haut sei. Bei ihr aber ertastete er etwas wie Gepanzertes, wie ein künstliches Gerippe, das ihn irritierte. Bei seinen Schwestern hatte Josef so etwas nie gesehen. Wenn er ein kleineres Mädchen als Partnerin hatte, die er weiter oben zu fassen bekam, fühlte er den Riemen des Büstenhalters, das konnte er einordnen, das andere blieb ihm etwas Geheimnisvolles. Ihm war es lieber, wenn er nur Haut fühlte, da wusste er sich etwas vorzustellen. Peinlich war ihm, wenn seine Hand durch Anstrengung und durch das Bemühen, alles recht machen zu wollen, feucht wurde. Wenn er das Gefühl hatte, er klebe mit seiner Hand das Kleid an den Rücken des Mädchens, was jenes sicher als etwas Unangenehmes empfinden würde und diesem auch die Schüchternheit und Aufgeregtheit, die Josef manchmal befielen, anzeigen würden. Obwohl Josef für keines der Mädchen sonderlich Zuneigung empfand, wollte er doch einen guten Eindruck machen und nicht wie ein verschwitzter Tölpel dastehen.

Als Herr Bischofsberger ihnen den Tango vorführte, empfand Josef dies fast ein bisschen unanständig. Sich so über ein Mädchen beugen, als wenn man weiß Gott was vorhätte, das kam Josef vor, wie wenn man in die Nähe einer Versündigung gegen das sechste Gebot käme. Das war überhaupt so ein Spagat zwischen Keuschheit und Lust, die er manchmal verspürte, zwischen Sollen und Wollen, das bestenfalls in einem Unentschieden enden konnte, meist aber nach seinem Empfinden in Niederlagen auf dieser oder jener Seite mündete.

Wenn Josef Elsa in der Hand hatte, sehnte er nichts mehr als das Ende des Tanzes herbei. Ein solches Trumm Weib um die eigene Achse zu bewegen war Schwerstarbeit und hatte so gar nichts von der Leichtigkeit und Eleganz, die Herr Bischofsberger einforderte und die er, wenn er praktischen Unterricht durch Demonstration vorführte, auch so zeigte, als wäre es das Leichteste von der Welt. Selbst mit Elsa konnte er dies. So musste sich Josef eingestehen, dass der Eindruck von Schwerfälligkeit und Unbeweglichkeit, den sein Tanz mit Elsa vermittelte, nicht allein Elsas Schuld war.

Weil mehrere Kursteilnehmer Landwirtssöhne oder -töchter waren, die alle Stallarbeit zu verrichten hatten, war es so, dass obwohl sich alle sauber und kräftig gewaschen und geduscht hatten, nachdem sie der Tanz zum Schwitzen gebracht hatte, ein leichter, aber unverkennbarer Geruch nach Vieh und Stall sich bemerkbar machte. Das war Josef aber noch allemal lieber als das Parfüm, das die geschminkte und aufgetakelte Isolde in überreichem Maße aufgelegt hatte und das Josef, obwohl er noch nie in einem Bordell war, nach allem aber, was er von solchen Häusern gehört hatte, an so ein Etablissement erinnerte.

Josef konnte nicht verstehen, dass manche Mädchen und Frauen vor allem so ins Schwärmen kamen, wenn von Tanzveranstaltungen die Rede war. Für sie schien ein Tanz höchster Lustgewinn zu sein. Josef war ein fairer harter Kampf auf dem Fußballfeld allemal lieber als dies Gehopse. Dieses oft so unbeholfen aussehende Verwinden von Beinen und Körpern, so meinte er, könne doch nicht der Freude Ausdruck sein.

Als Josef, Walter und Ernst nach Beendigung der Tanzstunde heraustraten aus dem „Löwen“ und ihre Fahrräder bestiegen hatten, kaum einen halben Kilometer gefahren waren, sahen sie ihrem Dorf zu eine unnatürliche Helle am Himmel. Je näher sie Nonnenhorn kamen, desto deutlicher wurde ihnen, dass das was sie sahen, von einem riesigen Feuer herrühren musste. Und je näher sie kamen, um so mehr war die Richtung die, in der sie ihre Heimaten wussten. Und als sie ganz nah waren und sahen, dass es die alte Schmiede erwischt hatte, sagte Walter: „Gott sei Dank ist es nicht unseres,“ und die anderen beiden dachten dasselbe.

Seit zwei Jahren waren Josef, Walter und Ernst bei der Feuerwehr. Nun hatten sie ihren ersten großen Einsatz versäumt, denn viel war nicht mehr zu tun. Das alte Haus, vornehmlich aus Holz gebaut, brannte lichterloh. Das Feuer erlaubte kein Löschen mehr, und für den Wasserstrahl, der aus den Schläuchen kam, hatte es nur ein verächtliches Zischen übrig, so als lachte es über dies aussichtslose Bemühen. Josef, der bei den Übungen immer der Mann am zweiten Strahlrohr war, hätte hier im wahrsten Sinne seine Feuertaufe bestehen können. Nun war er zu spät gekommen, leider, nur wegen des blöden Tanzkurses. Wie ärgerlich.

Josef, Walter und Ernst wurden, als das Feuer all das Fressbare verzehrt hatte, als sich die Flammen, die wie ein wildes Tier, wie eine Bestie gewütet hatten, beruhigten und nur noch ab und zu eine kleine Flamme aus einem schwarzen Balken herauszüngelte, wie die müde Zunge eines von überreichlichem Fressen ermüdeten Tieres, das sich schlafen gelegt hatte, zur Nachtwache, zur Brandwache eingeteilt.

Als das Feuer zusammengebrochen war, legte sich eine kalte Februarnacht auf die gespenstische Szenerie und Josef, als er so stand, gingen Bilder von früher durch den Kopf. Er trauerte fast um den Verlust dieses Kleinods, dieses Relikts aus einer anderen Zeit. Wie er einmal vom Vater hinuntergeschickt wurde, eine reparierte Hacke zu holen, auf der Schwelle der Schmiede stand, hinunter sah in das dunkle, den ans Helle gewöhnten Augen fast verschlossene Reich der Werkstatt sah, wie er in der Ecke neben der Esse den alten Raaf erblickte, der ihm den Rücken zuwandte und der gerade in den Wasserkübel, in dem er immer die glühenden und geschmiedeten Eisen abkühlte, hineinseichte. Wie ihm, Josef, es fast peinlich war, diesen zu überraschen, wie er, um auf sich aufmerksam zu machen, sich räusperte und der Alte, den Kopf drehend, nur sagte: „I bi glei fertig."

Oft hatte Josef zugeschaut, wenn der alte Raaf einen neuen Eisenreifen auf ein Rad aufzog. Da mussten alle seine Schwestern helfen. Da war Hektik und Erregung unter dem Vordach, wie bei einem Glockenguss, oder wie wenn bei ihnen im Stall eine Kuh kalbte oder ein Schwein geschlachtet wurde oder der Onkel aus Bodolz sein Kommen angesagt hatte. Josef hatte nie gesehen, dass ein Reifen, den der alte Raaf geschmiedet hatte, beim Aufziehen nicht gepasst hätte. Knapp musste er passen, aber er musste aufgezogen werden können, um dann, während er sich abkühlte, sich zusammenzuziehen und so fest auf dem Holz zu sitzen, dass es nie mehr ein Lockern gab.

Josef war der Meinung, es könne niemanden auf der Welt geben, der so gut kochen kann wie die Mutter. Sie konnte aus Nichts ein Festessen zubereiten. Wenn sie zum Frühstück goldgelbe, rösche Polenta auftischte, oder gebranntes Hafermus mit Butter abgeschmelzt, oder Bratkartoffeln in Schweineschmalz gebraten, dann war das einfach köstlich. „Josef, bring mir die Rodeländerhenne, die seit Tagen humpelt," sagte sie am Samstagmorgen nach dem Frühstück. „Was willst du mit der Henne?" fragte Josef so, als hätte er nicht verstanden, was er sollte. „Lass nur, ich mach das schon," rief Albert, der dabeigestanden war. Er hatte die größte Freude, wenn er einen Hahn oder eine Henne fangen konnte. Dann holte er das Hackbeil, ging mit dem Tier zum Komposthaufen und legte Kopf und Hals so auf die Kante, dass, wenn er seinen Streich führte, der Kopf gleich dahin fiel, wohin er gehörte. Hernach ließ er den Hahn, der an der Stelle, wo er stolz seinen Kamm in die Höhe gereckt hatte, nur noch einen roten Stummel erhob, los, und dieser flatterte noch zehn oder zwanzig Meter über das Feld, als wollte er fliehen, wüsste aber, da er ohne Kopf die Orientierung verloren hatte, nicht mehr wohin.

Josef konnte das nicht. In ihm war ein starkes Widerstreben, wenn er ein Tier tot machen sollte. Da fiel ihm immer das Wort von Vater ein, das er damals unter dem Kirschbaum zu ihm gesagt hatte: „Dann passt du nicht in unsere Gegend." Sollte das auch heißen, nicht in unseren Beruf? Josef war sich jetzt, Jahre danach, sicher, dass es Vater nicht so gemeint hatte. Aber es war in ihm ganz tief, unauslöschbar, und Josef war sich genauso sicher, vergessen würde er diesen Satz nie. Eingebrannt war er wie ein Mal, wie ein Makel in seine Seele. Geprüft und zu leicht befunden. Aber war es, dachte Josef, so wichtig, als Landmann einer Henne den Kopf abschlagen zu können oder auf die Spitze des höchsten Baumes steigen zu können? Waren dies die Kriterien, die über die Qualifikation entschieden?

Wenn Josef bei der Arbeit – oder noch mehr – wenn er am Sonntagmorgen über die Felder ging, durch die Obstplantagen, wenn er stand und beobachtete, bewunderte, bestaunte, dann spürte er tief im Inneren fast einen Schmerz vor lauter Glück, ein inneres Jubilieren, ein Einssein mit allem Wachsenden. War das nicht mehr? War das nicht ein besserer Garant für Erfolg und Freude am Bauersein als die Fähigkeit, einer Henne den Kopf abhauen oder die Spitze des höchsten Baumes besteigen zu können?

Josef war in solchen Augenblicken guten Mutes. Er wusste, er würde es schaffen. Er wusste, dass er die Fähigkeit hatte, wenn er sich ein Ziel gesteckt hatte, alles Persönliche hintanstellen zu können, um der Erreichung dieses Zieles willen. Der Glaube an das Erreichen dessen, was man sich als Erreichbares auserwählt hatte, konnte das nicht auch Glück sein? Kraft gab es auf jeden Fall und Mut und Ausdauer. Und wenn er dann noch manchmal am Abend, wenn er die Augen schloss, in sein Traumland ging, nicht mehr so bunt wie einst, aber immer noch fantastisch genug, seinen Glauben zu nähren, dass Wunderbares nicht Utopisches bleiben musste, dass Erhofftes, Ersehntes auch Wirklichkeit werden konnte, Erreichbares werden konnte, dann wurde seine Welt heil. Brauchte er eigentlich mehr? Mehr als sich selbst und das Einssein mit sich? Schön war es und es drängte ihn auch, mit Freunden zusammen zu sein oder sich mit Mädchen zu treffen, aber das Eigentliche, das Tiefe, das Bedeutende spielte sich in seinem Innern ab. Wenn er im Einklang mit sich war, brauchte er nichts als sich. Da brauchte er die Welt nicht und die Menschen nicht. Ja, Gott brauchte er, den spürte er ganz tief in sich, und er brauchte doch die Menschen, nicht um von ihnen etwas zu wollen, sondern um ihnen zu geben, sein tiefes, ganz innen empfundenes Glück weiterzugeben und es so zum Gral werden zu lassen.

Seit Josef mit vierzehn aus der Schule gekommen war, musste er keine schafwollenen Strümpfe mehr anziehen. Jetzt hatte er lange Hosen wie die Männer. Skihosen mit einem Gummiband um die Fußsohle trug er gerne. Zu seinem achtzehnten Geburtstag und weil das Tanzkränzchen anstand, bekam er seinen ersten Anzug. Mit Vater und Mutter fuhr Josef nach Lindau zum „Spiegel". Spiegels waren Juden und in der Nazizeit außer Landes, hatten aber gleich nach dem Krieg ihr Herrenausstattungshaus auf der Insel wieder eröffnet. Der alte Herr Spiegel, der Vater gut kannte, klagte einmal über Steuern und Abgaben und sagte zu Vater, er müsse so viel Kirchensteuer zahlen, dass er leicht einen eigenen Rabbiner anstellen könnte. Er rühmte sich seiner Bekanntheit und seiner geschäftlichen Reputation. Zu Vater sagte er einmal: „Keberle Hebolzmühle, Keberle Bodolz, Keberle Simmerbuch, alles in meiner Kundschaft."

Vater ging mit zum Anzugkauf wegen des Zahlens, und die Mutter der Beratung wegen. Mutter wollte, dass Josef elegant aussehe. Josef fand die Anproberei beschissen. Zehn Anzüge anziehen, ausziehen, durch den Gang laufen wie ein aufgeblasener Gockel, nein, das war Josefs Sache nicht. Er hätte, wäre es auf ihn angekommen, gleich den ersten, den dunkelblauen mit den feinen silbrigen Streifen genommen. Aber Mutter sagte, darin sehe er wie ein Hochzeiter aus und das sei er ja noch nicht. Wenn Josef über die Felder ging, fühlte er sich wie ein Kronprinz. Hier sahen Vater und Mutter auf ihn, wie Könige auf Kronprinzen schauen, er aber fühlte sich, wie Walter und Ernst und Johann immer von einem Geschniegelten sagten, wie ein Stenz. Und alles wollte Josef sein, außer ein Stenz genannt zu werden oder sich als solchen zu fühlen.

Endlich hatte sich die Mutter entschieden. Josef glaubte, das, was ihm zum Kotzen war, das immer wieder Umziehen und Vorführen, sei für die Mutter ein Fest. Er glaubte, sie genieße diese Prozedur und sie könne ihr nicht lange genug dauern. Herr Spiegel lobte die gute Wahl, während ein Mädchen die Neuerwerbung, einen mittelbraunen Anzug mit goldfarbenen, kaum sichtbaren Karos, einpackte. Josef bewunderte das Mädchen, wie es Hose und Jacke zusammenlegte, da passte alles, sauber, nahtlos, wie es sich gehörte. Wenn er, Josef, ein Jackett zusammenlegen sollte, kam jedes Mal etwas anderes heraus, ein ungestalter Haufen Stoff, dessen letztendliche Form reinster Zufall war. Herr Spiegel begleitete die drei bis zur Türe und sagte mit tiefer Verbeugung, man solle ihn und sein Geschäft bald wieder mit dem werten Besuch beehren.

Vater sagte, als sie aus dem Laden kamen: „Jetzt gehen wir noch auf eine Brotzeit in den Sünfzen." Wahrscheinlich dachte er wie Josef, nach diesem ganzen Zirkus um diesen oder jenen Anzug hätten alle Beteiligten eine rechte Stärkung verdient.

Als Josef am Ostersonntag zum ersten Mal im neuen Anzug zur Kirche ging, kam er sich vor wie ein lackierter Affe. Erträglicher wurde das Zuhausesein in einer so ungewohnten, aufgedonnerten Verpackung erst, als Josef sah, dass auch Walter und Ernst in neuen Anzügen anmarschiert kamen. Da war ihm, wie er glaubte, dass sich so ein Nudist fühlen musste, der zum ersten Mal die Kleider fallen ließ und sich erst, wenn er am Nacktstrand unter vielen von Seinesgleichen war, aufgehoben vorkommen würde.

Sie waren zuerst unbemerkt, dann aber wie mit einem Paukenschlag in die Gesellschaft der Anzugtragenden hineingewachsen. Sie waren dabei, Männer zu werden. Rein äußerlich zumindest.

Wenn Josef ins Unterdorf musste, ging er manchmal durch die kleine Unterführung, die nur Platz für einen schmalen Fußweg und den Brachmoosbach hatte. Wenn er in das kaum fließende Wasser schaute, ekelte er sich vor den Blutegeln, die schwarz und lauernd auf dem morastigen Grund lagen.

Einmal als sie noch Kinder waren, hatte sich einer, weil sie im Wasser herumrührten, in seinen Finger verbissen. Josef hatte ihn kaum mehr wegbekommen.

Im Schneckenwinkel, durch den der Weg führte, hatten sie zwei Grundstücke. In diesem Jahr bewirtschafteten sie diese zum letzten Mal. Weil die Flurbereinigung seit drei Jahren im Gang war und im nächsten Winter Zuteilung der neuen Flächen sein sollte, würden die beiden Felder ab dann Henerles gehören. Vater hatte mit ihnen um ein Grundstück im Rippelstein getauscht, obwohl die Grundstücke im Schneckenwinkel Baugebiet waren und ringsum schon Häuser standen. Vater setzte nicht auf finanziellen Wert, sondern auf die Perspektive, die die landwirtschaftliche Nutzung versprach.

Josef war es um den Transparent-Baum leid, den sie hergeben mussten, und um den Champagnerbaum mit seinen zitronengelben Äpfeln. Josef hatte diesen Baum, der erst Anfang November reif war, einmal abernten müssen, als Schnee darauf lag. Da hatte der Mebold Hermann, der nebenan wohnte, zu ihm hinaufgerufen, ob es keine kalten Finger gäbe. Josef hatte auf die dumme Frage ebenso provokant geantwortet, nein, er habe bachelewarme Finger.

Aber Josef freute sich mehr auf die neuen Grundstücke als ihn die alten reuten, weil er glaubte, da könne man schöne, moderne Anlagen erstellen und die Lage, die das eingetauschte Grundstück aufwies, war das Beste, was er sich in der Gemarkung denken konnte.

Josef war an diesem Sonntagnachmittag auf dem Weg zu Herrn Schlobach. Das heißt, zu seinem Haus, denn Herr Schlobach war vor zwei Jahren gestorben. Einfach so, plötzlich hieß es, er sei tot. Josef war oft bei ihm, unterhielt sich, bekam Ratschläge, Hinweise, Fingerzeige, wie er seine Malerei verbessern konnte. Nie klagte Herr Schlobach, sagte nichts von einer Krankheit, war immer guten Mutes. Dann plötzlich aus, nichts mehr. Josef war traurig.

Heute ging er noch einmal hinunter an den See, wo Schlobach gewohnt hatte. Frau Stettner, die des Malers Haushälterin oder Lebensgefährtin oder künstlerische Antipodin gewesen war, das wusste Josef nicht so genau, wahrscheinlich von jedem etwas, hatte angerufen, er, Josef, sollte kommen. Als er bei Frau Stettner auf der Terrasse stand, auf der er so oft mit Schlobach sich unterhalten hatte, dabei saß, wenn der Maler seine Bilder formte und aus dem Nichts heraus entwickelte, sagte diese, Herr Schlobach habe ihm einiges hinterlassen, das er mitnehmen solle, damit sie es aus den Füßen habe.

Die schöne Staffelei, um die Josef Herrn Schlobach immer so beneidet hatte, sollte nun ihm gehören, und ein Satz Pinsel ebenso wie die übriggebliebenen Farben.

Josef wusste zwar, dass er kein großer Maler werden würde und auch Schlobach hatte ihm in seiner ungekünstelten Direktheit gesagt, er habe nicht das Talent zum großen Künstler, er sollte trotzdem sich bemühen, und wäre es nur, um seine Freude an der Kunst zu finden. Das sei überhaupt das Wichtigste, der Dienst an der Kunst. Der Erfolg komme oder komme nicht, darauf spekulieren sollte keiner.

Und Josef wollte malen, wollte malen, was er fühlte. In jedem Baum, den er malte, in jedem Wasserburg, in jedem Blumenstrauß war etwas von ihm selbst. Josef malte nur Natur. Er glaubte, er könne Natur empfinden. Er glaubte auch, er könne mit jeder Pflanze fühlen. Wenn sie unter Kälte, Hitze Trockenheit litt, konnte Josef mitleiden, wenn sie üppig dastand, ihr Gesundheit und Wohlbefinden aus allen Poren strahlte, wurde die Freude in seiner Brust so stark, so fühlbar, dass er glaubte sie zerspringe. Josef glaubte, jeder Pflanze, vor allem aber seinen Pflanzen, denen, die er kultivierte, Bäume, Sträucher, Reben, sei er Seelenverwandter, manchmal war ihm diese Verwandtschaft so deutlich, dass er glaubte, ihre Sprache verstehen zu können.

Und dieses wollte er malen, das Du und Du gesprochene Wort, das offenbarte Gefühl, die freigelegte Seele.

Obwohl die Mutter nie ein Museum besucht hatte und wahrscheinlich von Malerei keine Ahnung hatte, keine Stimme haben konnte, die Qualität beurteilen konnte, freute es Josef doch, wenn sie sagte: „Ein schönes Bild, Josef." Einmal sagte sie, wenn am Sonntag der Onkel aus Bodolz komme, müsse er diesem ein paar Bilder zeigen, der Onkel sei nämlich in seinen jungen Jahren ein paar Jahre in der Stadt gewesen, da verstehe er etwas von diesen Dingen. „Nein," sagte Josef. „Doch, du musst, der Onkel freut sich."

Josef war im Widerstreit mit seinen Empfindungen. Es reizte ihn auf der einen Seite, das, was er in so vielen Sonntagsstunden oder Abendstunden aus sich herausgeholt, aus sich hervorgeboren hatte, zu zeigen; da nehmt es, schaut es an, ist es nicht schön? Auf der anderen Seite hielt ihn die Scheu zurück, sich, wenn auch einer kleinen, so doch Öffentlichkeit zu offenbaren, sich vorzuführen. Denn mit dem Bild zeigte er sich, präsentierte etwas aus seinem tiefen Innern, einen bisher nicht offerierten, verborgenen Teil seiner selbst.

Josef dachte, so müsse einem zumute sein, oder so wäre ihm auch zumute, müsste er sich vor einem fremden Menschen nackt ausziehen.

Josef gehorchte – der Mutter und seinem Drang nach Offenbarung. Der Onkel lobte und tat, als verstünde er zu beurteilen. Josef aber merkte schnell, dass des Onkels Urteil nicht maßgebend war. Er sprach über Bilder so, wie es Menschen tun, die Bilder nur anschauen. In die Bilder nicht hineingehen, die Bilder sehen, aber nicht fühlen.

Josef glaubte, er habe die Fähigkeit, Bilder sezieren zu können. Manchmal war ihm, als schnitte er ihnen den Bauch auf und betrachtete die Organe, ihr Funktionieren, Lebendigmachen eines Körpers.

Als Josef 1958 zum Sängerfest nach Wien fahren durfte, er war ja mittlerweile in den Liederkranz eingetreten, musste er zuerst ein Museum besuchen. Das Hineingehen ins Kunsthistorische

Museum war ihm wie eine heilige Handlung. Er tat dies mit Andacht.

Und als er vor den Monets, Renoirs und Pisarros stand, versank er in ihnen. Nein, die Welt versank um ihn. Da war ihm, als stünde die Zeit, als wäre nichts mehr als Bild und Josef. Bild und Josef waren die Welt. Da war die Welt nur noch Augenblick, und dieser Augenblick ein nie vergehender. Überhaupt meinte Josef, wenn die Welt nur Augenblick sei, wäre das der Zustand seiner höchsten Glücksempfindung. Wenn es keine Vergangenheit und keine Zukunft gäbe, nur ein Jetzt, und dieses Jetzt voller Ewigkeit war, das wäre das, was für ihn erstrebenswert wäre. Der pralle, ungestörte Augenblick war ihm wie Gottesnähe, wie Erfüllung. Da hatte er die gleiche Glücksempfindung, wie wenn er am Sonntagmorgen im Mai durch seine Obstplantagen ging.

Als Josef, bepackt mit Staffelei und Malkasten den Heimweg antrat, genierte er sich fast. Was würden die Leute sagen, wenn er wie ein Maler am hellen Tag durchs Dorf lief, er, der Obstbauer, der Landmann, so tun, als wäre er etwas anderes, ein Künstler gar. Das ärgerte Josef zwar. Nicht, was sie sagen würden, sondern dass er darüber nachdachte, was die Leute sagen würden. Josef wünschte sich nichts so sehr, als dass es ihm einmal gelingen würde, wenn er glaubte, etwas recht getan zu haben, die Meinung der Leute nicht zu bedenken. Dass ihm, wenn er wusste, nach Wissen und Gewissen das Richtige, das für ihn und das Allgemeine Richtige getan zu haben, gar nicht der Gedanke daran käme, was wohl die Leute dazu sagen würden.

Trotzdem, auch wenn er sich dieses Unabhängigsein in seiner Meinung, dieses Ignorierenkönnen der Meinung anderer noch so wünschte, dies gelang ihm noch nicht.

So wählte er den Rückweg wieder über das Brachmoos. Gebückt, denn er war jetzt über einen Meter und achtzig, quälte er sich mit seinem sperrigen Gepäck an der rauen Wand des kleinen Bahndurchlasses entlang, weil er glaubte, auf diesem Weg würde er den wenigsten Leuten begegnen.

Am Sonntag wollte er zum eigenen Strand hinuntergehen und sein erstes ‚Wasserburg‘ malen auf der neuen Staffelei und mit den Pinseln seines großen Vorbildes. Wenn das nichts werden würde! Mehr Unterstützung durch Hilfsmittel konnte er sich nicht vorstellen. Dann würde es wohl an ihm selbst liegen.

Wenn Josef durchs Dorf ging, im Frühjahr oder im Sommer, standen fast vor jedem Haus Täfelchen oder größere Reklamehäuschen mit dem Hinweis „Fremdenzimmer zu vermieten“. Und wenn einer ein „fließend kaltes und warmes Wasser“ dazusetzen konnte, war es schon gehobene Klasse. Ein roter oder grüner Schieber zeigte an, ob gerade belegt oder frei sei. Seit Mitte der fünfziger Jahre war es fast wie eine Epidemie über das Dorf hereingebrochen, der Rausch des Zimmervermietens. Manche, wenn man mit denen im Sommer sprach, drehte sich alles nur um ihre Gäste. Der Herr Kubitschek aus Düren habe gesagt, auch bei ihnen würde die Luft jetzt von Jahr zu Jahr besser werden wegen der neuen Vorschriften zur Abgasreinigung.
Frau Schnell aus dem Unterdorf sagte zu Josef, wenn sie die drei Zimmer nicht ausgebaut hätten, fast nur in Eigenleistung, dann könnten sie den Laden zumachen. Die vier Hektar Obstfläche würden bei den heutigen Preisen nirgends mehr hinreichen. Frau Dorn hatte einmal zur Mutter gesagt, im Juli, August und September würden sie mit den Kindern im Keller hausen, dadurch könnten sie zwei Zimmer mehr vermieten. Das gebe ein paar zusätzliche Mark, die sie zurücklegen wollten, damit die Kinder einmal studieren könnten. Sie sollten es einmal besser haben. Den Hof, den man bei seinen zweieinhalb Hektar ohnehin nur als Höfle bezeichnen könne, würde doch keines der beiden übernehmen. Studierte könne man immer brauchen. Das sei sicher. „Einmal Staatsdienst, immer Staatsdienst,“ sagte sie und kam sich dabei ganz gescheit vor.

Josef konnte jetzt, da die meisten seiner Freunde aus der Jugendzeit verheiratet waren und überdies Fremde hatten, kaum mehr mit ihnen beieinander sein. Wenn sie aus Anlass einer Festlichkeit oder wenn sie vom Liederkranz aus beieinander saßen, sprachen alle nur noch von ihren Gästen oder von den Kindern. Von beidem hatte Josef keine Ahnung. Das Gespräch ging an ihm vorbei und interessierte ihn auch nicht die Bohne. Da musste er sich anderen Umgang suchen.

Josef wusste, obwohl die Tante immer von dem einen Zimmer im zweiten Stock als dem Fremdenzimmer sprach, nie, dass dort Gäste logiert hätten. Obwohl das Zimmer noch eingerichtet war, wie es einmal vielleicht in den zwanziger Jahren, als es einen aufkeimenden, bescheidenen Fremdenverkehr im Dorf gab, diesem Zweck dienlich gewesen sein mochte, mit zwei Betten, einem Waschtisch, darauf ein „Waschlabor", wie die Tante immer sagte, aus Steingut, weiß bis cremefarben, eine große Schüssel und darin stehend ein riesiger Krug, in dem wohl das Waschwasser hinaufgebracht wurde, und einem Schrank für Kleider und Weißzeug, konnte sich Josef kaum vorstellen, diese Kammer heute noch als Fremdenzimmer anzubieten.

Wenn Gäste des Fremdenzimmers auf den Abort wollten, mussten sie in den ersten Stock heruntersteigen. Dort am Ende, in einem kleinen Anbau, war der Abtritt, wie die Tante die Räumlichkeit bezeichnete, wo man die entsprechenden Geschäfte verrichten konnte und wo genau darunter im Parterre die gleiche Einrichtung war.

Wenn Josef im Nachhinein daran dachte, verstand er die Mutter, die viele Jahre angemahnt, ja gebettelt hatte, das WC doch endlich der Zeit anzupassen und was vor ein paar Jahren auch gemacht wurde. „Für draußen," sagte sie immer, „hat man für alles Geld. Maschinen kauft ihr und Anlagen erstellt ihr, da ist nichts zu teuer, aber ins Haus steckt man keinen Pfennig." Dabei, das musste Josef zugeben, war es kein Luxus mehr, das alte Plumpsklo endlich in ein zeitgemäßes mit Wasserspülung und gefliesten Wänden umzubauen. Wenn Josef an den alten Abort dachte, an das große Rohr, das, hätte es nicht eine leichte Krümmung gehabt, den Blick bis in den Abgrund, bis in die Eingeweide freigegeben hätte, fand er die Forderung der Mutter mehr als berechtigt.

Für Kinder war neben dem großen ein kleiner Abort vorhanden. Manchmal, als er noch ganz klein war, erinnerte er sich, dass er zusammen mit dem Vater auf den Abort ging. Dann saß der Vater auf dem großen, Josef auf dem kleinen Thron. Der große wäre für Kinder zu gefährlich gewesen, denn das Rohr war so weit, dass ein dünner Kinderkörper ohne Schwierigkeiten hätte hinabrutschen können. Einmal sei dies bei Boldes passiert. Da habe der Kleine nur Glück gehabt, dass der Mond günstig stand und das Dicke gerade alles oben war und einen Deckel bildete, auf dem das Kind zu stehen kam und durch Geschrei auf seine missliche Lage aufmerksam gemacht habe. So sei eine Rettung möglich gewesen, bevor es in der üblen Brühe zu Tode gekommen wäre.

Wie eine Vermietung des Fremdenzimmers unter den früheren Umständen möglich gewesen war, konnte sich Josef jetzt nicht mehr vorstellen. Aber fünfzig Jahre zuvor hat die Welt für viele halt noch anders ausgesehen.

Manchmal kamen Josef alte, fast vergilbte Bilder in die Hände, die zwei alte, bunt gekleidete Damen mit breitrandigen Sommerhüten zeigten. Dies seien, so sagte dann die Tante, ihre ersten Sommerfrischlerinnen gewesen.

Vater und Mutter wollten keine Fremden beherbergen. Seit sie Erdbeeren anbauten und am Morgen in aller Frühe aufs Feld mussten, konnten sie es sich nicht vorstellen, Gäste zu bedienen und zu verköstigen. Vater sagte immer: „Man muss nicht alles machen und von allem haben, aber was man macht, das muss man richtig machen."

Wenn Josef die Treppe hinaufging in den oberen Stock, kam er in einen Raum, den man den Hausgang nannte. Mancher Gastronom, der einen seiner größeren Räume als Saal bezeichnete, hätte sich gefreut, wenn sein Saal so groß wie dieser Hausgang gewesen wäre. Tanzsaal, Platzverschwendung, dachte Josef allemal, wenn er ihn durchschritt, wenn die breiten Bodenbretter knirschten und quietschten bei jedem Schritt. Kam Josef einmal spät nach Hause, war es kaum möglich, das Schlafzimmer zu erreichen, ohne dass es die Mutter hörte.

Jetzt bewohnte Josef eine kleine Kammer, in der früher einer der Knechte geschlafen hatte. Sie ging nach hinten hinaus, der Straße abgewandt, mit Blick auf alte Schuppen und Schöpfe der

Nachbarn, in denen er jede Ecke vom Spielen in Kinderjahren kannte, ging darüber in die Obstanlagen, die die früheren Weinberge abgelöst hatten, und weiter hinauf ins Reutele und ins Eichholz. Für Josef waren die Moränenhügel des Hinterlandes wie Fürsten oder Könige der Landschaft, deren kleine Wäldchen auf ihren Häuptern aussahen wie grüne Kronen, fast putzige Statussymbole einer vieltausendjährigen Regentschaft.

Dann schloss Josef die Augen, dass er nur noch durch einen Spalt hinaussah, die Landschaft, die Häuser, die Wälder verschwammen zu einer glückseligen Undeutlichkeit, zu einer lebendigen Innerlichkeit, zu einer erfüllenden Heimwehsehnsucht.

Einmal wollte Josef das malen. Das Innere, die Seele, das, was man nur mit geschlossenen Augen sehen konnte und von dem Josef glaubte, dass es das Wesentliche sei. Dann würde er das malen, was in ihm brannte, glühte wie eine große Liebe, wie etwas Unsagbares, etwas Unsägliches ob seines Reichtums, ob seiner Größe. Die wirklich großen, bedeutenden Dinge waren für Josef unaussprechbar, die fühlte er, und alle Versuche, diesen Empfindungslandschaften Worte zu geben, sie in Sichtbares oder Hörbares hineinzugebären, fand er dilettantisch, misslangen ihm, waren in Worten gehört nur ein Abklatsch der Erhabenheit, die er fühlte.

Wenn er, wie jetzt, hinaussah in die Landschaft, in sein Land, wenn er am Sonntagmorgen hinausging in seine Obstanlagen mit den Bäumen, seinen Bäumen, wie mit Gleichgesinnten, Gleichgestellten seine lautlosen Worte tauschte, war ein feierlicher, fast heiliger Aufruhr in ihm.

Konnte er daher so gut Einsamkeit, Alleinsein ertragen, weil er zum Reden nicht unbedingt menschliche Ohren brauchte, die ihm zuhörten? Weil er auch die nicht einmal gemurmelte, höchstens leise im Wind gelispelte, die sanft gerauschte Sprache seiner stillen Freunde verstehen konnte?

Wenn Josef nach seinem Hinausgehen ins Land am Sonntagmorgen in die Kirche ging, kam es ihm wie Fortsetzung dessen vor, was der draußen begonnen hatte, eine von Herzen kommende Lobpreisung, ein demütiges Danksagen.

Jedes Mal, wenn einer der ihren oder eine der ihren heiratete, und das war jetzt, da alle, mit denen Josef aufgewachsen war, Mitte zwanzig waren, jedes Jahr ein paar Mal der Fall, mussten Girlanden aus Buchszweigen geflochten werden. Josef bewunderte Klara und Ingrid und vor allem Astrid, die Blumenbinderei gelernt hatte und das Kommando führte, mit welcher Schnelligkeit und Präzision sie den Kranz um das lange Seil, das, wenn es fertig umwunden war, das Hochzeitshaus verschönern sollte, mit dem gelbgrünen Buchslaub binden konnten. Wenn er, Josef, es einmal versuchte, wechselten sich Stellen, die dick und buschig waren, mit solchen, die aussahen, als hätten sie die Magersucht, und das Stück glich dann einem Bubenkopf, dem der alte Bunk beim Haare schneiden nicht viel Sorgfalt zukommen ließ.

Als Josef und Walter und Ernst die Tafel über der Haustür der Braut anbrachten, auf der stand „Gott segne deinen Ausgang", sagte der Josef, den man Sepp nannte, und, weil er ein Jahr älter war, den Ton angab: „Schon wieder ein Wasserburger."

Berta, die Braut, für die das Haus bekränzt wurde mit Girlanden um Türstock und Geländer, abgeschlossen am Treppenende mit zwei kleinen Tannenbäumen, heiratete einen Burschen aus Wasserburg. Aber auch, wenn eine der ihren einen aus Kressbronn geheiratet hätte, wäre es den Jungen aus dem Dorf nicht recht gewesen. Das war für sie wie eine Beleidigung, wie wenn ein Unbefugter ihnen etwas weggenommen hätte. Kam einer aus Tettnang oder Friedrichshafen, ja aus Frankfurt oder Berlin, das war für sie das Normalste der Welt. Aber einer aus Kressbronn oder Wasserburg, einer von denen, die einem schon bei manchen Gelegenheiten Mädchen streitig gemacht hatten, denen gönnte man die eigenen Mädchen nicht. Weil aber Berta von der Natur nicht mit höchstmöglichem Liebreiz gesegnet worden war, empfanden sie den Verlust erträglich. „Wir warten, bis die Wasserburger und Kressbronner das Glump weggeheiratet haben, bis nur noch die Schönen übrig sind, dann schlagen wir zu," sagte Sepp und bereinigte damit die Situation. Als der Wasserburger, den sie gut kannten, ihnen zur Erleichterung ihrer Arbeit einen Kasten Bier und zwei Flaschen Seewein hinstellte, war er rehabilitiert und nicht mehr der Dieb, als der er vorher gesehen wurde. Sepp war einer, der, wenn er den buchsbindenden Mädchen behilflich sein musste, immer die Hände im Spiel hatte. Nicht nur, was die Arbeit anlangte. Manchmal legte er fast väterlich die Hand auf die vorgeneigte Mädchenschulter, ließ sie dann aber wie beiläufig und ungewollt hinunterrutschen bis zur Taille und weiter, oder legte sie auf die bloßen Arme der dies kaum bewusst registrierenden Fleißigen. Er ging immer soweit es ihm erlaubt wurde. Er probierte es nicht nur bei Berta, sondern auch bei Ingrid und Astrid. Wenn er zu weit ging oder es einer zu viel wurde und sie seine Hand abschüttelte oder ihn mit einem energischen Blick ansah, der dem Aufdringlichen zeigen sollte, dass er solcher Art Annäherung unterlassen sollte, wenigstens dann, wenn sie unter so vieler Augen geschah, tat er ganz unschuldig. So, als hätte er keine Absicht damit verbunden als den Beweis ehrlicher Freundschaft, ohne Hintergedanken und so, als bildeten die Mädchen sich etwas ein, das nie in seinem Wollen gestanden sei. Josef mochte solches Verhalten nicht. Er war eher ein Zögerlicher. Er wollte keinen Druck, keinen Zwang ausüben. Für ihn galten romantischere Vorstellungen von Zuneigung und Liebesanbahnung. Josef war kein Eroberer. Er war einer, der in der langsamen Annäherung Freude hatte, dem das Erlebnis des behutsamen Wachsens von Sichnäherkommen wichtiger war als das schnelle zum Ziel kommen. Wenn Josef einem Mädchen drei Schritte entgegen gegangen war, bleib er stehen und wartete auf einen Schritt des Entgegenkommens. Geschah dieser nicht, dann gab er auf. Dann war er wie ein Segelboot, dem plötzlich der Wind aus den Segeln genommen worden war, dann wusste er, dass aus dieser Fahrt nichts Vernünftiges werden würde.

Sepp sagte immer, wenn man bei einer Tanzveranstaltung sei oder in einer Bar und einem ein Mädchen gefalle, müsse man es zum Weintrinken animieren. Noch besser sei Schnaps oder gar Likör, das sei der reinste Büchsenöffner. Das wollte Josef nicht. Josef war das Sichnäherkommen, das Öffnen der Herzen wichtiger, das andere würde von selber kommen, dachte er. Manchmal meinte Josef, er sei vielleicht zu zögerlich, wenn andere erzählten, wie sie diese und jene nach kurzer Bekanntschaft, als ginge es um Rekorde, aufs Kreuz gelegt hatten. Aber, dachte Josef dann, ist es nicht sehr viel schöner, die Empfindung der behutsamen Annäherung zu spüren, als alles im Handstreich zu nehmen? In einen schönen Palast ging man, in dem einem Tür um Tür geöffnet wurde, mit Staunen und Andacht, kultiviert und mit dem Respekt, der dem hohen und noblen Hause gebührt, und nicht plump und krachend, wie eine Bombe einschlägt.

Seit Anfang der Sechziger die Flurbereinigung vollständig abgeschlossen war, ging eine Rodungswelle durch die Gemarkung, die nie gekannt war. Die Hochstämme, die bisher das Bild der Landschaft geprägt hatten, fielen zu Tausenden. Seilwinde und Motorsäge hatten erst die arbeitstechnischen Voraussetzungen geschaffen, um eine so rasche Umstellung auf niederstämmige Apfel- und Birnbäume zu ermöglichen.

Josef war es recht. Jetzt, da Obst aus ganz Europa, ja aus der ganzen Welt auf den deutschen Markt drängte, war die frühere Anbaumethode nicht mehr zeitgemäß. Mit den niedrigen Baumformen war auch eine Umstellung auf neue, gefragtere Sorten verbunden. Der Golden Delicious begann seinen Siegeszug um die ganze Welt. Nie zuvor hatte eine Apfelsorte eine so starke Marktstellung erreicht, wie es hier der Fall war. Mit der Intensivierung der Kulturmaßnahmen stieg auch die Produktion pro Flächeneinheit um ein Vielfaches. Es wurden im Gebiet Mengen produziert, denen die hergebrachte Vermarktungsstruktur nicht mehr gewachsen war.

Josef unterhielt sich oft mit Walter und Ernst und anderen Kollegen, wie die Vermarktung der zu erwartenden Menge strukturiert sein müsste, um diese vernünftig zu gewährleisten.

In der Wahl in die Gremien verschiedener genossenschaftlicher Einrichtungen sah Josef die Möglichkeit einer Mitarbeit an den auf lange Sicht gesteckten Zielen, die er mit seinen Freunden in vielen Gesprächen formuliert hatte.

Nach vielen Jahren des Verhandelns und Taktierens stand die Organisation, waren Lagereinrichtungen und Vermarktungshallen erstellt und die Finanzierung gesichert. Als Josef dann voll Freude zu Walter und Ernst und anderen kam und sagte, dass das

Ziel erreicht sei und jeder jetzt Mitglied der Genossenschaft werden könne, sagten sie, sie hätten mit einem Händler aus München einen Kontakt zur Vermarktung ihrer Ware abgeschlossen.

Josef war enttäuscht. Er konnte dies zunächst nicht glauben. Wie hatte er sich gefreut, als er glaubte, auch durch seinen Einsatz sei eine Lösung für alle gefunden. Und jetzt die Absage derer, mit denen er glaubte, ihre Ziele formuliert und abgesteckt zu haben.

Josef war ein Mensch der Gemeinschaft. Manchmal war es so, dass Josef im Interesse der Gemeinschaft auf eigene, persönliche Vorteile verzichtete.

Manche Enttäuschung hatte Josef erlebt, die er problemlos überwand. Noch immer schmerzte es ihn am meisten, wenn er daran dachte, wie sie das Pferd Hans verkauft hatten. Das saß tief, das tat weh, weil ein Weltbild zusammengebrochen war. Ähnlich tief schmerzte ihn nun dies, weil es ihm in aller Deutlichkeit vor Augen führte, wie die Welt war. Immer wieder war es die Erkenntnis, dass, wenn es um Geld ging, andere Spielregeln galten, dass dann das gestern gesprochene Wort, Humanismus, Idealismus, nicht mehr denselben Stellenwert hatten wie in unverbindlicher Diskussion. Josef hatte, und das wusste er, einen großen Fehler. Er war zu sehr Idealist, und immer dann, wenn seine Ideale sich verwirklichen ließen, war es ihm wie Erfüllung, wie Erlösung. Wenn aber dies nicht gelang, stand er wie gelähmt. Da konnte er kaum noch antworten. Da fühlte er sich wie ein Schuldiger, dann war er wie in ein Land geschleudert, in dem er sich nicht auskannte, ein Fremder, ein Verlassener. ‚Dann passt du nicht in unsere Gegend', hatte der Vater einmal zu ihm gesagt. Passte er überhaupt in diese Welt? Manchmal war er nahe daran, diese Frage zu verneinen. Aber dann, wenn das Hochgefühl seiner Ideale ihn überschwemmte, wenn die erhebende und erhabene Empfindung für alle Werte, die nicht einem egoistischen Zwecke dienstbar waren, ihm die Sonne aufgehen ließen, war er sich sicher. Wenn ihm reiche Gärten aufgetan wurden, was für ein Glück. Mochten manche dieser Bilder auch Fata Morganen sein, ihm aber wäre es wie eine Verarmung vorgekommen, hätte er diese Länder nie gesehen, hätte er sie nicht bereisen dürfen mit seiner Hoffnung und mit seiner Sehnsucht. Und manchmal meinte er sogar, die Rückschläge, so schmerzhaft sie sein mochten, seien wichtig und lehrreich für ihn, um ihm nicht seine Höhenflüge ins fast Unerträgliche zu steigern, um ihn der Wirklichkeit nicht zu entheben.

Josef hatte nur die Sonntage und von denen, wenn man es genau nahm, auch nur die Hälfte, an denen er freie Hand hatte. Am Morgen Stallarbeit, dann in die Kirche und dann, ja dann hatte er bis zur Stallarbeit am Abend zur freien Verfügung. Und die Nächte natürlich, sie konnte Josef nach Gutdünken verbringen. Doch wenn er spät nach Hause kam, fragte die Mutter am anderen Morgen: „Wo sind ihr denn wieder so lang xi?“ Sie hörte alles, manchmal schien es Josef, als schliefe sie nie richtig. Von Hasen sagte man, sie schliefen mit offenen Augen. Von der Mutter meinte Josef, sie schliefe mit hörenden Ohren. Da konnte er den Schlüssel so leise wie möglich im Haustürschloss drehen, so behutsam die alte Holztreppe hinaufsteigen und den Tanzboden des geräumigen Hausgangs im oberen Stock fast schleichend zu überqueren versuchen, was ohne ein jämmerliches Quietschen fast nicht zu machen war, die Mutter hörte es. Sie sagte immer, der Tiefschlaf käme bei ihr erst, wenn sie wisse, dass alle daheim sind.

Seit es einen Fußballverein im Dorf gab, spielte Josef wieder. Er hatte aufgehört, als sich die Mannschaft der katholischen Jugend, nachdem Benefiziat Krumbacher Pfarrer von Oberstdorf geworden war, aufgelöst hatte. Einen neuen, wunderschönen Platz hatten sie jetzt, anders als vorher, da sie mit huppeligen Streuwiesen oder morastigen, für die Bewirtschaftung unbrauchbaren Flächen vorlieb nehmen mussten. Wenn Josef zum Training kam, an heißen Sommerabenden, wurde er von Fürst Hermann, dem Trainer, mit den anderen um den Platz gehetzt. Da hatte Josef aber oft schon mehr als eine zumutbare Menge Schweiß bei seiner Tagesarbeit vergossen, und manchmal teilte er sogar die Meinung der Mutter, die meinte, mit diesem Sport schade er höchstens seiner Gesundheit.

Immer wenn sie nach Training oder Spiel beieinander saßen, war Philipp Lahme dabei. Er war Gönner des Vereins, zahlte eine Runde Bier und hatte seine Freude, im Kreise der Jungen zu sitzen. Er war über sechzig, war zu Geld gekommen als Reisender in Sachen Schmuck und hatte sich vor vier Jahren hier ein Haus gekauft.

Josef saß neben ihm. Es wurde gesungen, wenn nach der Spielbesprechung und der zweiten Halbe zum gemütlichen Teil übergegangen wurde. „Heimat, deine Sterne" und „Unsere Farben weiß und schwarz", und dann musste Harry Schlager singen. Harry konnte Schlagersingen besser als Fußballspielen. Weil er nie aufgestellt wurde, wollte er nicht mehr singen. Einmal sagte er: „Nicht singen, spielen möchte ich." Nach längerem Zuspruch sang er doch wieder.

Philipp, den alle mit Vornamen ansprachen, obwohl er vierzig Jahre älter war als sie, aber, und das zeugte von einem gewissen Respekt vor Alter und Person, immer auch mit Sie, sagte: „Meine Heimat ist die ganze Welt." Josef sagte: „Philipp, das ist ja schön, wenn Sie sich überall zu Hause fühlen, aber haben Sie nicht eine Stadt, ein Dorf, eine Gegend, die Ihnen näher wäre als andere, ein Ort, der Ihnen ganz besonders ans Herz gewachsen wäre?" „Ich wüsste keinen, wo ich bin, ist meine Heimat."

Philipp sprach mehrere Sprachen, vielleicht fühlte er sich deshalb überall daheim, dachte Josef. Das konnte Josef nicht verstehen, trotzdem, dass jemand nicht einen Ort hatte, eine Gegend, ein Dorf, einen eng begrenzten Bereich, der ihm besonders nahe war, dem er so eng verbunden war, dass sein Herz höher schlug, wenn er daran dachte. Josef konnte sich nicht vorstellen, je irgendwo zu sein, wo er dasselbe empfinden würde, das er empfand, wenn er durch sein Dorf, seine Obstanlagen, die Umgebung, durch das Land am See ging. „Die deutsche Vergangenheit ist nicht dazu angetan, eine besondere Beziehung zu diesem Land zu entwickeln," sagte Philipp in seine Gedanken hinein. „Ich liebe nicht die Geschichte dieses Landes, nicht seine Politik, viele seiner Menschen nicht ob ihrer Gesinnung, aber wie sollte ich nicht dieses Land am See lieben, in dem meine Vorfahren begraben sind, auf dem Generationen im Schweiße ihres Angesichts gearbeitet haben, um das zu schaffen und zu erhalten, was sie mir hinterlassen haben? Und ich spüre ganz innen etwas Erhebendes, etwas, das vor Dankbarkeit hoch aufschlägt." Josef sagte dies nicht, weil er wusste, dass man über Dinge, die aus der Empfindung kamen, nicht rechten konnte.

Wenn Harry nach langem Zureden zu singen begonnen hatte, obwohl er wieder nicht für den nächsten Sonntag aufgestellt worden war, war er ganz in seinem Element. Er verbog seinen kleinen, schmächtigen Körper wie Elvis Presley, fingerte wie traumverloren an einer nicht vorhandenen Gitarre und warf den Kopf zurück, dass sein das ganze Gesicht dominierende, ausgeprägte Kinn so wirkte, als bestünde Harry nur aus eben diesem Kinn. Und wenn man auch das letzte Spiel verloren hatte und wenn man auch vom Trainer kritisiert worden war, in diesem Moment war alles vergessen. Elf Freunde müsst ihr sein, war alte Herberger-Fußball-Weisheit. Sie waren in dieser Stunde mindestens fünfundzwanzig Freunde.

Je mehr Josef in Büchern las, die Geschichte beschrieben, erklärten, analysierten, desto verwirrter wurde er, desto mehr wurde seine einstmals heile Welt zerstört. Da kam die Kirche, seine Kirche, die ihm uneinnehmbarer Turm in allem Gedränge gewesen war, die unantastbarer Hort der Heiligkeit gewesen war, in eine Situation, die ihn traurig stimmte. Josef wollte nicht in Frage stellen, was er lange für unantastbar gehalten hatte. Viel lieber wäre ihm gewesen, die Kirche wäre aus all diesen Nachforschungen und Berichten als strahlende Heldin hervorgegangen, ohne Fehl und Tadel, das Gute in Persona.

Josef meinte manchmal, wenn er las, etwas wie ängstliche Erregtheit zu spüren, so, als fürchtete er ständig neue Entdeckungen, die sein Bild mit hässlichen Kratzern verunstalten wollten, so, als bedrohte ihn ständig die Gefahr, etwas Großes, ungeheuer Wertvolles zu verlieren.

All das Gerangel um Macht und Krieg und Einfluss, was sollte er davon halten? Von den Gräueln der Verfolgungen, die Strafe für jene, die sich getrauten, eigene Gedanken zu denken, das Leben in Unzucht und Völlerei jener, die für ihn, Josef, die Organisation repräsentierten, die ihm bisher als das Heiligste,

Erhabenste, Göttlichste erschienen war? Natürlich lag vieles von dem, was hier geschildert wurde, weit in der Geschichte zurück. Dennoch, dass solch Reden mit zweierlei Zungen möglich war, das konnte er nicht verstehen.

Fast wie Rehabilitation, wie Erlösung kam es ihm vor, wenn er von Menschen las, die als das Wort Lebende das getan hatten, was sich Josef unter Wahrheit und Wahrhaftigkeit vorstellte. Die entsagten, pflegten, liebten, verzichteten um ihres Glaubens willen.

Wenn Josef das Gefühl hatte, jemand wolle ihm etwas verkünden, auftragen, aufzwingen, gar unter Androhung von unabsehbaren Folgen, wenn er es nicht täte, richtete sein Leben aber so ein, dass er all das von ihm Verkündete ignorierte, für sich als nicht relevant und gültig ansah, dann glaubte er sich an der Nase herumgeführt. Welche Ironie und Verachtung, dachte Josef, gehört dazu, einem anderen etwas abzuverlangen, was man selber in keiner Weise gewillt war zu erfüllen?

Für ihn, Josef, hatte nicht nur das Wort Gültigkeit, sondern auch, und noch mehr, das Beispiel. Josef hielt nichts von den nur geschliffenen Reden, von den Lauten und mit Macht Auftrumpfenden, ihm waren die Zurückhaltenden geheurer. Er glaubte die Schüchternen wahrhafter als die Forschen.

Das alles stürzte Josef oft in Nachdenklichkeit, in Traurigkeit, in Ungewissheit. Da tat es ihm gut, noch sein Blumenwiesenland zu haben, das ihn beruhigte, dessen Begehung ihm wie Erholung war, wo er Atem schöpfen konnte. Eigenartig, dachte er manchmal, dies ist das einzige Land, wo Enttäuschung nicht möglich ist, wo immerwährende Befriedigung geschieht, wo er gehen kann wie ein Kind im Mutterland.

Als Josef am Karfreitag in der Kirche war, wurde wie jedes Jahr die Leidensgeschichte Christi gelesen. Die Kleider schwarz, die Kirche verdunkelt, die Stimmung voller Trauer. Wieso, dachte Josef beim Zuhören, gedenkt niemand derer, die im Laufe der zweitausend Jahre, und es waren Zigtausende, vielleicht viel mehr, in ähnlicher Weise gefoltert, gequält, getötet wurden, nur weil sie dem Anspruch der Kirche nicht genügten, ihren Vorgaben und Vorschriften nicht Folge leisteten? Hatte sie das Recht zu solcher Gerichtsbarkeit? Konnte sie so urteilen und verurteilen, sie, die Güte und Liebe lehrte?

Die Lesung wurde zweimal unterbrochen. Dann spielte in die Stille des Raumes hinein die Orgel. Ganz leise nur, als wäre ihre Zurückhaltung angebracht im Angesicht all dieser Überlegungen. So, als wäre sie sich einer Schuld bewusst, so, als traute sie sich im Wissen um die Ungeheuerlichkeiten, die hier und dort geschehen waren, kaum, ihre Stimme zu erheben. Sie murmelte nur, wie einer beten würde, der sich seiner Unwürdigkeit wegen schämt, laut zu werden, bescheiden, demütig, um Verzeihung bittend für alle.

Josef kannte die Melodie. Er kannte auch den Text. „Aus Not und tiefem Bangen schrei ich, mein Gott, zu dir. Von Schuld bin ich umfangen, Herr, neige dich zu mir. Vertreibe die Dämonen, Herr, durch dein streng Gericht, und lass mich wieder wohnen in deinem Gnadenlicht."

Da wusste Josef, dass er Heimat hatte. Neben der Heimat von Dorf, Feld und Gegend eine andere, große Heimat. Eine unverlierbare Heimat. Und das machte ihn unsagbar glücklich.

„Der Winter hon i a paar Tag nix als Kichra bretschat," sagte der alte Semper, als sie am Samstagabend beim Dexler beieinandersaßen. „Das langat für dr Some und zum Esse, und was mr it bruchend, gen mr d Saua," fuhr der Alte fort. „Was dur de Sumage gange ischt, des mane am liabschte."

Am ersten Samstag des Monats trafen sich die Bauern des Dorfes zum Milchzahltag. Wenn auch schon einige kein Vieh mehr hatten und somit auch keine Milch mehr abzurechnen hatten, zu besprechen gab es immer etwas.

„Was hat der gesagt?" fragte der Hermann Josef, der neben ihm saß. Weil Hermann aus Norddeutschland kam, als Sturmbootfahrer hier hängen blieb an einem Mädchen, das das einzige war und daher den kleinen Hof übernehmen musste, wurde Hermann auch Landwirt. Im Reden war er vielen Hiesigen überlegen, was Geschwindigkeit und Redefreudigkeit anbelangte, und das verleitete ihn dazu, zu glauben, er wäre der Klügere, der Gewandtere und am Ende auch der Erfolgreichere. Das aber war ein Irrtum. Nicht jeder, der viel und schnell schwätzt, ist auch ein Gescheiter, hatte Georg, den man Schorsch nannte, einmal resümiert.

Im Winter habe der Semper ein paar Tage nur Bohnenschoten gebrochen, um die Kerne herauszuholen. Diese langten für den Samen zur Aussaat im Frühjahr und zum Essen. Was übrig bleibe, bekämen die Schweine. Was durch den Magen der Schweine gegangen sei, möge er am liebsten, übersetzte Josef.

Dann ging es um die bevorstehenden Gemeinderatswahlen. Der Schnell Xaver sagte, die letzten Wahlen hätten gezeigt, dass es ohne Kumulieren und Panaschieren nicht mehr gehe und dass man nur durch das Aufstellen einer eigenen bäuerlichen Liste die Namen so häufeln könne, dass man eine repräsentative Zahl des Berufsstandes in den Gemeinderat bringe. Bei den letzten Wahlen hätten das die Gewerbetreibenden, die Arbeitnehmer und die Vertriebenen besser hinbekommen. Dem Anteil der bäuerlichen Bevölkerung entsprechend, müssten es diesmal mindestens drei Kandidaten aus ihren Reihen schaffen. Das sei wichtig, um die Interessen des Berufsstandes gebührend vertreten zu können.

Viele Jahre später, als Josef Mitglied des Gemeinderates war, merkte er, dass es nicht darauf ankomme, aus welcher Fraktion der einzelne sei, sondern, ob er Sach- und gesunden Menschenverstand habe und die Courage, seine Meinung zu sagen.

Neben anderen wurde auch Josef als Kandidat genannt. Er lehnte eine Kandidatur ab. Josef meinte, er sei noch zu jung und außerdem sei er noch nicht verheiratet. „Denn wird as so langsam Zitt,“ belehrte der alte Semper von der Ofenbank her. „Lass ihn nur,“ Josef habe schon recht, wenn er mit dem Heiraten etwas langsam täte, riet dagegen Schnieds Albert. Er habe an einem Donnerstag um zehn Uhr geheiratet, aber das hätte es am Samstag um halb elf Uhr auch noch getan. Man versäume nicht so arg viel, meinte er, wenn man das Heiraten etwas hinausschiebe. „Fini, bring d'Tafel und Karta,“ rief der rote

König, als den er sich ob seiner roten Haare mit einem kaum unterdrückten Schuss Stolz auf Name und Abstammung selber nannte. Sie würden jetzt noch einen Jass spielen, das sei gescheiter als ewig weiter zu diskutieren und noch lange an der gleichen Suppe herumzukochen.

Das war das Signal, die ernsten Themen abzubrechen und vom offiziellen zum gemütlichen Teil überzugehen. Das heißt aber nicht, dass es beim sogenannten gemütlichen Teil nicht genauso ernst und ebenso turbulent zuging wie vorher.

„Wenn an räete Nunnehorner were wit, muscht an Seewi trinke, oder haltscht a Halbe no it us“, belehrte der fünfundachtzigjährige Hotz, den alle, auch die Jungen, nur ‚Abraham‘ nannten, Josef, der es vorgezogen hatte, Bier zu bestellen. „Ich trink, was mich anmacht,“ gab Josef in einer ansonsten bei ihm ungewohnten Schnoddrigkeit zurück. „Uam s Mul ahenke, des kinnend se,“ hörte Josef Abraham nicht zu ihm, aber zu seinem Tischnachbarn sagen.

R. R., wie sich Reomyr Rosenbichler nannte, wenn er von sich und über sich sprach, und der aus der Gegend von Rottweil kam, hatte über eine Anzeige in der Zeitung hier eingeheiratet. Josef kannte R.R. gut aus seiner Ministrantenzeit. Da musste er oft auf die Empore, die bei ihnen die Bordkirche genannt wurde, um das Opfer einzuziehen oder die Glocken zu läuten, deren Seile zwischen den Bänken hingen. Ganz hinten war der Stammplatz von R.R. Auf der Bordkirche war ein Schild angebracht, auf dem stand: „Wegen der Heiligkeit des Ortes wird gebeten, das Ausspucken zu unterlassen“. Josef hatte den Verdacht, dieses Schild sei wegen R.R. angebracht worden. R.R schickte, das heißt, er kaute Tabak. Und manchmal sah Josef, wenn R.R aus der Kirche kam, wie er sofort einen freien Platz suchte, um ausspucken zu können. Dann kam durch eine Lücke zwischen seinen Schneidezähnen ein brauner Strahl hervor, der bis zu drei Meter weit fliegen konnte. Einmal, so erzählte ihm Karle, sein Freund, habe R.R ihm fünf Mark angeboten, wenn er einen Tag bei ihm Kirschen pflücken würde. Da sie daheim genug Arbeit gehabt hätten, habe er zu Hause nicht sagen dürfen, dass er bei R.R. arbeiten wolle. Daheim hätte er aber ohne

Lohn arbeiten müssen. R.R. habe aber nichts Dümmeres zu tun gehabt, als dem Vater am Sonntag im Wirtshaus zu erzählen, sein Sohn habe bei ihm einen Tag Kirschen gepflückt, da er ihm ja keinen Lohn zahlen könne. Darauf habe der Vater drei Wochen lang kein Wort mehr mit ihm gesprochen.

Einmal erzählte ihm Walter, habe er eine Versammlung ansagen müssen, auch bei R.R. Als er sein Sprüchlein losgeworden sei, habe R.R. gesagt, er solle ihm die Hand geben und habe so getan, als wolle er ihm eine kleine Belohnung zukommen lassen. Da habe er einen Strahl seiner braunen Brühe darauf gelassen, dass ihm das eklige Zeug zwischen den Fingern hindurchgelaufen sei.

Dieser R.R. sagte nun zu Abraham in seinem badisch-württembergischen Dialektgemisch: „Weischt, Abraham, muscht dr nix denke, die junge Leut meinen heit alle, sie seien gscheider als mir."

Abraham spielte nicht den Gekränkten. So leicht war er nicht zu beeindrucken, dazu war sein Stolz zu groß. Wenn jemand an seinem Stand oder seiner Kompetenz kratzen wollte, argumentierte er, er sei noch einer, der nicht als Landwirt, sondern als Rebmann im Kataster stehe, und das habe einen besonderen Rang.

Jedes Jahr im Frühling, wenn sich der Austrieb der Bäume ankündigte, lebte Josef neu auf. Das war für ihn wie Neubeginn, wie der Anfang eines neuen Lebens. Das liebte Josef so sehr an seinem Beruf, dass jedes Frühjahr ein Start aus dem Nichts, eine Stunde Null für alles Kommende war. Wenn das winterliche Schwarz der Bäume aufgehellt wurde von einem noch nicht sichtbaren Grün, wenn ein nur geahnter Schleier von Belebung sich über die Anlagen legte, wenn er von Tag zu Tag deutlicher wurde, freundlicher, heller, grüner, das Erhoffte immer mehr Wirklichkeit wurde, wenn Gewissheit wurde, dass nichts und niemand mehr dem Begonnenen Einhalt gebieten konnte, war es Josef, als würde auch er ganz von vorne anfangen.

Er wollte alles besser machen in diesem Jahr, wollte die Fehler der Vergangenheit nicht noch einmal machen, wollte Schädlinge, die ihn im letzten Jahr überrumpelten, rechtzeitig erkennen und bekämpfen, wollte hier mehr und dort weniger Dünger ausbringen, ganz den Erfahrungen des vergangenen Sommers entsprechend und nach den Bodenuntersuchungen gerichtet, die er alle zwei Jahre vornehmen ließ.

Und doch wusste er, dass es auch in dieser Vegetationsperiode wieder Dinge geben würde, die er zu spät erkennen würde, um sie zu korrigieren, dass er Entwicklungen falsch einschätzen würde, dass ihm sein Streben nach Perfektion nicht zur völligen Zufriedenheit gelingen würde.

Aber war das überhaupt möglich? Im Spiel mit der Natur gab es keine Perfektion. Doch selbst im Wissen um die Unmöglichkeit von Perfektion war das Streben nach ihr mehr als nur Gebot.

War aber nicht gerade dies der immer wieder neue Reiz, die Herausforderung, die Josef liebte. So wie nur ein Jäger die Jagd, oder ein Forscher das Suchen im nur Vermuteten lieben konnte? Was würde werden aus dem Versprechen, das die Natur ihm gab? Was würde reifen aus dem überreichen Blühen, das bevorstand?

Josef war ein Wanderer. Er war einmal mit dem Rucksack, in dem alles war, was er brauchte, eine Woche unterwegs. Er hatte nur die Stadt als Ziel. Jeder Tag brachte ihn so weit, wie es seine Füße vermochten. Jeder Augenblick war Neuland, jeder Schritt Freude, jeder Ort flüchtige Heimat, in der man nicht verweilen konnte, die man durchwanderte wie die Stationen des Lebens. Was bleibt uns, dachte Josef da, außer dem Augenblick? Der Augenblick ist das Leben. Und jeder Schritt weiter. Über liebliches, schroffes, herrliches Land. Jedes Land ist wunderbar.

Wenn Josef daheim die Zeitung las, Berichte von Krieg, Verbrechen, Veruntreuungen, hatte er den Eindruck, die Welt bestehe aus einer Ansammlung von obskuren Individuen. Ganz anders damals, als er auf seiner Wanderung war. Kam er einmal in Schwierigkeiten, fand sich immer jemand, der ihm ein Nachtlager empfahl, etwas zu essen gab, den Weg wies. Einmal ging ein junges Mädchen, das er nach Unterkunft fragte, zwei Kilometer bis ins nächste Städtchen mit ihm, um den Weg und das empfohlene Haus, beides war nicht leicht zu erklären, zu zeigen. Isabell war ein hübsches, dunkelhaariges Mädchen, das er gerne noch länger als Begleiterin gesehen hätte. Als er ihr, da sie sagte, sie habe noch vieles zu erledigen und könne nicht bleiben, zum Abschied und als Dank einen flüchtigen Kuss auf die Wange gab, errötete sie. Da war Josef glücklich.

Josef brauchte nicht dies, von dem Richard immer erzählte. Der erst zufrieden war und seine Aufgabe erfüllt sah, wenn er ein Mädchen im Bett gehabt hatte. Josef genügte manchmal ein Blick in die Augen eines fremden Mädchens oder ganz einfach die Empfindung von Gleichklang ihrer Seelen, um glücklich zu sein. Josef wusste, auch wenn er noch so alt sein würde, würde er Isabell nie vergessen können, wenn auch nur ein halbstündiges Gehen miteinander und ein flüchtiger Kuss das einzige gemeinsame Erleben gewesen war.

Josef war bei diesem Wandern losgelöst von allem. Da gab es kein Gerstern und kein Übermorgen, da war einfach Jetzt. Das war sorgloses, freies, ursprüngliches Leben. Da sah er Flüsse, Täler, Landschaften, die wollte er zu Hause malen.

Vor denen stand er, betrachtete sie und sagte: „Klick", als habe er sie in sein Gedächtnis aufgenommen, hinein fotografiert, unverlierbar und abrufbar.

Wenn Josef so ging, hatte er fast etwas wie Verständnis für Erich, den Handwerksburschen oder Landstreicher, was vielleicht die richtige Bezeichnung für ihn war, der jedes Jahr einmal auf seiner Tour durch Süddeutschland bei ihnen vorbeikam, auf ein Glas Most und eine Brotzeit. Einmal hatte Josef ihn zu einem Teller Suppe zu ihnen an den Esstisch in der Küche, den großen aus Birnbaumholz mit den breiten Fugen, in die wie Kitt das, was beim Abputzen des Tisches sich ansammelte, hineingepresst war aus vielen Jahren, eingeladen. Josef interessierten Menschen, die anders waren als alle, von denen man sagte, dass sie ein normales und anständiges Leben führten.

„Warum ziehst du so durch die Lande, ohne Wohnung, ohne Arbeit, ohne Familie?", hatte Josef gefragt, als er neben Erich saß und zusah, mit welcher Lust er die Gemüsesuppe aß. Erich hatte immer ein Lächeln im Gesicht. Es schien Josef, als wäre Erich mit seinem Leben mehr als zufrieden. „Das ist eine Geschichte, die liegt lange zurück," sagte der, den man den Gescheiterten, den Taugenichts, den Faulenzer nannte. „Ich hatte eine gute Position, war Werkmeister bei Kreidler in Stuttgart, eine Familie, ein Haus, ein Leben wie Tausende, sogar ein bisschen mehr. Als wegen einer Bandumstellung meine Arbeitszeit geändert wurde und ich früher als gewöhnlich nach Hause kam, fand ich meine Frau mit einem andern im Bett. Was hätte ich tun sollen? Toben, schimpfen, zuschlagen, den andern umbringen gar? Ich drehte mich um und ging, setzte mich auf mein Motorrad und fuhr los. Fuhr, bis der Tank leer war, warf die Maschine in den Straßengraben und ging zu Fuß weiter. Und seitdem bin ich unterwegs."

Josef schwieg zunächst. Dann, als er aufstand, legte er Erich die Hand auf den Arm, fühlte den dicken, filzigen Stoff des alten Mantels, den sein Gast trotz Wärme, die der Küchenherd ausströmte, nicht abgelegt hatte. „Wer will dich verurteilen," sagte er im Weggehen. „Alle," sagte Erich, „ich seh es in ihren Augen." Dabei lächelte er sein weises oder wissendes Lächeln, das aber auch, dachte Josef, das etwas verblödete Lächeln dessen sein konnte, den der Alkohol schon zu einem Gutteil zugrunde gerichtet hatte.

„Schau wieder vorbei, wenn du einmal in der Gegend bist," sagte Josef zum Landstreicher, der zum Gast geworden war. Von da an sah Josef Erich nie wieder. Oft aber musste er an ihn denken, wenn Menschen von anderen verurteilt wurden. Wer kannte schon immer die ganze Geschichte, wer konnte hineinschauen in die Menschen, wer wissen, warum geschah, was geschehen war.

Josef war jetzt Ende zwanzig. Von den zweiundvierzig landwirtschaftlichen Betrieben, die er als Schülerbub auf der Liste hatte, wenn er eine Versammlung ansagen musste, waren noch einunddreißig übrig geblieben. Die Zahl aber war noch nicht das letzte Wort. Josef kannte einige Höfe, die, wenn der jetzige Besitzer nicht mehr konnte, aufgelassen werden würden. Die Jungen sagten, diese Bauern hätten keinen Beruf gelernt. Wie wenn Landwirt kein Beruf wäre und wie wenn man das, was auf dem Hof zu tun war, nicht auch erlernen müsste. Wie wenn es hier genügte, im alten Trott weiterzuwursteln.

Viel Zeit war vergangen, seit Josef auf Pflugfelders Dia den Goldparmänenbaum aus Südtirol gesehen hatte. Damals, als er sich dachte, wenn es so etwas bei uns einmal gibt, dann ist alles in Ordnung, dann kann uns nichts mehr passieren, dann ist Bodenseeland Schlaraffenland.

Wenn Josef jetzt im Herbst durch die Kulturen ging, stellte er zufrieden fest, dass sie dem einstmals fast utopischen Ziel sehr nahegekommen waren. Nicht Goldparmänen, aber Cox-Orange, Boskop und Golden Delicious standen so schön und reich behangen mit ähnlich guter Qualität da wie die Bäume in Südtirol oder in Holland oder in Belgien. Und immer wieder wurde Josef auch von Kunden bestätigt, die innere Qualität wie Geschmack, Festigkeit und Saftigkeit der Früchte sei besser als jene der südlichen Herkünfte. Die Welt hätte eigentlich im Lot sein können und war es doch nicht.

Es gab keine der neuen Zeit angepasste Vermarktungsstruktur. Die kleinen Händler, die die ebenso kleinen Ernten der Nachkriegszeit in einem geschlossenen Deutschland problemlos unterbringen konnten, waren mit der jetzigen Situation völlig überfordert. Die Logistik fehlte, die Lagereinrichtungen, mit denen die Ernte hätte über das Jahr verteilt werden können und über die Italiener und Franzosen bereits verfügten, waren nicht da, der Wille zur großen Vermarktungseinheit war nicht vorhanden.

Josef traf sich oft mit Walter, Ernst, Richard und dem anderen Josef, um über diese Misere zu reden. Josef wusste, dies war das dringendste Problem, wenn das nicht gelöst wurde, würde all ihr Bemühen in der Produktion umsonst sein. Und es war ein Problem, das nicht der Einzelne lösen konnte, das nur in der Gesamtheit, in großem Rahmen einer vernünftigen Lösung zugeführt werden konnte.

Josef war, obwohl noch jung an Jahren, Vorsitzender der Obstbauern des Dorfes. Georg, den man Schorsch nannte, hatte gesagt: „Nun produzieren wir schöne und gute Äpfel und können sie nicht verkaufen." Und er hatte Recht. Josef lud die führenden Obstbauern und einen Vermarkter zu einem Gespräch ein. Sie waren alle ältere bis alte Männer und kochten ihre eigene Suppe. Herr Ochsenreiter lachte, als Josef sagte, die Vermarktung der momentanen Menge ließe zu wünschen übrig und die Produktion steige in den nächsten Jahren aufgrund von Neupflanzungen noch beträchtlich an. Da wusste Josef, dass mit diesen Herren die Kuh nicht vom Eis zu bekommen war. Die Lösung kam aus dem Württembergischen. Die dortige Genossenschaft war bereit, ihre Aktivitäten auch über die bayerische Grenze hinweg auszuweiten. Wenn auch die Preise nicht in den Himmel wuchsen, so war doch eine kontinuierliche Abnahme der Ware gesichert, die Schuppen und zu notdürftigen Lagern umfunktionierten, nicht mehr gebrauchten Ställe mussten nicht mehr mit überreifen Früchten gefüllt werden. Es gab eine Strategie, ein Konzept, und es wurde investiert in Lagermöglichkeiten der modernsten Art. Der Landwirt konnte sich wieder auf das konzentrieren, was seine ureigenste Aufgabe war, die Produktion qualitativ hochwertiger Früchte.

Einmal sagte Herr Merk zu Josef: „Glaubst du, dass es einen Gott gibt?" Herr Merk war Ortsgruppenleiter gewesen und ein Erznazi, wie Höscheler Richard, ein Gleichaltriger, ihn einmal bezeichnet hatte und darauf von Merk eine Ohrfeige bekam, dass er sich unter dem Wirtstisch wiederfand. Josef war irritiert. Was sollte er tun, wenn ein alter Mann mit fünfundsiebzig Jahren einen Fünfundzwanzigjährigen fragte: „Glaubst du, dass es einen Gott gibt?" Was muss in dem Mann vorgehen, dachte Josef, wenn er sein ganzes Leben geleugnet und abgelehnt hatte, was ihn jetzt im Alter veranlasste, bei einem Jungen Rat zu suchen? Und es war nicht eine Frage, die Herausforderung war, die zynisch klang, nein, das sah Josef in den Augen Merks, es war eine Frage, die Antwort suchte, die Rat erwartete von ihm, Josef, dem Jungen, dem Unerfahrenen.

Josef sagte, obwohl er sich nicht kompetent vorkam, aber gewöhnt war, auf eine Frage Antwort zu geben, und weil es seine Überzeugung war: „Es muss wohl einen geben, wenn man die Welt sieht, die Schönheit, die Ordnung, aus nichts wird nichts. Also muss jemand sein, der den Anstoß gibt zum Werden. Ob es eine langsame Entwicklung war oder das Wort ‚es werde', das weiß ich nicht, aber einer muss gewesen sein, der die Uhr zum Laufen brachte, der das Perpendikel anschob, der die Sanduhr auf den Kopf stellte." „Vielleicht hast du recht," sagte Merk und ging schweigend davon.

Manchmal, nach einem anstrengenden Tag, tat Josef der Rücken weh. Die Wirbelsäule schien der schwache Punkt seines kraftvollen, muskulösen und ausdauernden Körpers zu sein. Dann bekam Josef Angst. Diese Erscheinungen schon in so jungen Jahren. Immer kam ihm da die alte Frau aus Bettnau in den Sinn. Wenn er als Kind an der Hand der Mutter deren Schwester besucht hatte, sah er sie. Auf einen Stock gebeugt kam sie ihm entgegen, bis zur Hälfte senkrecht, von der Hüfte ab waagerecht ein Körper, gebogen im rechten Winkel, wie ein wandelnder Tisch. Wenn sie uns ansehen wollte, musste sie den Kopf weit in den Nacken legen. Josef schauderte, wenn er sie sah und empfand grenzenloses Mitleid mit der alten Frau. Was, wenn er im Alter so daher käme? Nein, das durfte er nicht denken, und wenn er wieder zu Hause war, waren, auch wenn das Kreuz schmerzte, diese Gedanken wieder verflogen.

Walter sagte zu Josef: „Ich habe ein größeres Feld gepachtet und will dort Erdbeeren anbauen." Walter, der geheiratet hatte und den Hof vom Vater übernommen hatte, würde dann mehr Erdbeeren ernten als Josef auf dem Hof des Vaters, dessen gehaltloser Angestellter er noch immer war. Zwar musste er nicht mehr wie noch vor ein paar Jahren mit fünf Mark am Sonntag vorliebnehmen, konnte jetzt, wenn er etwas vorhatte, auch zwanzig oder dreißig Mark dem Geldbeutel entnehmen, aber er war immer noch Kronprinz, wo Walter schon Herrscher war, König über sein eigenes Reich.

Walter und Josef beredeten zwar alles, was Pflanzenschutz und Anbaumethode betraf. Sie hatten keine Geheimnisse voreinander. Dennoch war etwas wie Wettstreit, wie gesundes, neidloses, jugendliches Bemühen, der Bessere zu sein, zwischen ihnen. Wenn Josef etwas Neues probierte, fiel es Walter gleich auf, denn ihre Werkstatt war die Natur, war das freie Feld und jeder, der Augen hatte, konnte sehen. Josef gab dann seine Pläne preis, er konnte nicht anders als die ehrliche Wahrheit zu sagen.

Josef meinte, hätte er alle seine Bekannten einordnen müssen, die Qualität der Freundschaft beurteilen müssen, es wäre ihm schwer gefallen. Aber hätte er den nennen müssen, den er für den am ehrlichsten die Wahrheit Sagenden, den Neidlosesten und ihm am meisten Gönnenden hielt, er hätte Walter genannt. Und wenn Walter in einer hitzigen Diskussion, in einer erregten Meinungsverschiedenheit einmal etwas sagte, was Josef treffen sollte, so traf es ihn auch am schwersten. Dann tat es richtig weh.

Als Josef am Pfingstsonntag nach dem Hochamt aus der Kirche trat und auf dem Vorplatz stehen blieb, um mit den Bekannten, die man unter der Woche nicht traf, noch zu reden, trat Peter auf ihn zu. Peter, mit dem er als Achtzehnjähriger Fußball gespielt hatte, beendete gerade sein Philosophiestudium in Wien. Er hatte Semesterferien und war für einige Tage ins Dorf gekommen, um seine Eltern zu besuchen.

Schon im Gruß lag ein Tonfall, der Josef fremd war. Josef kannte Peter als liebenswerten, zurückhaltenden jungen Mann und war überrascht, jetzt einen Menschen erzählen zu hören von Leistung und Perspektive und Belobigung der Spezies von Bürgern, der er zugehörte. Er strebte eine Karriere als Professor der Philosophie an, und ob er, Josef, immer noch auf den Feldern herumrenne und Kühe melke.

Josef spürte den Ton der Überheblichkeit, das zynische Lächeln der Geringschätzung, das zwischen den Zeilen klang, wie ein Sturmläuten in seinem Innern. Josef hatte sich nicht zurückzustufen. In allen Schulen, die er besucht hatte, war er als Bester abgegangen. Die Lehrer hatten Vater den Besuch des Gymnasiums empfohlen. Er hatte keinen Grund anzunehmen, dieser Peter habe etwas vollbracht, zu dem nicht auch er die Befähigung gehabt hätte. Aber Josef war Kronprinz von Beginn, von Geburt an und wollte nichts anderes sein. Woher kam die Überheblichkeit derer, dachte Josef, die als Dreißigjährige noch nichts anderes getan hatten als die Schulbank zu drücken?

Woher nahmen sie die Berechtigung, sich über die zu stellen, die als Gleichaltrige schon sechzehn Jahre schwere Arbeit hinter sich hatten, um Volk und Mensch mit dem wichtigen Alltäglichen zu versorgen? Musste er sich Erniedrigung durch Selbsterhöhung des anderen gefallen lassen? Er mochte die Wissenden, hörte Vorträge und las Bücher über Sachgebiete, die ihm fremd waren. Aber gehörte dazu Klassendünkel und gab es Rangordnungen von Menschen aufgrund ihres Bildungsstandes? Und was ist Bildung? Nur das abstrakte Wissen um Dinge, die dem Alltag enthoben sind, die über dem eigentlich existenziell Wichtigen sind? War nicht auch seine Arbeit und sein Suchen nach Methoden, die den Menschen wohlschmeckende und lebensnotwendige Speise und Trank auf den Tisch brachten, etwas Wertvolles, etwas, das Achtung und Respekt verdiente?

Josef erinnerte sich an Kriegs- und Nachkriegszeit, wenn die Menschen um ihre Produkte baten. Wenn Doktoren und Professoren, Studienräte und krawattenbestückte Beamte kamen und taten, als stünden sie mit dem Bauern auf du und du, dass man glauben konnte, es gäbe keine Klassen und keine Unterschiede zwischen Menschen. Als aber die Zeiten andere waren und das Besorgen von Dingen aller Art ein Leichtes, drifteten die gesellschaftlichen Schichten wieder auseinander und manche taten, als hätten sie einen nie gekannt.

Als Josef noch Fußball spielte, war er ein Spieler, der mehr mit Technik und Übersicht machte denn mit roher Kraft. Trotzdem kam es vor, dass er als Mittelläufer manchmal etwas konsequenter als erlaubt zur Sache gehen musste, um Unheil zu verhindern. Wenn dann der zu Fall Gekommene seinen Kopf hob und von unten herauf sein ‚du Bauer, du' keuchte, war Josef tief getroffen. Hätte jemand in einem Gespräch zu ihm gesagt, ob er Bauer sei oder dass er Bauer sei, als Frage oder Feststellung, Josef wäre stolz gewesen, bejahen oder bestätigen zu können. Aber diese Art von Bezeichnung, die den Berufsstand traf als etwas Primitives, etwas als zu allerunterst Rangierendes, als etwas zu Verachtendes, brachte sein Inneres in Aufruhr. Dann musste Josef sich beherrschen, einem solchen Unverschämten nicht noch eines mitzugeben. Wenn man nach dem Spiel beisammensaß, bei Bier und Gesang und Gerede, war es oft, dass jene, die mit der Bezeichnung ‚Bauer' so großzügig und verantwortungslos umgegangen waren, sich als Primitivlinge ersten Ranges entpuppten. Dann war ihr Geschwätz von allereinfachster Art und es kam nichts zum Vorschein, was auf ein gewisses Potenzial an Intelligenz schließen ließ. Das spätestens war der Zeitpunkt, wo sich Josef beruhigen konnte, den Vorfall ad acta legen und denken, dass man die Dummheit anderer nicht überbewerten sollte.

Peter erzählte von Reisen, die er in den Semesterferien gemacht hatte. Griechenland hatte er besucht und Rom und Sizilien, schwärmte von Ländern und Städten der Antike und ließ etwas wie Sehnsucht, wie Lust nach Kennenlernen anderer Geografien in Josef aufkeimen. Schnell aber verschwanden die Anflüge von Träumereien wieder, wenn er seine finanzielle Lage besah oder wusste, im Sommer, wenn Pflanzenschutz und Pflege der Kulturen ein ständiges Beobachten und Anwesendsein erforderte, dass er nie die Erlaubnis zu einem längeren Wegsein erhalten würde. Urlaub gab es für ihn, aber auch für Walter und Ernst und die anderen nicht. Und so war es nicht schwer, darauf zu verzichten, denn Verzicht ist nur schwer, wenn man das nicht tun darf oder kann, was die, mit denen man sich vergleicht, in der Lage sind zu tun.

Hätte es nicht ab und zu einen Ausflug mit dem Gesangverein oder der Feuerwehr oder dem Sportverein gegeben und wäre nicht alljährlich eine Lehrfahrt beruflicher Art nach Südtirol oder Holland oder Frankreich notwendig gewesen, Josef wäre nicht über den engen Kreis hinausgekommen.

Josef verabschiedete sich bald von Peter, obwohl sie früher viel beieinander waren und sich jahrelang nicht gesehen hatten. Josef hatte das Gefühl, sie hätten sich nicht mehr viel zu sagen und sie lebten mittlerweile in unterschiedlichen Welten.

Als Peter geschwärmt hatte von Philosophie als der Krone aller Wissenschaften, sich hineingeredet hatte in einen Höhenflug, der ihn hinaustrug in seine fantastische Welt, wusste Josef, dass jener die Plattform verlassen hatte, auf der sie einmal gemeinsam gestanden hatten. Er war der Wirklichkeit entflohen, hinein in eine, wie es Josef schien, für Peter berauschende und betörende Welt von Thesen und Hypothesen, von Lehrsätzen und Gesellschaftsmodellen. Er zitierte Zenon und Sokrates, Plato, Aristoteles und Epikur, Marc Aurel und Seneca, Rousseau, Descartes und Erasmus von Rotterdam, Kant, Hegel, Sartre und Heidegger. Da konnte Josef nicht mithalten und wollte es auch nicht, ja, er fand es ungehörig und überheblich. So, als wollte ein Astrophysiker einen Fünfjährigen mit der Rotverschiebung oder der Hubble-Konstante beeindrucken.

Josef hatte gefragt, um Peter wieder auf den Boden zu holen: „Ist nicht jeder Mensch Philosoph?" „Westentaschenphilosophie," sagte Peter. „Nichts ist dem genug, dem das Genügende zu wenig ist," sagte Josef. Und weiter: „Meinst du nicht, es genügte, wenn der Mensch sich ein Fundament erstellte, auf dem er glaubt, das Gebäude seines Lebens errichten zu können, wenn er einen Hochsitz baute, von dem aus er meinte, die Begehbarkeit seiner Landschaft beurteilen zu können?"

„Glaubst du, du könntest dein Haus errichten, wenn nicht vor dir Architekten schon Pläne gezeichnet hätten, Striche in die Gedankenlandschaft deines bewusst oder unbewusst Erfahrenen gezogen hätten, wie geometrische Figuren, als Prototypen oder auch nur Hilfslinien eines Schemas künftig möglicher Gebäude?"

„Jeder baut nach seinen Möglichkeiten, wenn er keinen Palast vermag, baut er eben eine Hütte. Wichtig allein ist, dass er dort, wo er gebaut hat, sich zu Hause fühlt, dass seine Wohnung heimelig ist und dass er glaubt, gegen Stürme geschützt zu sein. Es braucht keine Prunkräume und keine fantastischen Kabinette."

„Kann ein Bauherr, der von Statik nichts versteht, ein Haus bauen, das Bestand hat, fällt es nicht beim ersten Unwetter in sich zusammen?"

„Ich will ein Haus bauen für die Dauer meines Lebens, ihr wollt Gebäude errichten für die Ewigkeit."

„Sollte man bei der Grundsteinlegung schon an den Abbruch denken?"

„Nein, aber die Demut haben zu wissen, dass dieser Abbruch geschehen wird, er ist nur eine Frage der Zeit. Wo sind die Paläste von Zenon und Plato, von Sokrates oder Catull? Wurden sie nicht von der Zeit hinweggeblasen, obwohl sie glaubten, solide gebaut zu haben? Oder, wenn die Zeit gnädig war mit ihnen, wurden Schlösser, die einmal wie Festungen standen, nicht abgetragen von anderen, die neu bauen wollten? Bauten nicht mit Aristoteles' Steinen Abaelard oder Wilhelm von Ockham neue Paläste und mit deren Material wieder Rousseau und Descartes oder Sartre wieder andere, jeder im Glauben, für die Ewigkeit gebaut zu haben?"

„Von Zerfall oder Abriss kann nicht die Rede sein. Allenfalls von Umbau oder Anbau, denn Teile der Mauern der Städte, die Platon baute oder Sokrates aufrichtete, stehen noch heute, nach mehr als 2300 Jahren, und sie werden noch lange stehen."

„Erkennt noch einer, außer dem Archäologen, die Strukturen und Fassaden aus den Anfängen?"

„Kann jemand ein Haus bauen, das nur ganz und in allem gefällt?"

„Stoße ich nicht den Kopf an zu niedrigen Decken oder verwehren mir nicht zu hoch angebrachte Fenster den Blick ins Freie?"

„Die großen Architekten waren nicht kleiner als wir, so dass sie gemerkt hätten, wären ihre Räume zu niedrig geraten, und sie waren nicht größer als wir, darum wäre es ihnen aufgefallen, hätten sie durch die Fenster nicht hinaus ins Land gesehen."

„Was wir können, ist, den Raum zu schmücken, unsere Bilder aufzuhängen, Gegenstände anzuordnen nach unserem Geschmack, dass wir uns wohl fühlen können in diesem Haus."

Dabei beließen sie es, sie wussten beide, endlos könnten sie das Spiel weitertreiben.

Josef sagte: „Ich muss gehen. Zu Hause warten Köchin und Mittagessen, und das ist keine brotlose Kunst. Wenn man auch spekulieren könnte, was es wohl zu essen geben würde, es wird mich satt machen, das genügt."

Wenn Josef ins Dorf hinunterging, den Schäfflerberg hinab, über die Bahngeleise ins Unterdorf, am Sonntag oder an einem Abend im Sommer, wenn die Tage die Nacht würgten, dass sie sich ganz klein machte, und unten am See ein buntes Treiben war, spürte er die Veränderungen, die, wenn auch fast unmerklich, das Bild des Dorfes anders malten. In den zwanzig Jahren, die er denken konnte, war auf dem freien Platz in der Mitte des Dorfes, dort, wo das alte Buchstallerhaus gestanden hatte und sonst nur freies Gartenland war, die neue Kirche gebaut worden. Modern und mit einem Turm, der wie ein Pfeiler im Herzen des Körpers Dorf steckte, und gegenüber, wo die alte Ellis Reben geschnitten und gebunden hatte und darunter Erdbeeren gepflückt im Juni, stand das neue Gebäude der Raiffeisenbank, groß und mächtig, wie wenn es auf seiner Fassade den Wahlspruch der angebrochenen Zeit stehen hätte: „Geld regiert die Welt".

Viele Häuser waren gebaut worden. Das Wort Fremdenverkehr war zum Zauberwort geworden für viele. Nein, so durfte man nicht mehr sagen, ‚Gästebeherbergung' war der erwünschte Ausdruck. Dabei ging es allen ums Geld, natürlich. Und das ist auch nichts Schlechtes, zumindest ist es nichts so Schlechtes, dass man nicht auch darüber sprechen dürfte. „Nimm Abschied und gesunde" fiel Josef die letzte Zeile eines Gedichtes von Hermann Hesse ein. Dennoch, freie Flächen, die bisher landwirtschaftlich genutzt waren, verschwanden aus dem Kern des Dorfes, alte, schöne Bauernhäuser wurden umgebaut oder abgerissen und an ihrer Stelle zweckmäßige Häuser errichtet, der alte, wunderschöne alemannische Dialekt mutierte. Wenn Josef ergraute Bäuerinnen hörte, wie sie, wenn sie mit ihren Gästen sprachen, sich mühten, ein Angeborenes, Alterlerntes in ein einigermaßen verständliches Hochdeutsch zu verwandeln, konnte er sich ein Lächeln nicht verkneifen. Wenn sie sich dann aber diesen Bastard von Sprache so angewöhnt hatten, dass sie auch in einem Gespräch mit ihm oder anderen Einheimischen nicht mehr anders konnten als dieses wie ein Zitronenbaum im heimischen Wald stehende Gewäsch auszubreiten, dann fand es Josef gelinde gesagt komisch.

Alle Entwicklung, alle Veränderung, dachte Josef, ist auch Untergang von Altem, Lieb gewordenem.

Da musste Josef an Hans denken. Wie sie ihn verkauft hatten, weil er nicht mehr gebraucht wurde, wie alle Verdienste von einst nicht mehr galten, wie ihn das Todesurteil traf, weil er der Rentabilität nicht mehr dienstbar sein konnte. Da wurde Josef traurig. So ist die Welt, hatte der Vater damals gesagt. Die Welt ist grausam, dachte Josef.

Manchmal, an schönen Sommerabenden, ging Josef an den See hinunter. Am Landesteg, wo die Dampfer anlegten, wo davor die bescheidene Promenade unter alten Kastanienbäumen auf schmalen Kieswegen durch bunte Blumenrabatten führte, war am meisten los. Da traf er Gleichaltrige und man sah Mädchen. Alle zehn Tage neue, denn die Gäste wechselten regelmäßig. Josef wusste, dass das, was hier zu finden war, nicht das war, was er suchte. Die flüchtigen, jede Woche neuen Bekanntschaften waren seine Sache nicht. Dennoch ging er schauen, man wusste ja nie.

Da geschah das, was Josef nicht vergessen würde, solange er lebte. Und den Tag wusste er auch noch. Der fünfundzwanzigste Juli, der Tag des Patroziniums ihrer alten Jakobuskapelle. Auch da ging er am Abend hinunter zum See nach der Messe, was zu seiner Kindheit ein Feiertag des Dorfes gewesen war, der mit Festlichkeit begangen wurde, zusammengeschrumpft, denn für Feiertage dieser Art hatte die neue Zeit keine Zeit mehr. Er ging allein hinunter zur Promenade. Ernst und Walter und die anderen waren verheiratet und gingen mit ihren Frauen Wege, die nicht mehr Josefs Wege waren.

Der Sommerabend war weich und über dem Langenarger Horn sank eine feuerrote Sonnenkugel in die Konstanzer Ecke des Bodensees hinab. Durch Zweige und Blätter drüben auf der Landzunge, die wie ein angetretenes Bataillon geordnet in Reih und Glied standen, flackerte das späte Rot wie Zungen aus Feuer.

Über das schwach bewegte Wasser des Abends hüpften kleine flinke Funken von Licht. Josef war mit sich und der Welt im Reinen. Er ging allein. Allein unter vielen schlendernden Menschen. Das gefiel ihm. In Gemeinschaft sein und doch allein, von niemandem behelligt. Josef ging nicht, er erging sich. Wie Sportler nach einem schweren Wettkampf sich auslaufen. Wie sie sich lockern durch Laufen, so befreite er sich durch sein Ergehen in den Sommerabend, von Tagesarbeit, Hitze, Pflicht in ein Schweben, ein Wohlfühlschwelgen, in ein nur Menschsein. Seinen Körper befreite er und seine Seele. Vor allem seine Seele. Er, der Verantwortungsvolle, alles Rechtmachenwollende, der Gewissenhafte, brauchte dieses Gelöstsein am Abend wie die Luft zum Atmen.

Seit sein inwendiges Zauberreich nicht mehr so spontan abrufbar, nicht mehr so zu jeder Stunde begehbar, seine Buntheit nicht mehr so bedingungslos strahlte, brauchte er die Gärten der Natur, die Felder, an denen er sich hinein ergehen konnte in die ausgewogene Atmosphäre seiner inneren Schwingungen.

Josef redete gern mit Menschen, und doch hatte er oft das Gefühl, es fiele ihm leichter, mit Bäumen zu sprechen oder ein Spiel von Frage und Antwort mit seinen Freunden, den Pflanzen, zu treiben, den Versuch der Erkenntnis ihrer Befindlichkeit zu proben. Ihnen trat er immer offen und ungehemmt entgegen wie Gleichaltrigen, Gleichgestellten. Menschen hatten Hintergedanken, glaubte er, sahen hinter dem gesprochenen Wort ein anderes, vermutetes, ein unterstelltes. Da konnte er nicht so leicht und vertrauensselig plaudern.

„Josef!" rief jemand. Es klang wie von weit und doch so, als wäre er zu Hause. Wie von Ferne und doch so, als klänge es seit Anbeginn in ihm. Als wäre ihm Ton und Klang und Melodie vertraut. Dieses eine gerufene Wort malte im Augenblick eine ganze Landschaft, ein Bild, eine Situation.

Josef horchte auf, wie ein Forscher aufhorchen würde, wenn er den Laut eines lange gesuchten Tieres vernähme, wie ein Heiliger aufhorchen würde, wenn er von Gott oder einem Engel gerufen werden würde, wie ein junger Mann aufhorchen würde, dem ein lange unbewusstes, ein tief innen Schlummerndes erweckt worden wäre.

Josef dachte an früher: Als er noch Bub war, gab es Augenblicke, Momentaufnahmen von Situationen, Töne, Bilder, Konstellationen, von denen er glaubte, sie schon einmal gesehen, gehört, erlebt zu haben. Von denen er wusste, mit Bestimmtheit wusste, dass er von dieser Bildhaftigkeit des Moments zwar keine Erinnerung, aber eine Gewissheit von Irgendwann und Irgendwo hatte, die ihn schaudern ließ.

Hieß dies, er hätte schon einmal gelebt? In irgendeiner anderen Welt, zu einer anderen Zeit gelebt, wäre schon einmal vor Zeiten durch eine aufs Haar genau gleiche Landschaft gegangen, hätte dieselben Häuser und Straßen gesehen, hätte sich die gleichen Menschen darin bewegen sehen? Josef glaubte nicht an Hokuspokus, aber jene Augenblicke waren für ihn durch keine Erinnerung, durch kein logisches Überlegen zu erklären. War dies ein solcher Augenblick? Hatte ihn jemand aus einer anderen Welt gerufen?

Nein. Seit langem kannte er solche Erscheinungen nicht mehr. Es musste etwas anderes sein. Etwas Erklärbares, etwas Natürliches, etwas an ein Wunder Grenzendes, dennoch aus dem Hier und Jetzt Kommendes.

Er drehte sich um, sah in die Richtung, aus der der Ruf gekommen war, aus der sein Name, den er sonst bescheiden und antiquiert fand und den er nicht für zeitgemäß hielt, herklang wie etwas Gewöhnliches, das man zum ersten Mal als etwas Besonderes empfand.

Josef sah ein Mädchen. Dreißig Schritte der untergehenden Sonne zu stand sie. In der fast versunkenen Sonne stand sie. So, als wäre sie gerade aus diesem Feuerball, aus dieser roten Glut geboren worden. Die Geburt der Venus von Botticelli fiel ihm ein. Dort aus der Muschel, hier aus der Sonne geboren. Mitten unter den Spaziergängern, die aber, obwohl sie sich bewegten, nicht lebten, nicht für ihn, Josef, der nur ein helles Sommerkleid sah mit großen roten Blumen darauf, ein lächelndes Gesicht, das dennoch Zweifel verriet, braune Haare, die bis auf die Schulter reichten und eine nur zaghaft und halb erhobene Hand. Gab es Ahnungen?

Auch sie schien nur eine Vermutung gehabt zu haben. Auch sie schien gerufen zu haben, um die Reaktion abzuwarten, an ihr zu erkennen, ob er der sei, den sie glaubte erkannt zu haben. Ihre halb erhobene Hand drehte sich leicht, zaghaft, als bäte sie ihn um Erlaubnis für ein stürmischeres Winken, würde sie auf Ermunterung warten durch ein Lächeln, durch ausgestreckte Arme oder den Klang ihres Namens.

Aber Josef stand und schaute. Konnte nicht glauben, was in ihm als Ahnung, vielleicht mehr als Hoffnung, als Wunsch, als Erhofftes, aufkeimte. Das wie ein Sonnenaufgang in ihm aufscheinen, aufgehen wollte, das er aber zurückdrängte, weil es nicht sein konnte. Fünfzehn Jahre keine Stimme, keine Zeile, kein Bild, und jetzt dies?! Nein, das konnte nicht sein. Gab es die Bilder aus einem früheren Leben doch? Hatte ihm jemand ein anderswo Erlebtes, ein in seinem früheren Leben Erfahrenes herübertransportiert in seine Jetztzeit, in diesen Augenblick, der ihn so verwirrte? In dieser Verwirrung, die ihn umfing, wie er manchmal in Situationen stand, die ihn stumm und starr machten, reglos und ausgeliefert, wo er nur über sich ergehen lassen musste, was die Vorsehung oder das Schicksal oder die Zeit mit ihm vorhatten? Dann waren Strömungen und Richtungsweisungen, die man nicht dirigieren konnte, die ihm ein Ausgeliefertsein suggerierten und dennoch unendlich schön waren, weil er das Gefühl hatte, dieses Ausgeliefertsein habe nur die Fähigkeit zum Wunderbaren. Da fühlte er sich handlungsunfähig, ohne Macht auf Einflussnahme, und wusste, dass er sich ruhig treiben lassen konnte, der, der die Lenkung übernommen habe, der, der ans Steuer gegangen sei, um eine Richtung vorzugeben, sei der Kompetentere. Josef ein Kronprinz, Josef auf dem Weg zum Königsthron.

Josef stand immer noch und schaute. Er glaubte zu träumen und hatte nur Furcht, aus diesem Traum zu erwachen. Aus diesem Traum zu erwachen wäre furchtbar gewesen. Es gibt Träume, dachte Josef, von denen man glaubt, wenn man aus ihnen erwachen würde, wenn sie sich nur als Traum erweisen würden, wenn sie zerplatzten wie eine Seifenblase, wären sie nicht überlebbar. Und je mehr man sich in einen solchen Traum hineingesteigert hatte, je mehr man diesem Tag Bezug zur Wirklichkeit gegeben hatte, desto zerstörerischer würde er sein, desto tiefer der Sturz, um so schwärzer die Dunkelheit, in die man fiele.

Auch in dem auf ihn Zugehen des Mädchens lag noch ein Zögern, so als wäre der letzte Schatten von Zweifel, der letzte Rest einer scheuenden Ungewissheit noch nicht verflogen.

Manchmal glaubte Josef, ein Jubel, der einem fast die Brust sprengte, weil er zurückgehalten werden musste, würde auch eingesperrt bleiben sollen. Schrecklich, ihn freizulassen und erfahren zu müssen, er habe dem Falschen gegolten. Wie tödlich konnte es sein, eine Fata Morgana zu besingen.

Als Josef sich umgeschaut hatte auf ihren Anruf, war es dem Mädchen fast Gewissheit geworden, den Angerufenen, den beim Namen gerufen zu haben, den sie meinte. Nur ein ganz kleiner Rest von Unsicherheit blieb noch, wie ein paar letzte Wolkenfetzen am Berg hängen geblieben sind von einem gestrigen Regentag. Und mit jedem Schritt, den sie näher kam, wuchs ihr Vermuten zum Erkennen und wurde gewisser.

Aus dem Jungen, der ihr das Fahrrad geflickt hatte, aus dem Burschen, der am Rand der Eisfläche gestanden hatte vor fünfzehn Jahren, war ein Mann geworden. Und auch ich, dachte sie, muss mich verändert haben, sonst könnte sein Gesicht nicht diesen Thomasausdruck haben, diesen ungläubigen Blick, der fast ein Widerstreben gegen das sich Belehrenlassen zum Glückhaften offenbarte. Was nicht sein konnte, durfte nicht sein, scheinbar.

Manchmal konnte Josef eine Staumauer bauen gegen seine Gefühle. Wenn er Ort und Zeit ihren freien Lauf zu lassen nicht angemessen fand, wenn er glaubte, es sei zu früh oder es könnte lächerlich scheinen oder gar, und das wäre das Schlimmste gewesen, der oder die, denen diese Gefühle entgegengebracht werden sollten, würden ihn wie einen nackten Mann stehen lassen. Er, der sich entkleidet hatte, ausgezogen im Vertrauen auf Wahrhaftigkeit, wäre stehen gelassen worden wie ein Gutgläubiger, ein Tölpel, ein Ungewiefter.

Zwei Schritte vor Josef war das Mädchen stehen geblieben. Josef hatte noch kein Wort gesagt. Er hatte nur geschaut. Geschaut, wie man schauen mochte, wenn einem ein Geist erschiene, wie man schauen mochte, wenn Dinge geschahen, die allen Naturgesetzen widersprachen, wie jemand schauen mochte, dem ein Wunder geschah.

Noch hielt die Staumauer, wenn auch der Druck immer größer wurde, wenn auch das Aufgestaute seiner Vermutungen nach Befreiung schrie. Und als der Aufseher, der Wächter über die Tore einen Moment lang unaufmerksam war, öffnete sich ein kleiner Schieber und ließ einen Schwall von Übermaß hinaus ins freie Land überlaufen.

„Yvonne," sagte Josef nur leise. War es eine Frage, eine Vermutung, die Bestätigung suchte, oder war es schon Gewissheit, die so unglaublich schien, dass er Versicherung erflehte?

„Yvonne," sagte er zart und weich, wie ein Hauch von Rosenduft hatte er den Namen hineingebettet in die Sommerabendmilde, in die Abendrotstunde, Ostermorgenerbeben.

„Yvonne," hatte Josef gesagt, so weich und warm, wie der Föhn herauswehte aus dem Rheintal, wie er Heimat schuf mit seiner heimeligen Wärme, wie er einhüllte in ein Tuch aus lauter Wohligkeit. Frühlingserwachensglockenklang.

Wie er ihn hauchte, diesen Namen ‚Yvonne', als umgäbe er ihn mit nichts als Wärme und Glück und Hoffnung. Dieser Name, der Josef klang, als wäre er wie der Föhn, Heimat und Ferne zugleich, als wäre er Wärme und Sehnsucht in einem. Als käme er aus Frankreich oder Italien, aus der Po-Ebene vielleicht. Josef hatte einmal den Film ‚Das Reismädchen' gesehen, der spielte dort und Elsa Martinelli darin die Hauptrolle, für ihn damals der Inbegriff der weiblichen Verlockung überhaupt. So klang ihm der Name Yvonne. Als entspränge er einem Sommerland und käme zu ihm, um ihn zu wärmen, in ihn einzugehen.

Er hatte lange nicht mehr an sie gedacht. Zumindest nicht bewusst und mit Name und Bild gedacht. Durch die seltener gewordenen Wunderlanderscheinungen hinter seinen geschlossenen Augenlidern am Abend ging zwar manchmal ein Mädchen. War das Yvonne gewesen? Es war undeutlich. Er hatte viele Mädchen kennengelernt in diesen Jahren. Flüchtig und näher. Jetzt aber, da Yvonne vor ihm stand, wusste er es, allen seinen Spaziergängerinnen durch sein Abendwunderland war Yvonne am ähnlichsten.

Josef stand und schaute und lächelte. Er hatte bisher noch nichts gesagt als zweimal den Namen Yvonne. Als Yvonne ihm die Hand gegeben hatte, ihn leicht umarmt und ihre Backe links und rechts an seine gelegt hatte, wie es heute bei manchen Leuten üblich ist, war er errötet. Bei ihnen zu Hause oder in seinen Kreisen waren dezentere Begrüßungsrituale, die althergebrachten immer noch in Mode. Da hätte er Vater einmal sehen wollen, wenn einer oder gar eine gekommen wäre und ihm mit seinem oder ihrem Gesicht in seinem Gesicht herumgefummelt hätte. Da hätten seine feurigen Augen Blitze wie Bannstrahlen herausgeschossen, als wollten sie sagen, solche Intimitäten verbitte ich mir.

Josef war nicht unlieb, was Yvonne machte, ohne etwas dabei zu denken, machte einfach so, weil sie es so gewohnt war, dennoch ertrug er es mit einer gewissen Scheu, so als wären sie sich für und in der Öffentlichkeit schon zu nahe gekommen.

Als Josef Elsa Martinelli als Reismädchen gesehen hatte, gab es eine Szene, da sah man sie, nur spärlich bekleidet, wie sie sich mit ihrem Freund traf, draußen hinter den Reisfeldern am Fluss, wie sie sich küssten und wie sie dann im Gebüsch verschwanden. Und jeder, der den Film sah, wusste genau, was dort hinter dem Gebüsch jetzt geschah. Und das, von dem man genau wusste, dass man es sich vorstellen konnte, wie es geschah, war noch der größere Kick, als hätte man es gesehen. Die Fantasie konnte bunter malen als es die Wirklichkeit vermochte.

Yvonne sagte: „Hast du etwas vor?"

„Nein," sagte Josef, „und du?"

„Nichts Besonderes."

„Wollen wir uns in Seewirts Garten setzen? Dort sehe ich einen freien Tisch."

Heute mit Yvonne, wollte sich Josef an einen Tisch setzen, an dem sonst niemand saß. Er wollte nicht anderen, fremden Menschen prophezeien müssen, wie morgen das Wetter würde, und er wollte auch nicht das banale Geschwätz anderer Leute mit anhören müssen. Er wollte, so gut es ginge, eine Atmosphäre schaffen, die die Illusion zuließ, er und Yvonne seien allein auf der Welt.

Josef dachte, wenn man sich so unendlich viel zu sagen hätte, aber vor lauter Hervordrängen dessen, was man sagen möchte, gar nichts herausbringt, dann sagt das so viel, wie man mit keinen Worten sagen könnte. Aber dazu müsste man alleine sein. Die Sprache, die am deutlichsten sprach, wenn man nichts sagte, brauchte das Alleinsein. Sie war nur im Abgeschottetsein von anderen hörbar.

Im Cafégarten unter den Kastanien standen viele weiße Tischchen, jedes für höchstens vier Personen. Sie setzten sich an einen Tisch ganz nahe an der Mauer, die den See davon abhielt, in den Garten hineinzuplätschern. Wenn der See in seinem ewigen Hin und Her seine Schultern hob, füllte sich die Entwässerungsdohle unter ihnen mit Wasser, wenn er sie senkte, gluckste und quakte das Rohr wie eine Flasche, der man zu wenig Luft gab, um sich ruhig zu entleeren.

„Was darf ich bestellen?“ fragte Josef, „Ein Eis, Wein, Bier?“

„Ein Eis bitte, mit Sahne, wenn möglich.“

Josef dachte, wie gut, dass ich noch einen Zwanzigmarkschein eingestreckt habe. Seit die Eltern wussten, dass Josef ein Sparsamer ist und nie etwas nehmen würde, um es zu vergeuden oder sich ihm nicht gemäße Dinge zu erlauben, durfte er das, was er brauchte, selber nehmen. Josef hatte nicht Lohn und nicht Gehalt, obwohl mittlerweile eine Erdbeer-, Kirschen-, Birnen- und Apfelproduktion auf ihrem Betrieb ohne ihn nicht denkbar war.

Die Sonne war hinter Langenargen untergegangen und die Lichter, die wie Kinder auf dem See gespielt hatten, waren erloschen. Die Dämmerung verwischte die Konturen und der Blick wurde mit jeder Minute kürzer. Unten an der Mauer murmelte ein kleines Gewell und brauste nur auf, wenn das Tanzschiff, das hell beleuchtet war und von dem Musik herüberklang, draußen am Steg anlegte.

„Welch ein Zufall,“ sagte Josef, „dass wir uns heute und hier begegnet sind." „Zufall? Gibt es den? Ich wohne seit zwei Monaten im Dorf, in der Nähe unseres Hauses von damals, in Miete."

„Und warum wieder Nonnenhorn?" Und bei dieser Frage schlug Josefs Herz hoch auf.

„Der Beruf," sagte Yvonne.

„Und, was ist das für ein Beruf?" Josef wusste, dass die Akzeptanz zu Hause nicht groß sein würde, wenn er sagte, er habe ein Mädchen aus der Stadt, das in einem Büro arbeite.

Sie habe Sozialpädagogik studiert und über den Sommer die Leitung des Kindererholungsheimes in Kressbronn angeboten bekommen.

„Und du?" fragte Yvonne, mit nicht geringerer Spannung.

„Immer noch Kronprinz," sagte Josef scherzend.

„Ohne Anhang?"

„Ohne Anhang. Und du?"

„Du siehst, ich muss die Sommerabende allein verbringen."

„Und die Tage?" „Die auch."

Josef schwieg. Er sah sie lange an, ihre braunen Haare flossen in nobler Eleganz auf die Schultern hinab. Die grünlich braunen Augen glänzten voller Leben und ihr leicht geöffneter Mund versprach was? Aus dem Mädchen von damals war eine reife, junge Frau geworden mit allen Attributen, die dazu gehörten. Er sah ihren hellen, schlanken Hals und sah im Ausschnitt ihres Kleides, zwischen ihren Brüsten, den Beginn eines Schattentales, das weit hinab führen mochte, dorthin, wo nur seine Fantasie hinreichen konnte. Dorthin, wo er aber seiner Fantasie verbot, weiter zu malen, auszumalen. Nicht bei Yvonne. Er hatte das Gefühl, würde er dieses Bild weitermalen, würde er das Bild, das er von Yvonne hatte, beschädigen. Er wollte das schönste Bild, das sein Herz je gemalt hatte, nicht verunzieren. Manchmal, wenn er Bilder von fremden Frauen sah, in Illustrierten oder im Kino, konnte es sein, dass er seine Fantasie malen ließ, nicht aber hier, nicht bei Yvonne. Yvonne war kein Objekt, Yvonne war etwas Wunderbares, weil es ein Ganzes war, ein Ganzes, das man nicht zerlegen durfte in dies und das, das man zerstört hätte, wenn man zerteilt hätte. Es gibt Dinge, die muss man als Ganzes haben oder gar nicht. Die konnte man nicht in

Teilen haben. Von Elsa Martinelli, dachte Josef, könnte ich Teile haben, Teile gebrauchen, von Yvonne nicht. Yvonne war vollkommen als Ganzes.

Es war jetzt Nacht geworden. Von der Schweiz drüben, vom Ufer her und die Vorberge hinauf leuchteten gelbe, gutmütige Lichter herüber. Vom See wehte ein etwas kühlerer Wind, der das Wasser am Fuße der Mauer lauter sprechen ließ.

„An was denkst du?" fragte Yvonne, weil sie seine Versunkenheit bemerkt hatte.

„An die ganze Welt," sagte Josef. „Heute bin ich Herr der ganzen Welt. Heute gibt es nichts auf der Welt, was mich besiegen könnte."

Yvonne lächelte glücklich. Sie konnte sich nicht erinnern, jemals eine schönere Liebeserklärung bekommen zu haben.

Josef zahlte, denn die Bedienungen räumten schon die Tische ab und sie waren, sie hatten es gar nicht bemerkt, noch die einzigen Gäste im Garten.

Als sie ein Stück gegangen waren, wollte Josef den Weg einschlagen, den Yvonne nahm.

Da sagte sie: „Nein, heute nicht, bitte, noch nicht. Ich muss nachdenken. Ein andermal gern, wenn uns der Zufall noch einmal zusammenführt."

„Darf man dem Zufall etwas nachhelfen?" „Das darf man," sagte sie, „man sollte es sogar, wenn man will, dass der Zufall kein Zufall bleibt."

Yvonne gab Josef ihre Telefonnummer. „Acht, sieben, drei, vier," sagte sie, „soll ich es aufschreiben?"

„Nein," sagte Josef, „diese Nummer wird bis ans Ende meiner Tage in meinem Kopf festgeschrieben sein."

Yvonne streckte sich etwas, um nicht nur Wange an Wange zu reiben, sondern, das spürte Josef, diesmal war sie mit ihren Lippen den seinen schon etwas näher gekommen.

Dann ging sie schnell weg. Josef schaute ihr nach. Ihr geschmeidiger Gang war wie das Wiegen einer blühenden Wiese im Sommerwind.

Als Josef zu Bett gegangen war und die Augen schloss, kam sein Wunderland mit jener Buntheit zurück, die seine Kindheit so verzaubert hatte, die ihm aber seit einigen Jahren abhanden gekommen zu sein schien. Ein Mädchen ging geschmeidigen Schrittes hindurch, und er erkannte sie.

Die Kirschenernte ging dem Ende zu. Die letzten drei Ebneterbäume, sie waren die spätesten, hingen glänzend schwarz und voll in den Sommermorgen und mussten heute noch gepflückt werden. Josef kannte heute keine Furcht. Er stieg die Leiter bis auf die oberste Sprosse hinauf, sah über Land und See und grüßte den mächtigen Säntis drüben auf der anderen Seite. Am liebsten hätte er gejodelt wie die in den Bergen, wenn sie den Gipfel erklommen hatten.

Den ganzen Tag über ging ihm ein Lied durch den Kopf, dessen Text er nicht kannte, dessen Melodie ihn aber vom Tanzschiff herüber so überfallen hatte, in ihm sich eingenistet hatte, dass es ihm fast lästig war, diese Melodie den ganzen Tag im Geiste summen zu müssen.

„Was ist denn mit Josef heute los?“, hörte Josef seine Schwester, die beim Pflücken half, leise zur Mutter sagen. Laut summen oder gar singen während der Arbeit durfte man bei Vater nicht. Er sagte, wer singe, habe seinen Kopf irgendwo anders, war nicht da, wo er hingehöre, nämlich zur Arbeit.

Mutter hatte in letzter Zeit öfters angedeutet, dass es ihr jetzt, da die Geschwister aus dem Haus waren, recht sein würde, wenn Josef etwas Passendes finden würde. Alt genug, meinte sie, sei er ja.

Mutter war es nicht recht, wenn Josef am Sonntagabend nach Lindau zum Tanzen ging. In der Stadt, meinte sie, habe es ja doch nichts Gescheites. Er solle doch dahin gehen, wo es Bauernmädchen habe. Er brauche jetzt nicht eine für den Sonntagabend, sondern eine zum Heiraten.

Josef wusste, was Mutter wollte. Sie hatte es nie ausgesprochen, aber Josef glaubte zu wissen, wie die Rangordnung sei, die für die Mutter Gültigkeit hatte.

Das Schlimmste wäre gewesen, wenn Josef eine Evangelische aus dem Preußischen gebracht hätte. Das Zweitschlimmste wäre ihr eine Evangelische aus der Stadt gewesen. Dann, so glaubte Josef, stufe sie ein, wäre vielleicht ein Bauernmädchen aus der Vorstadt gekommen, von der sie geglaubt hätte, dass es eine Tüchtige sei, aber weil fast alle Vorstädterinnen evangelisch waren, hätte auch diese Konstellation ihre Macken gehabt. Am liebsten, das glaubte Josef sicher zu wissen, wäre Mutter gewesen, wenn er ein katholisches Bauernmädchen ausgesucht hätte, womöglich eine, deren Eltern die Mutter von früher her gekannt hätte. Aber damit würde Josef nun, wie es den Anschein hatte, nicht dienen können.

Die nächsten Tage regnete es in Strömen. Wenn eine Regenfront über die Alpen von Italien her heranrückte, konnte es, so verkrallt am Alpennordhang drei Tage lang ohne Unterlass regnen. Vater sagte: „Gut, dass die Kirschen herunter sind, sonst wären jetzt alle geplatzt."

Josef ging trotz des Regens zum Ausdünnen. Wenn sie im Herbst schöne voll entwickelte Äpfel ernten wollten, mussten jetzt, da sie kaum Walnussgröße erreicht hatten, die Überzähligen herausgenommen werden. Das war viel Arbeit.

Mutter sagte: „Ahne, ahne, lond doch waße was waße will. Dund doch iserm Hergott it is Gschäft pfuscha."

Wenn sie im Herbst die schönsten Äpfel an den Bäumen hängen hatten, sagte sie: „Des Johr sind se aber grote." Das sagte sie voller Stolz.

Als die Sonne wieder herauskam, waren die Österreicher und Schweizer Berge wie gewaschen. Sie kamen Josef vor, als wären sie herangerückt worden, als wären sie viel näher und deutlicher als je zuvor. So, als wäre eine verschmutzte Glasscheibe dazwischen gewesen, und die wäre mit Bürste und Lappen gereinigt worden. Da sah man jedes Haus am Rorschacher Berg, und die Wälder standen scharf von den hellen Almen abgegrenzt, schwarz im Gegenlicht.

Sobald nach Regentagen die Sonne herauskam, sah man die Fremden spazieren gehen. Weil Josef bei seiner Arbeit gerade oben an der Reihe war, grüßte er das Ehepaar, das auf dem Feldweg heraufgekommen war, im Vorübergehen. Der Mann blieb stehen und sagte: „Schönen Arbeitsplatz haben Sie hier." Die Fremden gingen gern auf den Feldwegen zwischen den Obstplantagen. Der Mann sagte, er sei Direktor einer großen Fabrik in Hannover und habe viel Ärger mit Kundschaft, Belegschaft und vor allem mit der Gewerkschaft. Da täten ein paar freie Tage gut, und das hier sei für ihn die reine Erholung. Er sagte dann noch, er beneide Josef um seinen Arbeitsplatz und um die ungezwungene Art zu leben, die nur noch für einen wie ihn möglich sei.

Josef sagte, er wisse die Vorzüge seines Berufes zu schätzen, trotzdem sei nicht alles Gold, was glänze. Die Preise seien im Keller und viele Kollegen hätten schon aufgehört. Dennoch, er wolle mit niemandem tauschen.

So ist es halt, dachte Josef, jeder hat Sehnsucht nach irgend etwas, oft weiß er selbst nicht, nach was, und jeder sieht beim anderen nur das Positive.

Der Mann zeigte mit dem Stock, auf den er sich beim Gehen etwas aufgestützt hatte, hinüber auf See und Berge und sagte: „Wer hat bei seiner Arbeit schon solchen Ausblick?" Die Frau sagte: „Gehen wir weiter, das Mittagessen wartet."

Als die beiden sich entfernt hatten, dachte Josef: „Sie hat kein Wort gesprochen. Wahrscheinlich meinte er, seine Gesellschaft sei ihr nicht sehr wert gewesen."

„Armer Mann," sagte Josef zu sich. „Was hat ein Mann Schönes im Leben, wenn er in seinem Beruf Ärger hat und eine Frau, die die Nase so hoch trägt, dass sie die Erde nicht mehr riechen kann?"

Josef war manchmal voll Euphorie. Wenn er die überzähligen Äpfel abbrach und zu Boden fallen ließ, dass alles bedeckt war mit kleinen, grünen Äpfelchen, dachte er schon, ja er sah es vor sich, die schönen, großen, reifen Früchte, wie sie jetzt nach dem Ausdünnen Platz hatten und gedeihen konnten. Seine Hand flog den Zweigen entlang, flink und geschickt. Da war alles im Einklang . „Yvonne!" jubelte es in ihm. Konnte das alles so bleiben? Konnte man das überhaupt ertragen? Soviel Glück? Diese Arbeit, dieses Eingebettetsein in die Natur, und dann gewiegt von einer geahnten Gewissheit um Yvonne.

Da musste sich Josef zurücknehmen, sich selbst an die Kandare nehmen. Übertreib es nicht mit dem Glücklichsein, mahnte er sich, so kann es nicht immer weitergehen.

Josef arbeitete mit freiem Oberkörper. Die Sonne brannte auf seinen gebräunten Rücken, als schlüge sie mit einer Peitsche auf ihn ein. Die Julihitze brütete in den Anlagen, als bereite sie die Geburt eines neuen Planeten vor. Die Luft lag schwer und schwül im windlosen Tag, als wäre sie voller Erwartung.

Schon den ganzen Nachmittag sah er drüben, entlang der Schweizer Berge eine blaue Wolkenwand reglos stehen. Ihr gelbes Zentrum ließ Gefahr ahnen. Gegen Abend kam leichter, deutlich kühlerer Wind auf und setzte die Wolke, die wie schlafend verharrt hatte, in Bewegung. Als es dunkelte, ging Josef heim. Da ging es auch schon los. Zunächst fielen einzelne schwere Tropfen, die auf dem Pflaster vor dem Haus zerplatzten wie auf die Straße geworfene Glasperlen. Ein Stocken, ein Zögern, und dann prasselte der Hagel auf Dächer und Plätze, als wäre Krieg. Da liefen Josef ein paar Tränen übers Gesicht. Als er am anderen Tag hinauskam in seine Anlagen, wusste er, dass ein Großteil der Ernte und der Lohn für seine Arbeit vernichtet waren. „Ich ahnte es," dachte er, einer mit seinem Beruf durfte nicht zu euphorisch sein. Aber seine Gedanken flohen schon voraus in ein nächstes Jahr und eine kommende Ernte. Hoffnung heißt immer wieder neu anfangen.

Sie hatten nur noch ihr Obst. Früher, als sie noch Vieh hatten, war ein Unwetter nicht so schlimm. In den Stall hatte es noch nie gehagelt. Dafür gab es Krankheiten der Tiere, Unglück, wenn Herr Giggelberger sechs oder acht Wochen nach dem Decken einer Kuh hinten durch den After hineinlangte, bis man vom Arm nichts mehr sah, und sagte: „Ich spüre nicht viel, um nicht zu sagen, gar nichts," war man schon enttäuscht. Nahm eine Kuh nach mehrmaligem intensiven Bemühen des Stieres nicht auf, musste sie zum Schlachten verkauft werden.

Josef erinnerte sich, wie ihn Vater ein paar Mal zum Kauf einer neuen Kuh mitnahm. Mit dem Achtundneunziger Wanderer fuhren sie über Bregenz nach Lauterach. Was für ein Festtag für Josef. Die Viehhandelsfirma der Gebrüder Vonach sei ein seriöser Betrieb, was man nicht von allen sagen könne, die im Viehhandel tätig seien. Josef war von der Größe beeindruckt. Vierzig, fünfzig Kühe standen in Reih und Glied und jede war zum Verkauf feil. Da wurde geprüft, geschaut, gegriffen. Ans Euter durfte Josef langen, die Melkbarkeit prüfen, die Gutmütigkeit. Es gab Kühe, die, wenn man ihnen am Euter herumfummelte, ausschlugen, dass die Fetzen flogen. Die Milchader galt es zu greifen. Josef durfte einen Finger in das Loch stecken, in das unten an dem mächtigen Brustkasten die Ader mündete, die die Blutzufuhr zum Euter regelte. Großes, breites Loch, dicke Ader, viel Blut, viel Milch, denn Blut gab Milch. Dann wurde gefeilscht.

„Was willst du für die da, Pepe," sagte dann Vater, wenn man glaubte, die Beste gefunden zu haben.

„Hast ein gutes Auge," lobte Pepe dann zunächst, „aber du weißt, das Gute hat seinen Preis."

„Sag schon."

„Achtzehnhundert."

„Viel zu viel, wie lang muss ich da melken."

„Eigentlich wollte ich die gar nicht verkaufen. Ein solches Stück gibt es nicht alle Tage. Billiger kann ich sie nicht geben."

„Siebzehnhundert, das letzte Wort."

Jeder der beiden stand mit offener, nach oben gehaltener Handfläche da und wartete auf den Einschlag. Manchmal wollte einer und der andere zog leicht zurück, so dass nur die Fingerspitzen sich streiften. Das galt dann noch nicht. Es war so, als sei eine Hündin noch nicht richtig läufig und zögerte noch, ihren ungestümen Liebhaber aufsitzen zu lassen. Als signalisiere sie, du bist nahe dran, aber halt noch nicht ganz.

„Siebzehnhundertfünfzig, weil du es bist und weil ich weiß, dass es das schöne Stück bei dir gut haben wird."

„Ich zahle bar, Pepe, das weißt du, das ist auch etwas wert."

„Siebzehnhundertdreißig."

„Du bringst mich um Sack und Bändel."

„Du siehst nicht aus wie ein armer Mann."

„Wenn ich lauter Käufer wie dich hätte, hätte man mich schon vergantet."

„Oh, ho, ho, da muss ich ja lachen."

„Siebzehnhundertvierzig, das Äußerste."

„Also, dann sei es."

Dann klatschten die Hände und blieben schließlich ineinander ruhen, und das Geschäft war besiegelt. Und beide wussten, dass dieser Handschlag verbindlich war und dass er mehr galt als mancher Vertrag über hunderte von Seiten. „Am kommenden Mittwoch laden wir am Reutiner Rangierbahnhof aus, ab zehn Uhr kannst du sie abholen," sagte Pepe.

An jenem Mittwoch durfte Josef auf dem Wanderer wieder mit nach Reutin fahren. Als die Kuh aus dem Waggon kam, die sie eine Woche zuvor in Lauterach gekauft hatten, drückte der Vater Josef den Halfterstrick in die Hand und sagte: „Josef, bring sie gut nach Hause, du kennst ja den Weg, und gib Obacht auf den Verkehr."

Da nahm Josef mit seiner Kuh den knapp zehn Kilometer weiten Weg unter die Sohlen. Er kannte den Weg, auch die kleinen Wege am See entlang. Über Schachen, Reutenen, Wasserburg kam er nach zweieinhalb Stunden vor ihrem Haus an. Als Josef die neue Kuh in den Stall hineinführte und ihr ihren Platz zuwies, war er sehr stolz.

Das war lange her, dachte Josef, fünfzehn, sechzehn Jahre wohl. Jetzt war der Stall leer. Er wurde zu einem Obstlager umfunktioniert. Andere hatten das Stallgebäude zu Fremdenzimmern umgebaut.

Im Dorf gab es kaum noch eine Kuh. „Wenigstens keine vierbeinige mehr," sagte da Georg, den man Schorsch nannte, wenn die Rede darauf kam, und grinste über sein breites Gesicht wie ein Maikäfer. Und dann sagte er, die Ställe seien wohl zu Fremdenzimmern umgebaut worden, weil die Fremden leichter zu melken seien als die Kühe, und man schwitze dabei nicht so arg.

„Na, na, na," sagte Ernst, der zwölf Betten zu vermieten hatte, „schwätz nicht so leichtsinnig, sei froh, dass sie kommen."

Ernst hatte Josef erzählt, als sie beide noch unter zwanzig waren, er habe von seiner Mutter aus am Abend manchmal mit dem Fahrrad ums Dorf fahren müssen, um zu schauen, bei wem die grünen „Zimmer frei"- Schildchen heraußen seien und wer das „Belegt" aufgesteckt habe. In der Ferienzeit war das kein Thema, da hatte jeder voll. Aber, habe seine Mutter gesagt, es ginge um die Vor- und Nachsaison, wenn man da voll habe, sei erst Geld verdient. Und man wisse ja, wie die Häuser gebaut seien und was sie zu bieten hätten, die, die voll seien und die, die leer stünden. Da könne man sehen, was bei den Fremden ankäme. Und wisse man dies, dann müsse man sich danach richten und die Zimmer eventuell im nächsten Winter umbauen.

Das Gerangel um die Fremden, die man jetzt Gäste nennen musste, war groß. Josef als Nichtbeteiligter an Neid und Missgunst, hörte manchmal von denen, die nicht voll hatten, die, die voll hätten, unterhielten bessere Beziehungen zu Frau Wüstenhagen, die die Leiterin des Verkehrsamtes war. Da war Josef dann froh, dass in ihrem früheren Stall nur Äpfel und Birnen gelagert wurden.

Josef hatte, seit ihn am Jakobitag der Zufall mit Yvonne zusammengeführt hatte, nicht mehr rein zufällig, sondern gewollt und nach Anrufen, Yvonne einige Male getroffen. Sie waren sich mit jedem Mal näher gekommen, so häufig und so nahe, dass Mutter an einem Abend zu ihm sagte: „Josef, man hört, du habest eine Liebschaft. Es sei eine von weiß Gott woher und habe auch einen sonderbaren Beruf. Glaubst du, sie ist die Richtige für dich?"

„Das wird die Zukunft weisen."

„Wenn man es merkt, dass es nicht die Richtige war, ist es zu spät."

„Liebe ist immer Risiko."

„Warum kein Bauernmädchen von hier?"

„Warum? Warum ist es im Schatten kälter als an der Sonne? Mutter, lassen wir dies. Wir haben so oft darüber gesprochen."

„Warum musst du so stur sein, ich meine es nur gut mit dir."

„Ich mit mir auch."

„Ahne, ahne, lond se nix saga, dia Kerle. Do will ma all gschied si und verstoat des Uafachscht it."

Wenn es um Emotionales ging, verfiel Mutter gern in den Dialekt, weil sie meinte, alles prägnanter ausdrücken zu können.

Josef wollte ein Bild malen. Ein Bild für Yvonne. Konnte er dies? Doch malen würde er eines. Aber ob er es ihr schenken würde, das wusste er noch nicht. Malen auf jeden Fall. Ursprünglich hatte er die Absicht, ihr ein selbst gemaltes Bild zu Weihnachten zu schenken. Da stritten in ihm Wollen und Scheu miteinander. Ja, malen würde er, ob er schenkte, das würde sich ergeben.

Er würde sein Firmament malen. Sein Hinteraugefirmament. Es würde ein riesiger gewölbter, aus dunklem, feierlichem Rot geborener Vorhang sein, mit einer Unzahl goldener Sterne darauf, weit ausladend, bis an den Horizont und gesäumt mit der schwarzen Unendlichkeit des unvorstellbaren Raumes dahinter. Davor würde eine grüne Wiese oder ein blauer See sein, das wusste er noch nicht genau, und darüber würde schemenhaft ein Mädchen gehen, ein Mädchen wie Yvonne, schön und frisch wie ein aufgehender Morgen. Wenn er Yvonne dieses Bild schenkte, wenn er sich dazu ermutigen könnte, dann, um Yvonne Einblick in sein Inneres, in seine Traumwelt zu ermöglichen. Das Intimste, was er sich denken konnte, seine Seele, sein Geheimstes offen zu legen.

Ende August war es noch einmal sehr heiß. Die Sonne wollte ihre ganze Macht und Stärke beweisen. Brannte ruhig in die stehenden Nachmittage hinein, kraftvoll und eindringlich, als wollte sie keine Ahnung über den bevorstehenden Verlust ihrer Dominanz zulassen. Sogar beim Nichtstun trieb sie einem den Schweiß aus der sommerbraunen Haut. Josef hatte mit Vater und Mutter Birnen geerntet. In den Anlagen zwischen den Bäumen war kein Hauch von Wind zu spüren, und die Wärme stand wie eine Mauer aus Gummi, als wollte sie einen erdrücken. Da konnte es sich Josef kaum vorstellen, dass es im Winter wieder

Tage geben würde, an denen man fror, an denen man, dick eingemummt und dem steifen Ostwind ausgesetzt, sich nach Abend und warmer Stube sehnte. Genauso, wie er sich im Winter nicht vorstellen konnte, ohne Hemd über die Felder zu gehen.

Josef hatte sich mit Yvonne verabredet. Als sie sich am Landungssteg trafen, hing die Sonne, blutrot, schon halb verdeckt, in den Pappeln und Weiden des Langenarger Horns, und die Hitze des Tages hatte sich zu wohliger Wärme abgeschwächt.

Als sie eine Weile gestanden hatten und das Abendlicht, den See, die Berge, die versinkende Sonne, das Spiel der Lichter auf dem Wasser, in sich aufgenommen hatten, dankbar und beglückt, wie man Geschenke entgegennimmt, die einem Wert sind, die lang gehegte Wünsche erfüllen, die etwas von Versprechen, von Zukunft in sich tragen, sagte Josef:

„Gehen wir doch ein Stück."

„Wohin?"

„Irgendwo hin. Planlos, ziellos. Schwerelos."

„Durchs Dorf?"

„Durchs Dorf."

„Wohin du willst."

Sie gingen Richtung Wasserburg. Als sich beim Gehen die suchenden Finger ihrer Hände berührten, war es Josef, als elektrisiere es ihn, als nähme er Strom auf aus unerschöpflicher Quelle.

Sie gingen die Seestraße hinauf, vorbei am alten Torkel, der einmal in früherer Zeit als Weinpresse für mehrere Weinbauern in guten Diensten war. Früher, zu einer Zeit, da Weinbau die Landschaft so dominierte, dass die hiesigen Bauern im Kataster, dem Verzeichnis der Grundstücke, nicht als Landwirte, sondern als Rebmänner bezeichnet waren. Jedes Mal, wenn Josef vorbeiging am alten Torkel, verfiel er der historischen Ambivalenz dieses Gebäudes. Der Torkel, das wusste man aus schriftlichen Unterlagen, war beinahe vierhundert Jahre alt, also sechzehntes Jahrhundert. Wenn Josef dann noch rechnete, wenn er den mächtigen Eichenstamm anstaunte, der den Druck ausübte, der, als er geschlagen wurde, gerne seine dreihundert Jahre alt gewesen sein musste, so war, da dieser als Keimling aus der Walderde spross, spätes Mittelalter. Da wurde Josef ganz anders zu Mute, da fühlte er sich hineinversetzt in jene Zeit voller Mystik und religiöser Symbolik, da wurde er ergriffen von der Kühle des Vergangenen. Zeitengrabeskühle.

Gab es überhaupt Zeit außer dem Jetzt? Außer dem Gehen mit Yvonne, außer dem Atemzug, den er im gleichen Augenblick tat wie sie?

Und trotzdem faszinierte ihn Vergangenheit und Zukunft. Lebte er in einem Dreiecksverhältnis zwischen Geschichte und Kommendem, in einem Jetzt als zentralem Punkt zwischen den Polen?

So lehrreich Geschichte sein konnte, so wertvoll Erinnerung sein konnte und so wichtig ein Ausblick in die Zukunft war, der Zeitpunkt des Handelns war der Augenblick, und nur dieser. Das Wissen um Vergangenes und die Planung des Zukünftigen nützten nichts, wenn das Handeln des Augenblicks nicht dem entsprach, wenn man die Bewährung im Augenblick nicht bestand. Erst das gelungene Jetzt ergab eine zufrieden erinnerbare Geschichte, erst das Vertrauen in die Fähigkeit, den Augenblick zu meistern, ermöglichte ein freudiges Hineingehen in das Geplante.

Und doch, dachte Josef, jetzt, da er sacht Yvonnes Hand an seiner spürte, was kam dem Augenblick gleich? Er nur lebte, er gestaltete, er war die Sonne, und die Vergangenheit nur der von ihr beschienene Mond, die Zukunft nur die von ihr rosa gefärbte Morgenröte. Josef hätte nichts dagegen gehabt, wenn der jetzige Augenblick immer Augenblick geblieben wäre. Jetztzeit war Lebenszeit, war das Leben, alles andere ein Verharren im Betrachten, ein Schwelgen in Plänen, ohne Handlung.

Der Abend war mild und weich. Ende-August-Abende konnten schwelgen im Hochsommerlichen, obwohl der Tag schon deutlich kürzer war, die Sonne schon wieder der Spitze des Langenarger Horns zuwanderte, wenn sie unterging. Und doch war etwas anders, fiel die feuchte Nachtluft früher, war eine Ahnung in allem, eine Ahnung von Zeitlichkeit und von Abschied, wenn das Feuer am Verlöschen war, unausgesprochen noch, vielleicht unaussprechlich und doch schon spürbar. Wie das Auslaufen einer Welle, das Verfließen des Sommers, das Versiegen einer Liebe.

Nicht so mit Yvonne. Das mit Yvonne würde ewig dauern. Das wusste Josef. Josef spürte, dass er Dinge wusste, die er gar nicht wissen konnte. Und manchmal war er sich kommender Abläufe sicher, obwohl sich derer niemand sicher sein konnte. Oft war er sich seiner Ahnung gewisser als dessen, was er wusste aus Erlerntem oder Erfahrenem. Wie Josef die Erde, das Wachsen, das Aufgehen draußen in der Natur erspürte, oft mehr erspürte als wusste, so wusste er um sich und Yvonne. Er spürte, er verspürte Gewissheit, er hatte das Gefühl von Seligkeit, die sie beide umgab, und Seligkeit war himmlisch, und Himmlisches war ewig. So war seine Logik, nicht die der Vernunft, sondern die Logik seiner Empfindung. Der geschlossene Kreis. Sie gingen weiter, langsam und andächtig fast. Vorbei an Straußens Haus, dessen Firstlinie sich gesenkt hatte durch Alter und Baufälligkeit, die aussah wie Kicherers alte Stute, mit Hängebauch und eingefallenem Rücken.

Josef war immer wieder fasziniert von diesem Haus. Die Fenster klein und in viele winzige Scheiben unterteilt. Das Dach herabgezogen, dass die Fenster des Parterres darunter hervorschauten wie ein paar müde Augen unter der Schildkappe eines ausgemergelten Arbeiters. Es war fast gänzlich aus Holz gebaut, das Täfer der Außenwände waren ergraute, in Jahrhunderten verwitterte, unbemalte Bretter. Wenn noch Lebkuchen und Schokolade daran gehangen hätten, wäre es dem Häuschen nahegekommen, das sich Josef immer als das der Hexe vorgestellt hatte, wenn ihm Mutter das Märchen von Hänsel und Gretel erzählt hatte.

„Reizend," sagte Yvonne.

„Aber eine Tragik für die Besitzer," erwiderte Josef.

„Wieso? Gibt es ein romantischeres Wohnen?"

„Schau, es fällt den Leuten fast über dem Kopf zusammen."

Josef kannte das alte Ehepaar. Sie waren kleine Rebleute gewesen, er ging als Tagelöhner, ein hartes, aber ehrliches Brot zu verdienen. Sie waren sparsam bis zur Askese und hatten ein großes Ziel, das Haus zu renovieren und zu sanieren. Das Denkmalamt hat ihnen Eingriffe in die Bausubstanz verboten, ohne nennenswerte Beträge als Hilfe für die weit teurere Instandsetzung nach ihren Vorschriften anzubieten. Achtundvierzig in der Währungsreform ging ihr mühsam Erspartes kaputt. Nun hatten sie resigniert. Sie wird das Haus noch aushalten. Nach ihnen wird es zusammenfallen oder abgerissen werden, dann wird wieder ein gewachsener Teil aus dem Organismus Dorf herausgeschnitten worden sein und denen, die davon wussten, fehlen, wie etwas Verlorenes, und es wird wie alles verlorene Alte ein Verlust sein, der schmerzt und der unwiederbringlich ist.

Josef legte jetzt schon, und er wunderte sich selbst über seine Courage, zu der er nur fähig war, weil die Dämmerung die Blicke etwas verkürzt hatte und sein Mut, das hatte er andere Male schon bemerkt, zunahm, in gleichem Maße zunahm wie das Schwinden der Helligkeit, seinen Arm ganz leicht um Yvonnes Schulter. Ganz sachte nur, mehr angedeutet als vollzogen, und Josef wusste nicht genau, ob Yvonne es überhaupt richtig merkte oder nur meinte, er wolle, aber traue sich nicht so recht. So war es aber bei Josef immer, ihm war lieber, das Mädchen würde wollen, dass er deutlicher seine Absichten zeige, als dass er zu weit ginge und damit zerstöre, was sich so welterschaffungsmorgengleich anbahnte. Das wäre ihm das Schlimmste gewesen, er hätte es als persönliche Abstrafung empfunden, zu einer gewissen Zeit, die für den entsprechenden Schritt noch nicht reif war, über das Ziel hinausgeschossen zu sein. Über das Ziel hinausgeschossen zu sein hätte für Josef geheißen, sich nicht unter Kontrolle gehabt zu haben. Sich nicht unter Kontrolle gehabt zu haben hätte für Josef Schwäche bedeutet. Und Schwäche bei sich war ihm zuwider.

Manchmal fragte sich Josef dennoch, ob wohl seine Sicht der Dinge richtig sei. Sah er diejenigen seiner Gleichaltrigen, die eine andere Vorgehensweise bei Mädchen praktizierten, die immer so weit gingen wie möglich, die ihre Erkundungen so weit trieben, bis sie entweder eines auf die Finger bekamen oder ihr Ziel erreicht hatten, so musste er zugeben, dass diese meist die Erfolgreicheren waren. Dies aber brachte Josef nicht von der Meinung ab, seine Strategie sei die richtigere, weil es Josef nicht nur auf die Erreichung, die möglichst schnelle Erreichung des Zieles ankam, sondern ihm war der Weg genauso wichtig wie das Ziel. Er wollte alle die Schönheiten, alle die Reize, die auf dem Weg zum Ziel sich boten, so bewusst und so sich Zeit gebend in sich aufnehmen, dass beides für ihn gleich wichtig war. War nicht jeder Schritt auf dem Weg des sich Näherkommens wie ein Wandern durch einen blühenden Garten, wo man die Muße haben musste, die Blumen am Weg zu bewundern? Konnte es sinnvoll sein, hindurchzurennen, um möglichst bald den Ausgang, und mag er mit einem noch so prächtig verzierten und weit geöffneten Tore versehen sein, zu erreichen? Nein, das war Josefs Weg nicht.

Sie kamen an Feists Hof vorbei. Die grünen Fensterläden machten aus dem nicht gerade üppigen Bauernhaus etwas Schmuckes, Einladendes. Und weil es, mit dem Stall zusammen, so kunstvoll um die Ecke gebaut war, schien es größer und bedeutender, als es in Wirklichkeit war.

Jedes Mal, wenn Josef an Feists Hof vorbeiging, musste er an die Kuh denken, die er einmal geholt hatte, die es aber bei ihnen nicht ausgehalten hatte. Die, so vermutete Josef, so mit dem Gesang von Laudateliedern und Streicheleinheiten verwöhnt war, dass sie bei ihnen sich unwohl fühlte und nicht bleiben wollte.

Bald darauf ging ein kleiner Feldweg rechts dem See zu. Josef drängte so zielbewusst und bestimmt auf den kleinen Weg zu, als hätten sie sich abgesprochen gehabt, einen Platz am Ufer aufzusuchen, der ihnen beiden bekannt und für sie der alleinig richtige sei.

Aber nur Josef kannte den Platz. Es war der Ort, der ihm in all den Jahren seiner Jugendzeit Badeort und Feierabendzufluchtsort gewesen war. Ihr Grundstück am See, von dem Josef so hoher Meinung war, dass er glaubte, es gäbe kein Paradies auf dieser Welt, das sich mit ihm messen könnte.

Als sie den kurzen steilen Hang hinuntergingen, jetzt schon Hand in Hand, von der schwülen, schweren Abendluft des Innerdörflichen hinabstiegen in die schmale Ebene, die unmittelbar zum Ufer führte, kam ihnen ein kühlerer, erfrischender Windhauch vom See her entgegen. Die Ruhe war so vollkommen, dass ihnen die Vorstellung nicht abwegig schien, sie seien die einzigen Menschen weit und breit. Und Josef glaubte erkannt zu haben, auch andere Male, dass es, wenn die Verliebtheit einen gewissen Grad erreicht hatte, ihm viel leichter fiel, eine Vorstellung von Alleinsein, von Losgelöstheit, von Herausgehobensein aus der Welt des Gewöhnlichen, aus der Welt der anderen, eine Art königliches Gefühl des Erwählten zu erspüren, als dies sonst möglich sein würde.

Sie gingen den schmalen Fußweg durch Obstplantagen auf der einen und einer Schilfwiese auf der anderen Seite. Lautlos, nur vom Gequake der Frösche begleitet, wie Adam und Eva durch ihr Paradies gegangen sein mochten. Es gab Momente, dachte Josef, wo jedes Wort überflüssig war, jede Bemerkung nur Störung des Feierlichen sein konnte, nur barbarischer Zwischenruf in eine heilige Handlung gewesen wäre, die ein anderer, ein Größerer, zelebrierte.

Josef hatte einmal bei Rilke gelesen, in seinem Gedicht „Masken“, als er über das sich ganz Nahekommen Liebender schrieb „...und er warf den namenlosen Schauer, wie ein Tempelinneres, über sie“. War dieses Tempelinnere, diese Atmosphäre eines Tempelinneren nicht das Heiligste, das Feierlichste und das Ergreifendste, das man sich vorstellen konnte? Konnte man da noch reden? Hatte man da nicht genug damit zu tun, alles zu erfassen, versuchen zu begreifen, was mit einem und um einen geschah? War man da nicht in einer Situation, die einen begriffsmäßig völlig überforderte und man nichts anderes konnte, als geschehen zu lassen, was geschah, wissend, nur Werkzeug eines unbegreifbar starken Vorgangs zu sein? Waren es nicht überhaupt die größten Augenblicke im Leben eines Menschen, dachte Josef, wo er, so überwältigt vom Sturmwind des Schicksals oder der Fügung oder der Vorsehung, wie immer man es nennen wollte, dass er nicht anders konnte als geschehen zu lassen? Und führen, wohin du mich willst. Denn in diesen Augenblicken, ohne Einspruch des Gewissens, einen solchen Weg geführt zu werden, konnte nur ein Weg zum Guten und zum Glück sein.

Josef und Yvonne setzten sich auf die noch vom Tag erwärmten Steine des Strandes. „Die Nacht wird es heute nicht schaffen, alles Sichtbare auszulöschen," sagte Josef. Drüben über dem Rheintal war der volle Mond aufgegangen und lächelte deutlich wie selten sein mildes, altes Vollmondstrahlen herüber. Ließ die wettergegilbte, graue Wand der Kirche auf der Halbinsel, die zum Greifen nahe schien, sich schemenhaft hineinfügen in das Schwarz des Pfänders, der sich dahinter aufrichtete. Genau so undeutlich, fast geisterhaft das alte Schloss, die mächtigen Eichen und Buchen dazwischen und nur am Ufer ein kleines Flackern eines Lagerfeuers, von dem ab und zu wie aus einer anderen Welt ein paar kaum hörbare Töne von Liedern Jugendlicher drangen, die in einem der Häuser dort ihre gemeinsamen Ferien verbrachten.

Vom Schweizer Ufer und die Vorberge hinauf blinkten Lichter in großer Zahl. Doch alles das, was Josef und Yvonne sahen und hörten, war so weit, dass es ihr Empfinden von Alleinsein und Weltenthobensein nicht beeinträchtigen konnte.

Josef hatte den Arm um Yvonne gelegt, küsste sie und sagte: „Weißt du, Yvonne, für mich ist es immer noch wie ein Wunder, dass du und ich…"

„Psst," machte Yvonne und legte ihren Zeigefinger auf den Mund, „über Wunder sollte man nicht sprechen, man sollte nur dankbar sein, dass es sie gibt."

Beide schauten hinaus auf den dämmrigen See, auf die goldene Straße, die der Mond vom Rheintal her über das Wasser zog, direkt vor ihre Füße, so, als wollte er sie einladen, hätte ihnen einen himmlischen Teppich ausgerollt, der in ein gelobtes Land führen würde.

Nach einiger Zeit des Schweigens sagte Josef:

„Warum bist du zurückgekommen?"

„Ich sagte es schon, mein Beruf führte mich hierher."

„Nur der Beruf? Ich meine, es hätte sicher auch andere Orte gegeben, in denen du deinen Beruf ausüben hättest können."

„Ich hatte schöne Erinnerungen an den Bodensee."

„Nur an den See? Es war Winter."

„Und Frühling und Sommer. Und an einen schlanken, lieben und etwas schüchternen Jungen, der einmal zu mir gesagt hatte, er heiße Josef. Viel mehr wusste ich von ihm nicht."

„Ja, wir wussten nicht viel voneinander."

„Aber das Wenige genügte, um immer etwas wie Sehnsucht zu haben."

„Weißt du, wonach du Sehnsucht hattest, weißt du es jetzt?"

„Jetzt weiß ich es, bestimmt. Sehnsucht ist ja immer etwas Ungenaues, Vages, erst wenn sie durch Erfüllung gestillt ist, weiß man genau, wonach man Sehnsucht hatte."

„Ich war mir einer Sehnsucht nicht bewusst. Und wenn ich sie manchmal spürte, in meinen Träumen, habe ich sie abgewürgt, ausgeschlossen, weil nicht sein durfte, was nicht sein konnte."

„Alles kann sein, wenn man will, dass es ist."

„Du vergisst, ich bin ein Kronprinz."

„Mein Kronprinz?"

„Und Kronprinz eines kleinen Reiches, das auf mich wartet." Dabei lächelte Josef ein feines, unsicheres, fragendes und doch stolzes Lächeln.

„Dürfen Kronprinzen keine Sehnsucht haben?"

„Sie dürfen, wenn sie der Staatsraison nicht widerspricht."

„Und widerspricht sie der Staatsraison, deine Sehnsucht?"

„Sie hat ihr nie widersprochen. Was mich abhielt, Sehnsucht zu nähren, war die Aussichtslosigkeit deines Zurückkommens. – Du weißt, ich bin nicht mehr der Jüngste, ich habe keine Zeit mehr für Geplänkel."

„Glaubst du, ich sei zurückgekommen wegen eines Geplänkels?"

Josef schwieg betroffen. Yvonne legte beide Arme um seinen Hals, zog ihn zu sich herab und küsste ihn mit Leidenschaft.

Dann in eine Atempause hinein, fragte Josef, und sein Herz klopfte in Erwartung ihrer Antwort:

„Yvonne, willst du meine Frau werden?"

„Ja," sagte sie, spontan, als hätte sie ein Leben lang auf diese Frage gewartet.

„Du weißt, ich werde nie fortgehen von meinem Land. Auf mich wartet ein kleines Königreich. Ich werde es nicht enttäuschen."

„Kennst du die Frau, die etwas gegen Königreiche hat?"

„Gegen solche Königreiche wie meines gibt es manchmal Einwände."

„Wenn du mich für eine brauchbare und vorzeigbare Königin hältst, werde ich versuchen, der Anforderung gerecht zu werden."

Josef war es feierlich zumute. Gab es größere Augenblicke? Standesamt und Kirche meinen, ihre Zeremonien seien die wichtigsten und unabdingbaren einer Eheschließung. Josef hatte das Gefühl, das Eigentliche passiere in dem Augenblick, in dem feierlichen Moment, da ein Mann einer Frau eben diese Frage stelle, und wenn die Frau ja sage, sei dies der hohe Punkt eines Lebens. Dies sei der Augenblick, wo über das Leben zweier Menschen entschieden würde und erst die Zeit dann Antwort gebe, ob das, was sie sich versprochen haben, zu Glück oder Enttäuschung führen würde.

Josef hatte das Gefühl, er sei schon eine ganze Weile unterwegs, habe viele Stationen auf seinem Weg zum Gipfel passiert und stünde nun oben, breite seine Arme aus und riefe aus der Überfülle seines Innern heraus: „Herz, was willst du mehr!"

Auf der goldenen Mondstraße, die Josef wie eine Einladung ins Himmelreich schien, die hinüberführte ins Schweizerische, so wirklich, so plastisch, dass Josef Lust verspürte, sie zu begehen, in ein fantastisches Reich des Traums und des Übersinnlichen hineinzuschreiten, majestätisch und königlich, sprühten silberne Funken empor, als freute sich die ganze Welt mit ihnen beiden, Josef und Yvonne.

Josef zog seine Jacke aus und legte sie unter Yvonnes Rücken, dass die Steine des Uferkieses ihr nicht zu sehr hineindrückten in die Schulter und die weiche, zarte Haut ihres hineingebetteten Körpers. In ihren Augen spiegelte das Mondlicht, und sie folgten schwerelos und wie befreit von der Last der Welt den Intentionen der Liebe, wie sie ihnen die Natur gebot.

Als sie zurückkehrten ins Leben, ins normale menschliche, nüchterne Leben, wie aus einer anderen Welt, wie aus einem Traum erwacht, war die Kühle der Nacht, die sich schon dem Morgen zuneigte, über sie gekommen.

Sie standen auf, schauten weit und ungläubig über den See, als sähen sie ihn zum ersten Mal, als sähen sie mit neuen Augen, mit Augen, die ins Paradies gesehen hatten und nun andere Maßstäbe hatten. Sahen, wie der Mond weitergewandert war, wie er seine Straße aus Gold abgebrochen hatte, aufgelöst, so still, wie er sie am Abend gebaut hatte. Und sie kamen Schritt für Schritt in die Welt des Realen und waren fast ein bisschen traurig und wussten doch beide, dass sie ihre Welt zu gestalten und nicht zu durchträumen hatten.

Sie gingen hinauf ins Dorf, die erste Amsel probte ein schüchternes Lied, über dem Pfänder hellte es ein wenig auf und kündigte den kommenden Tag an. Das Dorf lag still und schlafend. Ein Ast voller gelber Birnen hing fast unwirklich und wie aus einem anderen Planeten in diese Welt herein, im Schein der Straßenlaterne, die eben angegangen war. Die Glocke der Jakobuskapelle schlug fünf Uhr.

Bald wird Vater wecken, dachte Josef, an Schlaf brauchte er nicht mehr zu denken.

Josef wusste nicht recht, wie er anfangen sollte, und platzte dann doch heraus, wie wenn er mit der Türe ins Haus fiele.

„Ich will heiraten," sagte er zu den Eltern am Sonntag nach dem Mittagessen als sie noch etwas beieinander saßen.

„Dann stimmt es doch, was die Leute sagen," meinte die Mutter.

„Ich weiß zwar nicht, was die Leute sagen, aber wenn sie sagen, dass ich ein Mädchen hätte, das aus einer andern Gegend käme und nicht von einem Bauernhof, dann haben sie wohl recht."

„Hast du dir´s gut überlegt," fragte der Vater, „du weißt, was von einer tüchtigen Frau verlangt wird?"

„Ihr müsstet mich kennen, haltet ihr mich für leichtfertig?"

„Jung halt und gutgläubig, da schaut man nicht immer nach dem Wichtigen."

„Was ist wichtig?"

„Warum nicht die aus Ailingen damals, das hätte gepasst."

„Mutter," sagte Josef jetzt in einem Ton, der anzeigte, dass jede Diskussion für die Katz sei.

„Ihr lond ui ja doch nix saga", hieß bei der Mutter soviel wie klein beigeben. Und immer, wenn ihr schien, als wäre die direkte Ansprache in der ersten Person Singular zu streng, zu zurechtweisend, flüchtete sie in die zweite Person Plural und meinte, so ins Ungenaue gezielt, träfen die Schüsse nicht mit derselben Härte.

Im Frühjahr, da waren sich Josef und Yvonne einig, wollten sie heiraten. Yvonne würde über den Winter noch eine landwirtschaftliche Schule besuchen, und das andere würden sie mit gutem Willen und ihrer Liebe, derer sie sich gewiss waren, schon auf die Reihe bringen.

Zu Hause wurde seit dem damaligen Sonntag nicht mehr zu diesem Thema Stellung genommen. Mutter freute sich insgeheim, dass Josef nun endlich eine, wenn auch nur aus seiner Sicht Passende gefunden hatte, und Vater war zu klug, um an Dingen herumzunörgeln, die ohnehin nicht zu ändern waren.

„Wenigstens ist es keine Andersgläubige," hatte die Mutter einmal noch gesagt und dies als versöhnlichen Akt angesehen.

„Ich habe mit Notar Vötsch in Kressbronn den Termin für die notarielle Beurkundung der Übergabe vereinbart," sagte der Vater zu Josef, „am fünfzehnten April, sechzehn Uhr."

Den Hochzeitstermin hatten Josef und Yvonne auf den dritten Mai festgelegt.

Als Josef mit Vater und Mutter zum Notartermin fuhr, herrschte im Auto eine seltsame Stimmung. Eine Atmosphäre des Abschiednehmens und Neubeginns zugleich. Josef merkte, dass es Vater nicht leicht fiel, abzugeben, was über dreißig Jahre lang sein uneingeschränkter Herrschaftsbereich war. Zurückzutreten ins Glied, entlastet von Verantwortung und Arbeit, aber auch der Regentschaft entledigt.

Herr Vötsch las den Übergabevertrag vor, wie es üblich und Vorschrift war und so, wie es Notare immer tun, schnell und die Worte verschluckend, so dass es Josef vorkam, er würde, wenn er dann unterschriebe, mehr aus Glaube an die Rechtmäßigkeit und Ordentlichkeit des Textes sein Einverständnis geben denn aus Gründen des alles Verstandenhabens. Von Feldern mit ihren Plannummern war die Rede, von Fahrnis und Gebäuden, von Wohnrechten und Naturalien, die den Erblassern zustehen würden. Alles Dinge, die für Josef ohnehin eine Selbstverständlichkeit gewesen wären.

„Bitte unterschreiben Sie," hatte, als alles gelesen war und keine Fragen oder Einwände mehr anstanden, „mit ausgeschriebenem Vor- und Nachnamen," Herr Vötsch gesagt.

An den letzten Satz des Übergabevertrages, der Josef immer im Gedächtnis bleiben würde, musste Josef oft denken: „Und schmückt das Grab eurer Vorfahren mit den Blumen der Heimat."

„Der Vertrag geht nun an das Grundbuchamt, wenn dort der Eintrag erfolgt ist, ist die Übergabe rechtlich unwiderruflich vollzogen."

Als alle Formalitäten erledigt waren, stand Vater auf und gab Josef die Hand. Dann sagte er:

„Josef, ich wünsche dir Glück und eine glückliche Hand. Verwalte, was dir übertragen wurde, im Sinne all derer, die dir in vielen Generationen vorangegangen sind. Betrachte Anstand und Fairness und Fleiß als unverzichtbare Tugenden, und du wirst mit zufriedenem Herzen dastehen, wenn du einem dir hoffentlich geschenkten Sohn den Betrieb übergeben wirst."

Und als Vater dies sagte, hatte er Tränen in den Augen. Josef war tief ergriffen. Tränen in den Augen des Mannes hatte er nie gesehen. Nicht, als seine Mutter starb und nicht, als man Angehörige oder Freunde zu Grabe trug. Nicht, als wirtschaftliche Rückschläge und Naturereignisse die Lage schwierig machten, und auch nicht, wenn Beleidigungen ihn trafen. Jetzt aber standen Tränen in seinen Augen, und er schämte sich ihrer nicht.

Josef empfand in diesem Moment, was es heißt, Glied in einer Kette zu sein, wie Zeitlichkeit und Vergänglichkeit spürbar wurden, wie er die Ohnmacht empfinden musste, dem Fortschreiten des Zeitlichen ausgeliefert zu sein. Und vielleicht, dachte Josef, ist sogar etwas wie Freude, wie Genugtuung darüber dabei, seine Aufgabe erfüllt zu haben, seiner Verantwortung gerecht geworden zu sein.

Josef spürte Lust und Kraft in sich. Er würde der Verantwortung gerecht werden, und er würde des Erbes sich würdig erweisen, das fühlte er, das wusste er.

Am Morgen nach der Hochzeit nahm Josef Yvonne bei der Hand und führte sie hinaus. Führte sie durch ein Meer blühender Bäume, in einen strahlenden Sonntagmorgen, führte sie hinter dem Haus die ansteigenden Baumzeilen hinauf in den Rippelstein, in den Sonnenbichl, wie die Gemarkungen hießen, und fühlte etwas, wie es Könige fühlen mochten, wenn sie ihr Reich besichtigten.

Josef drehte sich, mit Yvonne oben angekommen, um und schwieg. Schaute über das Dorf auf den See, die Schweizer Berge, den Säntis, noch weiß von Schnee, und sagte schließlich:

„Mein Königreich und dein Königreich. Aus dem Kronprinzen ist ein König und aus der Prinzessin eine Königin geworden. Ein Königspaar der Arbeit, aber auch der Freude und der Schönheit. Mit der Königin, wie es sonst keine gibt. Erst eine Königin macht das Königreich vollkommen."

Yvonne sagte, um die Feierlichkeit des Augenblicks nicht überborden zu lassen: „Wie gut, dass es den Zufall gibt, den Zufall, dem man zuweilen etwas unter die Arme greifen muss, den Zufall, der uns zusammengeführt hat.“ Und sie legte den Kopf an Josefs Schulter und lächelte.

Rasso Ronneburger

Die Malefikantin

Roman einer Hexe

380 Seiten, Hardcover, 14,80 Euro

ISBN: 978-3-87164-162-6

Der Roman zeigt anhand der Anna Claß das physische und psychische menschliche Leid, welches hinter jedem einzelnen dieser Verfahren vor den Malefizgerichten stand und welches eingebettet war in eine Gesellschaft, die wir Heutigen erst verstehen lernen müssen, bevor wir (es) uns erlauben können ein Urteil darüber abzugeben.

Die Geschichte des Annele von Waal, die auf dem Scheiterhaufen geendet hat, basiert auf einer wahren Begebenheit und wird erzählt mit einem besonderen Gespür für die Zeit des 16. und 17. Jahrhunderts.